Jennifer Iacopelli

Goldmädchen

Aus dem amerikanischen Englisch
von Maren Illinger

DRAGONFLY

1. Auflage 2021
Deutsche Erstausgabe
© 2020 Dragonfly
in der HarperCollins Germany GmbH, Hamburg
Alle Rechte für die deutschsprachige Ausgabe vorbehalten

© 2020 by Jennifer Iacopelli
Originaltitel: »Break the Fall«
Erschienen bei Razorbill, an imprint of
Penguin Random House LLC, New York
Cover: Frauke Schneider unter Verwendung von Abbildungen von
ITALO / Shutterstoock, artjazz / depositphotos,
Bokeh Typo / designcuts
Satz: GGP Media GmbH, Pößneck
Druck und Bindung: GGP Media GmbH, Pößneck
Printed in Germany · ISBN 978-3-7488-0032-3

www.dragonfly-verlag.de
Facebook: facebook.de/dragonflyverlag
Instagram: @dragonflyverlag

Erstes Kapitel

Glühend weiß zuckt der Schmerz durch meine Wirbelsäule, zieht brennend durch meine Hüfte und in meine Schenkel. Ich beiße die Zähne zusammen und balle die Fäuste, bohre die stumpfen Fingernägel tief in die Handflächen.

Komm schon, Audrey, stell dich nicht so an. Reiß dich zusammen.

Ich klopfe mit den Fingerknöcheln meine Wadenmuskeln ab, um mich von dem Schmerz abzulenken, während ich im Spagat auf dem Boden sitzend auf meinen Einsatz warte.

Das einzige Geräusch in der ausverkauften Halle ist das nachhallende Quietschen des Barrens, das bis zu den Dachsparren hinaufsteigt. So geht es seit zwei Tagen. Eine nach der anderen gehen wir an den Sprungtisch, den Schwebebalken, den Stufenbarren oder auf die Bodenfläche und zeigen unsere Küren, während das Publikum den Atem anhält.

Den Atem anhält wie ich. Würde ich es nicht tun, könnte alles zu viel werden, und niemand darf merken, wie sehr mein Rücken schmerzt.

Schon gar nicht er.

Trainer Gibson – oder Gibby, wie wir Kunstturnerinnen der US-Nationalmannschaft ihn nennen – patrouilliert zwischen den einzelnen Tribünen umher und hält mit Adleraugen nach den geringsten Anzeichen von Schwäche Ausschau. Er ist überall gleichzeitig, kühl und analytisch, bemerkt jedes Zögern, jedes Zucken, saugt noch die winzigste unserer Schwächen auf.

Er steht in seinem rot-weiß-blauen Trainingsanzug zu meiner Linken und verschränkt die Arme über dem glänzenden Stoff.

»Was macht der Rücken, Audrey?«, fragt er.
»Alles super. Kann losgehen.«

Er zieht die Augenbrauen hoch und gibt ein ungläubiges Brummen von sich, ohne seinen starren Blick auch nur eine Sekunde von meiner Mannschaftskollegin und besten Freundin Emma Sadowsky abzuwenden, die gerade am Barren schwingt.

Gibby kann starren, so viel er will, Emma wird es nicht vermasseln. Er weiß es, obwohl er mit betont kritischer Miene ihre Handstände und Holmwechsel beobachtet. Sie ist die Perfektion in Person.

Doch auch nur das kleinste Zucken von mir? Das ist quasi das Eingeständnis, dass ich zu große Schmerzen habe, um weiterzumachen.

Emma ist eine großartige Turnerin, aber selbst an ihren besten Tagen ist sie am Barren nicht besser als ich. Dafür ist sie sonst in allem besser als ich, was die eine Sache mehr als ausgleicht. Wir trainieren zusammen, seit unsere Mütter uns im Alter von drei Jahren zum Mutter-Kind-Turnen angemeldet haben. Jetzt, vierzehn Jahre später, sind wir bei der Qualifikation für Olympia.

Ich bin mir sicher, dass sie es ins Team schafft. Als letztjährige Gewinnerin der National- und der Weltmeisterschaft gilt sie als Favoritin für gleich mehrere Goldmedaillen in Tokio. Bis jetzt hat Emma alles erreicht, wovon wir als kleine Mädchen geträumt haben. Es ist nur noch eine Frage der Zeit, bis sie olympisches Gold gewinnt.

Für mich hingegen würde es an ein Wunder grenzen, wenn ich es überhaupt ins Team schaffe. Die Schmerzen spielen dabei keine Rolle. Nicht wirklich. Abgesehen von den glückseligen Tagen nach einer Kortisonspritze fühlt sich mein Rücken immer so an. Die Ärzte haben gesagt, ich solle aufhören, woraufhin ich ihnen gesagt habe, den Vorschlag könnten sie sich sonst wohin schieben. Dann habe ich mich entschuldigt, und wir haben uns auf einen Kompromiss geeinigt: Nach Olympia höre ich auf.

Ich habe also nur noch ein paar Wochen vor mir. Oder, wenn meine nächste Übung danebengeht, nur noch ein paar Minuten.

Mit einem befriedigenden Klatschen, als ihre Füße auf der Matte aufkommen, beendet Emma ihre Übung mit einem gestreckten Doppelsalto. Ihr Körper biegt sich auf diese bewundernswerte Art, bei der mein vierter Lendenwirbel anfängt zu zucken. Vielleicht liegt das aber auch am Tosen der Menge, die ihrem Liebling zujubelt.

Freude für meine beste Freundin durchströmt mich, während sie beide Arme hebt, um sich beim Kampfgericht abzumelden, und dann ihren Fans winkt. Ein Stachel der Aufregung schießt durch meinen Körper. Der Schmerz tritt in den Hintergrund. Gleich ist es Zeit für meine Kür, und mein Körper und mein Geist sind völlig im Einklang.

Ein paar Minuten zum Durchatmen habe ich noch, denn zwanzig Meter vor mir beginnt Chelsea Cameron, die aktuelle Mehrkampf-Olympiasiegerin, gerade ihre Bodenübung. Sie staffeln die Übungen für die Fernsehübertragung, damit die Fans zu Hause alles sehen können.

»Du hast es gerockt«, sage ich und stehe auf, als Emma vom Podium springt, ein breites künstliches Lächeln im Gesicht. Ich kenne sie lange genug, um den Unterschied zu sehen.

»Ich weiß«, sagt sie und streicht sich die Haare zurück. Ihre Hände stecken noch in den staubigen Turnriemchen. Die kreideähnliche Magnesia hinterlässt helle Strähnen in ihren orangeroten Haaren, nur Nuancen heller als ihre Haut. Ich muss lächeln. Sonst bin ich es immer, die Kreidesträhnen in den dunklen Haaren hat. »Du packst das, Rey.«

»Klar.«

Sie lächelt wieder, diesmal ehrlich, und ein Teil der Anspannung fällt von meinen Schultern ab, obwohl Gibby immer noch neben mir steht. Es sieht vielleicht so aus, als würde er Chelsea beobachten, die auf der anderen Seite der Arena auf der Bodenfläche turnt, aber ich zweifle keine Sekunde daran, dass zumindest ein Teil seiner Aufmerksamkeit auf mich gerichtet ist.

Ich lasse die Arme kreisen, strecke sie über meinen Kopf und versuche, mir nicht anmerken zu lassen, dass mir Gibbys Anwesenheit deutlich bewusst ist, während ich in Gedanken ganz bei der Übung sein sollte, die vor mir liegt. Er ist kaum größer als ich, aber das Ausmaß seiner Macht über meine Welt lässt ihn für mich riesenhaft erscheinen.

Er fährt sich durch die dichten braunen Haare, die an den Schläfen ganz leicht ergraut sind. »Zeig mir, was du kannst, Audrey«, sagt er. *Sonst ...* füge ich im Kopf hinzu.

Chelsea landet nach ihrer finalen Sprungkombination. Ihre Tage als Spitzenturnerin sind vorbei, doch an ihrem Namen hängt noch immer das Gewicht von olympischem Gold und millionenschweren Sponsorenverträgen. Außerdem ist sie selbst mit zwanzig noch der Hammer am Sprungtisch und am Boden.

Ich hole tief Luft und verbanne Chelsea aus meinen Gedanken. Gibby will sehen, was ich am Barren draufhabe, und ich muss ihm zeigen, dass ich ins Olympia-Team gehöre. Dass ich meiner Träume würdig bin.

Auf geht's, Audrey, rock diese Nummer, und du fährst nach Tokio.

Die Menge hat sich nach Chelseas Bodenkür wieder beruhigt, gerade rechtzeitig, damit der Ansager noch rufen kann: »Und jetzt am Barren für die New York City Gymnastics Elite, Audrey Lee!«

Mein Herz setzt kurz aus, als ich meinen Namen höre, und ein Schauer der Aufregung durchfährt mich. Wenn das hier das letzte Mal ist, dann will ich mich später an jedes Detail erinnern. Ich schaue meiner Trainerin Pauline in die Augen. Sie reibt den Barren genau so mit Magnesia ein, wie ich es mag, nur eine hauchdünne Schicht, damit nichts klumpt. Ein angespanntes Lächeln huscht über ihr Gesicht, und ich lächle zurück.

Die Zeit reicht nicht, um all die Worte auszusprechen, die mir durch den Kopf gehen, wie dankbar ich ihr bin und wie sehr ich sie liebe und dass sie, egal, was passiert, immer wie eine zweite Mutter für mich sein wird. Ehrlich gesagt bin ich froh, dass die Zeit nicht reicht. Jetzt ist eindeutig der falsche Zeitpunkt zum Heulen.

Die Menge tobt, aber nicht laut genug, um das Rauschen des Bluts in meinen Ohren zu übertönen. Die Ampel neben dem Podium ist noch rot, daher lasse ich den Blick durch die Arena schweifen. Alle möglichen Geräte spiegeln das Licht, Kameraleute mit ihrer Ausrüstung, die bei dem Versuch, unauffällig zu sein, kläglich scheitern, und über alldem liegt feiner Kreidestaub.

Es ist wunderschön.

Der Kampfrichter am Ende der Reihe gibt mir grünes Licht. Es kann losgehen.

Alles andere tritt in den Hintergrund. Ich hebe einen Arm zum Gruß, strecke den anderen zur Seite, eine affektierte Geste, die ich mir bei den russischen Turnerinnen abgeschaut habe, mit denen ich mich fast schon zwanghaft beschäftigt habe, als ich jünger war. Dann drehe ich mich um und richte den Blick auf die zylindrischen Fiberglasholme, die mir mein Ticket zu den Olympischen Spielen verschaffen könnten.

Ich schwinge hoch in den Handstand, halte ihn lange genug, um meine Kontrolle zu zeigen, aber nicht so lange, dass das Blut in meinen Kopf rauscht, dann falte ich meinen Körper in der Mitte zusammen und grätsche die Beine zum V, gestreckt von der Hüfte bis zu den Zehenspitzen. Bei einer Barrenkür, besonders bei meiner, ist kaum Zeit zum Atmen. Es ist einer der schwierigsten Bewegungsabläufe der Welt, jedes Element ist mit dem nächsten verbunden, eine geschmeidige Melodie, die unter dem Ächzen des Barrens und dem Sirren der Schwünge dahinfließt. Auf dem oberen Barren lasse ich los und greife um, dann wieder auf den unteren, Umschwung und gleich wieder nach oben.

Es ist nicht wie fliegen, aber es ist so nah dran, wie man als Mensch nur kommen kann. Jetzt ein großer Schwung in die Drehung, zurückschnellen und loslassen, den Körper stocksteif in ein, zwei, drei Schrauben drehen und landen, den winzigen Ausfallschritt voll unter Kontrolle, kaum ein Wanken.

Geschafft.

Eine perfekte Kür und ein großer Seufzer der Erleichterung. Ich klatsche in die Hände, wobei eine Magnesiawolke aufstäubt, und hebe die Arme, um mich beim Kampfgericht abzumelden, vielleicht zum letzten Mal.

Als ich vom Podium springe, umarmt Emma mich schon, bevor meine Füße den Boden berühren. Als Nächste umarmt mich Pauline, die mich sogar besser kennt als meine Eltern. Über ihre Schulter hinweg fange ich Gibbys Blick auf, doch es liegt keinerlei Gefühl darin. Keine Freude oder Zufriedenheit, nur undefinierbare Unbeugsamkeit. Er wendet den Blick ab.

Ich habe getan, was er verlangt hat, oder nicht?

War es genug?

»Komm«, raunt Emma mir zu, als unsere Trainerin mich loslässt. Pauline hat Tränen in den Augen, als ich mich umdrehe. Tränen der Freude? Der Trauer? Beides?

Ich nehme Emmas Hand und drücke sie.

»Ich wusste, dass du es kannst«, sagt sie und drückt zurück.

In dem Moment wird alles zu viel. Ich ziehe sie an mich, Tränen sammeln sich in meinen Augenwinkeln. »Ich bin so stolz auf dich. Auf uns.«

»Ich auch.« Ihre Stimme ist kratzig, doch sie schluckt die Gefühle hinunter, noch etwas, worin sie besser ist als ich.

Pauline legt mir den Arm um die Schultern. Gemeinsam gehen wir in die Ecke der Halle, während die letzte Teilnehmerin angesagt wird.

»Und nun am Boden, aus dem San Mateo Gymnastics Center: Daniela Olivero!«

Die Götter des Turnsports wussten genau, was sie taten, als sie Dani den letzten Platz in der letzten Runde zugewiesen haben. Ihre Übung *The Greatest Showman* ist bei Turnfans extrem beliebt, und sie selbst ist am Boden einfach spektakulär, kann wahnsinnig hoch springen und hat einen unfassbaren Vorrat an Energie.

Bis letztes Jahr gehörte sie noch nicht zur Elite, aber in den letzten Monaten – auf der Zielgeraden vor Olympia – hat sich für sie alles bestens gefügt.

Die Musik bringt die Menge augenblicklich auf die Beine. Ich werfe Emma einen Blick zu, und sie grinst zurück. Gemeinsam tanzen wir mit. Die Choreographie ist sagenhaft. Wir haben sie im Trainingslager rauf und runter geschaut.

Sierra Montgomery und Jaime Pederson, zwei Turnerinnen aus Oklahoma, die immer aneinanderkleben, lachen erst über uns, werden dann aber selbst in den Bann der Musik gezogen und lassen die Hüften kreisen.

Die Musik endet, gerade als Dani ihren letzten Sprung perfekt landet und das Publikum jubelt, eine regelrechte Lärmwelle schlägt über uns zusammen. Meine Schmerzen sind nur noch eine flüchtige Wahrnehmung, ein Kribbeln im Hinterkopf, während alle Wettkampfteilnehmerinnen durcheinanderschwirren und sich in den Armen liegen.

Ich umarme Sierra, dann Jaime und schnaufe kurz durch, als ich fast von Chelsea Cameron über den Haufen gerannt werde. Obwohl sie gerade mal 1,50 Meter groß ist, wirft sie mich fast um, ihre braunen Locken drücken sich an meine feuchte Wange. Sie weint und merkt wahrscheinlich gar nicht, wen sie da umarmt, denn wir haben über die Jahre kaum mehr als ein paar Worte gewechselt. Dani umklammert immer noch ihre Trainerin, aber Emma umarmt sie von hinten wie ein Bär – so bärenhaft ein Mädchen von vierzig Kilo sein kann – und schleift sie zu uns herüber.

Bittersüße Tränen kitzeln in meinen Augenwinkeln. Es ist ein nahezu unerträgliches Gefühl, da hinauszugehen und alles zu geben, um zu beweisen, dass man dazugehört, und dann noch immer nicht zu wissen, ob es genug war.

Fast gegen meinen Willen huscht mein Blick zur Anzeigetafel. Ich will nicht hinsehen, aber ich muss. Die zusammengezählten Wertungen aus zwei Wettkampftagen werden angezeigt, damit alle sie sehen können, und bevor mein Schicksal von Gibby entschieden wird, muss ich wissen, wo ich stehe. Obwohl die Welt vor meinen Augen verschwimmt, erkenne ich meinen Namen deutlich genug.

1. Emma Sadowsky   118,2
2. Daniela Olivero   118,0
3. Sierra Montgomery   117,1
4. Jaime Pederson   116,3
5. Audrey Lee   115,4
6. Chelsea Cameron   110,5

Alle sind durchgekommen wie erwartet, auch wenn ich überrascht bin, wie knapp der Abstand zwischen Emma und Dani ist. Es gibt vier Plätze im Team für die Olympischen Spiele, und ich bin auf Platz fünf, aber Gesamtwertungen sind nicht so wichtig wie das, was Gibby will. Bleiben wir realistisch. Es kommt ausschließlich auf seine Meinung an.

Inmitten des Durcheinanders ziehe ich mir meinen schwarzen Trainingsanzug über, den gleichen, den auch Emma hat. Auf dem Rücken ist mit silbernen Strasssteinen die Skyline von New York abgebildet, und am linken Revers steht *NYC Elite*. Ziemlich scheußlich, aber Turnmode ist selten geschmackvoll. Jetzt fließen die Tränen wirklich. Ganz egal, was passiert, das ist das letzte Mal, dass ich meinen NYC-Trainingsanzug trage. Von jetzt an trage ich den Anzug der Nationalmannschaft oder gar nichts.

Hör auf, Audrey. Genieß den Augenblick.

Ich versuche, Emma im Gedränge auszumachen und die Gefühle herunterzuschlucken. Es klappt nur halb. Aber das ist besser als gar nicht. Als ich meine Tasche über die Schulter werfe, bedeutet uns einer der Helfer, den ich vage als einen Funktionär des NGC erkenne, des National Gymnastics Committee, die Halle zu verlassen. Ich schlurfe hinter den anderen Mädchen her. Insgesamt sind wir zwölf, die aber gleich auf vier plus zwei Ersatzturnerinnen zusammengestutzt werden.

Hinter mir ruft der Ansager: »Während wir auf die Entscheidung des Auswahlkomitees warten, gratulieren Sie mit mir der Silber- und Bronzemedaillengewinnerin Janet Dorsey-Adams, Inhaberin und Trainerin von *Coronado Gymnastics and Dance*, zu ihrer Aufnahme in die NGC Hall of Fame!«

Der Scheinwerfer folgt Janet auf die Tribüne, wo sie ihren Pokal in Empfang nehmen soll. Es ist schon cool, in die Hall of Fame aufgenommen zu werden. Ob ich in ein paar Jahren vielleicht auch ...

»Audrey, komm!« Emmas Stimme unterbricht meine Gedanken. Sie ist schon weiter vorne, als ich dachte.

Ich drehe mich um, um ihr zu folgen, doch direkt vor meinen Augen befindet sich plötzlich der Oberkörper von jemandem, der sehr viel größer ist als ich. Um ein Haar stoßen wir zusammen, bohrt sich meine Nase in seine Brustmuskeln, bevor zwei starke Arme mich sanft an der Schulter auffangen. Ein kleiner Schritt zurück, und die Kollision ist verhindert. Er lässt mich los, ich blicke auf, und meine Augen weiten sich überrascht. Ich kenne ihn.

Es ist Leo Adams, der Sohn von Janet Dorsey-Adams und Junior-Weltmeister im Snowboarden. Seine Mum hat ihn immer zu Wettkämpfen mitgeschleppt, als wir klein waren. Wir sind online befreundet, aber im echten Leben habe ich ihn seit Jahren nicht mehr gesehen.

Er trägt ein breites Grinsen und ein T-Shirt mit der Aufschrift *This Is What A Feminist Looks Like,* und im Vergleich zu mir mit meinen 1,52 Meter ist er ziemlich groß, mindestens 1,80. Er ist ethnisch gemischt – halb schwarz, halb weiß – und hat einen Hauch von Sommersprossen auf der Nase.

»Hi, Leo.«

Innerlich schaudere ich, weil mir nichts Originelleres einfällt. Und was ist, wenn ich zwar seinen Namen kenne, er meinen aber nicht?

Das wäre peinlich.

Doch ein Lächeln überzieht sein Gesicht, und ich muss ebenfalls lächeln. »Audrey Lee!«, sagt er. O Gott sei Dank, er weiß, wer ich bin. »Pass bloß auf. Nicht, dass du noch wegen Tollpatschigkeit deinen Platz im Team verlierst.«

Ich gestatte mir noch ein Lächeln. »Es könnte das Risiko wert sein.«

Was zum Teufel, Audrey? Flirtest du etwa? Das muss das High nach dem Wettkampf sein.

»Audrey!« Emma ruft wieder durch den langen Gang, ihre Stimme hallt von den Betonwänden wider. Sie winkt mir ungeduldig zu, aber ich zögere. Sie und die anderen Mädchen verschwinden in der Umkleide.

Es ist seltsam. Ich habe eine Art Paralleluniversum betreten, in dem das Adrenalin meinen Schmerz betäubt und meine Turnkarriere gleich für immer beendet sein könnte, und der Gedanke hat etwas ungemein Erleichterndes. »Ich sollte vielleicht …«

»Du solltest ganz bestimmt«, erwidert er, und ich muss lachen.

»Meine Damen und Herren, in fünfzehn Minuten stellen wir Ihnen das neue Olympiateam der Vereinigten Staaten von Amerika vor!«, ruft der Ansager.

Ich mache einen Schritt in Richtung Umkleide, und dann noch einen. *Nicht umdrehen, Audrey. In einem Monat hast du noch genug Zeit, an Jungs zu denken, wenn du dir deine olympische Medaille geholt hast. Oder zwei.*

Die Tür schwingt hinter mir zu. Die anderen Mädchen sind schon da, sogar Sarah Pecoraro und Brooke Orenstein. Sie haben sich letztes Jahr als Einzelturnerinnen qualifiziert. Sie fahren auch nach Tokio, haben aber keine Chance auf die Mannschaftsmedaille wie wir anderen – wenn wir es schaffen.

»Wo warst du denn?«, fragt Emma und zieht mich auf den freien Platz neben sich.

»Erinnerst du dich an Leo Adams?«

»Was?«, quietscht sie. »Der ist hier? Warte, wie lange ist es noch bis zur Bekanntgabe?«

Sie ist total aufgedreht, was ich sehr gut nachvollziehen kann. Sie hat gerade als Beste in der Qualifikation für Olympia abgeschnitten und muss trotzdem weiterbangen wie wir anderen. Da ist jede Ablenkung willkommen.

»Fünfzehn Minuten.«

Mein Handy vibriert in meiner Tasche. Es warten tausende Benachrichtigungen auf mich. Dank der Fernsehübertragung der Qualifikation drehen die sozialen Netzwerke völlig durch, aber ich habe gelernt, den Großteil davon zu ignorieren.

Nur der letzte Alert weckt meine Neugier. Es ist ein Post von *@Leo_Adams_Roars*.

Ich beiße mir auf die Unterlippe und versuche, das Lächeln zu unterdrücken, das er mir gerade schon einmal entlockt hat, während ich seinen Account öffne. Das Profilbild ist gut getroffen, dieselben Sommersprossen, dasselbe Lächeln und noch dazu die Grübchen, die ich gerade völlig unverständlicherweise übersehen habe.

»Wow. Der ist ja superheiß«, sagt Emma, vermutlich lauter als geplant.

»Wer ist superheiß?«, fragt Sierra augenblicklich und streckt den Kopf zu uns rüber.

»Leo Adams«, erklärt Emma und zeigt auf mein Handy.

Schwups, schon sorgt mein kleiner Augenblick mit Leo für die Ablenkung, die wir alle brauchen.

»Ist das Janet Adams' Sohn?«, fragt Jaime.

»Nee, das ist nur irgendein Typ, der zufällig den gleichen Nachnamen hat und bei ihrer Preisverleihung rumhängt, Jaime.« Sierra verdreht die Augen.

»Snowboarder?«, fragt Chelsea, während mein Daumen über einem Schwarzweißfoto verharrt, auf dem er mit einem Snowboard an den Füßen auf einem Berg zu sehen ist – oben ohne wohlgemerkt –, während in der Ferne die Sonne aufgeht.

»Ein Snowboarder mit *Sinn für Ästhetik*«, stichelt Emma und zieht eine ihrer perfekt geschwungenen rotblonden Augenbrauen hoch.

»Er hat letztes Jahr die Juniorweltmeisterschaft gewonnen«, sage ich lässig und hoffe, dass ich nicht so klinge, als würde ich seine Karriere akribisch verfolgen. Da ist ja auch wirklich nichts dabei. Wir alle posten mindestens einmal am Tag irgendwas, und er kannte meinen Namen, also weiß er vermutlich ähnliche Dinge über mich. Wahrscheinlich. Hoffentlich.

Dani beugt sich vor, um an Chelsea vorbeizuschauen. »Typen wie der sollten prinzipiell ohne Shirt rumlaufen. Schaut euch mal die Schultern an.«

Und dann bekomme ich fast einen Herzinfarkt, als Sierra die Hand ausstreckt und den Gefällt-mir-Button drückt. »O mein Gott!« Viel zu spät ziehe ich das Handy weg. Ich habe nicht gerade viel Erfahrung mit Jungs – vierzig Stunden Training die Woche lassen nicht viel Zeit für Romantik –, aber ich weiß genug, um zu verstehen, dass ein Like für ein monatealtes Foto ziemlich verzweifelt aussieht.

Sierra lacht, und die anderen Mädchen kichern. »Ist doch nicht schlimm. Guck mal!«

Sie hat recht. Endlich lese ich die Nachricht, die er geschrieben hat:

@Leo_Adams_Roars: Mit @drey_Lee zusammengestoßen! Keine Sorge. Es geht ihr gut. Das Gold am Barren ist uns sicher! #NGCQuali

Ein Klopfen unterbricht uns, und aller Augen lösen sich von meinem Handy. Schluss mit der Ablenkung. Gibby und die anderen vom Auswahlkomitee stehen vor der Tür.

Es ist Zeit.

Zweites Kapitel

Mein Atem geht ganz flach, als wir in einer Reihe die Halle betreten und mit erhobenen Armen der Menge winken. Sie empfängt uns mit lautem Jubel, der für mich kaum mehr als ein Summen im Hintergrund ist. All die Jahre des Träumens waren nicht genug, um mich auf diesen Moment vorzubereiten. Meine Haut fühlt sich kribbelig und taub zugleich an.

Gibby steht in der Mitte der dunklen Halle im Licht eines einzelnen Scheinwerfers. Seine Frisur sitzt tadellos, seine Schultern sind straff, sein Rücken gerade. Seine Haltung verlangt ungeteilte Aufmerksamkeit.

»Sehr geehrte Damen und Herren! Es ist mir eine Ehre, Ihnen nun die Turnerinnen vorzustellen, die die Vereinigten Staaten von Amerika bei den Olympischen Spielen in Tokio repräsentieren werden. Neben unseren Turnerinnen in der Einzel-Qualifikation, Sarah Pecoraro und Brooke Orenstein, gratulieren Sie mit mir …

… Chelsea Cameron …

… Audrey Lee …

… Daniela Olivero …

… Emma Sadowsky …

… sowie unseren Ersatzturnerinnen Sierra Montgomery und Jaime Pederson.«

Ich bin in Tränen ausgebrochen, als Gibby in der Umkleide unsere Namen verlesen hat, und seitdem ist es immer schlimmer geworden. Meine Wangen sind schon wund vom vielen Tränenwegwischen. Meine Kehle ist geschwollen, und ich bekomme meinen Atem einfach nicht unter Kontrolle. Aber heute ist mir das egal. Selbstbeherrschung wird total überbewertet.

Emma steigt neben mir im blendenden Scheinwerferlicht auf das Podium. Bis jetzt hat sie sich völlig unter Kontrolle. Keine Träne, kein Blinzeln, sie ist die Ruhe selbst, wie es sich für die beste Turnerin der Welt gehört. Ich drücke ihre Hand ganz fest. Ihre Hand in meiner zu spüren, zeigt mir, dass das alles wirklich wahr ist. Wenn ich sie losließe, könnte sich alles einfach in Luft auflösen und ich würde aus diesem vollkommenen, quälend perfekten Traum erwachen.

Es ist genau so, wie ich es mir vorgestellt habe, und gleichzeitig ist es ganz anders. Wenn ich es nicht ins Team geschafft hätte, hätte mich das viel unglücklicher gemacht, als es mich jetzt glücklich macht, es geschafft zu haben. Es ist komisch zu wissen, dass ich mir Misserfolge viel stärker zu Herzen nehme als Erfolge. Gesund ist das sicher nicht, aber so bin ich nun mal.

Irgendetwas knallt laut, und ich zucke zusammen, als ein Konfettiballon über uns explodiert, und glitzernde rote, weiße und blaue Schnipsel von der Decke auf uns herabregnen und sich in unsere Haare setzen. Einer landet sogar in meinem Mund. Wieder liegen wir uns lachend in den Armen. Ich glaube nicht, dass ich je in meinem Leben so viel umarmt habe wie heute. Eigentlich war das nie so mein Ding, aber jetzt könnte ich mich daran gewöhnen.

»Kommt, Mädels, wir machen einen Huddle!«, übertönt Chelsea den Lärm. Sie war schon bei den letzten Olympischen Spielen dabei und weiß, wie es sich anfühlt, aber ich will diesen Moment voll auskosten. Mit meinem Rücken habe ich nur diese eine Chance. Sierra legt den Arm um meine Schultern, und wir stellen uns im Kreis auf. Wie fühlt es sich für sie und Jaime an? Ersatzturnerinnen. Ich weiß nicht, ob mir an ihrer Stelle nach Feiern zumute wäre.

Emmas Arm legt sich von der anderen Seite um mich, und

dann stehen wir alle ganz dicht zusammen, wir acht. Die Namen dieser Mädchen werden für immer mit meinem verbunden sein, ganz egal, was zwischen diesem Moment und der Abschlusszeremonie in Tokio passiert.

»Wir sind jetzt ein Team.« Chelsea muss fast schreien. Trotzdem dringt ihre Stimme nicht über unseren Kreis hinaus. »Wir kämpfen gegen den Rest der Welt, und wir werden gewinnen!«

Ich nicke. Alle nicken.

»Hände in die Mitte«, kommandiert Chelsea. Da will wohl jemand Mannschaftskapitänin werden. Na ja, ist ja auch naheliegend für die älteste und erfahrenste Turnerin. Chelsea streckt die Hand aus, dann Emma, dann Jaime und Sierra, ich und Dani und schließlich Sarah und Brooke. »USA auf drei – eins, zwei, drei ...«

»USA!«, brüllen wir und werfen die Hände in den Himmel, drehen uns in einer Bewegung um und winken der Menge. Die Lichter gehen an, und ich glaube, ich kann meine Eltern ein paar Reihen über dem Sprungtisch sehen.

Ja, da sind sie, und mir ist nicht mal peinlich, dass Mum wie wild auf und ab hüpft und mir wie eine Verrückte winkt, während Dad lächelt und mit dem Rest der Menge applaudiert.

Ich winke zurück, aber ich kann jetzt nicht zu ihnen, sonst müsste ich über die Absperrung klettern, die den Wettkampfbereich vom Publikum trennt, und die Sicherheitsleute würden einen Herzinfarkt kriegen. Ich sehe sie ja bald.

Aber erst kommen die Interviews.

Der Mitarbeiter vom NGC, dem wir das ganze Wochenende wie Entenküken gefolgt sind, scheucht uns vom Podium. Irgendjemand drückt mir ein Taschentuch in die Hand, während wir zum Pressebereich gebracht werden. Es stehen schon Hocker mit unseren Namen für uns bereit.

Ich setze mich auf meinen Hocker, tue mein Bestes, mir die Tränen wegzutupfen, ohne mein Make-up vollends zu ruinieren, und schon kommen die ersten Reporter. Vor Emmas und

Chelseas Stühlen ist der Andrang wie erwartet groß, aber es ist cool zu sehen, dass auch Dani Olivero eine beachtliche Fangemeinde hat, zuzüglich der ganzen spanischsprachigen Medien. Ihre Familie stammt ursprünglich aus Mexiko und spricht zu Hause Spanisch, sodass sich die Journalisten von ihr vermutlich ein paar gute O-Töne erhoffen. Auf der anderen Seite des Raums stehen sechs leere Stühle für die Mädchen, die es nicht geschafft haben. Sie sind immer noch in der Umkleide. Wie knapp war es? Wie nah war ich dran, eine von ihnen zu sein, statt hier draußen auf diesem lächerlich unbequemen Hocker zu sitzen?

Einige Reporter haben anscheinend beschlossen, mich zuerst zu interviewen und sich erst später den Stars zu widmen.

»Audrey«, beginnt eine große blonde Frau mit hochgesteckten Haaren. »Was geht dir jetzt durch den Kopf, da du weißt, dass dein Comeback erfolgreich ist?«

Oh, alles klar. Sie wollen eine Erlösungsstory. Erlösung wovon? Vermutlich von den Schmerzen. Ich bin immer noch so high, dass ich sie gar nicht spüre, obwohl ein Stuhl ohne Rückenlehne normalerweise die Hölle ist.

Ich lächle und beiße mir auf die Lippe, um mir eine flapsige Antwort zu verkneifen – leider umsonst: *»Don't call it a Comeback!«*

Einige Reporter lachen, sie haben die Anspielung kapiert. Ich komme aus Queens, und LL Cool J's *Mama Said Knock You Out* ist für mich vermutlich wichtiger als für die meisten anderen. Die Frau, die die Frage gestellt hat, runzelt verwirrt die Stirn, und ich zucke etwas verlegen mit den Schultern. »Entschuldigung. So ist das eben beim Turnen. Es gibt die ganze Zeit über Verletzungen. Wir kommen alle drüber weg. Aber ich bin wirklich froh, dass ich genug Zeit hatte, mich zu erholen und wieder so leistungsfähig zu werden, dass ich es ins Team geschafft habe.«

»Da du gerade vom Team sprichst«, meldet sich ein junger Typ mit langen Koteletten und Hipsterbrille zu Wort. »Du bist

Fünfte in der Gesamtwertung und hast es trotzdem unter die ersten vier geschafft. Findest du das fair?«

Ich muss alles aufbringen, was ich über den Umgang mit der Presse gelernt habe, um nicht die Augen zu verdrehen. »Das liegt leider weit über meinem Zuständigkeitsbereich.« Ich lächle und zucke wieder mit den Schultern. Mein Dad ist Chirurg und kommentiert mit diesem Satz ständig die Entscheidungen seines Chefs im Krankenhaus. »Das Mannschaftsfinale ist ziemlich kompliziert, an jedem Gerät werden die drei besten Turnerinnen zusammengesetzt. Vielleicht hat es etwas damit zu tun.«

Nicht nur vielleicht, sondern genau deswegen bin ich ins Team gekommen. Ich gehöre zu den Top drei am Barren und am Schwebebalken. Chelsea gehört zu den Top drei am Sprungtisch und am Boden. Dani und Emma sind unsere besten Mehrkämpferinnen, an allen vier Geräten herausragend. Wir sind vier Turnerinnen, deren Stärken und Schwächen sich so gut ergänzen, dass wir in jedem Bereich der Teamwettkämpfe eine perfekte Gruppenleistung abliefern können. Das ist simple Mathematik.

Eine ältere Frau, die ich als Reporterin der *Sports Illustrated* erkenne, fragt: »Bist du überrascht, dass du es geschafft hast?«

»Überrascht? So würde ich es nicht formulieren, aber wenn Sie mich fragen, ob ich davon ausgegangen bin, dass ich es schaffen würde: auf keinen Fall.«

»Wie ist es, dass du und Emma Sadowsky gemeinsam nach Tokio fahrt?«

Endlich mal eine gute Frage. Ich könnte die Reporterin küssen.

Emma sitzt ein paar Hocker weiter und gibt ihr Interview wie ein Profi. Alles, was ich in dieser Hinsicht kann, habe ich von ihr gelernt. »Es ist fantastisch, der absolute Wahnsinn, einfach unglaublich. Sie ist meine beste Freundin, ich weiß gar nicht, wie ich das letzte Jahr ohne sie überstanden hätte. Dass sie jeden Tag mit mir in der Halle war, hat mir die Kraft gegeben, weiterzumachen.

Mit der besten Freundin zur Olympiade zu fahren, ist einfach nur großartig. Ein absoluter Traum.«

»Glaubst du, dass sie Irina Kareva schlagen kann?«

»Letztes Jahr hat sie sie geschlagen.« Ich konnte an der Weltmeisterschaft zwar leider nicht teilnehmen, aber wenigstens war es unglaublich befriedigend zu sehen, wie Emma an Irina Kareva vorbeigezogen ist. Alle hatten geglaubt, der russische Superstar sei nicht zu schlagen, aber Emma hat sie mit fast einem ganzen Punkt überflügelt, nachdem Irina auf dem Balken gepatzt hatte.

»Kareva hat letzte Woche ein Video von einem dreifach geschraubten Yurchenko gepostet. Wenn sie den schafft, wird sie einen Riesenvorsprung vor Emma haben.«

Das ist ein lächerlich großes Wenn. Bis jetzt hat noch keine Frau einen dreifach geschraubten Yurchenko in einem Wettkampf geschafft, und in dem Video macht Kareva keine besonders gute Figur. Das ist das Einzige, was mir an den russischen Turnerinnen nicht gefällt. Sie haben oft wunderschöne Choreographien, aber sie muten sich immer Sprünge zu, die ihre Fähigkeiten weit übersteigen. Das sage ich natürlich nicht vor der Kamera. »Da kann ich nur wiederholen: Das liegt leider nicht in meinem Zuständigkeitsbereich.«

»Du und die anderen Mädchen wurdet gerade in den sozialen Medien offiziell verifiziert. Wie findest du das?«

Ich sage das Erste, was mir in den Sinn kommt. »Haben Sie schon mal gesehen, welche Idioten so einen blauen Haken haben?« Der Reporter lacht, aber eine Mitarbeiterin vom NGC wirft mir für die freche Antwort einen strengen Blick zu. »War nur Spaß. Es ist super. Ein absoluter Traum.«

Ich weiß selbst nicht mehr, was ich rede. Das Adrenalin lässt langsam nach, und ein plötzlicher Schmerz zuckt durch meine Hüfte. Ich habe zu lange still gesessen, wenn ich den Schmerz nicht im Rücken spüre. Mein Blick huscht zu der NGC-Mitarbeiterin, und sie versteht sofort, dass ich genug habe.

»Tut mir leid«, sagt sie und drängt sich in die Runde, »aber Audrey muss jetzt ihren Rücken behandeln lassen, damit er sich erholen kann. Vielen Dank für die Fragen. Die Mädchen, die nicht ins Team aufgenommen worden sind, werden Ihnen in ein paar Minuten für Fragen zur Verfügung stehen.«

Ich rutsche von meinem Hocker und schnappe mir den Blumenstrauß, den wir nach der Ernennung bekommen haben. Mom wird sich freuen. Sie macht sich immer Sorgen, dass ich das ganz normale Teenagerleben verpasse, deshalb wird sie froh sein, dass sie diese Blumen pressen und in ein Album kleben kann, als wäre es der Blumenstrauß vom Abschlussball oder so. Abschlussball oder Olympia? Keine Frage, was besser ist.

Apropos Mom. Als ich den Pressebereich verlasse, sehe ich meine Eltern mit den Familien der anderen Mädchen zusammenstehen. Dads dunkler Lockenkopf überragt alle anderen. Mom sieht neben ihm winzig aus. Ihre langen schwarzen Haare fallen ihr über den Rücken. Wenn ich meine aus dem Dutt lösen würde, würden sie genauso aussehen wie ihre.

Die Leute stellen immer neugierige Fragen nach meiner Familie. Mom wurde als Baby aus Südkorea adoptiert, und ich schlage eindeutig nach ihr. Wenn wir zwei allein unterwegs sind, werden wir oft gefragt, woher wir kommen und welche Nationalität wir haben, als würde das irgendwen irgendetwas angehen und wäre nicht einfach nur verdammt unhöflich. Wenn ich dagegen mit Dad unterwegs bin, nehmen die Leute an, ich wäre adoptiert. Mein Nachname Lee trägt auch noch seinen Teil zur Verwirrung bei, weil er auf Dads englische Vorfahren zurückgeht, auch wenn das schon richtig lange her ist.

»Audrey!«, ruft Mom, als sie mich endlich entdeckt hat, und schlängelt sich an dem Typen von der Security vorbei. Dann schlingt sie auch schon die Arme um mich und zieht mich an sich. »Ich bin so stolz auf dich, mein Schatz!«

»Du warst fantastisch, Rey«, fügt Dad mit seiner tiefen Stimme hinzu. Seine riesige Hand legt sich um meinen Hinterkopf, und er umarmt Mom und mich gleichzeitig. Ein perfekter Moment. Von diesem Moment habe ich geträumt, seit ich alt genug war, um zu wissen, was die Olympischen Spiele sind. Es war nicht immer leicht für sie, mir all die Jahre zur Seite zu stehen.

Ich zucke zusammen, als Mom mich etwas fester drückt. Sie spürt, dass ich mich verspanne, und lässt mich sofort wieder los. »Willst du zu deiner Trainerin?«

Ich nicke und lächele trotz der Schmerzen. »Wenn wir zu Hause sind, brauche ich eine Kortisonspritze. Dr. Gupta hat gesagt, eine müsste reichen, um mich durch Olympia zu bringen, wenn ich es ins Team schaffe.«

»Na, dann geh«, sagt Dad und zeigt auf die Trainerkabine am Ende des Gangs. »Wir sehen uns im Hotel. Das NGC schmeißt eine Party für euch.«

Ich ziehe unwillkürlich die Augenbrauen hoch. Das NGC ist nicht gerade für rauschende Partys bekannt – eher für frühe Schlafenszeiten im Trainingslager und Kontrollbesuche nachts um drei –, aber schließlich geht es um Olympia, da kann man wohl mal eine Ausnahme machen.

»Okay, dann bis später.« Ich überreiche Mom die Blumen und drücke sie beide noch einmal fest, bevor ich mich in Richtung Trainerkabine umdrehe.

Die anderen Mädchen sind ebenfalls mit ihren Interviews fertig. Einige umarmen noch ihre Eltern, aber die meisten wollen so schnell wie möglich zu ihrer Behandlung – Massage, Wärme, Eis –, die die Schmerzen für den Rest des Tages in erträglichen Grenzen halten wird.

»Wo ist Dani?«, frage ich Emma, die verlegen mit den Schultern zuckt und schnurstracks einen der Massagetische ansteuert.

»Die gibt immer noch Interviews«, sagt Sierra giftig. Auf ihren Wangen sind Tränenspuren zu sehen, und ich weiß, dass die nicht von Freudentränen sind. Sie kommt als Ersatzturnerin mit und steckt in einem sonderbaren Zwischenraum zwischen drinnen und draußen. Damit lässt sich wohl auch entschuldigen, dass sie die Augen verdreht und ihre Stimme ziemlich bissig klingt. »Anscheinend hat sie Emma heute im Mehrkampf geschlagen. Sie behandeln sie wie eine Art Wunder.«

Wow, ich hatte gar nicht bemerkt, dass sie Emma heute in der Punktzahl übertroffen hat, auch wenn Emmas Gesamtpunktzahl aus den letzten beiden Tagen höher ist.

»Na ja, das ist ja auch eine große Sache«, sagt Jaime. »Emma ist die aktuelle US- und Weltmeisterin, und Dani war heute besser.«

Sierra schnaubt. »Stimmt. Denn die Punktzahlen in der Qualifikation stimmen immer mit denen im Wettkampf überein, wie wir alle wissen.«

Damit hat sie natürlich recht. Ich bin mir ziemlich sicher, dass unsere Wertungen heute alle ein bisschen aufgeblasen wurden. Auch Kampfrichter lassen sich vom Olympia-Hype mitreißen.

Ich folge ihnen in die Trainerkabine, wo Gibby mich zu einer freien Liege winkt. Josh, einer der NGC-Trainer, hat dort schon mehrere Eisbeutel für mich deponiert.

»Glückwunsch«, sagt Josh und setzt sich auf einen Hocker, während ich auf die Liege klettere und mich bemühe, keine Grimasse zu schneiden, als ein stumpfer Schmerz durch meinen unteren Rücken dringt. Gibby steht neben mir, und bereits die Riesenbeutel um mich herum rufen dem Mann, der über meine Rolle im Team entscheidet, meine Verletzung ausreichend in Erinnerung.

»Danke«, erwidere ich und lächele Josh an. Er ist schon ewig bei der Nationalmannschaft.

»Du hast gute Arbeit geleistet, Audrey«, sagt Gibby, doch er sieht nicht mich an, sondern lässt den Blick über die anderen Mädchen im Raum huschen. Ich bin überzeugt, dass er das mit Absicht macht, um mir zu zeigen, dass es immer, selbst während er mit mir spricht, eine andere gibt, die meinen Platz einnehmen könnte.

»Das ist …«, setze ich an, doch er würgt mich ab.

»Du bist dir sicherlich im Klaren, dass alle Plätze im Team davon abhängen, welche Leistung ihr in der Vorbereitungszeit vor den Olympischen Spielen bringt.«

Ich schlucke die Panik hinunter, die in mir aufsteigt, und nicke kurz.

»Du und Emma träumt davon, gemeinsam Mannschaftsgold zu holen, seit ihr klein wart. Sie löst ihren Teil der Abmachung ein. Du bist heute ins Team berufen worden, aber du weißt sicherlich, wie knapp es war. Ich erwarte von dir, dass du mir mehr gibst, als du bisher getan hast. Hast du verstanden?«

»Ja. Natürlich.« Das ist eine Lüge. Was kann er noch von mir wollen? Ich bin total am Limit dessen, was ich mit meinen Schmerzen leisten kann – und das weiß er auch –, und selbst wenn ich es nicht wäre, bliebe mir gar nicht genug Zeit, um noch mehr herauszuholen. Am Barren sind meine Ergebnisse stabil, seit ich zurückgekommen bin. Wenn ich es ins Finale schaffe, habe ich gute Aussichten auf Gold. Und auch wenn die Schwierigkeitsgrade niedriger sind, waren meine Boden- und Sprungleistungen während des ganzen Auswahlprozesses ordentlich.

Mensch, Audrey, er meint den Balken!

Die Verbindungen zwischen meinen Figuren waren manchmal etwas wacklig, gerade in Wettkämpfen, unter dem Druck, den das Team permanent auf einen ausübt. Außerdem gehe ich auf dem Balken das größte Risiko für meinen Rücken ein. Der Schwebebalken geht auf die Gelenke, egal ob man runterfällt oder oben bleibt. Ich habe mir eingeredet, dass ich an dem Gerät nicht zu viel trainieren sollte, damit nicht irgendwann gar nichts mehr geht, aber das war natürlich eine Ausrede. Anscheinend läuft es darauf hinaus: Balken oder Pleite. Wenn ich die Verbindungen zuverlässig hinkriege, kann ich meine Punktzahl noch um etwa zwei bis vier Zehntel steigern.

»Ich werde alles tun, was nötig ist.«

»Gut«, sagt er. Plötzlich hebt er den Blick, zwinkert mir zu und deutet ein Lächeln an. »Nur dass du es weißt, ich drücke dir ganz fest die Daumen.«

Ich nicke und lächle durch die anschwellenden Schmerzwellen hindurch, die von meiner Wirbelsäule ausstrahlen.

Dann geht er weiter zu Sierra, die gerade eine Eispackung auf die Schulter bekommt, gegen die meine Päckchen winzig aussehen. Jaime liegt auf der Liege neben ihr und bekommt ähnliche Packungen um die Ellbogen. Ich frage mich, was er wohl zu ihnen sagt. Gibby ist ein toller Coach, aber er ist sich definitiv nicht zu schade für Manipulationen und scheut sich auch nicht davor, uns gegeneinander auszuspielen. Aber er hat gesagt, er drückt mir die Daumen, das ist doch gut, oder? Ich denke doch.

Ich hole tief Luft und sehe, dass Josh mich besorgt mustert. »Was macht der Rücken?«, fragt er.

Ich schwinge die Beine herum und lasse mich mit dem Gesicht nach unten bäuchlings auf der Liege nieder. »Alles bestens.«

»Na schön, dann wollen wir mal dafür sorgen, dass es auf der Party heute Abend auch so bleibt«, sagt Josh, während seine Finger vorsichtig über die schmerzende Stelle rund um meinen vierten Lendenwirbel gleiten. Zwischen seiner Hand und meinem ehemaligen Bandscheibenvorfall liegt Narbengewebe und anderes komisches Zeug. Unwillkürlich stöhne ich auf und gestehe damit ein, dass es meinem Rücken alles andere als bestens geht. Ich kneife die Augen zu, während Josh mich weitermassiert, und hoffe wider besseres Wissen, dass Gibby nichts gehört hat. Wenn er mehr von mir will, wird er es kriegen. Mit den Schmerzen werde ich schon fertig.

Drittes Kapitel

»Ich weiß, ich weiß«, sage ich, als ich in den Bus steige. Aller Augen sind auf mich gerichtet, die meisten von ihnen lachen, aber ich meine zu sehen, wie Sierra die Mundwinkel verzieht. Ich lasse mich auf den Platz neben Emma plumpsen und seufze erleichtert auf.

»Ist doch nicht schlimm, Rey«, sagt sie und rutscht ein Stück zur Seite, um mir Platz zu machen. »Es ist eben schwer, auf Kommando zu pinkeln.«

»Und wie!«

Nach dem Wettkampf mussten wir uns alle einem Dopingtest unterziehen, und bei mir hat es wie immer am längsten gedauert. Es ist kein Problem für mich, vor tausenden Zuschauern meine Kür zu turnen – aber genau dann zu pinkeln, wenn die Anti-Doping-Leute es verlangen, ist quasi ein Ding der Unmöglichkeit.

Abgesehen von unserem NGC-Sicherheitsmann sind nur die Turnerinnen im Bus, die nach Tokio fahren. Sarah und Brooke sitzen ganz vorne, getrennt von uns anderen, und das passt ganz gut, denn ihr Qualifikationsverfahren hatte mit unserem auch nichts zu tun. Sie werden nicht einmal in der Vorbereitungszeit auf Tokio mit uns zusammen trainieren. Wir fliegen morgen von San Jose aus ins Trainingscenter und werden sie erst im olympischen Dorf wiedersehen.

Kurz hatte ich selbst darüber nachgedacht, diesen Weg zu gehen – auf der ganzen Welt gegen andere Einzelstarter anzutreten, um mir so meinen Platz bei Olympia zu sichern, anstatt Gibby die Entscheidung zu überlassen, ob ich es ins Team schaffe oder nicht, aber wegen meiner Verletzung ist mir diese Option verwehrt geblieben. Außerdem war Gibby nicht gerade begeistert, als Sarah und Brooke sich für diesen Weg entschieden haben, und den Leiter des NGC vor den Kopf zu stoßen, stand im Jahr vor den Olympischen Spielen nicht ganz oben auf meiner To-do-Liste.

»Wir müssen uns doch nicht schick machen, oder?«, fragt Emma und zupft am glänzenden Stoff ihres Trainingsanzugs.

»Das ist jetzt auch schon egal«, motzt Sierra. »Dank Audrey kommen wir sowieso zu spät zur Party.«

»Keine Zeit zum Umziehen«, mault Jaime neben ihr.

»Ist doch egal«, sagt Chelsea auf diese ihr eigene Art, so zu klingen, als wäre ihr Wort das letzte. »Es sind doch nur unsere Familien, das NGC und vielleicht ein paar Sponsoren, die den ›Frisch-vom-Wettkampf-Look‹ super finden.«

»Und was ist mit Leo Adams?«, neckt Emma mich leise – aber nicht leise genug. Die anderen Mädchen haben sie garantiert gehört.

»Keine Ahnung.«

Ich habe keine Sekunde mehr an ihn gedacht, seit Gibby in die Umkleide gekommen ist und unsere Namen verlesen hat. Leo Adams ist süß, aber Olympia ist besser.

Jaimes Kopf lugt hinter Sierra hervor, ihre glänzenden blonden Locken rutschen schon wieder aus ihrem frisch gebundenen Dutt. »Ich wette, er ist da. Seine Mom hat einen Preis bekommen, und sie sind den ganzen Weg von Coronado hergekommen. Die bleiben auf jeden Fall über Nacht.«

»Es wäre nett, wenn er da ist, aber ich glaube kaum, dass Gibby es gut findet, wenn ich den ganzen Abend mit einem Typen rumhänge.«

Emma zieht eine Augenbraue hoch. »Komm schon, Audrey. Wir haben es ins Team geschafft. Du kannst dich doch wenigstens mal einen Abend entspannen. Nur für ein paar Stunden.«

Ich muss mir wirklich auf die Zunge beißen, um nicht pampig

zu antworten. Auf keinen Fall soll der Rest der Gruppe erfahren, was Gibby zu mir gesagt hat.

Doch mein Gesicht scheint mich zu verraten, denn ihre Miene wird sofort sanfter. »Ich meine ja nicht, dass du auf den Tischen tanzen sollst. Versuch einfach, ein bisschen Spaß zu haben. Du bist seit Monaten ein Nervenbündel, du hast es dir verdient, ein bisschen zu feiern.«

»Das haben wir alle«, stimme ich ihr zu. Natürlich haben wir es uns verdient.

»Ganz genau, und wenn du ein bisschen mit einem süßen Typen feierst, wo ist das Problem?«

Sierra nickt. »Schau dir Chelsea an. Sie hat einen Freund, und jeder weiß, wie sehr sie sich seit der letzten Olympiade gesteigert hat.«

Emma lehnt sich zurück und verdreht die Augen. Chelsea hat den Spruch zum Glück nicht mitbekommen. Sierra ist ein richtiger Troll, sie kann ziemlich witzig sein, aber sie scheint nie zu wissen, wann es genug ist.

Der Bus fährt vor dem Hotel vor. Hinter der Absperrung wartet eine Menschenmenge, über die eine Welle der Aufregung hinweggeht, als die Leute sehen, wer im Bus ist. Emma rutscht von ihrem Platz, und die anderen reihen sich hinter ihr ein.

»Ich finde es total verständlich, dass du Gibby keine Angriffsfläche bieten willst«, sagt Dani und kräuselt die Nase. »Es gibt keine Garantie. Du bist bis hierher gekommen, weil du getan hast, was für dich funktioniert.«

»Sehe ich auch so.«

Sie nickt mir zu und geht vor mir durch den Bus. Dani ist nur ein Jahr älter als ich, und wir kennen uns schon ewig, aber wir waren uns nie besonders nahe. Sie ist erst in den letzten zwei Jahren vom Durchschnitt zur Spitzenklasse aufgestiegen.

Wir stehen wartend vorne im Bus. »Mädels, die Menge ist riesig, das schaffen wir leider nicht. Ihr dürft lächeln und winken, aber bitte keine Autogramme oder Fotos. Ihr müsst weitergehen«, sagt unser Sicherheitsmann.

»Alles klar«, erwidert Chelsea für uns alle, und er nickt.

»Auf mein Zeichen«, sagt er, dreht sich um und spricht in sein Funkgerät.

»Mädels, bevor wir da rausgehen, gibt es Geschenke!« Chelsea greift in ihre Tasche und holt sieben kleine Tütchen hervor, auf denen je zwei Turnerinnen abgebildet sind, die durch die Luft fliegen und ein C bilden. Es ist das Logo ihrer eigenen Kosmetikmarke. Ich habe mal ein Interview mit ihr gesehen, in dem sie erklärte, dass sie als schwarze Frau eine inklusive Kosmetiklinie mit einer breiten Palette an Farbtönen anbieten wolle. Ihre Produkte sind immer rasend schnell ausverkauft.

Chelsea reicht jeder von uns eine Tüte, als wir in dem schmalen Gang an ihr vorbeigehen. Sie hat mit sechzehn zweimal Gold bei Olympia gewonnen und war danach in mehreren Filmen und Musikvideos zu sehen. Sie ist auf eine Art berühmt, die ich mir für mich selbst absolut nicht vorstellen kann.

»Danke.« Ich nehme meine Tüte in Empfang, und sie lächelt und klopft mir auf die Schulter.

»Nichts zu danken, Rey.«

Der Fahrer betätigt den Hebel, der die Bustür öffnet, und wir werden von einer regelrechten Wand aus Geschrei und Kamerablitzen empfangen. Ich folge Dani die Treppe hinunter, direkt hinter mir kommt Chelsea. Der Durchgang, den das Hotel mit Metallabsperrungen vorbereitet hat, ist nicht breit genug, um die Fans daran zu hindern, die Hände nach uns auszustrecken und uns zu berühren. Die Menge drückt sich gegen die Absperrung. Ich klatsche ein paar Hände ab und versuche zu lächeln, aber mein Herz hämmert, mein Körper wird heiß, und ich würde am liebsten fliehen, während die Menge sich immer enger um uns schließt. Ich beuge die Schultern vor, ziehe den Kopf ein und versuche, mich so klein wie möglich zu machen.

Im Hotel ist es nicht viel besser. Viele Fans wohnen anscheinend ebenfalls hier, und die Lobby ist total überfüllt. Ich folge der spiegelnden Glatze unseres Sicherheitsmanns, der nahezu alle anderen in diesem Chaos überragt, und endlich erreichen wir einen Fahrstuhl, für den man eine Chipkarte braucht. Ich hoffe, das bedeutet, dass wir irgendwohin gehen, wohin die Menge uns nicht folgen kann, und spüre eine Welle der Erleichterung. Plötzlich habe ich lebhaftes Mitgefühl mit jeder echten Berühmtheit. Nur wenige Menschen würden mich erkennen, wenn ich die Straße entlanggehe, und ich überlasse Chelsea und Emma dieses Leben mehr als bereitwillig. Aber da scheine ich die Einzige zu sein.

»Das war ja unglaublich!«, japst Sierra, und Jaime hat ein breites Grinsen im Gesicht.

Emmas Wangen sind gerötet. »Was für ein Trubel!«

»Verrückt«, sagt Dani, doch auch ihre Augen sind groß und fröhlich.

Chelsea lächelt. »Gewöhnt euch dran, Mädels. Euer Leben hat sich gerade für immer verändert.«

Ich weiß nicht, ob ich ihr glauben soll, doch dann öffnen sich die Fahrstuhltüren in einen großen Raum, in dem Musik dröhnt und Sekt ausgeschenkt wird, und eine andere Menge, diesmal Freunde, Familie, Sponsoren, Mitglieder des NGC und des Olympischen Verbands sowie Trainer und ehemalige Olympiateilnehmer, dreht sich in einer Bewegung zu uns um. Einen Moment lang ist es still, dann ertönen wilder Jubel und donnernder Applaus.

Gibby löst sich aus der Menge. Er hat seinen Trainingsanzug gegen eine Anzughose und ein weißes Hemd ausgetauscht. Ich habe ihn so gut wie nie in etwas anderem als Sportkleidung gesehen, und die Verwandlung ist verblüffend. Er sieht gar nicht mehr so einschüchternd aus – fast normal, als wäre er der Dad von irgendjemandem. Er lächelt uns an, dann hebt er einen Arm, und die Menge wird leiser. »Meine Damen und Herren, ich präsentiere Ihnen die olympische Turn-Mannschaft der Vereinigten Staaten von Amerika!«

»Hört, hört!«, ruft jemand.

Gibby hebt sein Glas und sagt: »Auf Emma, Chelsea, Dani, Audrey, Sarah, Brooke, Sierra und Jaime!«

Es ist komisch, dazustehen, während eine Menge Erwachsener ihre Gläser auf uns erhebt, aber dann ist es auch schon vorbei, die Musik wird wieder lauter, und wir werden in die Party hineingezogen.

Emma stößt mich mit ihrem spitzen Ellbogen an. »Aua! Was ist?«, frage ich, während ich mit den Augen den verschiedenen Tabletts mit Häppchen folge, die durch den Raum getragen werden. Ich glaube, es waren auch Würstchen im Schlafrock dabei. Ich halte eine strenge Diät ein, aber diesen Kalorienbomben kann ich einfach nicht widerstehen.

Sie deutet mit dem Kinn hinter mich, und ihr blödes Grinsen verrät mir schon, was ich dort sehen werde, noch bevor ich mich umdrehe. Wir ziehen uns immer gegenseitig damit auf, wenn eine von uns sich ein bisschen verknallt hat. Was nicht heißen soll, dass ich in Leo verknallt bin. Ich kenne ihn ja kaum.

Ihr Handy summt, und sie wirft einen schnellen Blick darauf, dann schaltet sie das Display aus. »Na los«, sagt sie. »Unsere Eltern sind da drüben. Ich halte dir den Rücken frei. Deine Haare sehen toll aus. Dein Eyeliner ist perfekt wie immer. Du bist jetzt eine *Olympionikin*! Nun geh schon und hau ihn von den Socken oder von seinem Snowboard oder was auch immer.«

Ich lächle und hebe salutierend die Hand. »Yes, Ma'am!«

Als ich mich umdrehe, steht er nur wenige Schritte vor mir, mit demselben Grinsen wie vorhin in der Halle. Und in der Hand hält er einen Teller mit Würstchen im Schlafrock.

»Gibst du mir eins ab?« Das ist vermutlich nicht der eleganteste Einstieg in einen Flirt, aber was soll's, ich hab Hunger.

»So viele du willst«, sagt er und hält mir den Teller hin. Ich nehme eins und stecke es mir in den Mund. Himmlisch! Buttriger Teig um ein durch und durch köstliches Würstchen. Er hat sogar etwas Senf draufgekleckst. Ich glaube, ich muss ihn heiraten.

»Ich liebe die Dinger«, gestehe ich, als ich fertig gekaut habe.

»Du hast sie dir auf jeden Fall verdient. Mann, ewig nicht gesehen, oder?«

»Jahre. Bestimmt fünf oder sechs.«

»Du hast die Zeit offensichtlich gut genutzt«, sagt er und macht eine ausladende Geste. »Beim ersten Versuch, ins olympische Team aufgenommen zu werden, das ist ziemlich beeindruckend. Aber ich wusste, dass du es schaffst.«

Ich lache ein bisschen. »Ach ja? Ehrlich gesagt, ich nicht. Ich war so unglaublich nervös, bis er meinen Namen genannt hat. Ich bin sogar jetzt noch nervös.«

»Das merkt man dir nicht an.«

»Dann muss ich eine ziemlich gute Schauspielerin sein. Nervös ist eigentlich noch untertrieben für das, was ich gerade fühle.«

Sein Lächeln schwindet, plötzlich sieht er ernst aus. »Ich weiß genau, was du meinst. Dein ganzes Leben führt auf diesen einen Moment hin, und dann ist es so weit – du begegnest dem großen, dunklen Fremden, von dem du schon immer geträumt hast.«

Darüber muss ich jetzt wirklich lachen.

»Aber im Ernst, herzlichen Glückwunsch. Du wirst in Tokio alle um den Verstand bringen. Das weiß ich.«

»Danke. Ich kann einfach nicht glauben, dass es wirklich wahr ist, weißt du? Nach der OP und dem ganzen Training danach.«

»Ja, das habe ich mitbekommen«, sagt er und beißt sich auf die Unterlippe. Mit einem Mal wirkt er ein bisschen verlegen. »Ich hoffe, ich klinge jetzt nicht wie ein Stalker, aber ich habe die Fotos und Videos gesehen, die du nach deiner OP gepostet hast. Und nach meiner Verletzung ...« Er verstummt.

Ich verziehe das Gesicht. Das Foto von seinem Gipsbein, das

ich vor ein paar Monaten in seinem Feed gesehen habe, hatte ich ganz vergessen. »Wie lange bist du schon raus?«, frage ich und zeige auf sein Knie.

»Vier Monate. Ich mache seit einer Weile Physiotherapie, und die Ärzte haben mir erlaubt zu surfen, also tue ich das jetzt, bis ich so weit bin, dass ich wieder auf hartem Untergrund trainieren kann. Das heißt, wenn ich überhaupt beschließe, es noch mal zu versuchen.«

Ich ziehe erstaunt die Augenbrauen hoch. »Du bist dir nicht sicher, ob du ...« Mein Handy summt in meiner Jackentasche. »Sorry.« Ich werfe einen raschen Blick darauf.

Eine Nachricht von Gibby.

Heute Abend darfst du feiern, aber denk an meine Worte.

Mein Blick huscht hastig durch den Raum. Emma, ihre und meine Eltern stehen mit Emmas Agent in einer Ecke. Sierra und Jaime stehen bei ihren Eltern, und alle reden wild durcheinander, wahrscheinlich darüber, dass sie ins Team hätten kommen sollen und nicht wir. Chelsea ist bei ihrem Freund und sieht so aus, als würde der Rest der Welt gar nicht existieren. Dani steht neben ihnen und schaut auf ihr Handy, genau wie ich gerade. Hat er ihr auch geschrieben?

»Alles okay?«, fragt Leo und holt mich in die Wirklichkeit zurück. Vielleicht ist aber auch Gibbys Nachricht die Wirklichkeit, und das hier etwas anderes, etwas, das ich lieber lassen sollte.

Dani steckt das Handy wieder in die Tasche, dreht sich zu Chelsea und ihrem Freund und sagt etwas, das beide zum Lachen bringt.

»Ja.« Ich schüttele den Kopf und lächle. »Alles in Ordnung.«

»Gut. Sag mal, wollen wir uns vielleicht irgendwo unterhalten, wo wir ... nicht so im Weg stehen?«, fragt er und zeigt auf die lange Fensterwand, hinter der ein breiter Balkon liegt.

»Auf jeden Fall.«

San José ist nicht die malerischste Stadt der Welt, aber wie jede andere Stadt auch verwandelt sie sich abends in ein funkelndes Lichtermeer, und ich werde sie immer gut in Erinnerung behalten. Hier ist mein Traum endlich wahr geworden.

Ich stütze mich auf das Geländer und wende mich zu ihm, als er sich neben mich stellt. Eine warme Brise weht uns entgegen.

»Du hast gerade darüber gesprochen, dass du überlegst, ob du es noch einmal versuchst?«

Er nickt. »Ja, bis Peking sind es noch zwei Jahre, also …«

»Also hast du noch Zeit.« Allerdings nicht viel, doch das sage ich nicht. Es dauert Monate, bis man im Spitzensport wieder auf Wettkampfniveau kommt. Meine OP liegt fast zwei Jahre zurück, und ich habe bis April gebraucht, bis ich wieder in Wettkampfform war. Alles in allem hat es knapp 18 Monate gedauert.

»Ja. Ich habe im Studio meiner Mutter trainiert, aber im Augenblick denke ich darüber nach, ob ich nicht lieber studieren soll.«

»Wo?« Eigentlich war es auch immer mein Plan zu studieren, aber da die Olympiade mit meinem letzten Highschooljahr zusammenfällt, liegt das vorerst auf Eis.

»Stanford.«

»Wirklich? Die haben sich ziemlich um mich bemüht, bevor klar war, dass ich nicht an der Weltmeisterschaft teilnehmen konnte. Aber ich glaube, ich werde vielleicht trotzdem studieren, irgendwas, das nichts mit Turnen zu tun hat. Glaubst du, du wirst es machen?«, beende ich meinen Redeschwall und spüre, dass ich rot werde.

Ganz ruhig, Audrey, lass den Jungen auch mal zu Wort kommen.

»Ich weiß es nicht. Wenn ich mich im Herbst einschreibe, werde ich nicht trainieren können …«

»Große Entscheidung.«

Er nickt und wirft einen Blick über die Schulter auf die Menge im Saal. »Ja.«

»Was ist mit dir?«, fragt er lächelnd. »Wie geht es nach Olympia weiter?«

Ich verziehe das Gesicht. »Ich versuche, nicht daran zu denken.«

Er lacht. »Verständlich. Mit siebzehn die Karriere zu beenden, ist nicht gerade üblich.«

»So ist es.«

»Audrey, willst du uns deinen Freund nicht vorstellen?«

Ich zucke zusammen, was ausnahmsweise einmal nichts mit meinem Rücken zu tun hat. Das war Dads Stimme, und vermutlich ist Mom auch bei ihm. Wie sind die Regeln in so einer Situation? Wahrscheinlich bekommt der Arme es jetzt ganz schön mit der Angst zu tun. Ich drehe mich zu meinen Eltern um, völlig ideenlos, was ich sagen soll, doch Leo geht schon auf sie zu und reicht meinem Dad die Hand. Er schüttelt ihm kurz und fest die Hand, dann meiner Mom.

»Hallo, Mr. und Mrs. Lee, ich bin Leo Adams. Freut mich, Sie kennenzulernen.«

»Leo, ich glaube, ich habe vor ein paar Minuten deine Mutter kennengelernt. Sie ist wirklich wundervoll.«

»Danke«, sagt er und lächelt erst sie und dann mich an. »Dann werde ich euch mal allein lassen, ihr wollt sicher noch feiern.«

»Nein, nein, nein, wir wollten euch gar nicht stören«, sagt Mum schnell und nimmt Dads Arm. »Audrey, wir sehen uns morgen beim Frühstück. Schreib mir, wenn du *und Emma* schlafen geht.« Und schon sind sie wieder weg, durch die Glastür, zurück bei der Party.

Puh, das war deutlich. Ich schließe die Augen.

»Deine Eltern sind nett.«

Ich reiße die Augen auf und sehe ihn an. »Danke.« Plötzlich bringe ich keinen Ton mehr heraus. Dabei haben wir uns bis gerade eben ganz mühelos unterhalten, und jetzt weiß ich nicht mehr, was ich sagen soll.

Mein Handy summt, Gott sei Dank. Das macht die Stille gleich weniger peinlich. Eine Nachricht von Emma.
Party mit dem Herrenteam! Komm schnell zum Umziehen in unser Zimmer.
Ich blicke auf. Leo steckt gerade sein eigenes Handy weg. Er lächelt mich an. Der Knoten in meinem Bauch löst sich, und meine Schultern werden wieder lockerer. Vielleicht sollte ich nervös sein, aber seine Anwesenheit sorgt dafür, dass ich mich entspanne. Ist das nicht komisch?
»Willst du mit auf eine andere Party kommen?«
»Ich ... äh, ich kann leider nicht. Mom und ich fliegen heute Abend noch zurück.«
»Oh.« Wie alles an dieser Begegnung fühlt sich auch meine Enttäuschung völlig unproportional zu der Zeit an, die wir zusammen verbracht haben.
»Ich kann dich hinbringen, wenn du willst?«
»Du kannst mich zu meinem Zimmer bringen. Ich muss mich erst umziehen.«
»Das Zimmer, das du dir mit Emma teilst?«
Wir lachen. »Genau das.«
»Okay, gehen wir.«
Auf der Fahrstuhlfahrt in den siebten Stock, wo fast alle vom NGC untergebracht sind, schweigen wir. Als er sich vorbeugt, um die Etage zu drücken, weht mir ein leichter Hauch seines Dufts, Parfum oder Deo oder was auch immer, in die Nase. Er ist leicht und luftig und passt perfekt zu ihm. Ich habe mein ganzes Leben in der Gesellschaft von Jungs verbracht, die nach Magnesia und Schweiß riechen. Das hier ist eine nette Abwechslung. Als er die Hand zurückzieht, streift sein Handrücken meinen Arm, und mir läuft ein warmes Kribbeln über die Wirbelsäule, das erste schöne Gefühl in diesem Teil meines Körpers seit langer Zeit.
Verrückt.

Fühlt es sich so an, wenn alle Träume wahr werden? Man schafft die Qualifikation für Olympia und trifft am selben Abend auch noch einen total heißen Typen, der einen offensichtlich gut findet? Genieß es, Audrey, besser kann es nicht werden.

Ich habe fast schon den Mut gesammelt, um etwas zu sagen, auch wenn ich nicht weiß, was, als das Glöckchen bimmelt und die Türen aufgleiten. Vom anderen Ende des Gangs wummert ein Bass zu uns herüber und vibriert in meiner Brust. Das muss die Party sein. Ich lächle, verlasse vor ihm den Fahrstuhl und suche in meiner Jackentasche nach der Schlüsselkarte.

»Das war echt ...«

»Aufregend?«, beendet er meinen Satz, und ich lache.

»Total.«

»Es war wirklich schön, dich wiederzusehen, Audrey«, sagt er. Ich will gerade etwas erwidern, als er fortfährt: »Als ... wir klein waren, war ich ein bisschen verknallt in dich.«

»Nur als wir klein waren?«, frage ich neckend, obwohl ich innerlich total durchdrehe. Was passiert hier?

»Na ja ...« Er reibt sich den Nacken und lächelt. »Du warst unwiderstehlich mit deiner Riesenschleife und dem knallpinken Turnanzug.«

»Du hast ja ein beeindruckendes Gedächtnis.« Ich beuge mich etwas vor. »Darf ich dir was verraten?«

Er nickt und leckt sich über die Lippen.

Plötzlich spüre ich ein Kribbeln am ganzen Körper, und ich muss schlucken, bevor ich sage: »Als wir klein waren, war ich auch ein bisschen verknallt in dich.«

»Ach ja?«

»Emma und ich waren immer total aus dem Häuschen, wenn jemand aus dem Team deiner Mom bei einem Wettkampf dabei war, weil wir wussten, dass sie dich mitbringen würde.«

Wir stehen uns schweigend gegenüber und lassen unsere Geständnisse auf uns wirken. In der Vergangenheit hätten wir nicht viel aus unserer Schwärmerei machen können, wir waren Kinder und hätten keine Möglichkeit gehabt, uns trotz der Entfernung zu sehen. Aber jetzt?

Er streckt die Hand aus und legt die Finger ganz leicht um mein Handgelenk. Seine Hand ist so viel größer als meine. »Darf ich …?«, fragt er und beugt sich zögernd vor.

In meinem Kopf geht es drunter und drüber, ich verstehe erst gar nicht, was er meint, aber dann begegne ich seinem Blick, und alles ist klar. Ich nicke, und er überbrückt die letzten Zentimeter zu meinem Gesicht, doch bevor seine Lippen meine berühren, fliegt am Ende des Gangs die Tür auf, und laute Musik flutet uns entgegen.

Leo beugt sich vor, lehnt seine Stirn an meine und seufzt. Die Verbindung ist noch da, wir sehen uns in die Augen, aber der Moment ist vorbei. Leute kommen aus dem Raum, und ich werde bestimmt nicht vor Publikum … tun, was auch immer wir gerade tun wollten. Das scheint er zu verstehen, ohne dass ich ein Wort sage, und er tritt einen Schritt zurück. Mein Handgelenk prickelt, wo er mich gerade noch berührt hat.

»Verdammt«, sagt er, reibt sich den Nacken, lächelt dieses selbstbewusste Lächeln, das es kein zweites Mal gibt, und dann auf einmal beinahe schüchtern und ein bisschen unbeholfen.

Ich lecke mir über die Lippen – sie fühlen sich viel zu trocken an –, und er stöhnt enttäuscht.

Ich lache. Nicht über ihn, sondern über die ganze Situation, über die Leute, die aus dem Raum kommen und jede Privatsphäre zunichtemachen.

Er lacht auch. »Ich muss jetzt wirklich los. Unser Flug geht in zwei Stunden, und Mom bringt mich um, wenn wir zu spät kommen«, sagt er und wippt auf den Ballen.

»Komm gut nach Hause«, sage ich, in der Hoffnung, alles ein bisschen leichter zu machen.

Es funktioniert nicht.

»Hör zu, ich weiß, dass die nächsten Wochen bei dir total verrückt werden, aber wir bleiben in Kontakt, okay? Und dann ... ich weiß auch nicht, komm mich mit deinen Medaillen in Stanford besuchen oder so. Wenn du möchtest. Oder ...«

»Klingt super«, unterbreche ich sein Gestammel.

»Ja?«, fragt er, und sein Lächeln wird breiter.

»Auf jeden Fall.«

Er ist kaum außer Sichtweite, als die Tür hinter mir aufgeht und Emma meinen Arm schnappt und mich ins Zimmer zieht. Sie wirft mir ein Stoffknäuel, vermutlich ein Kleid, an den Kopf, und ich kann es gerade so fangen, bevor es mir ins Gesicht fliegt.

»Hat er dich geküsst? Ich konnte es durchs Guckloch leider nicht sehen.«

Ich bin kein bisschen empört. An ihrer Stelle hätte ich auch spioniert. »Fast«, sage ich, ziehe den Trainingsanzug aus und schäle mich aus dem Trikot, bevor ich in das Kleid schlüpfe. Es gehört Emma, ein hellgraues Minikleid mit schmalen Trägern und einem Rückenausschnitt, der ein rautenförmiges Stück Haut freigibt.

Ich drehe mich zu ihr, damit sie mich begutachten kann, und sie nickt, bevor sie das Bändchen hinten zurechtzieht. »Du siehst gut aus. Und ich?«, fragt sie.

Ich gebe ihr ein Zeichen, sich zu drehen, mustere das goldglitzernde Kleid im Stil der 20er Jahre und muss lachen. »Du gibst mir ein silbernes Kleid, und du selbst trägst Gold?«

Sie guckt verwirrt, dann kichert sie. »Ich bereite dich schon mal auf Tokio vor.«

»O Mann! Egal, du siehst toll aus. Gehen wir.«

Wir schlüpfen in halbwegs schicke Flipflops und rennen zusammen den Gang hinunter. Der Bass wummert immer noch, und als die Tür aufgeht, steht Chelsea da, nimmt mit einem fröhlichen Lächeln unsere Hände und führt uns in die Suite.

Emma verschränkt die Finger mit meinen, und wir mischen uns unter die Tänzer. Mein Puls passt zu dem schnellen Beat, während Emma und ich in den Rhythmus finden und anfangen zu tanzen, zu singen und zu lachen. Im Raum ist es dunkel. Obwohl die Lichter der Skyline durchs Fenster scheinen – derselbe Blick, den Leo und ich vor gar nicht langer Zeit betrachtet haben –, lassen sich im Gedränge nur schwer einzelne Personen ausmachen, aber das spielt keine Rolle. Ich fahre mit meiner besten Freundin zu den Olympischen Spielen, und das werde ich heute Abend feiern.

Viertes Kapitel

»Ich hab es ins Team für Olympia geschafft.«

Das klingt nicht echt.

»Ich fahre zu den Olympischen Spielen.«

Klingt immer noch falsch.

Im selben Bett, in dem ich gestern aufgewacht bin, als diese Worte noch nicht stimmten, fällt es mir wirklich schwer, an die neue Realität zu glauben.

»Ich bin eine Olympionikin.«

Ich blinzle den letzten Rest Schlaf weg, rolle mich auf den Bauch und sehe Emma, die sich aus ihrem Bett rüber auf meins wirft.

»Wir sind Olympioniken!«, quietscht sie und landet neben mir, während ihr die roten Haare ins Gesicht fliegen.

Ja, das klang echt.

Sie hält ihr Handy in die Höhe und lehnt ihren Kopf an meinen. »Lächeln, Rey, wir fahren nach Tokio!«, trällert sie, und ich strahle übers ganze Gesicht. Ihr Daumen wischt über das Display. »Perfekt. Steve hat gesagt, ich soll in der Zeit vor Olympia jeden Tag mindestens drei oder vier Fotos posten. Oh! Das habe ich total vergessen – während ich dir und Leo gestern deine Eltern vom Hals gehalten habe, hat Steve mit deiner Mum und deinem Dad geredet. Er will, dass wir gemeinsam ein bisschen Promo machen, bevor wir ins Trainingslager fahren.«

Steve Serrano ist Emmas Agent. Sie hat den Vertrag mit ihm letztes Jahr nach der Weltmeisterschaft geschlossen, als sie den Amateurstatus abgelegt hat und Profisportlerin wurde. Rein theoretisch bin ich auch Profisportlerin. Die Entscheidung war leicht, als sich herausgestellt hat, dass ich nie in einer Collegemannschaft turnen kann.

Mein Handy vibriert irgendwo unter meinem Kopf, und ich ziehe es unter dem Kissen hervor, wo es gelandet ist, als wir gestern Nacht total k. o. ins Zimmer gestolpert sind.

Eine Nachricht von Leo.

Nur für den Fall, dass es nicht richtig rübergekommen ist – ich fand es echt toll, dich zu sehen!

Und darunter steht seine Nummer, seine private Handynummer. Hui, das fühlt sich ernst an.

»Von wem?«, fragt Emma, rutscht zu mir herüber, betrachtet das Display und stößt einen kleinen Schrei aus.

»Was soll ich antworten?«

Ich öffne ein neues Nachrichtenfenster.

»Schreib ihm, dass er eine super Party verpasst hat«, schlägt Emma vor. »Und dass du gerne mit ihm getanzt hättest.«

Ja, das klingt gut. Normal, ein bisschen flirty, aber nicht zu viel. Ich tippe die Nachricht und schicke sie ab.

Dann schaue ich auf die Uhr. »Mist, ich bin spät dran. Ich soll meine Eltern zum Frühstück treffen.«

Mein linker Fuß verheddert sich im Laken, als ich aus dem Bett springe, und ein stechender Schmerz zuckt durch meinen Rücken, doch ich ignoriere ihn. Ich überlege hastig, was Gibby gesagt hat, was wir zu dem Treffen anziehen sollen, aber dann fällt mir ein, dass wir gleich unsere neuen Anzüge für Olympia bekommen, also spielt es wohl keine Rolle, was wir tragen. Ich mache es wie Emma und ziehe ein Paar Shorts und ein NYC-Elite-T-Shirt an, binde mir einen Pferdeschwanz, schlüpfe in die Flipflops, schnappe mir mein Handy und renne durch die Tür.

Die Tür, vor der Leo und ich uns gestern fast geküsst hätten.

Ich bin Olympionikin und hätte gestern beinahe einen wahnsinnig süßen Typen geküsst.

Heute wird ein guter Tag.

Der Frühstückssaal ist verhältnismäßig leer. Es war für alle ein langer Abend, sogar für die Fans. Die meisten stehen wahrscheinlich erst in ein paar Stunden auf, aber meine Eltern sitzen bereits an einem Tisch am Fenster.

»Bis später«, sagt Emma und geht ans andere Ende des Raums, wo ihre Eltern und Steve sitzen. Chelsea und ihr Freund sitzen ein paar Tische weiter, und sie winkt mir zu, bevor sie sich wieder den Unterlagen zuwendet, die er vor ihr ausgebreitet hat. Ich winke zurück und geselle mich zu meinen Eltern.

»Guten Morgen!« Ich setze mich auf den Platz neben Dad. Sie haben schon ein Eiweißomelett mit Gemüse und ein Riesenglas Orangensaft für mich bestellt.

»Guten Morgen, Rey«, sagt Mom und strahlt. Dann starren Dad und sie mich an.

»Was?«, frage ich und schaue zwischen ihnen hin und her. »Was ist los?«

»Du fährst zur Olympiade!«, erwidern sie unisono.

Ein kribbelnder Schauer überläuft mich von Kopf bis Fuß, und ich lächle ebenfalls. Der Weg hierher hat vierzehn Jahre gedauert, und meine Eltern haben mich bei jedem Schritt begleitet, durch Landesmeisterschaft und Elite-Qualifikation, NGC-Lager und internationale Meisterschaften, durch Verletzungen, Operationen, Arzttermine und Physiotherapie bis hin zur Qualifikation für die Olympischen Spiele.

Ihr Stolz lässt ihr Lächeln noch heller strahlen.

»Dieser Leo scheint ja sehr nett zu sein«, sagt Mom, und ihre Augen blitzen schelmisch.

»Ach, Mom!«, protestiere ich. Sie will über Leo reden und hat natürlich kein Problem damit, es auch noch vor Dad auszuwalzen.

»Was denn? Er scheint doch wirklich nett zu sein, nicht wahr, Greg?«

»Viele Leute scheinen nett zu sein«, brummt mein Dad, bevor er sich hinter seiner Kaffeetasse verschanzt, aber ich sehe trotzdem, dass er schmunzelt.

»Er ist auch nett, aber er ist gestern noch mit seiner Mom nach Hause geflogen, weniger als eine Stunde, nachdem ihr ihn kennengelernt habt.«

»Wer ist nett?« Eine neue Stimme mischt sich in unser Gespräch, und ich zucke unwillkürlich zusammen. Gibby steht an unserem Tisch und lächelt uns an.

»Coach Gibson«, sagt Dad und streckt die Hand aus. »Guten Morgen.«

»Guten Morgen«, erwidert er. »Ich wollte nur kurz vorbeischauen und sehen, ob es allen gut geht, und Ihnen noch einmal dazu gratulieren, was Sie als Familie erreicht haben.«

»Danke«, sagt Mom und lächelt mir zu.

»Danke«, sage ich.

»Ich weiß, dass Audrey weit mehr zu bieten hat, als wir dieses Wochenende gesehen haben. Aber ich wollte gar nicht stören. Frühstücken Sie in Ruhe weiter. Audrey, ich freue mich schon auf das Trainingslager.«

Und weg ist er. Ich zwinge mich, ruhig ein- und auszuatmen. So schlimm war es gar nicht.

»Er freut sich, dass du im Team bist«, sagt Mom, noch immer strahlend.

»Ja.« Ich habe keine große Lust, ihnen zu erzählen, was er gestern über den Schwebebalken gesagt hat und dass ich mehr leisten muss. Meine Eltern sind stolz und glücklich. Mit Gibbys Psychospielen werde ich schon allein fertig. »Aber es gibt noch eine Menge zu tun.«

»Da hast du recht«, stimmt Dad mir mit vollem Mund zu. »Wo wir gerade davon sprechen, ich habe heute Morgen bei der Fluggesellschaft angerufen und den Flug für dich, Emma und Pauline auf heute Abend umgebucht.«

»Danke«, sage ich und schaufele weiter mein Omelett in mich hinein. Wir wollten nicht zu optimistisch sein, als wir unseren Rückflug von der Qualifikation gebucht haben, und dachten, der Aufwand umzubuchen wäre besser, als meine Chancen zu verspielen, ins Team zu kommen. Eigentlich bin ich nicht besonders abergläubisch, aber die Olympia-Qualifikation war dann doch nicht der beste Zeitpunkt, um das Schicksal herauszufordern.

Ich schiebe mir den letzten Bissen Omelett in den Mund und spüle ihn mit dem Orangensaft hinunter. »Ich muss leider schon los.« Ich küsse Dad auf die Wange und umarme Mom kurz. »Ich versuche, noch mal in die Lobby zu kommen, bevor ihr zum Flughafen fahrt, okay?« Nach dem Mannschaftstreffen müsste eigentlich genug Zeit sein, um mich zu verabschieden. »Aber falls es nicht klappt, guten Flug, und wir sehen uns zu Hause«, füge ich hinzu und umarme Dad noch einmal fest und dann Mom.

Während ich den Raum durchquere, halte ich nach Emma Ausschau, aber sie ist schon weg. Chelsea steht gerade auf. Wir steuern automatisch aufeinander zu und machen uns gemeinsam auf den Weg zum Konferenzraum.

»Ich kann es immer noch nicht glauben«, flüstere ich.

Sie lächelt mich an, fast so wie Mom eben. »Lass dir Zeit. Irgendwann trifft es dich dann mit aller Kraft, dass es wahr ist.«

»Und dann bekomme ich einen Nervenzusammenbruch?«, frage ich mit einem halben Lachen.

»Ganz genau. Ich war gerade mit Ben« – ihrem Freund – »in L. A. unterwegs und bin einfach so in Tränen ausgebrochen. Das war ein halbes Jahr nach Rio.«

»Machst du Witze?«

»Nein, es ist wirklich wahr. Ich habe einfach mitten auf der Straße losgeheult. Keine Ahnung, warum ausgerechnet da, es kam ganz plötzlich über mich. Im Augenblick kannst du nur mit dem Strom schwimmen. Du bist schon bei großen Wettkämpfen gewesen. Vor zwei Jahren warst du bei der WM. Betrachte das hier genauso – ausflippen kannst du hinterher!«

»So wie du das sagst, klingt es ganz einfach.«

»Oh, einfach ist es nicht, aber denk dran, ich bin für dich da. Dieser Sport kann für farbige Frauen ganz schön hart sein. Manchmal werden wir nach anderen Maßstäben gemessen. Wenn irgendetwas Komisches passiert, komm zu mir. Wir finden eine Lösung.«

Wir sind vor dem Konferenzraum angekommen. Das war das längste Gespräch, das ich je mit ihr geführt habe, glaube ich. Das ganze letzte Jahr habe ich in erster Linie versucht, mir nicht anmerken zu lassen, wie sehr mich ihr Erfolg einschüchtert, aber ich weiß nicht, ob sie es mir abgenommen hat.

»Nehmt Platz, Ladys«, sagt die Mitarbeiterin vom NGC, die mich gestern vor den Reportern gerettet hat.

Emma ist schon da und sitzt neben Sierra und Jaime. Als ich mich neben sie setze, lächelt sie mir nervös zu. Jetzt geht es los. Jetzt beginnt unsere Reise nach Tokio.

Gibby erhebt sich, und instinktiv richten wir uns auf und drücken die Wirbelsäulen an die Rückenlehnen. Wir haben alle schon mehr als einmal zu hören bekommen, dass wir auf unsere Haltung achten sollen, und keine von uns hat Lust, wegen hängender Schultern getadelt zu werden.

»Okay, ich glaube, wir sind vollzählig«, sagt er, und die Mitarbeiterin vom NGC schließt die Tür. Alle sind da, alle hohen Tiere vom NGC, der Vorstand, Vertreter unserer Sponsoren, unsere Trainer, alle.

Ich lächle Pauline zu, die daraufhin einmal kurz den Kopf schüttelt. Komisch. Pauline ist bei solchen Treffen sonst die Königin im künstlichen Lächeln. Sogar wenn sie schlechte Laune hat, lässt sie sich nichts anmerken, damit Gibby nicht denkt, wir hätten sie verärgert. Ich schaue mich noch einmal um, und dann macht es klick.

Dani fehlt.

»Moment mal«, sagt Chelsea neben mir. »Wo ist ...«

Gibby bringt sie mit einer hochgezogenen Augenbraue zum Schweigen, und sie lehnt sich mit verwirrter Miene zurück.

»Ladys, bevor wir anfangen, habe ich eine Ankündigung. Ich muss euch mitteilen, dass die Ergebnisse des Dopingtests, der vor Beginn der Qualifikation gemacht wurde, gestern Abend eingetroffen sind. Leider ist Dani Olivero wegen Verstoßes gegen die Anti-Doping-Richtlinien des NGC und der USOF suspendiert worden.«

Verstoß gegen die Anti-Doping-Richtlinien?

Verdammt, Dani ist positiv getestet worden!

Gibby spricht weiter, und ich versuche, mich auf seine Worte zu konzentrieren. »Wie ihr alle wisst, haben wir in der Hinsicht eine Null-Toleranz-Grenze. Sie ist umgehend vom Team suspendiert worden, so wie es den Vorgaben der USOF entspricht.«

Er zögert und schaut uns der Reihe nach in die Augen. Als er zu mir kommt, erwidere ich seinen Blick ausdruckslos, so wie immer, wenn wir uns vor einer Übung oder einem Wettbewerb aufstellen. Keine Regung ist besser als die falsche. Nicht, dass ich wüsste, welche die richtige ist. Schock? Wut? Unglauben? Verwirrung? All diese Gefühle wirbeln in mir durcheinander, aber davon muss er nichts wissen.

Als er zufrieden scheint, dass wir alle begriffen haben, was auch immer er uns mitteilen wollte, lächelt Gibby und sagt: »So traurig und enttäuschend es ist, die Sache hat auch etwas Gutes. Ich freue mich, euch mitzuteilen, dass Sierra Montgomery, dank ihrer herausragenden Leistungen und Jahren des hingebungsvollen Trainings, von der Ersatzbank ins Team aufsteigt. Herzlichen Glückwunsch, Sierra!«

Er klatscht in die Hände, einmal und dann noch mal, und wir tun es ihm gleich. Meine Hände klatschen mechanisch mit, aber mein Gehirn ist noch dabei, die Information zu verarbeiten. Dani ist suspendiert. Sierra aufgestiegen. Einfach so. Ein Traum ist gestorben. Ein anderer lebt.

Sierra gibt ein Geräusch von sich, das irgendwas zwischen einem Quietschen und einem Schrei ist. »Ich ... Ich weiß nicht ... Danke!«, bringt sie endlich hervor. Sie drückt Jaimes Hand so fest, dass ihre Knöchel weiß werden. Jaimes Gesicht zeigt ihren gewaltigen inneren Kampf zwischen der Freude für ihre beste Freundin und der total verständlichen Enttäuschung, noch immer auf der Ersatzbank zu sitzen.

»Du hast hart dafür gearbeitet, du hast es verdient.« Mit diesen Worten hellt sich Gibbys Miene auf, und seine Schultern entspannen sich. »So, und heute werden wir wie geplant mit unserem Fotoshooting und der Ausstattung weitermachen, aber die Pressekonferenz ist abgesagt, damit ihr keine Fragen zu diesen Veränderungen beantworten müsst. Das NGC und die USOF werden dazu eine gemeinsame Presseerklärung herausgeben. Sollte euch irgendjemand zu der Situation oder zu der Untersuchung des NGC Fragen stellen, verweist sie bitte an unsere Kommunikationsabteilung und bleibt ansonsten bei ›Kein Kommentar‹. Wir handhaben diesen Fall genau so, wie wir es immer getan haben. Was im NGC passiert, bleibt im NGC. Verstanden?«

»Ja, Sir!«, antworten wir einstimmig, wie immer, wenn er uns als Gruppe anspricht. Die Hochstimmung von gestern Abend und heute früh ist verschwunden. Mein Herz rast schneller als vor einer wichtigen Übung und sogar schneller als gestern Abend, bevor Leo und ich uns fast geküsst hätten. Ich bekomme einen Kloß im Hals, aber ich schlucke ihn hinunter. Schwäche zu zeigen ist keine Option. Weder jetzt noch sonst.

»Was glaubst du, was sie genommen hat?«, flüstere ich, als wir alle zusammen auf dem Rasen vor dem Hotel stehen. Es ist ein perfekter Tag, blauer Himmel, warme Sonnenstrahlen, aber die Stimmung im Team ist alles andere als sonnig. Brooke und Sarah stehen vor uns und posieren für die Fotografen des NGC und der USOF. Sie machen Fotos von uns für die Pressemitteilung, die gleich um die ganze Welt gehen wird.

»Vermutlich ein Diuretikum«, sagt Emma. »Sie hat im letzten Jahr ziemlich viel Gewicht verloren, und seitdem sind auch ihre Ergebnisse besser geworden. Es würde passen.«

»Ich kann mir nicht vorstellen, dass Dani gedopt hat. Dafür ist sie viel zu schlau«, stößt Chelsea zwischen den Zähnen hervor.

»Schlauheit spielt keine Rolle. Wir wollten alle um jeden Preis ins Team, Chels. Sie hat versucht, ihre Leistung noch weiter zu pushen, und ist erwischt worden.«

Chelsea schüttelt den Kopf. »Ich sage euch, das kann nicht sein. Das Ergebnis muss falsch sein. Es klärt sich bestimmt, wenn die Ergebnisse von dem Test gestern reinkommen.«

»Aber er hat doch gesagt, dass sie nicht mehr im Team ist«, wende ich ein. »Es kommt mir nicht so vor, als gäbe es da noch viel dran zu rütteln.«

»Sie hat betrogen«, meldet sich Sierra zu Wort, die zu uns herübergekommen ist, dicht gefolgt von Jaime. »Ich gebe meinen Platz bestimmt nicht wieder her. Er hat mir von Anfang an zugestanden.«

Chelsea dreht sich wütend zu ihr um, aber der Fotograf ruft uns und hindert sie daran auszusprechen, was ihr auf der Zunge liegt. Sie zieht nur die Augenbrauen hoch und wirft Sierra einen vielsagenden Blick zu, dann dreht sie sich um und marschiert dorthin, wo das Gruppenbild von uns vieren gemacht werden soll.

In der nächsten Stunde machen wir Fotos in allen möglichen Kombinationen, damit das NGC für alle Fälle die richtigen Bilder hat, ganz egal, was in den Wochen bis zu den Wettkämpfen noch passiert. Jede von uns steht bei einer der Gruppenaufnahmen abseits, und das macht so richtig deutlich, dass trotz allem, was wir durchgemacht haben, um hierherzukommen, nichts garantiert ist, vor allem jetzt, da Dani weg ist.

Dann werden wir in einen Raum gebracht, wo wir alle möglichen Unterlagen für die USOF ausfüllen, die United States Olympic Federation, die an den Internationalen Olympischen Verband geschickt werden. Es sind alle möglichen Standardinformationen wie Geburtsdatum, Hobbys und Lieblingsfernsehsendung, aber auch persönliche und medizinische Informationen für den Fall, dass uns während des Aufenthalts in Japan etwas passiert.

Ich bin froh, dass ich mich vorhin schon von meinen Eltern verabschiedet habe, denn ich habe ihre Abreise vor über einer Stunde verpasst. Und dann sind wir plötzlich alle im Fahrstuhl, demselben, in dem ich gestern mit Leo war, und es ist ganz still. Es sind nur noch sieben da, wo eigentlich acht sein sollten.

Ich hole mein Handy raus und tippe die Nachricht, die ich schon die ganze Zeit schreiben wollte, seit wir das von Dani erfahren haben.

Alles okay?

Ganz kurz ist eine Sprechblase mit drei Pünktchen da, dann ist sie wieder weg. Sie hat die Nachricht gesehen und sogar angefangen, eine Antwort zu schreiben, aber dann hat sie sich dagegen entschieden. Oder jemand hat sie davon abgehalten.

Als ich wieder vom Handy aufblicke, sind wir schon vor unserem Zimmer, und Emma macht die Tür auf. Der Raum ist ein bisschen ordentlicher als heute Morgen, aber ein Großteil des Durcheinanders, das wir hinterlassen haben, ist noch da. Überall liegt Zeug herum – Schminksachen im Bad, Trainingsanzüge, normale Klamotten von den winzigen Zeitfenstern, die wir nicht in der Halle verbracht haben, Turnanzüge und die Sportunterwäsche, die wir darunterziehen, normale Unterwäsche, ein halber Kasten halbleere Wasserflaschen und jede Menge Handtücher.

»Em, hast du Dani geschrieben? Sie antwortet mir nicht.«

»Nein«, sagt sie, zieht ihren Koffer von der Gepäckablage in der Ecke, hebt ihn aufs Bett und beginnt, ihre Sachen hineinzuwerfen. »Komm, beeil dich. Wir müssen packen. Pauline hat gesagt, dass wir in weniger als einer Stunde zum Flughafen müssen.«

»Ist das dein Ernst, Em? Ich weiß ja, dass dir nie was unter die Haut geht, aber wie kannst du davon nicht total verstört sein?«

Sie seufzt und lässt sich neben mir aufs Bett fallen. »Ich bin ja verstört, aber ich will nicht darüber nachdenken. Ich weiß, es klingt egoistisch, aber ich kann mich jetzt nicht auf Dani konzentrieren. Es ist nur noch so wenig Zeit bis Olympia, und von mir wird erwartet ... alles zu gewinnen, und wenn ich mich nicht darauf konzentriere, schaffe ich das nie.«

Und so ist es. Mit dem Moment, in dem man es ins Team schafft, ist es noch nicht getan. Es ist die Wahrheit. Wir fahren nicht zur Olympiade, um dabei gewesen zu sein. Wir fahren, um zu gewinnen. Emma hat die Schultern bis an die Ohren gezogen, und ihr Blick ist abwesend. Sie zieht sich in ihren Kopf zurück, und das kann ganz schön gruselig sein, deshalb versuche ich, die Spannung zu brechen.

»Meinetwegen kannst du versuchen, am Barren zu gewinnen, aber wir wissen beide, worauf das hinausläuft.«

Emma schnaubt. »Tut mir leid, dass du dich mit Silber begnügen musst, Rey.«

»Wir werden sehen.«

Ich schaue noch einmal auf mein Handy. Dani hat immer noch nicht geantwortet.

»Wenn ich aus dem Team fliegen würde, würde ich auch keine Nachrichten beantworten«, sagt Emma, dreht sich auf die Seite und stützt sich auf den Ellbogen.

»Bist du denn gar nicht neugierig?«

»Was willst du ihr denn sagen, wenn sie antwortet?«

»Ich ...« Ich verstumme. Ich habe keine Ahnung.

»Siehst du«, sagt Emma, als ich lange genug geschwiegen habe. Sie seufzt und greift nach meiner Hand. »Weißt du, was ich denke?«

»Was?«

»Ich denke, wir sollten nach Olympia darüber nachgrübeln. Am besten an irgendeinem Strand, wo uns braun gebrannte Typen Drinks mit Sonnenschirmchen drin servieren und wir uns übers Turnen keine Gedanken mehr machen müssen – abgesehen von der Frage, ob du mit Leo Adams rumturnst, wenn du ihn wiedersiehst.«

»O Gott!«, sage ich entrüstet und haue ihr ein Kissen um die Ohren. »Du hast echt einen Knall. Ich habe ihn gerade erst kennengelernt!«

»Wir kennen ihn schon seit Jahren.«

»Ja, aber nicht wirklich ... Irgendwelche Posts zu liken ist nicht dasselbe, wie jemanden zu kennen«, widerspreche ich. Es fühlt sich vielleicht so an, aber es stimmt nicht.

Die Worte sind mir kaum über die Lippen gekommen, als mein Handy *bing* macht.

Eine Nachricht von Leo, ein Foto. Seine grünen Augen sind noch verschlafen von der langen Reise. Ich grinse und mache schnell ein Foto von mir mit gekräuselter Nase und lustigem Gesichtsausdruck.

»War er das?«, fragt Emma. »Zweimal am Tag! Mach ein Foto von uns und schreib ihm, dass du mir gehörst.« Sie presst die Lippen an meine Schläfe und schießt das schlechteste romantische Selfie aller Zeiten. Ich befolge ihre Anweisung und bekomme einen Schwall lachender Emojis zurück.

»Echt schade, dass er gestern so früh wegmusste. Na ja, aber heute hättet ihr ohnehin keine Zeit gehabt.« Sie dreht sich auf den Rücken und seufzt. »Gott, ich habe gestern die Quali für Olympia gewonnen, und du hast sogar noch eins draufgesetzt.« Sie lacht, aber in ihrer Stimme schwingt auch Ernst mit. Ein komisches Gefühl. Ich weiß nicht, ob Emma in der ganzen Zeit, die wir uns kennen, je neidisch auf mich war.

»Ich verspreche dir, ein süßer Typ kommt auf keinen Fall an Olympia ran, und wir werden für dich auch noch einen finden, wenn wir nach Tokio am Strand abhängen.«

»Das will ich hoffen. Ich werde nie wieder so gut in Form sein wie jetzt. Wir sind echt Musterexemplare, das müssen wir ausnutzen, bevor wir uns nach Olympia sinnlos vollfressen.«

Es klopft an der Tür. »Mädels, habt ihr gepackt? Der Bus ist gleich da!«, ruft Pauline vom Gang.

Gemeinsam springen wir vom Bett und starren uns panisch an. Dann schmeißen wir die Kleidung von Wochen in unsere Koffer, ohne darauf zu achten, wem was gehört. Darum können wir uns kümmern, wenn wir zu Hause sind. Nur noch eine Woche Training zu Hause in New York, dann geht es auch schon ins NGC-Trainingslager und von da aus nach Tokio zu den Olympischen Spielen.

Fünftes Kapitel

Schweiß rinnt mir über den Rücken, und meine Brust hebt und senkt sich stoßweise. Meine Lungen schreien nach Luft, und mein Rücken pocht. Ich beiße die Zähne zusammen und drehe mich um, dehne die angespannten Muskeln so weit wie möglich und versuche meinen Bewegungsradius zu vergrößern. Erst heute Morgen war ich bei der Physiotherapie. Jetzt, nur wenige Stunden später, sind die Schmerzen wieder da.

Aber wenigstens ist das Training gleich vorbei.

Die Ballons und die Luftschlangen von der Abschiedsparty heute Morgen hängen noch in den Ecken der Turnhalle. Ein Ballon hat sich losgerissen und schwebt zwischen den Dachsparren der riesigen Halle, in der ich seit meinem vierten Lebensjahr trainiere.

Die Musik zu Emmas Bodenkür tönt blechern aus den miesen Lautsprechern, aber dass wir sie kaum hören können, ist von Vorteil. Man weiß nie, was beim Wettkampf mit der Musik alles schiefgeht. Mal fängt sie an der falschen Stelle an, mal fehlt ein Teil oder sie fällt ganz aus, daher ist es besser, sich nicht von ihr leiten zu lassen.

»Du schaffst das, Em!«, rufe ich, als sie sich in der Ecke für ihre erste akrobatische Kombination bereit macht. Pauline will, dass wir vor Olympia an unserer Ausdauer arbeiten, und lässt uns bei jeder Trainingseinheit mehrere Bodenübungen hintereinander turnen.

Ich kreise den Nacken, drehe die Hüften und versuche, die Schmerzen wegzudehnen, die von vier Sprüngen und einer ein-

einhalbminütigen Choreographie kommen. Meine Atmung wird langsam wieder normal, als Emma gerade zu ihrem zweiten Salto ansetzt. Die Schmerzen sind nicht weg – ganz ehrlich, ohne Kortison sind sie nie weg –, aber sie sind auszuhalten, gering genug für eine weitere Übung.

»Für den Ausfallschritt hättest du drei Zehntel Abzug bekommen. Wir wollen höchstens ein Zehntel!«, ruft Pauline. Emma reagiert nicht, aber sie hat die Kritik definitiv gehört. Das ist Paulines Mantra, seit wir von der Qualifikation zurück sind: Ausdauer steigern, Punktabzüge reduzieren.

Emma stellt sich für ihre letzte Sprungverbindung auf, hält kurz inne, um tief einzuatmen, dann wirbelt sie in einen Rondat mit anschließendem Flickflack, gebücktem Doppelsalto und einem winzigen Schritt, um sich zu fangen.

»Gut!«, ruft Pauline und bindet sich einen Pferdeschwanz, ohne den letzten Teil von Emmas Choreographie aus den Augen zu lassen, bevor Coplands *Hoedown* schmetternd zum Ende kommt. »Sieht mit jedem Mal mehr nach Gold aus!«

Emma erhebt sich vom Boden und meldet sich bei den heutigen Kampfrichterinnen ab – ein paar jüngere Mädchen aus dem Verein, die die Party für uns geschmissen haben. Pauline hat sie gebeten zuzuschauen, um ein bisschen mehr Spannung aufzubauen als beim normalen Training.

»Okay, du bist dran, Rey«, sagt Pauline, die mit ihrem Pferdeschwanz fertig ist und zu dem uralten CD-Player hinübergeht, um Emmas CD herauszunehmen und meine aufzulegen.

Während Emmas Musik typisch amerikanisch ist – auch wenn der volkstümliche Hoedown für ein Mädchen von der Upper East Side nicht unbedingt naheliegend ist –, ist meine fast schon extrem klassisch. Sie würde auch zum russischen Team passen.

Zeitgenössische amerikanische Turnerinnen haben sich eher der mitreißenden Musik verschrieben, lebhaften Choreographien und Songs, zu denen die Menge klatschen kann. Und ich? Ich ziehe es vor, das Publikum – und die Kampfrichter – vor Staunen zum Schweigen zu bringen und ihnen vielleicht sogar eine Träne abzuringen.

Das Schwierigste an meiner Übung sind die tänzerischen Elemente. Salti waren selbst vor meiner Verletzung nicht meine Stärke – gut ausgeführte Sprünge oder Drehungen schon eher. Wenn ich mich nicht in die wirbelnden Schwünge am Barren verliebt hätte, wäre ich vermutlich auf der anderen Seite des East River in einer der Ballettschulen gelandet.

»Auf geht's, Rey«, schnauft Emma zwischen zwei Schlucken aus ihrer Wasserflasche.

»Hau rein, Rey!«, rufen auch die Mädchen auf der Bank. Ich erzwinge ein Lächeln, um ihnen zu zeigen, dass ich ihre Unterstützung zu schätzen weiß, aber es ist schwer, die Energie auf irgendetwas anderes zu richten als darauf, die Schmerzen in Schach zu halten.

Ich hole tief Luft und gehe in meine Ausgangsposition, lasse die Arme herunterhängen, senke den Kopf und atme langsam ein und aus, um meinen Herzschlag zu beruhigen, bevor die Übung an Fahrt aufnimmt. Meine Musik setzt ein, ein orchestrales Arrangement von *Moon River*. Ich lasse die Arme um mich fließen, während die Harfentöne die Musik in die Melodie führen, und dann kommt meine erste Saltokombination, ein gestreckter Vorwärtssalto mit zweieinhalb Schrauben und gleich im Anschluss ein Schraubsalto, die Hölle für meinen Rücken. Ich habe sie an den Anfang gelegt, bevor der Rest der Übung meine Kraft aufzehrt und damit auch meine Fähigkeit, zweimal kurz hintereinander aus der Drehung im Stand zu landen.

»Ich kann deine Verbindung zur Musik nicht sehen, Audrey. Zeig sie mir!«, fordert Pauline.

Am liebsten würde ich die Augen verdrehen. Es ist schwer, eine emotionale Verbindung zur Musik zu zeigen, wenn der Rücken so weh tut wie meiner, trotzdem versuche ich es. Ich muss alles tun, um die Kampfrichter zu einer möglichst hohen Note für die Ausführung zu bringen.

Meine Kür ist fast zu Ende, als sie sagt: »Und jetzt gib noch mal alles!«, bevor ich die letzte Kraft in mein finales Element lege, einen doppelten Rückwärtssalto. Bei der Landung gehe ich ganz leicht in die Knie und mache einen winzigen, kontrollierten Hopser nach vorne, bevor ich die Arme zu den letzten Tönen der Musik hebe und den Kopf anmutig zurückneige.

»Wunderschön!«, sagt Emma und klatscht, während ich die Arme in die Luft strecke.

Nur eiserne Disziplin hält mich davon ab, das Gesicht zu verziehen, als ich den Mädchen winke, die mir zujubeln, doch kaum habe ich die Bodenfläche verlassen, erwacht der Schmerz wieder zum Leben.

»Du brauchst beim Rückwärtssalto etwas mehr Höhe«, sagt Pauline, »aber insgesamt war es gut. Eine solide Einstiegskür für die Qualifikation.« Ihre Worte machen mir nicht gerade Mut – eine Einstiegskür für die Qualifikation heißt, dass sie davon ausgeht, dass meine Punktzahl sowieso nicht gezählt wird. Im Mannschaftsfinale ist meine Bodenkür für das Team quasi nutzlos.

»Kurze Trinkpause, dann gehen wir zum Sprungtisch«, erklärt Pauline.

Die Jüngeren machen mit ihrem Training weiter, während Emma und ich uns unsere Wasserflaschen schnappen und zum Sprungtisch hinübergehen.

Mein Handy summt. Emma schraubt gerade an ihrer Flasche herum, deshalb riskiere ich einen schnellen Blick.

Die Nachricht ist von Leo, ein Spiegel-Selfie, im Hintergrund sieht man das Badezimmer. Er hat einen riesigen blauen Fleck auf dem Brustkorb und trägt so was von kein Shirt. Ich versuche, das beginnende Herzrasen hinunterzuschlucken.

Unter dem Foto ist eine Nachricht:

Das hab ich davon, wenn ich beim Surfen an dich denke.
Ich beiße mir auf die Lippe, mein Daumen schwebt zögernd über dem Display. Ich will so antworten, wie ich es die ganze Woche getan habe. Er hat nicht zu oft geschrieben. Gerade oft genug, um mir zu versichern, dass er interessiert ist. Ehrlich gesagt ist es eine Erleichterung, dass er versteht, warum ich nicht die ganze Zeit schreiben kann. Er versteht mich. Ich möchte mit einem kleinen Scherz antworten, einer cleveren Antwort oder Doppeldeutigkeit. Er soll wissen, dass ich auch an ihm interessiert bin wirklich. Dass ich seit Jahren aus der Ferne in ihn verliebt bin und dass ich ihn wirklich kennenlernen will. Und irgendwann auch küssen.

So was habe ich noch nie für einen Typen empfunden. Klar, ich fand schon viele Jungs süß und habe ein paar von ihnen geküsst, aber … mehr? Das habe ich nie ernsthaft in Erwägung gezogen. Aber mit Leo kann ich es mir wirklich vorstellen. Ich will mit ihm über Dinge sprechen, die mir wichtig sind, mit ihm auf Konzerte, in schlechte Filme und ins Restaurant gehen. Und ich will auch andere Sachen mit ihm machen, Sachen, bei denen meine Wangen heiß werden, wenn ich nur an sie denke, so wie jetzt gerade.

Es ist echt verrückt, wie intensiv diese Gefühle sind. Andererseits passt es. Er versteht meine Träume und weiß, wie hart ich dafür gearbeitet habe. Ich habe noch nie einen Jungen kennengelernt, der dafür Verständnis hatte. Obwohl wir erst so wenig Zeit miteinander verbracht haben, fühlt es sich doch so an, als würden wir uns auf eine Weise verstehen, auf die es wirklich ankommt.

Heißt es nicht, der erste Schritt zur Heilung ist die Einsicht, dass man ein Problem hat? Ich habe ganz klar ein Leo-Adams-Problem. Aber sollte ein Typ mit strahlenden grünen Augen und einem Lächeln zum Dahinschmelzen, ein Typ, der auch ohne Shirt verdammt gut aussieht und mit einer winzigen Berührung meinen ganzen Körper zum Kribbeln bringt, überhaupt als Problem bezeichnet werden?

Ich denke nicht.

Eine der jüngeren Turnerinnen hüpft vom Sprungbrett auf den Balken und holt mich in die Realität zurück.

»Die Pause ist vorbei, Mädels«, ruft Pauline, und ich schicke Leo schnell ein Herzchen-Emoji und lege das Handy beiseite.

»Wer war das?«, flüstert Emma.

»Leo«, flüstere ich zurück, und sie quiekt wohlwollend, bevor wir unsere Aufmerksamkeit Pauline zuwenden.

»Alle beide, kompletter Durchlauf, als würdet ihr euch in der Arena einturnen. Erst eine Schraube, dann eineinhalb, Rey. Emma, einfach und dann zweieinhalb.«

Wir nehmen beide einen letzten Schluck und stellen unsere Wasserflaschen ab, bevor wir zum Start der Anlaufbahn hintersprinten. Das Geheimnis beim Sprung ist, dass man so schnell wie möglich so warm wie möglich werden muss. Es ist nicht genug Zeit, um sich langsam an die maximale Schwierigkeit vorzutasten wie im normalen Training. Man muss sich sehr schnell unter Kontrolle kriegen.

»Immer ans Gleichgewicht denken, Mädels! Zeigt mir, was ihr könnt!«

Ich schüttele meine Fußgelenke aus und hole einmal tief Luft, bevor ich in genau bemessener Geschwindigkeit die Laufstrecke hinunterlaufe. Ich springe eine einfache Schraube, drehe meinen Körper einmal in der Luft, bevor ich auf der Matte lande und kurz wippe, um den Rest des Schwungs auszubremsen. Es fühlt sich okay an – das heißt, es tut natürlich weh, aber nicht mehr als sonst –, und ich laufe zum Sprungbrett und rücke es zurecht, damit Emma springen kann.

»Gut gemacht, Rey. Fast wie in alten Zeiten.«

Ich war nie spektakulär am Sprungtisch, aber ich bin zuverlässig eine doppelte Schraube gesprungen und war auf dem Weg zur

Zweieinhalbfachen, als mein Rücken mir mitteilte, dass er nicht einverstanden war mit dem Aufstieg zum berühmten Amanar, den jede Spitzenturnerin anstrebt. Jetzt ist nicht mal mehr eine Doppelschraube drin, nur noch die relativ leichte eineinhalbe, die ich umso perfekter hinkriegen muss, um von den Kampfrichtern keinen Abzug zu bekommen.

Je geringer der Schwierigkeitsgrad, desto kritischer schauen die Kampfrichter auf die Ausführung, das ist klar. Manchmal ist das eine selbsterfüllende Prophezeiung. Natürlich kann es sein, dass eine Turnerin einen einfacheren Sprung wählt, weil sie nicht gut genug ist, um kompliziertere Sprünge auszuführen, aber nachdem ich diesen Sport viele Jahre lang beobachtet habe, bin ich zu dem Schluss gekommen, dass Kampfrichter nicht selten arrogante Idioten sind.

Ich gehe wieder zum Startpunkt der Anlaufbahn, während Emma ihre einfache Schraube springt, und warte, bis Pauline das Sprungbrett zurechtgerückt hat, bevor ich meine Sprungübung wiederhole.

Tief einatmen, auf die Zehenspitzen, dann nach vorne zum Tisch, Rondat, Flickflack auf den Tisch und abstoßen. Ich presse die Arme an den Körper und verringere den Luftwiderstand so weit wie möglich, während ich mich drehe und dann öffne. Ich lande blind, aber ich weiß genau, wo ich bin. Ein winziger Hopser nach vorn, hoch aufrichten und winken. Der war ziemlich gut, aber er hat sauweh getan.

»Super! Hat sich aber bestimmt nicht so angefühlt«, äußert Pauline meine Gedanken, und ich muss mir ein bitteres Lachen verkneifen.

Ich nicke kurz, lieber nicht über die Schmerzen reden. »Noch einen?«

»Jep«, sagt sie. »Wenn wir in Tokio wären, wäre das der Aufwärmsprung gewesen.«

Während ich wieder zurückgehe, grüßt Emma selbstbewusst und legt dann einen perfekt ausgeführten Rückwärtssalto mit zweieinhalbfacher Schraube und einem winzigen Ausfallschritt hin.

»Ja! Genau so, Emma!«, ruft Pauline und klatscht. »Wenn du so in Tokio springst, hat Kareva keine Chance gegen dich – ob sie nun ihre Dreifachschraube springt oder nicht.«

Sie bringen das Sprungbrett für mich in Position, ein kleines Stück weg vom Tisch.

Emma zeigt mir den erhobenen Daumen, und ich mache mich ein weiteres Mal bereit. Anmutiger Gruß, Zehen auf den perfekten Startpunkt und dann los, Rondat, Flickflack in die eineinhalbfache Schraube. Diesmal ist sie ein kleines bisschen überdreht, mit einem schnellen Ausfallschritt am Ende, der mich mindestens drei Punkte hinterm Komma gekostet hätte. Verdammt.

»Gut gemacht«, sagt Pauline, aber ihre Augen sind schmal und ihr Mund angespannt. Es bringt nicht viel, mich zu korrigieren. Als schwächste Springerin im Team werde ich vermutlich nur an der Qualifikation teilnehmen, wo wir die niedrigste Punktzahl nicht mitzählen müssen. Trotzdem ist es eine Verschwendung, den besten Sprung beim Aufwärmen zu springen.

Ich stelle mich auf die Zehenspitzen und lasse mich wieder sinken. Mein Rücken fühlt sich nicht schlechter an als vorher. »Ich springe noch mal.« Pauline will widersprechen, doch dann schließt sie den Mund wieder, und ich drehe mich um und laufe noch einmal zum Startpunkt.

»Audrey, der Sprung war total in Ordnung«, sagt Emma und nimmt einen Schluck aus ihrer Wasserflasche.

»Nur noch einmal«, flüstere ich.

Diesmal mache ich erst eine halbe Schraube, dann eine ganze und schließlich die eineinhalbfache, und dieser Sprung ist sehr viel sauberer als der vorherige.

»Gut gemacht, Rey«, sagt Pauline. »Es ist schon zwölf. Für heute seid ihr fertig.«

Ich schüttelte den Kopf. Ich will noch einmal springen, sichergehen, dass die Einturnkombination für mich funktioniert. »Nee«, sage ich und gehe noch mal zurück, während ich die Hüfte vor und zurück dehne. Die Schmerzen sind konstant, nicht schwächer, nicht stärker, also verbanne ich sie aus meinen Gedanken. Darin bin ich in den letzten zwei Jahren richtig gut geworden. Alles in Ordnung. Einer geht noch.

»Ich wollte doch nur noch einmal springen«, grummele ich auf meinem Stuhl im Nagelstudio gegenüber von Emmas Wohnung. Vor einem großen Wettkampf gehen wir immer zusammen zur Mani- und Pediküre, das ist unsere Tradition. Der Salon ist ziemlich teuer, viel schicker als der auf der anderen Seite des Flusses in Queens, zu dem Mom und ich immer gehen, aber Emma lädt mich ein, also habe ich nicht widersprochen.

»Sie hat dich ja auch noch dreimal springen lassen. Du willst *immer* noch mal springen«, sagt Emma, die neben mir sitzt. »So hat dieser ganze Mist doch überhaupt erst angefangen.« Sie deutet vage auf meinen Rücken.

Sie hat ja recht. Ich weiß, dass sie recht hat, aber der Gedanke an eine Zukunft ohne Turnen ist so traurig, dass ich so viel wie möglich rausholen möchte, bevor alles vorbei ist.

»Ich weiß, wie du dich fühlst, Rey. Du willst, dass alles perfekt ist, aber hast du nicht mittlerweile gelernt, dass das nicht geht?«

Ich werfe ihr einen Blick zu und murmele etwas vor mich hin.

»Wie bitte?«

»Du kennst mich zu gut«, wiederhole ich lauter.

In diesem Moment summen unsere Handys. Unser Gruppenchat mit den anderen Mädchen. Sierra hat ein Video von ihrer Barrenkür geschickt.

Ich schließe es, bevor ich es zu Ende gesehen habe.

»Sie will dich nur unter Druck setzen«, sagt Emma und zuckt mit den Schultern.

»Ich weiß. Soll sie ruhig. Am Barren ist sie nicht besser als ich.«

»Du kennst sie, was erwartest du von ihr?«

»Ich erwarte, dass meine *Mannschaftskameradin* aufhört zu drohen, dass sie mir meinen Platz im Barrenfinale wegnehmen wird.«

»Tja, es ist das einzige Finale, auf das sie eine Chance hat.«

»Na ja, Barren und Mehrkampf«, gebe ich zurück und versuche, nicht bitter zu klingen. Ohne Dani ist Sierra unsere zweitbeste Mehrkämpferin, und obwohl ich mich damit abgefunden habe, dass eine Mehrkampf-Medaille für mich eher unwahrscheinlich ist, tut der Gedanke trotzdem weh.

»Entschuldigung?«, sagt ein Stimmchen neben Emmas Stuhl. Die Frau, die Emmas Nägel lackiert, will das Mädchen wegscheuchen, aber Emma schüttelt den Kopf.

»Hallo«, sagt sie und lächelt die Kleine an, die vermutlich sieben oder acht ist und Zettel und Stift in der Hand hält.

»Darf ich vielleicht ein Autogramm haben? Und würden Sie ein Foto mit mir machen?«

»Klar doch!«, sagt Emma, gerade als der letzte Pinselstrich auf dem Nagel ihres kleinen Zehs aufgetragen ist. Sie steht vorsichtig von dem erhöhten Stuhl auf, unterschreibt auf dem Zettel und posiert für das Foto. Die Mutter des Mädchens macht ein paar Aufnahmen mit dem Handy, dann bedanken sie sich und gehen.

»Du bist ja ein richtiger Star!«, necke ich sie, während wir zu den Trocknern gehen, um den Lack wenigstens für ein paar Tage haltbar zu machen, bevor das Training ihn total zerstört.

»Es ist echt komisch«, sagt sie. »Nach der WM hat mich kaum jemand erkannt, aber jetzt, seit diese Werbung läuft ...« Sie verstummt. Emma ist das neue Werbegesicht für Nike. Überall in der Stadt stehen riesige Plakatwände mit ihrem Gesicht herum, und in der Zeit vor den Olympischen Spielen laufen mehrere Werbeclips mit ihr.

»Meine beste Freundin ist ein Star, also ist es mein Job, mich darüber lustig zu machen.«

»Was anderes habe ich auch nicht erwartet«, erwidert sie trocken, und wir kichern. Dann schaut sie auf ihr Handy. »Haben deine Eltern sich das Angebot angesehen, das Steve geschickt hat?«

»Ja, sie sind einverstanden.«

»Was? Ihr unterschreibt? Warum hast du denn nichts gesagt?«

Ich zucke hilflos mit den Schultern. »Ich weiß nicht. Es ist cool, aber es ist ja nur für die Zeit der Olympiade. Man muss dauerhaft erfolgreich sein, damit sich die Leute wirklich für einen interessieren.«

Steve, Emmas Agent, wird auch mich vertreten. Da ich offensichtlich *nicht* US- oder Weltmeisterin bin und auch *nicht* Mehrkampf-Favoritin in Tokio, rennen sie mir nicht gerade die Türen ein, um meinen Kopf auf Plakate zu drucken, aber immerhin sind ein paar Unternehmen daran interessiert, mich zu sponsern.

»Vielleicht sollte ich dich einfach am Barren gewinnen lassen.«

Ich werfe ihr einen kurzen Blick zu. »Sag so was nicht. Das bringt Unglück.«

Sie stöhnt. »Mann, war doch nur ein Witz!«

Mag sein, aber ein unangenehmes Zwicken im Bauch hält mich davon ab, einfach darüber hinwegzugehen. »Es ist ja auch in Ordnung, darüber Witze zu machen, dass wir gegeneinander antreten, und vielleicht übertreibe ich ja auch … Aber nach dem, was mit Dani passiert ist, will ich nicht, dass uns noch irgendetwas diese Erfahrung kaputtmacht. Genau darum geht es doch bei Olympia, oder nicht? Hinzufahren und sein Bestes zu geben und zu schauen, wer an die Spitze kommt.«

Emma starrt mich gut fünf Sekunden lang an, dann nickt sie.

»Ja, du hast recht. Genau darum geht es.«

Sechstes Kapitel

»Du wirkst verspannt«, stellt Dr. Gupta fest, während er mit seiner behandschuhten Hand meine Lendenwirbelsäule abtastet. Das schmerzlindernde Gel fühlt sich kalt auf meiner nackten Haut an. Die Stelle ist mittlerweile taub, aber es ist mir nahezu unmöglich, den Rest meines Körpers zu entspannen, nachdem ich fast ununterbrochen Schmerzen hatte, seit die Wirkung der letzten Spritze nachgelassen hat. Die Verletzung ist chronisch, die Probleme haben vor über fünf Jahren angefangen, und die Schmerzen werden nicht nachlassen, solange ich trainiere. Und selbst danach werde ich vermutlich lebenslang damit zu tun haben.

Aber turnen zu dürfen ist es das wert. Die Olympischen Spiele sind es wert.

Mom lacht auf ihrem Stuhl in der Ecke des Raums. »Haben Sie sie jemals *nicht* verspannt erlebt?«, fragt sie, und Dr. G lacht auch.

»Hören Sie auf, sich über mich lustig zu machen, und tun Sie was, damit die Schmerzen weggehen«, jammere ich mit gespielter Weinerlichkeit.

»Erst musst du dich entspannen«, befiehlt Dr. Gupta. »Du weißt doch, wie das geht.«

Tief ein- und ausatmend tue ich mein Bestes, die Anspannung meiner Muskeln zu lösen. Es ist für ihn sehr viel leichter, seine Arbeit zu machen, wenn ich locker bin.

Ich schaue auf den Bildschirm zu meiner Linken, während die Nadel eingeführt und die Wunderdroge in meinen unteren Rücken gespritzt wird. Dr. Gupta gibt immer noch ein örtliches

Betäubungsmittel dazu, sodass mein Rücken beinahe augenblicklich angenehm empfindungslos wird.

»Gut«, sagt er und nickt der Assistentin zu, die das Ultraschallgerät bedient. »Warte einen Moment ab, und dann versuch, dich so weit wie möglich zu dehnen.«

»Danke.« Ich rolle mich auf den Rücken, setze mich auf und ziehe das T-Shirt nach unten. Die Erleichterung kommt nicht sofort. Es dauert bei mir immer ein paar Tage, bis das Kortison richtig wirkt.

»Vielen Dank, Dr. Gupta«, sagt Mom und erhebt sich, um ihm die Hand zu schütteln.

»Nichts zu danken«, erwidert er, streift die Handschuhe ab und wirft sie in den Mülleimer. »Bring ein paar Medaillen zurück und ein Foto, das ich mir an die Wand hängen kann.«

Dr. Gupta ist einer der besten Ärzte New Yorks. Eine Menge Profisportler – darunter mehrere meiner heißgeliebten Yankees – gehören zu seinen Patienten. Er hat eine Fotowand, auf der einige von ihnen mit ihrem Superbowl oder ihrem World-Series-Ring zu sehen sind. Ein paar halten sogar den Stanley Cup in Händen. Von mir ist auch ein Foto an seiner Wand, mit den Medaillen von der Weltmeisterschaft vor zwei Jahren (Mannschaftsgold und Silber am Barren), aber ein Foto von Olympia wäre natürlich noch besser. Zwei Goldmedaillen wären ein Traum. Eine fürs Team und eine am Barren. Zwei Medaillen, die ich mir um den Hals hängen kann, um mit Dr. Gupta zu posieren, der voller Stolz darauf zeigt.

»Viel Glück in Tokio«, sagt er und zwinkert mir zu, bevor er den Raum verlässt.

Ich stehe vom Untersuchungstisch auf und schlüpfe in meine Sandalen. Eigentlich wären Turnschuhe besser für meinen Rücken, aber um ehrlich zu sein, mache ich mich immer schick, wenn ich zu Dr. Gupta komme, für den Fall, dass zufällig ein oder zwei Yankees gerade ihre Spritze kriegen. Ich würde vor

Scham sterben, wenn ich im Schlabberlook auf Aaron Judge treffen würde. Meine goldenen Riemchensandalen passen perfekt zu meinen goldglänzenden Zehennägeln, dem schimmernden Tanktop und den dunkelgrünen Shorts, die ich gestern Abend akribisch zusammengestellt habe. Ich beuge mich vor, um meine Zehen zu berühren, dann lasse ich die Hüfte kreisen. Es ist wichtig, sich nach der Spritze zu bewegen, damit das Medikament auch da ankommt, wo es hinsoll.

»Bist du so weit?«, fragt Mom und wirft sich die Tasche über die Schulter.

»Ja.« Ich nehme mein Handy und mache ein schnelles Selfie mit erhobenem Daumen.

@drey_Lee: Dr. G sagt, es kann losgehen! Tokio, ich komme!

Dann noch eine kurze Nachricht an Leo mit einem Foto von der gigantischen Nadel, die gerade noch in meinem Rücken gesteckt hat, denn schließlich ist er ein Junge und wird beeindruckt sein.

Und in der Tat schreibt er sofort zurück: *Wahnsinn!!*

Heute Morgen habe ich mich schon von Dad verabschiedet, weil Mom mich nach dem Arzttermin direkt zum Flughafen bringt, wo ich Pauline und Emma treffe, um gemeinsam mit ihnen nach Los Angeles zu fliegen.

Am Straßenrand wartet ein Taxi mit meinem Gepäck, zwei riesigen Koffern mit allem, was ich in den nächsten Wochen brauchen werde. Zum Glück ist die Fahrt nicht sehr lang. Dr. Guptas Praxis liegt im Norden von Long Island, und bis zur Südküste sind es nur etwa zwanzig Minuten.

Mom hält die ganze Fahrt über meine Hand und drückt sie hin und wieder. Ich drücke zurück. Es ist seltsam, aber ich habe das Gefühl, dass ich *ihr* Mut machen muss, nicht umgekehrt.

»Du weißt, wie stolz wir auf dich sind, ja? Ganz egal, was passiert«, sagt sie und drückt meine Hand ein bisschen fester.

»Ich weiß.« Ich versuche, nicht darüber nachzudenken, dass sie eigentlich meint: auch wenn du nicht gewinnst.

Vor dem Haltebereich am Flughafen staut sich der Verkehr, und ich drücke wieder ihre Hand. Sie reckt den Hals und versucht zu sehen, was die Schlange an Autos vor uns aufhält.

Meine Kehle ist wie zugeschnürt bei dem Gedanken, wie lange ich von meinen Eltern getrennt sein werde – fast einen ganzen Monat. Das ist komisch, weil es mich sonst nie gestört hat. Als ich vor zwei Jahren zur WM gefahren bin, haben wir uns genauso lange nicht gesehen, aber jetzt fühlt es sich anders an, als würde etwas zu Ende gehen, das nicht nur mit meiner sportlichen Laufbahn zu tun hat.

Nein. Hör auf damit! Solche Gedanken sind gar keine gute Idee, Audrey. Ich darf nicht daran denken, dass ich nur noch wenige Wochen vor mir habe, in denen ich turnen darf, nur noch wenige Wochen, bis ich mir überlegen muss, was ich mit dem Rest meines Lebens anfangen will. Nicht daran denken, dass die Olympischen Spiele vielleicht die wichtigste Erfahrung meines Lebens sein werden und ich sie ohne den Beistand meiner Eltern machen muss.

Ich ziehe die Nase hoch, drehe mich zum Fenster und wische mir mit der freien Hand eine Träne weg, die sich aus meinem Augenwinkel gestohlen hat. Ich darf nicht weinen. Wenn ich weine, weint Mom garantiert mit, und dann fängt Emmas Mom auch noch an, und schwups sind wir alle in Tränen aufgelöste Häufchen Elend, und Pauline wird die Augen verdrehen, weil wir so sentimental sind, was sie verabscheut. Also schlucke ich die Tränen hinunter und atme die Gefühle mit ein paar tiefen Zügen weg.

Endlich kann das Taxi halten, und Mum drückt noch einmal meine Hand. Der Fahrer springt aus dem Wagen und öffnet uns die Tür. Emma und ihre Eltern erwarten uns schon. Emmas Eltern arbeiten nicht wirklich. Sie stammen beide aus reichen

Elternhäusern, altes Geld – etwa so alt wie die amerikanische Unabhängigkeit –, und ihr Penthouse mit Blick auf den Central Park sagt alles. Meine Eltern verdienen nicht schlecht, mein Dad ist Kardiologe, meine Mom Professorin, aber gegen die Sadowskys sehen sie blass aus.

»Wie war es bei Dr. G?«, fragt Emma mit blitzenden Augen. »Alles repariert?«

»So gut wie neu. Sobald wir in Tokio sind, springe ich einen Amanar nach dem anderen.«

Der Fahrer lädt mein Gepäck aus, und hinter uns wird schon gehupt, weil wir den Verkehr aufhalten.

Ich umarme Mom ganz fest.

»Pass auf dich auf, mein Schatz. Gib Bescheid, wenn du im Trainingslager angekommen bist, und schreib mir, wie der erste Tag gelaufen ist.«

Ich nicke, löse mich aus unserer Umarmung und lächle ihr zu, als Emma auch gerade mit ihrer Verabschiedung fertig wird. Unsere Eltern steigen wieder in die wartenden Wagen und wischen sich die Augen. Wir bleiben neben Pauline stehen und sehen zu, wie sich die schwarzen Limousinen in den Strom der Fahrzeuge mischen. Da wären wir also.

»Okay, Mädels«, sagt Pauline mit ihrer Trainerinnenstimme und strafft die Schultern. »Pässe und Bordkarten bereithalten, bitte. Auf geht's.«

Ich werfe Emma einen Blick zu, und sie verdreht die Augen über Paulines Ungeduld jeglichen Gefühlen gegenüber, die nicht grimmige Befriedigung oder gefasste Enttäuschung sind. Aber diese Haltung ist tatsächlich ziemlich hilfreich, wenn man Wochen des intensiven Trainings und im Anschluss den wichtigsten Wettkampf seines Lebens vor sich hat. Genau deshalb ist Pauline so eine großartige Trainerin, und genau deshalb hat sie aus Emma und mir herausragende Turnerinnen gemacht, die ihre Sprünge stehen und Medaillen gewinnen.

Während sie ins Flughafengebäude marschiert, den Gepäckwagen vor sich herschiebt, sich brüsk vor einer großen Touristengruppe in die Schlange für den Sicherheitscheck einordnet und so tut, als würde sie nichts bemerken, muss ich lächeln. Wir halten uns dicht hinter ihr, die Köpfe gesenkt, und überlassen ihr die Führung. Sie hat uns so weit gebracht, und wir würden sie gegen niemanden eintauschen wollen.

»Wie machst du das bloß?«, fragt Emma, als wir unsere Sitze wieder in aufrechte Position bringen, wie der Kapitän uns über den Lautsprecher aufgefordert hat.

»Was meinst du?«, frage ich, gähne und strecke mich mit verschränkten Fingern.

»Wie du es machst, in Tiefschlaf zu fallen, kaum dass wir abgehoben sind, und erst bei der Landung wieder aufwachst«, sagt sie mit einem missvergnügten Naserümpfen.

Ich zucke die Schultern und lehne mich zurück. Hauptsächlich lag es wohl daran, dass ich letzte Nacht kein Auge zugetan habe, weil mein Rücken wie verrückt wehgetan hat und ich plötzlich Panik bekommen habe, nicht an der Olympiade teilnehmen zu können, aber das kann ich Emma nicht sagen. Sie hatte noch nie eine schwere Verletzung, und sie stresst sich nicht. Nie. Es ist so, als hätte sie eine stressabweisende Haut. Alles scheint einfach an ihr abzuperlen.

In L.A. zu landen ist immer ein Abenteuer, wenn wir zu Gibbys Trainingscenter reisen, aber es ist noch nicht oft passiert, dass wir unter den echten Berühmtheiten, die hier kommen und gehen, erkannt worden wären. Diese Tage sind wohl vorbei.

Fotografen umzingeln uns, kaum dass wir die Gepäckausgabe betreten.

»Emma! Audrey! Emma! Schaut mal hier rüber, Mädels!«

Die Reporter rücken näher, ihre Rufe und Blitzlichter kommen in dichter Abfolge.

Ich versuche, Emma zu imitieren, die den Trubel seelenruhig ignoriert und einfach locker und cool bleibt. Mehrere Sicherheitsmänner umgeben uns, helfen uns, unsere Koffer vom Band zu nehmen, und geleiten uns durch die Menge zu einem wartenden Wagen. Es ist einer dieser schicken, wendigen Kleinbusse mit drei Sitzreihen und einer Menge Beinfreiheit.

Wir haben genug Zeit, um uns von dem Trubel zu erholen. Auf der Fahrt zu Gibbys Studio, auch bekannt als das Trainingscenter des NGC, geht es nur schrittweise voran. Der Verkehr in L. A. ist nie so, wie man ihn gerne hätte. Ich schreibe Mom eine kurze Nachricht, dann mache ich ein Grimassen-Selfie für Leo. Er schreibt beinahe sofort zurück, ein Bild mit einem zugekniffenen Auge und einem anbetungswürdigen Zwinkern.

Emma sitzt neben mir und versucht zu schlafen. Als ich mich zu Pauline drehe, um sie zu fragen, wie lange wir etwa brauchen werden, sind ihre Augen fest auf ihr Handy gerichtet, und ihre Daumen bewegen sich rasend schnell über das Display. Ich kenne sie gut genug, um zu wissen, dass man sie nicht ansprechen sollte, wenn sie diesen Gesichtsausdruck hat – schmale Augen, zum Strich gezogene Lippen –, daher halte ich den Mund.

Endlich kommt der Van neben dem großen Gebäude aus Chrom und Glas zum Stehen. Die Luft ist warm, als wir aussteigen, und es riecht nach heißem Asphalt und Abgasen, eigentlich genau wie zu Hause, bis auf die drückende Schwüle. Jep, wir sind in L. A.

»Das wurde aber auch Zeit!«, begrüßt uns Chelsea, die mit einem breiten Lächeln aus der Tür kommt.

Emma lacht. »Manche von uns wohnen eben nicht nur eine Viertelstunde entfernt.«

Chelsea umarmt erst mich – anscheinend sind wir jetzt Freundinnen, die sich umarmen – und dann Emma. Ihre Freundschaft ist nicht ganz so frisch, weil sie sich schon letztes Jahr bei der Weltmeisterschaft näher kennengelernt haben. »Sind alle anderen da?«

»Sierras und Jaimes Flug von Oklahoma City wurde verschoben«, sagt Chelsea.

In dem Moment geht die Tür auf, und wir verstummen, als Gibby heraustritt.

»Ladys, herzlich willkommen«, sagt er und nickt uns zu, während er auf Pauline zugeht.

»Kommt«, sagt Chelsea, als er an uns vorbei ist, und wir folgen ihr mit unseren Koffern in die verglaste Eingangshalle.

Kaum ist die Tür hinter uns ins Schloss gefallen, verkündet Chelsea: »Angeblich haben wir morgen früh schon den ersten internen Wettkampf. Gibson will so schnell wie möglich die finale Aufstellung festlegen.«

Morgen früh schon? Mein Herz beginnt regelrecht zu sprinten. Ich hatte gehofft, dass er uns ein oder zwei Tage Zeit lassen würde, mit ihm zu trainieren, bevor er uns gegeneinander antreten lässt.

Eigentlich sollte es keine Rolle spielen, in welcher Reihenfolge die Mannschaft antritt, aber es ist bekannt, dass die Wertungen im Verlauf des Wettkampfs ansteigen, daher bringen die ersten beiden Turner im Wettkampf in der Regel die niedrigsten Punktzahlen ein. Am Barren muss ich in der Spitzenposition starten und wenigstens als Vorletzte am Balken, um den Eindruck zu hinterlassen, den ich mir für die Qualifikation wünsche, und mir meinen Platz in beiden Einzelfinalen zu sichern. Mit anderen Worten, obwohl Emma einer meiner absoluten Lieblingsmenschen ist, muss ich in den nächsten Tagen alles geben, um sie zu überflügeln.

»Die Zimmeraufteilung!«, ruft Gibby uns nach, und ich zucke zusammen. »Emma und Chelsea, ihr seid zusammen. Jaime und Sierra ebenfalls, wenn sie ankommen. Ich hoffe, du hast nichts gegen ein Einzelzimmer, Audrey. Eigentlich solltest du dir ein Zimmer mit Dani teilen, aber ... nun ja«, er hebt bedauernd die Hände, als bliebe ihm nichts anderes übrig, als mir das

Einzelzimmer zu geben. Als wäre nicht jede Kleinigkeit auf dem Weg zur Olympiade einzig und allein seine Entscheidung. Als würde er Emma und mich nicht mit voller Absicht trennen, damit wir uns nicht gegenseitig verrückt machen oder warum auch immer.

»Tut mir leid«, gibt Emma mir mit stummen Lippenbewegungen zu verstehen, während wir in den hinteren Teil des Gebäudes gehen, wo die Gästezimmer sind. Ich kenne das Trainingscenter schon ewig. Emma und ich sind in die Jugendnationalmannschaft gekommen, als wir zwölf waren, und seitdem sind wir alle paar Monate quer durchs Land gereist, um Gibby und den Leuten vom NGC unsere Fortschritte zu zeigen. Es ist wie unser zweites Zuhause, in dem Gibby wie ein allmächtiger Vater mit einem Hang zu Psychospielen und Manipulationen herrscht und mit seiner latent aggressiven Art alles aus uns Turnerinnen herausholt, koste es, was es wolle.

Ich entdecke meinen Namen an der Tür eines der Zimmer, ziehe mein Gepäck hinein und wuchte die Koffer auf eins der beiden Betten. Gekicher und Geschnatter plus das Geräusch von Rollkoffern, die über die Fliesen klappern, tönt den schmalen Gang entlang, und mein Gehirn registriert, dass Jaime und Sierra eingetroffen sind.

»Hi, Audrey!«, rufen sie im Chor, als sie an meiner Tür vorbeikommen.

»Hi!«, rufe ich zurück. Ich bin froh, dass ich mich im Augenblick nicht mit diesem Duo herumschlagen muss. Die beiden können echt anstrengend sein, und ich darf keine Energie verschwenden. Meine ganze Aufmerksamkeit muss dem Balken und dem Barren gelten, damit ich einen Platz am Ende der Aufstellung bekomme.

Ich muss mich umziehen. Auf der Kommode liegt schon ein ganzer Stapel offizieller Team-USA-Bekleidung bereit. Obenauf ein Turnanzug fürs Training, dunkelblau und ärmellos mit einem Paillettenstern auf der Brust, dazu ein schwarzes Team-USA-T-Shirt und schwarze Shorts. Darüber ein Zettel mit dem Vermerk: Erstes Training.

Wunderbar, blau und schwarz, die Farben von Prellungen und Blutergüssen, gar nicht unheilverkündend. Bilder von Eisbädern, Cupping-Massagen und Wärmepackungen ziehen an meinem inneren Auge vorbei. Die nächsten Wochen werden die härtesten meines Lebens werden, aber ich habe mich über zehn Jahre darauf vorbereitet. Ich weiß, was ich tun muss, und ich werde es tun.

Ich ziehe mich schnell um und dehne dabei meinen Rücken. Die Aufwärmübungen im Trainingslager sind zwar gründlich, aber für meine Bandscheiben lange nicht genug.

Es klopft an der Tür, gleich darauf ruft Emma: »Los, komm!«, und Sekunden später bin ich auch schon mit den anderen im Gang auf dem Weg in die Halle.

»Morgen ist der interne Wettkampf?«, flüstert Sierra Emma zu.

»Es gibt nichts Schöneres, als ins kalte Wasser geworfen zu werden, was?«, witzelt Chelsea.

»Und wie«, stimme ich zu.

Aber es ist schon in Ordnung. Es wird alles gut gehen. Ich werde es ihnen zeigen. Ich werde –

Meine Gedanken werden jäh unterbrochen, als ich gegen Chelseas Rücken pralle. »He! Was ist los?«, frage ich, doch als ich aufblicke, sehe ich, warum sie so plötzlich stehen geblieben ist.

Männer und Frauen in schwarzen Jacken mit gelbem Schriftzug, unverkennbar FBI-Agenten, schwärmen durch die Glashalle vor uns. Polizeiwagen mit wild kreiselnden Lichtern stehen vor den gläsernen Fassaden des Eingangsbereichs. Zwei Agenten lösen sich aus der Menge mit einer dritten Person zwischen sich. Ich stelle mich auf die Zehenspitzen, um Chelsea über den Kopf zu schauen, und erstarre vor Schreck.

Gibbys Blick huscht wild umher, wie auf der Suche nach einer Fluchtmöglichkeit, doch die Agenten halten ihn fest an den Armen, die hinter seinem Rücken mit Handschellen gesichert sind. Er hat keine Chance.

Während sie ihn zur Tür führen, sagt einer der Agenten: »Christopher Gibson, Sie sind verhaftet.«

Siebtes Kapitel

Turnerinnen trainieren auf dem Balken und warten am Sprungtisch, Trainer stehen am Rand und unterhalten sich, Musik dröhnt aus den Lautsprechern, und die Lautstärke ist so weit aufgedreht, dass der Bass durch meine Brust wummert. Man könnte denken, es wäre ein ganz normaler Trainingstag im NGC-Trainingscenter.

Bis man nach draußen schaut.

Hinter den Glaswänden der großen Trainingshalle ist normalerweise eine typische belebte Straße von Los Angeles zu sehen, Autos und Fußgänger, die durch ihren Tag hetzen, ohne sich um die herumwirbelnden Turner in der Halle zu kümmern.

Heute dagegen belagern Paparazzi den Bürgersteig, Kastenwagen von Fernsehsendern parken am Straßenrand, und Reporter scharen sich vor der Tür und warten darauf, dass irgendjemand herauskommt und einen Kommentar abgibt.

Aber das ist es gar nicht, was mich am meisten beschäftigt. Das ist nur das i-Tüpfelchen auf diesem verdammt verstörenden Tag.

Mich beschäftigt vielmehr, was hier in der Halle los ist, unter den Metallstreben der Dachsparren, an denen eine Menge Banner hängen, die dem NGC und der amerikanischen Nationalmannschaft Erfolg wünschen, und hinter der verschlossenen Tür des Besprechungszimmers. Das Zimmer, in dem Gibby und seine Leute während der Trainingslager für die National- und die Weltmeisterschaft über unser Schicksal entschieden haben, das Zimmer, in dem er auch entschieden hätte, in welcher Reihenfolge wir in Tokio antreten.

Das FBI nutzt diesen Raum, um alle zu befragen: das Personal des NGC, die Trainer und Turner. Im Augenblick ist Pauline da drin, und das ist der einzige Grund, warum Emma und ich an der Magnesiaschale herumstehen und so tun können, als würden wir uns für den Balken fertig machen.

»Was glaubst du, was sie sie fragen?«, flüstert Emma. »Was glaubst du, was sie *uns* fragen?«

Ich zucke die Schultern und grabe meine Hände in die Magnesia, denn eine Übung am Barren ist definitiv das Beste, um mich davon abzulenken, dass unser Cheftrainer gerade in Handschellen abgeführt wurde.

Bumm.
Knacks.
»Autsch!«

Jaime stöhnt und rollt sich mit schmerzverzerrtem Gesicht über die Bodenfläche, nachdem sie flach auf dem Rücken gelandet ist. »Alles in Ordnung«, stößt sie hervor, während sie vorsichtig aufsteht und ihre Glieder ausschüttelt, um uns das Gesagte zu beweisen und sich selbst vielleicht auch.

»Das geht so nicht weiter«, sagt Chelsea und kommt zu uns an die Magnesiaschale. »Irgendjemand wird sich noch verletzen, aber so richtig. Wie sollen wir uns jetzt noch konzentrieren?«

Sie holt ihr Handy heraus, und ich schaue ängstlich durch die Halle und hoffe, das keiner vom NGC es mitbekommt. »Bist du verrückt?«, zische ich.

»Gibby ist nicht da. Keiner dieser Leute hat die Verantwortung, und keiner hat uns gesagt, was hier eigentlich los ist«, sagt sie und scrollt weiter. »O mein Gott!«

»Was?«, fragen Emma und ich einstimmig und quetschen uns neben sie, um einen Blick auf das Display zu erhaschen.

EILMELDUNG: CHEFTRAINER DER US-TURNMANNSCHAFT MANIPULIERT DOPINGTEST.

Bevor wir mehr als die Überschrift lesen können, öffnet Chelsea schon ihre Nachrichten-App. Oben steht Danis Name, darunter mehrere unbeantwortete Mitteilungen, die Chelsea ihr in den letzten Tagen geschickt hat. Sie tippt rasend schnell eine Nachricht und sendet sie.
Hat er deinen Dopingtest gefälscht?!
Ich hole tief Luft und halte den Atem an, als drei kleine Pünktchen sichtbar werden.
…
…
…
Und dann endlich:
Ja.
Ich atme aus.
»Ich wusste es! Ich wusste, dass Dani nicht betrügen würde. Das Arschloch hat sie reingelegt«, stößt Chelsea hervor.
»Das kann doch nicht wahr sein«, flüstert Emma. »Warum sollte er das tun?«
Ich rufe den Artikel auf meinem Handy auf, und da steht, dass Danis angeblich positiver Test, der direkt vor der Qualifikation gemacht wurde, von der Anti-Doping-Agentur als negativ gelistet wurde. Bei der Kontrolle war alles in Ordnung. Also muss Gibby die Ergebnisse im Nachhinein manipuliert haben.
Aber wird man deshalb vom FBI verhaftet? Weil man einen Dopingtest manipuliert hat? Ich weiß es nicht. Ist das Betrug? Und warum sollte Gibby das tun? Dani hat nicht gedopt, das glaube ich sofort, Chelsea hat recht, es passt nicht zu ihr. Aber dass Gibby das Ergebnis fälscht? Warum sollte er seine zweitbeste Turnerin wenige Wochen vor den Olympischen Spielen aus dem Team kicken?
»Audrey!« Paulines Stimme hallt durch den Raum. Ich blicke abrupt auf.
»Oh, ich bin dran.« Ich löse meine Turnriemchen und bemühe

mich, die Hände ruhig zu halten, als ich sie in die Magnesiaschale lege.

Ich hatte nicht damit gerechnet, dass wir mit irgendeiner offiziellen Behörde über Danis Doping, besser gesagt, Nicht-Doping, sprechen müssten. Was soll ich diesen Leuten sagen? Ich weiß doch nichts.

Pauline lächelt mir angespannt zu, als ich zu ihr an die Tür komme, und streckt die Hand nach meiner Schulter aus, vermutlich, um sie aufmunternd zu drücken, doch dann hält sie mitten in der Bewegung inne und gibt mir nur ein Zeichen, den Raum zu betreten.

»Audrey Lee?«, fragt ein Mann im Anzug und reicht mir die Hand. Mein Handschlag ist fest, so wie mein Dad es mir beigebracht hat, und eine dünne Kreideschicht geht auf seine Hand über.

»Oh, scheiße!« Ich verziehe das Gesicht. »Ups, Entschuldigung, ich wollte nicht ...«

Vulgärsprache vor dem FBI. Der perfekte Start für ein Verhör, Audrey.

Doch der Polizist lacht nur und schüttelt den Kopf, bevor er sich die Hand mit einem Taschentuch abwischt. »Mir ist schon Schlimmeres in die Finger gekommen. Ich bin Special Agent Greg Farley, und das ist meine Kollegin, Special Agent Michelle Kingston.« Ich schüttele auch ihr die Hand. »Wir sind vom FBI. Wir haben ein paar Fragen an dich, wenn du nichts dagegen hast.«

Das Besprechungszimmer ist einer der wenigen Orte mit etwas Privatsphäre im Trainingscenter, keine Glaswände, durch die jeder hindurchschauen kann, nur weiße Wände mit Fotos von Gibby und den Sportlern, die über die Jahre hier trainiert haben. Ich bin mehrfach an dieser Wand zu sehen, die Fotos zeichnen meine Karriere sogar besser nach als die Sammlung meiner Mom mit den ausgeschnittenen Zeitungsartikeln. Von meinem ersten Preis beim Nachwuchstrainingslager bis zu meiner Nominierung für die Weltmeisterschaft vor zwei Jahren. Jede Junior- und Senior-Nationalmannschaft, in der ich seit meinem zwölften Lebensjahr gewesen bin, ist an dieser Wand vertreten, genau wie die Aufnahmen vom Siegerpodest bei der Weltmeisterschaft für die Mannschaft und für mich am Barren.

Ich sehe zwischen Agent Farley und Agent Kingston hin und her. Es sind dieselben Polizisten, die Gibby in Handschellen abgeführt haben. Wie ist es dazu gekommen? Unser Trainer, der Mann, der uns in Tokio zu Gold führen sollte, hat beschlossen, direkt vor den Olympischen Spielen einen Dopingtest zu manipulieren, und jetzt? Jetzt ist er weg. Das ergibt einfach keinen Sinn.

Es sei denn …

Es sei denn, er wollte Sierra im Team haben statt Dani, und er konnte den Rest des Komitees nicht überzeugen. Aber warum? Dani ist die bessere Turnerin. Wenn irgendjemand von Sierra ersetzt werden würde, tja, dann wäre ich das.

»Haben Sie die Frage verstanden, Miss Lee?«, fragt Agent Kingston und unterbricht meine total stümperhafte gedankliche Ermittlung, um ihre zu beginnen.

Erst fluche ich, dann träume ich vor mich hin. Mein Gott, reiß dich zusammen, Audrey.

»Entschuldigung. Wie bitte?«

»Deine Trainerin«, sagt Agent Kingston langsam und wirft Pauline über meine Schulter einen schnellen Blick zu, »hat uns informiert, dass sie in den vergangenen Jahren schon öfter als dein Vormund eingesetzt wurde, wenn deine Eltern außer Reichweite waren. Sie hat Unterlagen, die das belegen, aber wir möchten mit dir abklären, dass du mit der Vernehmung einverstanden bist. Wir können auch deine Eltern anrufen, aber du selbst bist von diesen Untersuchungen nicht berührt, Audrey. Wir versuchen nur, ein möglichst vollständiges Bild der Situation zu bekommen.«

Ich zögere und schaue Pauline an. Sie lächelt, aber die Anspannung um ihre Augen ist nicht zu übersehen. Ich nicke, setze mich aufrechter hin, falte die Hände im Schoß und blicke mit hochgezogenen Augenbrauen wieder zwischen den beiden FBI-Agenten hin und her.

Agent Kingston beginnt mit sanfter Stimme: »Was kannst du uns über den Tag erzählen, an dem du dich für die Olympischen Spiele qualifiziert hast?«

»Ich habe ihnen doch schon gesagt, dass sie nichts weiß«, fährt Pauline dazwischen, und alle drei starren wir sie an. Sie zupft nervös an ihrem Pferdeschwanz. Das habe ich sie zuletzt tun sehen, als Emma bei der WM ihre finale Kür vor sich hatte, und selbst da hatte sie nicht diesen sonderbaren Gesichtsausdruck – vorgeschobener Kiefer, gerunzelte Stirn, flackernder Blick, als wüsste sie nicht, wo sie hinschauen soll.

»Ma'am, wenn sie versuchen, diese Befragung zu stören …«

»Ist schon in Ordnung.« Ich werfe Pauline einen Blick zu, dann sehe ich den Agenten nacheinander in die Augen. »Ähm … meinen Sie den ganzen Tag?«

»Fang einfach an der Stelle an, nachdem verkündet wurde, dass du es ins Team geschafft hast.«

Ich habe zwar keine Ahnung, was das mit dem Dopingtest zu tun hat, aber sie sind die Ermittler, nicht ich. Also erzähle ich ihnen von den Interviews mit der Presse und meinem schmerzenden Rücken, dann von meinem Dopingtest, für den ich ewig gebraucht habe, weshalb ich als Letzte im Bus war, wie wir zur Party gegangen sind, dass ich Leo getroffen habe und dass Emma mir eine Nachricht geschickt hat, dass wir noch auf eine andere Party gehen.

»Und seid ihr auf die Party gegangen?«

Ich ziehe die Nase kraus und muss mich zurückhalten, um nicht zu Pauline hinüberzuschielen. Sie hatte garantiert keine Ahnung, dass Emma und ich die Nacht durchgefeiert haben.

Aber das ist jetzt auch schon egal. Ich werde von FBI-Agenten befragt, und mein Cheftrainer ist gerade verhaftet worden. Da kommt es doch darauf nicht mehr an, oder?

»Ja. Leo hat mich zu meinem Zimmer gebracht, und wir ...« Muss ich ihnen sagen, dass wir uns fast geküsst hätten? »Und wir haben uns gute Nacht gesagt«, murmele ich und hoffe, dass das reicht. Die Agenten lächeln.

Ich fange Paulines Spiegelbild in einem der Glasrahmen an der Wand auf, ihre Mundwinkel sind tief nach unten gezogen, aber ich werde bestimmt nichts Falsches erzählen. Ich habe genügend Krimiserien geschaut. Das FBI anzulügen ist eine Straftat. »Dann musste er zu seinem Flug, und Emma und ich sind auf die Party gegangen.«

»Habt ihr Dani Olivero dort gesehen?«

»Ich ...«, beginne ich und zögere dann. Ich dachte, Dani wäre da gewesen, aber habe ich sie gesehen? »Nein, ich glaube nicht.«

»Kannst du dich erinnern, wann du sie an dem Abend zum letzten Mal gesehen hast?«

»Ähm ... ich glaube ... beim Empfang, aber ich ... ich habe nicht so sehr auf sie geachtet.«

Agent Kingston nickt verständnisvoll, so wie es ihr vermutlich für die Befragung von Jugendlichen beigebracht wurde, vielleicht, damit sie sich sicherer fühlen oder auskunftsfreudiger sind oder so. »Es ist nicht schlimm, wenn du dich nicht erinnern kannst, Audrey. Sag uns einfach, was du noch weißt.«

»Okay.«

Meine Handflächen sind feucht und kleben aneinander, trotz der Magnesia, die längst klumpig geworden ist.

»Hast du an dem Abend noch andere Nachrichten bekommen, abgesehen von der von Emma?«

»Nein, ich glaube nicht ... Oh, doch, von Gibby, äh – Coach Gibson.«

»Und was hat er geschrieben?«

Mist, ich erinnere mich nicht mehr genau, nur an das Gefühl, das sie bei mir hinterlassen hat. »Etwas in der Art, dass ich an dem Abend feiern darf, aber dass ich nicht vergessen soll, was er zu mir gesagt hat. Eine Art Erinnerung.«

Agent Farleys Augen leuchten auf. »Eine Erinnerung woran?«

Das wiederum weiß ich genau. »Dass ich in den nächsten Wochen hart an meinen Verbindungen auf dem Schwebebalken arbeiten muss. Ich habe sie die ganze Saison über nicht wirklich perfekt hinbekommen, und sie sind extrem wichtig, wenn ich eine Medaille holen will.«

Die Agenten nicken und machen sich Notizen. Ich drehe mich zu Pauline um, die mir nervös zulächelt.

»Okay, ich denke, das war's«, sagt Agent Kingston und nickt mir zu.

Das scheint das Stichwort zu sein, dass ich gehen darf.

»Als Nächste ist Emma Sadowsky dran. Würdest du sie zu uns schicken, Audrey?«, sagt Agent Farley.

»Klar.«

Die Anspannung in meinen Schultern löst sich, sobald ich den Raum verlasse. Die anderen Trainer stehen in der Halle herum, und die Sportlerinnen liegen auf den Matten bei der Magnesiaschale, wo ich Chelsea und Emma vorhin zurückgelassen habe.

»Em«, sage ich, als ich bei ihnen bin, und deute mit dem Kinn zum Konferenzraum. »Du bist dran.«

»War es schlimm?«, flüstert sie mir zu. Ich strecke die Hand aus und ziehe sie hoch.

»Nein, gar nicht. Es ist ganz leicht.«

Ich lasse mich auf ihren Platz fallen. »Das Training ist beendet?«

»Ja«, sagt Chelsea, ohne von ihrem Handy aufzublicken, und reicht mir meins.

»Danke.«

Ich habe jede Menge Mitteilungen und schreibe schnell eine Nachricht in den Gruppenchat mit meiner Mom und meinem Dad, dass es mir gut geht und dass ich sie später anrufe. Alles andere überspringe ich, bis ich zu Leos Nachricht komme.
Dein Coach ist verhaftet worden?!?
Alles in Ordnung?
Das musst du lesen!
An die letzte Nachricht ist ein Link angehängt, und nachdem ich Leo kurz geantwortet habe, dass es mir gut geht, tippe ich ihn an.

»Soll das ein Witz sein?«, kreischt Sierra, während der Artikel auf meinem Handy lädt und dann ... puh.

EILMELDUNG: Cheftrainer der Damen-Turnmannschaft des sexuellen Missbrauchs von suspendierter Turnerin bezichtigt.

Ich überfliege den Artikel. Er führt die Informationen des vorherigen weiter aus, ein schockierendes Detail folgt auf das nächste. *Wie vor wenigen Stunden bekannt wurde, wird Gibson beschuldigt, Daniela Oliveros Dopingtest manipuliert zu haben ... Olivero wurde unter verdächtigen Umständen einen Tag nach der Qualifikation für die Olympischen Spiele suspendiert ... FBI alarmiert, nachdem sie sich eigenständig einem weiteren Test unterzogen hat ... verzweifelter Versuch, den langjährigen sexuellen Missbrauch ihm untergebener Turnerinnen zu vertuschen.*

»Mädels!«

Ich muss mich zwingen, die Augen von diesem Wahnsinn auf meinem Handy zu lösen.

»Aufstellen!«, ruft eine Funktionärin des NGC über den anschwellenden Lärm in der Halle hinweg. Ich glaube, sie heißt Liz, aber ich bin mir nicht sicher. Ich kann mich von der Qualifikation an sie erinnern, sie hat uns immer zwischen dem Wettkampfbereich und der Kabine hin und her geführt.

Es muss die Macht der Gewohnheit sein, dass wir uns alle folgsam aufstellen, so wie wir es in dieser Halle immer getan haben, wenn irgendjemand diesen Befehl ausgerufen hat. Meine Hand umklammert mein Telefon, das ich hinterm Rücken verstecke. Ich muss den Artikel noch einmal lesen, auch wenn sich mir schon beim Gedanken daran der Magen umdreht.

»Das Training ist für heute beendet«, erklärt die Frau, die vielleicht Liz heißt. »Heute Abend esst ihr auf euren Zimmern. Ich will, dass heute Nacht alle gut schlafen. Trotz der ... Umstände haben wir immer noch die Olympischen Spiele vor uns, und das heißt, dass wir morgen mit dem internen Wettkampf beginnen. Ich erwarte von allen, dass sie den heutigen Nachmittag nutzen, um den Kopf freizukriegen und morgen gut vorbereitet hier zu sein, genau wie Coach Gibson es von euch erwartet hätte. Habt ihr verstanden?«

»Ja, Ma'am«, antworten wir im Chor, und es liegt etwas seltsam Tröstliches in dieser vertrauten Antwort. Aber es sollte nicht tröstlich sein, oder? Eigentlich sollte es erschreckend sein.

Wir werden zurück zu unseren Zimmern gebracht, und es dauert nur wenige Minuten, bis Emma zu mir herüberhuscht. Unsere Türen sind geöffnet, und der Flur ist so schmal, dass alle es hören müssen, als sie zu mir sagt: »Die restlichen Vernehmungen wurden für heute gestrichen.«

»Hast du den Artikel gelesen?«, frage ich, und sie nickt und setzt sich ans Ende meines Betts, während ich mich an die Wand lehne.

Eine Sekunde später kommt Chelsea herein, und dann kommen auch noch Sierra und Jaime. Wir fünf in diesem winzigen Zimmer, das kaum groß genug für zwei Betten ist. Sierra und Jaime wuchten meine Koffer auf den Boden und belegen das andere Bett, während Chelsea vor der Tür auf und ab tigert. Die Spannung in der Luft ist erstickend.

»Glaubt ihr, es stimmt?«, fragt Emma. Ich ziehe die Augenbrauen hoch. Gibby ist doch vor unseren Augen festgenommen worden. Hat sie etwa Zweifel? Man scheint mir die Überraschung anzusehen. »Ich meine, hat irgendjemand mitbekommen, dass er sich ihr gegenüber komisch verhalten hat? Also, dass er ...«

»Natürlich nicht«, pflaumt Sierra sie an. »Niemand hat was gesehen, weil es nichts zu sehen gab.«

»Sierra«, sagt Jaime warnend. Das ist neu. Sonst ist es immer Sierra, die Jaime rumkommandiert.

»Ich werde nicht hier sitzen und so tun, als wüsste ich nicht, was los ist. Diese Schlampe setzt unsere Medaillen aufs Spiel.«

»Du meinst Dani«, sage ich.

»Sie hat die Dopingkontrolle nicht bestanden, und jetzt kommt sie mit der Masche ›Mein Trainer hat mich vergewaltigt und alle müssen Mitleid mit mir haben‹.«

Echt jetzt? Glaubt sie das wirklich?

Komm schon, Audrey, du bist doch nicht dumm, denk nach. Würde Dani so was tun? Würde sie dopen, um ihre Leistung zu verbessern, und als sie erwischt wird, Gibby anschuldigen, sie vergewaltigt zu haben? Das wäre ja sogar noch unglaublicher als das, was in der Zeitung steht. Also müssen die Berichte stimmen. Gibby hat Dani missbraucht, und ... sie hat nicht mehr mitgespielt? Hat gedroht, es bekanntzumachen? Egal, wie es war, er ist durchgedreht und hat versucht, sie in den Dreck zu ziehen und ihren Traum zu zerstören.

Mein Magen zieht sich zusammen, während ich versuche, das Ganze kühl und analytisch zu betrachten, weil ich nicht weiß, ob ich auf eine andere Weise darüber nachdenken kann. Es ist zu schwer.

»Schaut mal, hier steht es doch.« Sierra hält ihr Handy hoch und zeigt einen Artikel von einer Nachrichtenseite, auf die mein Dad immer schimpft, weil sie nur Blödsinn verzapfen. Die Überschrift lässt mich zusammenzucken.

Turnerin räumt nach positivem Dopingtest Affäre mit Trainer ein.

Darunter ist ein Foto von Dani zu sehen, nicht das offizielle NGC-Foto aus dem anderen Artikel, sondern eins, das sie irgendwann im Urlaub gepostet hat, im Bikini am Strand. Widerlich. Nicht das Bild, sondern das, was sie damit über Dani aussagen wollen. Sie stellen es so dar, als wäre sie genau so, wie Sierra behauptet.

Chelsea zittert vor Wut, als sie Sierras ausgestreckte Hand wegschlägt und einen Schritt auf sie zu macht. »Du bist nur angepisst, weil sie sich ihren Platz zurückholen wird!«

Das kann ich mir schon eher vorstellen. Wenn Dani nicht gedopt hat, wird sie doch sicher zurückkommen, und dann sitzt Sierra wieder auf der Ersatzbank. Oder nicht?

Sierra richtet den Finger genau auf Chelseas Gesicht. »Ich bin angepisst, weil diese Schlampe betrogen hat und ich mir den Platz *verdient* habe!«

Nein, hat sie nicht.

»Du hast dir einen Scheiß verdient«, äußert Chelsea meine Gedanken. Ihre Augen blitzen, und ihre Fäuste sind geballt.

Die zwei sind kurz davor, aufeinander loszugehen, sie sind nur noch Zentimeter voneinander entfernt.

»O Mann, alle raus hier, sofort!«, fauche ich und stehe auf. Sie drehen sich zu mir, aber ich weiche nicht zurück. »Ihr prügelt euch nicht in meinem Zimmer. Ihr verletzt euch noch. Raus!«

Chelsea nickt und verlässt mein Zimmer, aber Sierra bleibt stehen und starrt Chelsea wütend hinterher. Nach einem Moment zieht Jaime Sierra auf den Flur, und dann sind Emma und ich wieder allein.

»Willst du, dass ich bei dir schlafe?«, fragt Emma und zeigt auf das andere Bett. Ich glaube, sie fragt auch, weil sie es selbst möchte.

»Ja.«

Kaum eine Minute später zieht sie ihren Koffer über den Flur und wirft sich auf das Bett gegenüber.

»Wir müssen einfach drüber schlafen«, sagt sie. »Wir machen ein Nickerchen, dann essen wir was, und dann schlafen wir wieder. Wir schlafen uns richtig aus, dann sind wir morgen bereit.«
»Ja«, stimme ich ihr zu. »Morgen sind wir bereit.«

Ich bin alles andere als bereit. Meinem Körper geht es ausnahmsweise gut, zumindest den Teilen, die ich zum Turnen brauche, aber mein Kopf hämmert. Vielleicht liegt es am Schock, vielleicht an den Nebenwirkungen des Kortisons, vielleicht auch an beidem. Wir haben ein Nickerchen gemacht, zu Abend gegessen und die Nacht durchgeschlafen, und trotzdem bin ich aufgewacht und hatte das Gefühl, ich wäre nach einem Salto auf dem Kopf gelandet.

Jetzt stehen wir in einer Reihe, und meine Augen tränen im grellen Licht der Übungshalle. Ich senke die Lider so weit wie möglich und versuche mich auf die Frau, die vielleicht Liz heißt, zu konzentrieren.

»Wir müssen jetzt zusammenhalten und eine geeinte Front gegen die Anschuldigungen bilden, die gegen Coach Gibson und diese Mannschaft vorgebracht worden sind«, sagt sie, eine Hand hinter dem Rücken, während wir strammstehen, als wäre sie ein General. Hinter ihr stehen unsere Trainer.

Was soll das heißen, gegen die Mannschaft? Was hat die Mannschaft damit zu tun? Wir haben doch gar nichts getan. Ich riskiere einen Blick zu Emma, und die kneift die Augen zusammen, genau wie Chelsea neben ihr. Es fühlt sich so an, als wären unsere Trainer gestern zu der Übereinkunft gekommen, einfach so zu tun, als wäre nichts passiert. Wie kommen sie auf die Idee, dass das geht?

Hör auf, Audrey. Konzentrier dich. Wenn sie es so beschlossen haben, dann spielst du eben mit.

»Wir werden weiter hart trainieren und Coach Gibson stolz machen, und der erste Schritt ist der interne Wettkampf, den er für heute angesetzt hat. Wir machen einen kompletten Durchgang, um die Ausgangswerte für unsere Aufstellung in Tokio zu ermitteln.«

Mein Herzschlag beschleunigt sich, das Hämmern in meinen Schläfen wird stärker, und ich beiße die Zähne zusammen. Auf nichts anderes kommt es an, nicht auf Gibby oder was die Trainer beschlossen haben oder warum sie es beschlossen haben, auf nichts anderes als meine nächsten vier Übungen.

»Wir beginnen am Barren«, sagt Vielleicht-Liz. Ich sollte wirklich schnell ihren Namen herausfinden, wenn sie jetzt hier das Sagen hat. »Los geht's, Mädels, wärmt euch auf.«

»Argh, Barren«, grummelt Chelsea, während wir zur Magnesiaschale laufen und uns die Turnriemchen überziehen. Chelsea ist am Sprungtisch hervorragend, aber der Barren war noch nie ihre Stärke.

»Juhu, Barren!«, gebe ich grinsend zurück.

»Halt die Klappe«, sagt sie und stößt mich sanft mit dem Ellbogen an, aber ich entlocke ihr doch wenigstens ein kleines Lächeln. So schlimm ist das alles nicht. Gerade fühlt es sich fast normal an. Um die Magnesiaschale herumzustehen und zu schwatzen. Es könnte zumindest eine Weile helfen, sich aufs Training zu konzentrieren. Vielleicht-Liz hat recht. Wir haben immer noch die Olympischen Spiele vor uns, und auf die müssen wir uns jetzt vorbereiten.

»Die Reihenfolge: Jaime, Chelsea, Sierra, Emma, Audrey«, ruft Vielleicht-Liz die Rangfolge aus, von unserer Ersatzturnerin über die Schwächste am Barren bis zur Besten ... mir. Immerhin starte ich in einer starken Position. Andererseits heißt das, dass ich später am Sprungtisch als letzten Eindruck meinen gestreckten Rückwärtssalto mit eineinhalbfacher Schraube hinterlasse, während alle anderen doppelte und zweieinhalbfache Schrauben springen.

Aber zum Grübeln ist jetzt keine Zeit. Erst mal muss ich diese Übung zeigen, wie ich sie trainiert habe, und mir genug Puffer für die nächsten drei Geräte verschaffen. Der Barren dürfte kein Problem sein, Sprungtisch und Boden sind, was sie sind, und der Balken? Wir werden sehen.

Wir wärmen uns schnell auf, wie wir es bei Olympia tun werden, und am Barren läuft es genau so, wie ich es mir erhofft habe. Keine von uns patzt, und die Punkte der NGC-Mitglieder, die als Kampfrichter fungieren, halten denen aus der Qualifikation stand und steigen mit jeder Übung. Ich grinse beim Anblick der 0,3 Punkte, die ich Vorsprung vor Emma habe.

1. Audrey Lee	15,4
2. Emma Sadowsky	15,1
3. Sierra Montgomery	14,9
4. Jaime Pederson	14,7
5. Chelsea Cameron	13,1

Es kommt so selten vor, dass mein Name vor Emmas steht, dass ich mich einen Augenblick länger darüber freue, als ich wohl sollte. Ich lächle ihr zu und zeige mit dem Kinn auf die Tafel, und sie verdreht die Augen, aber sie lächelt auch. Das ist gut. Das fühlt sich normal an. Leider währt der Moment nur kurz, denn jetzt geht es an den Balken, und der erfordert meine volle Konzentration.

»Okay, Mädels, die Reihenfolge lautet: Jaime, Chelsea, Audrey, Sierra und Emma.«

Ich verziehe das Gesicht, löse meine Turnriemchen und dehne die Handgelenke. Hier gibt es noch einiges zu tun. Emma ist fantastisch auf dem Balken, und Sierra ist gut, aber ich kann sie beide schlagen, wenn ich meine verdammten Verbindungen einwandfrei hinbekomme. Mein Aufgang, ein Handstützüberschlag auf den Balken, der direkt in einen weiteren Überschlag und einen Spreizsalto übergeht, ist eine riesige Herausforderung gleich am Anfang der Übung. Wenn sie gelingt, ist es eine der schwierigsten

Kombinationen in der Geschichte dieses Sports – wenn nicht, ein totales Fiasko.

Jaime und Chelsea ziehen ihre Übungen ohne Probleme durch, und dann stellt Pauline das Sprungbrett für mich auf. Ich stehe am Rand der Matte, gehe auf die Zehenspitzen und bereite mich auf den Aufgang vor.

Einatmen, ausatmen, drei Schritte vor in ein Rondat auf das Sprungbrett und dann der erste Handstützüberschlag, der zweite und schließlich der Spreizsalto mit sicherer Landung, erst ein Fuß, dann der andere, auf diesem zehn Zentimeter breiten Balken, auf dem wir uns drehen und überschlagen sollen, als wäre es der Boden.

Meine Konzentration ist bei diesem Gerät normalerweise ungebrochen, bis ich wieder unten bin, doch trotz meines punktgenauen Fokus nehme ich wahr, dass sich die Hallentür öffnet und mehrere Leute hereinkommen. Allen voran schreitet eine Frau in Stöckelschuhen mit einem perfekt frisierten Afro. Ich erkenne sie sofort. Es ist Tamara Jackson, die Chefin der USOF.

»Sehr schön, Audrey«, sagt sie, während alle sie mit offenem Mund anstarren, »aber bitte komm vom Balken. Der Wettkampf ist vorbei.«

Achtes Kapitel

Tamara Jackson in ihrem weißen Blazer und dem dazu passenden Bleistiftrock ist einschüchternder und dabei vertrauenerweckender als jede andere Person, der ich je begegnet bin.

Mit einem leisen Quietschen schließt sich die Tür der Halle hinter unseren Trainern und den anderen NGC-Mitarbeitern, nachdem Mrs. Jackson sie ohne größeren Widerspruch aus dem Raum geschickt hat. Die riesige Halle ist beinahe leer. Ich stehe immer noch vor dem Schwebebalken, meine Augen huschen von der Tür zurück zur Vorsitzenden der USOF, und ich warte, dass sie anfängt.

»Ladys«, beginnt Mrs. Jackson und strahlt uns an, ihre weißen Zähne leuchten hell vor ihrem tiefroten Lippenstift, »als Erstes möchte ich euch danken. Eure jahrelange harte Arbeit und Ausdauer haben euch hierhergebracht. Hunderttausende junge Mädchen haben den Traum, dahin zu kommen, wo ihr gerade seid, aber nur eine Handvoll schafft es ins olympische Team.«

Ihre Worte schrillen in meinem Kopf. Sie meint es sicher gut, sie will den Stachel dessen mildern, was als Nächstes kommt, aber was könnte das noch sein? Bisher haben wir einen Dopingskandal und sexuellen Missbrauch. Was kommt als Nächstes? Mord? Emmas Hand schiebt sich in meine und drückt sie fest.

»Ihr habt viele Jahre lang eng mit euren Trainern zusammengearbeitet und habt eine Verbindung zu ihnen, die die meisten Menschen nie verstehen werden. Ihr habt vielleicht sogar mehr Zeit mit ihnen verbracht als mit euren Familien, und deshalb fällt es mir sehr schwer zu sagen, was ich jetzt sagen muss. Der USOF wurden Hinweise zugetragen, die die Reaktionen des NGC auf Coach Gibsons Verhalten und anschließende Verhaftung betreffen. Das bezieht sich auch auf eure persönlichen Trainer.«

Ich halte die Luft an und schaue panisch zur Tür, durch die Pauline und die anderen vor einer Minute verschwunden sind. Dann fange ich Emmas Blick auf. Ihre Augen sind groß, und sie hat vor Schreck den Mund geöffnet.

»Was meinen Sie damit?«, fragt Chelsea.

»Nun, wir haben es mit einer laufenden Ermittlung zu tun, aber ich kann so viel sagen, dass die fragliche Turnerin ...«

»Dani«, wirft Chelsea ein, und Mrs. Jackson zieht tadelnd die Augenbrauen hoch, nickt aber.

»Ja. Ms. Oliveros Test wurde Mr. Gibson übergeben, der daraufhin das Dopingverfahren einleitete, obwohl es nicht den geringsten Hinweis auf verbotene Substanzen gab. Er hat wie vorgeschrieben ein Komitee zur Überprüfung der Ergebnisse einberufen. Eure Trainer und die anwesenden NGC-Funktionäre waren alle Teil dieses Komitees, das Ms. Oliveros Suspendierung vom Team unterschrieben hat, obwohl Coach Gibson ihnen keine stichhaltigen Beweise vorlegen konnte.«

Meine Knie werden immer weicher, während Mrs. Jackson spricht, und ein bitterer Geschmack steigt mir die Kehle hoch.

Unsere Trainer haben gelogen.

Pauline hat gelogen.

Ich will es nicht glauben, aber es hört sich nur allzu wahr an. Es passt zu Gibbys Ansprache, dass alles, was das NGC betrifft, auch innerhalb des NGC bleiben soll, zu Paulines Nervosität bei meiner Vernehmung durch das FBI, sogar zu der Solidaritätsshow heute Morgen.

Mrs. Jackson hat noch mehr zu sagen, und ich richte meine Aufmerksamkeit wieder auf ihre Worte.

»Die USOF hat daher erstmals in der Geschichte die Entscheidung getroffen, das NGC als national operierenden Verein bis zum Ende der Olympischen Spiele zu suspendieren. Von jetzt an werde ich gemeinsam mit eurer neuen, von der USOF ausgewählten Trainerin euer Training überwachen. Ich habe vollstes Vertrauen in eure sportlichen Fähigkeiten, und auch wenn es nicht leicht wird, weiß ich, dass ihr es als Team schaffen könnt. Es ist sehr bedauerlich, dass wir diese extremen Maßnahmen ergreifen müssen, aber wir können nicht zulassen, dass Leute ungestraft bleiben, die sich mitschuldig gemacht haben – Leute, deren einzige Aufgabe es war, für euer Wohlergehen zu sorgen. Ich hoffe sehr auf euer Verständnis.«

Vielleicht stehe ich unter Schock. Vielleicht ist mir alles zu viel geworden, und mein Gehirn kommt nicht mehr mit, denn ich rufe dazwischen: »Können wir mit ihnen sprechen? Mit unseren Trainern, meine ich?« Sie spießt mich förmlich mit ihrem Blick auf. »Tut mir leid«, setze ich flüsternd hinzu.

Da wird ihre Miene sanfter.

»Nein, mir tut es leid, Audrey. Wir haben die Anweisung vom FBI, vorerst keinen weiteren Kontakt zu euren Trainern zu ermöglichen.«

Chelsea räuspert sich. »Und wer wird uns trainieren?«

»Ihr werdet eure Trainerin kennenlernen, wenn wir am neuen Trainingsort angekommen sind. Ich kann euch versichern, dass sie nicht nur bestens in der Lage ist, euch auf die olympische Reise vorzubereiten, sondern auch besonders qualifiziert, mit dem Trauma umzugehen, das ihr alle in den letzten Tagen erlitten habt. Packt eure Sachen, Ladys, in einer Viertelstunde reisen wir ab.«

Ich stopfe immer noch meine Klamotten in die Koffer, als meine Zimmertür auffliegt. Emma kommt herein und macht die Tür hinter sich zu. Einen Moment lang ist nur unser Atem zu hören, doch dann begegnen sich unsere Blicke.

Irgendetwas platzt in meiner Brust, und mir schießen Tränen

in die Augen. Ein Schluchzen steigt in meiner Kehle auf. Die ganze Anspannung, die ich in den letzten Tagen hinuntergeschluckt habe, vielleicht schon seit der Qualifikation, steigt an die Oberfläche und sprudelt in Form von Tränen aus mir heraus.

Meine Knie werden weich, und ich muss mich aufs Bett setzen. Einen Augenblick später landet Emma neben mir. Sie zieht mich an sich und umarmt mich ganz fest. Sie ist die Einzige, die mich je so aufgelöst zu Gesicht bekommen hat. Wir haben so viel zusammen durchgestanden, und wir haben noch so einen weiten Weg vor uns.

Nach einer ganzen Weile Geschniefe, Schluckauf und verlegenem Lachen löse ich mich aus der Umarmung.

»Was machen wir jetzt?«, frage ich, wische mir die Tränen weg und versuche, tief durchzuatmen und mich wieder zu fassen.

»Wir machen das, was Tamara Jackson sagt«, antwortet Emma wie aus der Pistole geschossen und sieht so ungerührt aus wie immer. »Liz« – sie heißt also wirklich Liz – »hat zwar die Verantwortung im NGC, solange Gibby weg ist, aber die Chefin der USOF steht ganz klar über ihr. Wir müssen einfach tun, was Mrs. Jackson sagt, und alles wird gut.«

»Ach ja?«, frage ich mit einem bitteren Lachen. Das haben wir nach Danis Suspendierung und Gibbys Festnahme auch gedacht und jetzt ... was genau passiert jetzt? Löst die USOF das NGC auf? So fühlt es sich jedenfalls an. Aber in Emmas Stimme schwingt kein Zweifel mit – sie ist so verdammt selbstsicher. Wenn sie glaubt, dass es das Richtige ist, reicht ihr Glaube vielleicht für uns beide.

»Ich habe es doch schon gesagt, Mom. Pauline ist nicht bei uns.«

Ich muss mich unglaublich zusammennehmen, um ruhig zu sprechen und nicht wieder in Tränen auszubrechen, während Enttäuschung, Verwirrung und Skepsis in meinen Adern brodeln. *Keine Zeit zum Weinen, Audrey, es steht zu viel auf dem*

Spiel. Du darfst nicht daran denken, dass deine Trainerin, der du dein Leben lang vertraut hast, dich und deine Träume verraten hat. Du darfst nicht daran denken, dass es vielleicht nicht nur diese eine Lüge war. Du darfst nicht daran denken, wie oft sie dich etwas zu hart gepusht oder dir noch eine Wiederholung abverlangt hat, trotz der quälenden Schmerzen. Du darfst nicht daran denken, dass dein Rücken mit einer anderen Trainerin vielleicht nicht so kaputt wäre, und dass die Person, die tun sollte, was das Beste für dich ist, vielleicht die ganze Zeit getan hat, was das Beste für sie selbst war.

Emma sitzt mir gegenüber. Wir waren immer zu zweit, und unsere Trainerin hat uns beide gleich stark gefordert. Emmas Körper hat es ausgehalten. Meiner nicht. Mir ist nie der Gedanke gekommen, dass das vielleicht … gar nicht hätte passieren müssen. Ich kann mir immer noch nicht vorstellen, dass sie wider besseres Wissen gehandelt hat, aber anscheinend kenne ich sie nicht so gut, wie ich dachte.

»Wo ist sie?«, fragt Mom, und ihre Stimme wird schrill. Pauline hat sie nach Gibbys Festnahme angerufen, und ihr letzter Stand war, dass wir heute wie geplant den internen Wettkampf abhalten, und nicht, dass wir eine Busreise nach Südkalifornien antreten.

Es hat eine Weile gedauert, sie zu erreichen, weil sie bei der Arbeit war, als wir in L. A. losgefahren sind. Als sie endlich zurückgerufen hat, waren wir schon zweieinhalb Stunden auf dem Pacific Coast Highway gen Süden unterwegs, und entsprechend hoch war ihr Paniklevel.

»Ich weiß es nicht. Vielleicht im Flugzeug nach New York? Mrs. Jackson vom Olympischen Verband ist bei uns. Möchtest du mit ihr sprechen? Sie wird dir dasselbe sagen wie ich.«

Ich lehne mich zurück. Der Bus, mit dem wir unterwegs sind, ist wirklich luxuriös, und mein Sitz fühlt sich an wie ein Flugzeugsitz in der ersten Klasse. Die Klimaanlage läuft auf Hochtouren und gewinnt tatsächlich den Kampf gegen die sengende Hitze draußen, aber die Kälte tut meinem Rücken gar nicht gut. Ich drehe mich hin und her und versuche, die Verspannung zu lösen.

»Nein«, sagt Mom resigniert. Es ist lange her, dass sie sich in meinen Sport eingemischt hat. Ich habe angefangen, ohne sie und Dad herumzureisen, als ich zwölf war. »Melde dich bei mir, wenn ihr angekommen seid.«

»Mach ich. Versprochen.«

»Ich hab dich lieb«, sagt sie.

»Ich dich auch.« Jetzt wird meine Stimme doch heiser, aber ich schlucke die Gefühle hinunter. Genug davon. Von jetzt an konzentriere ich mich nur noch auf Olympia und darauf, Gold zu gewinnen, alles andere kann warten. *Keine Sorge, Audrey, zehn bis zwanzig Jahre Therapie müssten reichen.*

»Audrey konnte ihrer Mom nicht mal sagen, wo wir hinfahren. Das ist doch lächerlich«, sagt Sierra, nicht gerade *zu* Mrs. Jackson, aber doch an sie gerichtet – ein weiterer ihrer laufenden Kommentare, die uns schon die ganze Fahrt über begleiten. »Ich komme mir vor, als würden wir gekidnappt!«

»Wirst du es eigentlich nie leid, dir selbst beim Reden zuzuhören?«, fragt Chelsea genervt.

»Sorry, Chels, ich wusste nicht, dass du die Einzige bist, die eine Meinung haben darf.«

»Wir kennen deine Meinung. Du hast sie in den letzten Stunden mehrfach zum Ausdruck gebracht. Es reicht.«

Ich beuge mich vor, um meinen Rücken zu dehnen, und komme dadurch näher an Mrs. Jackson heran, die vor mir sitzt. »Sind wir bald da?«, frage ich leise, um dem Rumgezicke hinter mir keinen neuen Zündstoff zu liefern.

Wir sind vor ein paar Minuten an San Diego vorbeigefahren und haben eine Brücke überquert. Wenn wir nicht über die Grenze nach Mexiko wollen, müssten wir bald da sein.

»Fast«, sagt Mrs. Jackson, und ich lehne mich wieder zurück und versuche, Jaimes Stimme auszublenden, die Sierra natürlich beim Stänkern unterstützen muss.

Wenige Minuten später kommt der Bus zum Stehen.

Der Fahrer öffnet die Tür, und wir werden von hellem Sonnenschein und dem Rauschen des Ozeans empfangen. Die Luft ist salzig und warm, und ich atme tief ein und aus und bin froh, der muskelschädigenden Klimaanlage entronnen zu sein. Der Wind löst einzelne Strähnen aus dem Dutt, den ich mir heute Morgen sorgfältig aufgesteckt habe, und ich streiche sie mir aus dem Gesicht und blinzle in die Sonne. Wo zum Teufel sind wir?

»Audrey?«, ruft da eine Stimme hinter mir, mit der ich nie und nimmer gerechnet hätte. »Was machst du denn hier?«

Ich drehe mich um, und vor mir steht Leo Adams in Badeshorts – sonst nichts –, ein Surfbrett unterm Arm und ein breites Grinsen im Gesicht.

Wir sind in Coronado.

Und das Gebäude hinter uns? Das ist Janet Dorsey-Adams' Trainingshalle.

»Bist du Leo Adams?«, fragt Mrs. Jackson und schaut zwischen uns hin und her. Ihre sonst so kühlen Gesichtszüge umspielt ein kleines Lächeln. »Ist deine Mutter drinnen? Ich muss mit ihr sprechen.«

»Äh … ja klar«, sagt er und wirft mir einen fragenden Blick zu, aber ich kann nur ratlos zurückstarren. Ich kann nicht glauben, dass er hier ist oder dass wir hier sind. »Werden Sie erwartet?«

»Wir haben heute Morgen telefoniert«, sagt Mrs. Jackson, und ich ziehe die Augenbrauen hoch. Das war kein klares Ja. Platzen wir etwa unangekündigt in Janet Dorsey-Adams' Training hinein? Ich habe zwar erst zweimal mit ihr gesprochen, kaum mehr als eine kurze Begrüßung, aber nach ihrem Ruf zu urteilen, findet sie das garantiert nicht gut.

Als sie aus der Tür kommt, wird mein Instinkt bestätigt. Janet ist kaum älter als vierzig, weiß, und sie sieht fit genug aus, um auf der Stelle eine medaillenwürdige Bodenkür hinzulegen. Mit ihren vor der Brust verschränkten Armen und den hochgezogenen Augenbrauen versetzt sie mich aber noch mehr in Schrecken als in Bewunderung.

»Tamara?«, fragt sie, schaut dabei aber uns und nicht Mrs. Jackson an. »Was ist hier los?«

»Ich nehme an, du weißt, wer diese jungen Damen sind?«, sagt Mrs. Jackson und geht mit ausgestreckter Hand auf sie zu.

»Selbstverständlich«, sagt Janet Dorsey-Adams und zieht die Mundwinkel nach unten, ohne in Mrs. Jacksons Hand einzuschlagen. »Aber ich habe heute Morgen doch schon sehr deutlich gemacht ... Oh, ich verstehe! Du willst mich einfach vor vollendete Tatsachen stellen.«

»Ich ...«, setzt Mrs. Jackson an, doch dann zögert sie. Janets Gesicht wird noch finsterer. »Können wir vielleicht irgendwo unter vier Augen sprechen?«

»Leider nein«, sagt Coach Dorsey-Adams kühl, dreht sich um und gibt Leo, der immer noch neben mir steht, ein Zeichen, ihr zu folgen. Er rührt sich nicht, und etwas an dieser Geste – die Sekunde Solidarität – gibt mir Mut.

»Bitte warten Sie!«, sage ich, ohne nachzudenken. »Wir ... wir können sonst nirgendwohin.« Ich verstumme.

»Wir brauchen eine Trainerin«, fügt Chelsea hinzu und stellt sich neben mich.

Coach Dorsey-Adams schaut erst uns und dann Emma, Sierra und Jaime an, die bis jetzt geschwiegen haben. »Und was ist mit euch? Braucht ihr auch eine Trainerin?«

»Ja, Ma'am!«, antworten Sierra und Jaime unisono. Ich unterdrücke ein Augenrollen, um keinen schlechten Eindruck zu machen, aber es fällt mir ziemlich schwer.

»Bitte«, sagt Emma mit einer Eindringlichkeit, die ich noch nie bei ihr gehört habe.

»Hmm«, macht Janet, scheinbar unbeeindruckt. »Na schön, Tamara, komm rein, wir reden drinnen.«

Sie verschwinden im Gebäude. Was war das jetzt? Vor einer Minute hat sie noch abgelehnt. Und jetzt? Warum sind wir überhaupt hier und nicht im Trainingscenter?

»Hey«, sagt Leo und will nach meiner Hand greifen, doch dann überlegt er es sich anders und lässt den Arm wieder sinken. »Alles in Ordnung? Ich habe das mit Gibson gehört … Du hast geschrieben, dass alles okay ist, aber …«

Ich wippe von den Ballen auf die Fersen und verschränke die Arme vor der Brust, weil ich nicht weiß, wohin mit meinen Händen. »Ja, mir geht's gut. Glaube ich.«

Er reibt sich nervös den Nacken. »Ich … es tut mir wirklich leid … das alles. Ich kann gar nicht glauben, dass du jetzt hier bist.«

»Ich auch nicht«, sage ich. Dann beiße ich mir auf die Lippe und wende den Blick ab. Es ist so unwirklich, dass er hier vor mir steht, am liebsten würde ich ihn umarmen oder so, aber meine Füße sind wie festgenagelt.

»Ich weiß echt nicht, was wir hier sollen«, mosert Sierra vor sich hin. »Wir wissen nicht mal, was passiert ist.«

Anscheinend ist sie immer noch auf der Mission, Gibbys Unschuld zu beglaubigen oder zumindest Danis Schuld. Als würde das noch eine Rolle spielen. Gibby ist weg. Unsere Trainer sind weg. Wir haben nur noch uns.

Leo geht nicht auf sie ein. »Hör zu«, sagt er zu mir, »ich weiß nicht, wie viel Erfolg diese Lady bei meiner Mom haben wird, ich schaue mal, ob ich was tun kann.« Er dreht sich um, doch dann zögert er. Er beugt sich vor, legt die Hände um meine Ellbogen und flüstert mir ins Ohr: »Ich bin wirklich froh, dass du da bist!«

Ein Kribbeln läuft mir über den Rücken, aber ich lasse mir nichts anmerken.

»Ich auch«, sage ich mit einem kleinen Lächeln und spüre, wie sich die Spannung löst, als er mein Lächeln erwidert.

Dann joggt er zur Halle und lehnt sein Surfbrett an die Wand, bevor er hinter der Tür verschwindet.

»Was für ein Glück, dass Leo Adams in Audrey verknallt ist, vielleicht können wir ja doch irgendwo trainieren«, ätzt Sierra. Ihre Stimme dröhnt wie ein Nebelhorn und löst mich aus der kleinen Trance, in die mich sein Lächeln versetzt hat.

»O Mann, kannst du mal aufhören?«, fauche ich, natürlich hauptsächlich, weil ihre Worte voll ins Schwarze getroffen haben.

Sierra will zurückzicken, doch Emma würgt sie ab. »Selbst wenn sie zusagt, sitzen wir in der Patsche. Janet Dorsey-Adams hat noch nie Spitzenturner trainiert. Sie wird uns nicht besonders helfen können.«

»Sie ist Olympiasiegerin, Trainerin und Sportpsychologin«, wendet Chelsea ein. »Okay, ihre Turnerinnen sind nicht Weltklasse, aber kennst du irgendeinen Spitzentrainer, der Gibby nicht in den Arsch gekrochen wäre? Sogar Sarahs und Brookes Trainer haben bei der Einzelqualifikation eng mit ihm zusammengearbeitet. Die USOF lässt uns mit niemandem mehr trainieren, der mit ihm in Verbindung gebracht werden kann.«

Sierras Wangen laufen rot an, und sie zischt: »Wir sollten uns unsere Trainer selbst aussuchen können, egal, was sie getan haben. Es ist einfach lächerlich, dass die Leute, mit denen wir ein Leben lang trainiert haben, uns kurz vor Olmypia nicht mehr coachen dürfen. Wir brauchen unsere Trainer! Mir ist egal, was mit Gibby und Dani gelaufen ist. Scheißegal. Darum geht es jetzt nicht.«

Das ist gelogen. Es ist ihr alles andere als egal, aber ich glaube nicht, dass ihre Aufregung etwas mit unseren Trainern zu tun hat. Sie hat Angst, dass Dani sich den Platz zurückholt, der ihr zusteht. Dani hat es verdient, hier zu sein ... falls wir bleiben dürfen.

Etwa zwanzig Minuten später kommt Mrs. Jackson aus der Halle und setzt sich die Sonnenbrille auf die Nase.

»Okay, Ladys, ihr dürft wieder einsteigen.«

»Hat sie Ja gesagt?«, frage ich, während ich hinter Emma in den Bus klettere.

»Sie denkt darüber nach«, erwidert Mrs. Jackson mit einem angespannten Lächeln. »Aber so oder so müsst ihr euch irgendwo ausruhen, deshalb hat die USOF ein Haus in der Nähe gemietet.«

»Hier sieht's ja aus wie in einer dieser Einrichtungsshows. Das Haus ist der Hammer!«, staunt Chelsea, und Mrs. Jackson lächelt. Wenigstens eine, die glücklich ist.

Das Haus ist unbestreitbar schön. Es liegt direkt an der Bucht von San Diego, ein zweistöckiges sandfarbenes Gebäude mit rot gezigeltem Dach im spanischen Stil. Drinnen herrscht kalifornischer Chic, riesige Fenster geben den Blick auf den Ozean frei, und alles ist in Weiß- und Blautönen gehalten. Es gibt eine große Terrasse und einen Steg mit Kajaks und Jetskis für Gäste, die sich nicht auf eine Olympiade vorbereiten müssen.

»Komm«, sagt Emma, und wir schleppen unsere Koffer die Treppe hoch, die aus dem großen offenen Wohnzimmer mit gewölbter Decke nach oben führt. Unser Gepäck schlägt scheppernd gegen die Stahltreppe, aber das ist im Moment meine geringste Sorge.

Was machen wir, wenn Leos Mom beschließt, uns nicht zu trainieren?

War das wirklich die einzige Option, die der USOF eingefallen ist?

Es muss doch noch andere Trainer geben. Paulines Gesicht erscheint vor meinem inneren Auge, und ich kämpfe gegen das Gefühl des Abscheus an, das sich in einer Ecke meines Kopfs eingenistet hat. Dafür ist jetzt keine Zeit. Es fühlt sich an, als hätte sich die Welt um 180 Grad gedreht, als ich gerade im Handstand war, und als müsste ich die Fingernägel mit aller Kraft in die Erde bohren, um nicht zu fallen.

Ich folge Emma in eins der Zimmer. Die hellblau gestrichenen Wände und die weißen, fluffigen Decken auf den zwei großen Betten haben etwas Beruhigendes. Augenblicklich werden meine Lider schwer. Emma lässt ihre Koffer fallen, springt auf eins der Betten und macht es sich auf den Kissen bequem.

»Ich muss schlafen.« Ich lasse meine Koffer an der Tür stehen, ziehe sie nicht einmal ganz ins Zimmer, steuere auf das freie Bett zu und lasse mich mit einem tiefen Seufzer darauf fallen. Der Wecker auf dem Nachttisch zeigt mir, dass es nicht einmal Mittag ist, aber es fühlt sich so an, als hätten wir in die letzten Stunden einen ganzen Monat gepresst.

»Glaubst du, die Betten im olympischen Dorf sind auch so nett?«, fragt Emma.

»Ich würde auch mit einem Schlafsack auf dem Boden vorliebnehmen, Hauptsache, wir schaffen es überhaupt noch dahin«, murmele ich mit geschlossenen Augen.

»Hast du Zweifel daran?«

»Es kommt mir so vor, als wäre Olympia noch Jahre entfernt. Das fühlt sich alles überhaupt nicht echt an.«

»Nicht mal Leo Adams?«, fragt sie, aber ihre Worte kommen schon von weit her.

»Der schon gar nicht«, erwidere ich, vielleicht denke ich es aber auch nur, bevor die Welt um mich herum verschwindet.

»Rey, aufwachen!« Emmas Stimme dringt mitten in meine Tiefschlafphase, und ihre Hände rütteln an meinen Schultern.

»Was ist?«, stöhne ich, doch dann dringt Geschrei von unten herauf, und ich bin schlagartig hellwach.

Schimpfwörter, die ich noch nie im Leben gehört habe, schwirren durch die Luft, und ich springe aus dem Bett und folge Emma, die schon über den Flur flitzt.

»Du verdammtes Miststück! Wie kannst du es wagen, hier aufzukreuzen, nachdem du uns das angetan hast?«, kreischt Sierra wie eine Furie, als wir die Treppe erreichen. Mrs. Jackson steht hinter ihr und hält sie an der Hüfte fest, damit sie sich nicht auf Dani stürzt.

Ach du heiliger Strohsack.

Dani ist da. Sie steht an der Tür und konnte offenbar nur wenige Schritte ins Haus machen, bevor Sierra auf sie losgegangen ist.

Emma und ich laufen die Treppe hinunter, während Mrs. Jackson Sierra aus dem Zimmer zerrt und auf die Terrasse befördert.

Dani lächelt schwach und sagt: »Hey, Leute! Ich bin wieder da.«

Emma zögert und ich auch, aber Chelsea nicht. Sie tritt einen Schritt vor, und mein Magen rutscht abwärts, als Dani zurückweicht, doch Chelsea lässt sich nicht beirren und schließt unsere Mannschaftskameradin fest in die Arme.

»Ich bin so froh, dass du wieder da bist, und es tut mir so leid, was er dir angetan hat«, sagt sie.

Einen Moment lang steht Dani ganz steif da und starrt Emma und mich über Chelseas Schulter hinweg an, doch dann löst sich die Spannung, und sie schließt die Augen und erwidert Chelseas Umarmung.

Ich weiß nicht, was ich tun soll. Emma hat sich noch nicht gerührt.

Dani ist zurück, und das fühlt sich richtig an. Ich bin sicher, dass sie nicht gedopt hat – auch wenn Sierra vom Gegenteil überzeugt ist. Sie ist wieder da, und vielleicht heißt das, dass alles gut wird.

Chelsea lässt Dani los, und ich schaue an ihnen vorbei nach draußen, wo Sierra immer noch tobt und Jaime und Mrs. Jackson erfolglos versuchen, sie zu beruhigen.

Na ja. Vielleicht wird doch nicht alles gut.

Vorhin habe ich geschlafen, und jetzt liege ich im Liegestuhl und schaue auf die Bucht von San Diego, während die heiße Julisonne mir die Haut wärmt. *Audrey Lee, wann bist du das letzte Mal so faul gewesen?* Vielleicht, als ich mich von der OP erholen musste, aber das war eine erzwungene Faulheit.

Und jetzt? Jetzt fühlt sich die Untätigkeit völlig falsch an, aber mir bleibt nichts anderes übrig. Wir haben im Augenblick keinen Zugang zu einer Turnhalle. Vielleicht auch später nicht. Es ist gut möglich, dass wir schon heute Abend wieder im Bus oder im Flugzeug sitzen und nach einer neuen Heimat suchen, wo wir uns auf Olympia vorbereiten können.

Wir gehören zu den besten Turnerinnen der Welt. Es kann doch nicht so schwer sein, einen Ort zu finden, an dem wir trainieren können, und doch sitzen wir hier fest. Wir haben etwas Besseres verdient. Und wir brauchen etwas Besseres, wenn wir in Tokio Erfolg haben wollen.

»Glaubst du, Sierra ist schon eine Ader geplatzt?«, frage ich Emma, die neben mir sitzt. Wir haben unsere Liegestühle in den Schatten der Markise gezogen, da wir einen Sonnenbrand gerade gar nicht gebrauchen können. Turnen und verbrannte Haut vertragen sich nicht.

»Sie wird drüber wegkommen«, sagt Emma und trägt schon die zweite Schicht Sonnencreme auf. »Klar ist sie sauer, dass Dani wieder da ist. Aber Dani war schon das ganze Jahr besser als sie. Sierra ist ein Profi, sie wird es verkraften.«

»Vielleicht.«

Vielleicht bleibt sie aber auch so wütend, zieht Jaime mit sich, wie sie es immer tut, und macht uns die nächsten Wochen zur Hölle.

»Glaubst du, sie sagt uns, was wirklich passiert ist?«, frage ich leise und deute mit dem Kinn auf Dani und Chelsea, die auf dem Steg sitzen und die Beine ins Wasser baumeln lassen.

»Ich will es gar nicht wissen«, erwidert Emma, und ich sehe sie verwundert an. Ich würde Dani niemals danach fragen. Wenn sie es mir erzählen will, wird sie es tun, aber ich kann nicht glauben, dass Emma gar nicht neugierig ist. Aber so ist sie wohl einfach. Wenn sie einmal beschlossen hat, dass etwas sie nicht interessiert, dann interessiert es sie auch nicht.

Meine Kopfschmerzen von heute Morgen sind fast verschwunden. War das wirklich erst heute Morgen? Vielleicht habe ich einfach nur eine Pause und ein bisschen Sonne gebraucht. Vitamin D wirkt ja bekanntlich Wunder.

Ich beschatte meine Augen mit einer Hand, als Chelsea und Dani aufstehen und lächelnd zu uns herüberkommen. Dani sieht genauso aus, wie ich sie von der Qualifikation in Erinnerung habe. Nicht, dass ich gedacht hätte, sie würde anders aussehen – aber ist es nicht trotzdem irgendwie komisch? Ich weiß nicht.

»Hallo, wer kommt denn da!«, sagt Chelsea und schaut an mir vorbei.

Leo kommt die Einfahrt hochgeschlendert – diesmal vollständig bekleidet, was seinem Aussehen jedoch keinen Abbruch tut. Das schlichte weiße T-Shirt bringt seine gebräunte Haut in der Nachmittagssonne besonders gut zur Geltung.

Ich springe vom Liegestuhl und verbrenne mir fast die Fußsohlen, als ich barfuß über die heißen Holzplanken zur vorderen Terrasse laufe. Emma, Dani und Chelsea folgen mir.

»Und?«, frage ich und hüpfe ungeduldig auf und ab, als er bei uns ankommt.

»Und … es klappt!«, sagt er und lächelt beinahe schüchtern. »Sie wird ihre Turnerinnen für die nächsten Wochen auf andere Hallen verteilen. Ihr werdet die ganze Halle für euch haben.«

Ich juble aus vollem Hals und mache einen Satz auf ihn zu. Seine Arme legen sich um mich, und seine Brust vibriert an meiner, als er lacht.

»Danke! Ich weiß nicht, was du zu ihr gesagt hast, aber vielen, vielen Dank!«

»Gern geschehen«, sagt er und stellt mich wieder auf die Füße, ohne mich loszulassen. Er sieht mich an, und da ist etwas in seinen Augen, das nicht ganz passt. Ich kenne ihn nicht gut genug, um sicher zu sein, aber es könnte Bedauern sein.

»Ist alles okay?«, frage ich und lege verwirrt den Kopf schief.

Er grinst, und die Spur des unbestimmbaren Gefühls verschwindet. »Also, gegen noch so eine Umarmung hätte ich nichts einzuwenden.«

Die kann er haben. Ihn zu umarmen fühlt sich gut an, daran könnte ich mich gewöhnen.

Ich ziehe ihn noch einmal an mich und atme seinen Geruch nach Salzwasser und einem Hauch Magnesia ein – Magnesia aus der Halle, in der wir trainieren werden, bis wir nach Tokio fliegen.

Vielleicht kann unsere olympische Reise jetzt endlich beginnen.

Neuntes Kapitel

Ich muss einen Freudenschluchzer unterdrücken, als ich mich am nächsten Morgen auf den Barren schwinge und meine Handflächen leicht über das zylindrische Fiberglas gleiten. Vielleicht ist mir aber auch nur Magnesiastaub in die Kehle geraten. Egal, es fühlt sich toll an, wieder zu trainieren.

Bis auf die eine Übung, die ich gestern turnen konnte, bevor sich die Welt mal wieder auf den Kopf gestellt hat, habe ich das Gefühl, ich hätte seit Monaten nicht mehr trainiert. Meine Arme schmerzen angenehm, als sie mein Gewicht im Handstand auf dem oberen Holm tragen. Ich greife in einer ganzen Drehung um, dann schwinge ich nach unten, lasse los, und mein Körper schnellt gerade und gespannt in die Dreifachschraube.

»Als ich dich mit dieser Figur das erste Mal im Fernsehen gesehen habe, habe ich auf dem Sofa gesessen und geklatscht«, sagt Janet, die neben der Matte steht. »Kreativ, anspruchsvoll und hebt sich von der Masse ab. Außerdem sind deine Schrauben wirklich erstklassig.«

Lächelnd reibe ich die ledernen Turnriemchen aneinander, bevor ich zur Seite trete, damit Emma weitermachen kann.

»Aber die Drehung kommt eine halbe Sekunde zu spät, dafür gibt es mindestens ein Zehntel Abzug.«

»Damit habe ich schon die letzten zwei Monate Probleme. Aber ich bin lieber ein bisschen zu spät mit der Drehung, als nicht richtig in den Handstand zu kommen und den Übergang zum Abgang nicht zu schaffen.«

»Du kannst ihn aber schaffen. Es war klug von deiner Trainerin, dir für die Qualifikation zu diesem Trick zu raten, aber auch wenn es sich vielleicht nicht so anfühlt, haben wir noch genug Zeit bis Tokio, um solche Feinheiten zu optimieren. Der Fehler kostet dich mindestens ein Zehntel, und ein Zehntel kann den Unterschied zwischen Silber und Gold bedeuten«, sagt sie, während Emma perfekt ihren doppelten Strecksalto landet. Ihre Drehung war nicht zu spät. Ein Zehntel im Vorteil.

»Okay.« Ich gehe weiter, um mir die Hände mit Magnesia einzureiben. Während ich in die Schale greife, lasse ich den Blick durch die ruhige Halle schweifen. Normalerweise springen hier sicher jede Menge Kids herum, den ganzen Tag Training und Ferienkurse, aber Janet hat Wort gehalten und ihre Schülerinnen – von denen die meisten sowieso gerade keine Wettkämpfe haben – in andere Turnhallen geschickt, damit sie uns auf Tokio vorbereiten kann.

Die Halle ist nett, wenn auch nicht unbedingt auf der Höhe der Zeit. Sie ist viel kleiner als unsere Trainingshalle zu Hause, und nirgendwo sind Banner zu sehen, die den Erfolg ihres Vereins anpreisen. An der Wand an der Längsseite sind bunte Wandmalereien von Turnerinnen, die mit gespannten Beinen und perfekt gestreckten Zehenspitzen durch die Luft springen. Die andere Wand ist eine Art große Garagentür, und im Augenblick steht sie offen und lässt die Meeresbrise herein.

Wir sechs sind aufgeteilt worden, Emma und ich am Barren, Chelsea und Dani am Balken, und Jaime und Sierra, jetzt wieder beide Ersatzturnerinnen, am Sprungtisch. Wenn wir an unseren jeweiligen Geräten durch sind, arbeiten wir gemeinsam an unseren Bodenübungen. Genauso soll es sein. Wir sind vielleicht nicht im Trainingscenter, und wir haben keine eigenen Trainer mehr, aber alles in allem ist Turnen immer noch Turnen.

Leo ist in der Ecke bei den Fitnessgeräten und trainiert an der Beinpresse. Es ist immer noch unglaublich, dass er hier ist.

Und ziemlich verlockend. Viel zu verlockend, wenn man bedenkt, dass seine Mom jetzt meine Trainerin ist.

Schluss damit, Audrey. Im Augenblick kommt es in deinem Leben nur darauf an, am Barren den letzten Handstand nach der Drehung perfekt hinzukriegen, am Boden die Sprünge und Drehungen auszuführen und alles dafür zu tun, dass die Verbindungen auf dem Balken flüssig sind. Auf sonst nichts. Nicht mal auf Leo Adams.

Noch ein Durchgang am Barren, diesmal – nach Janets anerkennendem Nicken zu urteilen – mit einem sehr viel besseren Handstand vor dem Abgang, und dann geht es an den Balken. Jetzt hängt es zwar nicht mehr an Gibbys Entscheidung, trotzdem ist der Balken immer noch das Gerät, an dem ich meine Ergebnisse aus der Landesmeisterschaft und der Qualifikation verbessern muss.

Schritt eins, meine Abfolge beim Angang festigen, Rondat, Handstützüberschlag auf den Balken, dann einen weiteren und den Spreizsalto. Eine blitzschnelle Kombination, die für das bloße Auge so aussieht, als würde ich über den Balken wirbeln.

Emma fängt an. Ihre Kür ist solide wie eh und je. Alles an Emmas Küren ist routiniert, das war schon immer so. Als wir jünger waren, wurde ihr das manchmal zum Verhängnis. Sie war nie die Turnerin, die einem sofort ins Auge sticht, aber sie schafft ihre Übungen immer nahezu fehlerfrei, und wer sich ein bisschen im Leistungsturnen auskennt, weiß, dass das eine Rarität ist. Letztes Jahr hat sie alle regelrecht platt gewalzt mit ihren nahezu fehlerfreien Abläufen, die sie mit ein paar geschickt platzierten, superschwierigen Elementen ergänzt hat. Deshalb überrascht es mich gar nicht, dass sie am Ende ihrer Übung den doppelten Vorwärtssalto perfekt steht.

»Super!«, rufe ich ihr zu, und wir geben uns High five, nachdem sie sich mit erhobenen Armen verabschiedet hat.

Ich gehe mit einem Stück Magnesia am Balken entlang, um mir Markierungen für einige meiner Elemente zu machen.

Janets ruhige Kritik hallt durch den stillen Raum. »Du bist sehr sicher, aber achte auf dein Tempo. Olympische Kampfrichter wollen auf dem Balken einen Flow sehen, und als Weltmeisterin werden sie bei dir besonders genau hinschauen. Schwierigkeit ist nicht alles, Emma.« Und dann lauter, zu mir: »Los geht's, Audrey, zeig mir, was du kannst.«

Ich höre ihre Worte, aber eher als fernes Hintergrundrauschen. Ich stelle das Sprungbrett auf und lasse mich in Richtung des Balkens federn, um sicherzugehen, dass die Entfernung stimmt. Dann laufe ich bis ans Ende der Matte zurück.

Einmal durchatmen, noch einmal, und dann laufe ich los in einen Rondat mit anschließendem Handstützüberschlag. Mein erster Fuß berührt den Balken, und der Rest meines Körpers folgt, bevor auch mein zweiter Fuß landet. Meine Balance ist gut, und ich muss nicht nachdenken, bevor ich rückwärts in einen weiteren Überschlag und dann den Spreizsalto gleite.

Gut so.

Ein Atemzug und zwei Sprünge führen mich auf die andere Seite des Balkens, dann ist es Zeit für meine zweite Verbindung.

Eine dreifache Drehung, dann eine doppelte, an die eine L-Drehung mit horizontal gestrecktem Spielbein anschließt – extrem schwierig, hier das Gleichgewicht zu halten –, und dann eine ganze Taucherdrehung, bei der der Oberkörper vorgebeugt und das Bein hoch in die Luft gestreckt und im Kreis geschwenkt wird, während man sich einmal um sich selbst dreht. Jede Figur ist schon an sich schwierig, aber zusammengenommen ergeben sie eine der anspruchsvollsten Balken-Kombinationen der Welt.

Ich atme langsam aus, beginne die Dreifachdrehung, die in die doppelte übergeht und schließe die L-Drehung an, aber ich muss kurz innehalten, mein Gleichgewicht ist nicht stabil genug, um direkt in die Taucherdrehung überzugehen, und wenn ich nicht kurz unterbreche, stürze ich.

Keine Enttäuschung zu zeigen ist mir zur zweiten Natur geworden, die mir schon als Kind antrainiert wurde, daher lasse ich mir nichts anmerken, aber das war alles andere als ideal. Ich bleibe eine Sekunde stehen, um die Balance wiederzufinden, dann vollführe ich die Taucherdrehung einwandfrei.

»Mach weiter, Rey, sieht gut aus!«, dringt Emmas Stimme zu mir durch und bringt mich wieder auf Spur. Vor mir liegt noch eine große Verbindung, und nachdem ich die letzte in den Sand gesetzt habe, ist diese umso wichtiger.

Ein freies Rad auf dem Balken, und schon bin ich wieder aus dem Gleichgewicht. Ich korrigiere meine Haltung, diesmal kann ich mir eine Grimasse nicht verkneifen, springe in den Spagatsprung mit Beinwechsel in der Luft und rückwärts in einen Auerbach mit Landung rittlings auf dem Balken.

Verdammt.

Das muss alles viel flüssiger sein.

Mein letztes Element vor dem Abgang ist eines, das kaum noch geturnt wird, eine Eineinvierteldrehung auf dem Rücken. Es sieht aus wie ein Move aus dem Repertoire eines Breakdancers und bringt die Menge normalerweise in Wallung, aber hier gibt es keine Menge. Nur meine neue Trainerin, die ich um jeden Preis beeindrucken wollte. Tja, so viel dazu.

Jetzt bin ich bereit für den Abgang. Ich stelle mich auf, hebe die Arme über den Kopf und zähle meinen Kontakt mit dem Balken aus, eins-zwei, eins-zwei, Hände-Füße, dann die Dreifachschraube und Landung mit einem winzigen Ausfallschritt zur Seite.

Ich hebe die Arme und schaue zu einer Strähne hoch, die sich aus meinem Pferdeschwanz gelöst hat. Janets Gesicht ist ernst, aber nicht unfreundlich.

»Noch mal, Emma«, sagt sie zu meiner besten Freundin, die

mir im Vorbeigehen ein kleines Lächeln zuwirft. Als ich bei ihr ankomme, nickt Janet mir zu und verschränkt die Arme vor der Brust. »Mach dir keine Gedanken, Audrey. Wir haben noch Zeit.«

Ich nicke, aber natürlich mache ich mir Gedanken, ich will herausfinden, was schiefgegangen ist.

Janets Stimme unterbricht mich. »Einfach abschütteln«, sagt sie. »Und das meine ich buchstäblich. Wenn du unzufrieden mit einer Übung oder einem Element bist, einfach den Kopf schütteln. Nimm es an und dann geh darüber hinweg, damit du dich wieder konzentrieren und es das nächste Mal besser machen kannst.«

Mein Stirnrunzeln wird mit jedem ihrer Worte tiefer. Sie ist meine Trainerin, und ich muss tun, was sie sagt, aber in meinen Ohren klingt das nach einem Haufen Schwachsinn. Ich schüttele den Kopf.

»Gut. Und jetzt mach dir keinen Stress. Wie gesagt, wir haben Zeit.«

Keinen Stress? Ich schaue sie ungläubig an.

Ich weiß nicht, ob das je ein Trainer zu mir gesagt und wirklich so gemeint hat. Stress gehört einfach dazu, und irgendwie gefällt mir der Gedanke sogar, dass ich dem beständigen Druck so lange standgehalten habe. Wie beim Trainingslager für die Weltmeisterschaft vor zwei Jahren, als Gibbys letzter Test vor der Mannschaftsaufstellung darin bestand, uns so lange trainieren zu lassen, bis eine gestürzt ist. Er hat es natürlich nicht gesagt, aber wir wussten alle, die Erste, die dem Druck nicht standhielt, würde ihren Platz im Team verlieren. Damals habe ich mich stark gefühlt, weil ich den anderen Mädchen überlegen war, aber jetzt kommt mir diese Methode auf einmal ziemlich fragwürdig vor.

Wir machen einen letzten Durchlauf am Balken, und meine Verbindungen laufen diesmal etwas besser, aber immer noch nicht gut genug.

»Das was völlig in Ordnung«, sagt Emma, als wir etwas trinken. Aber sie hat gut reden, sie hat ihre Übung schließlich perfekt hinbekommen.

»Okay, Ladys, wir machen uns an die Bodenkür«, ruft Janet und geht rüber zur Bodenfläche. Wir reihen uns vor ihr auf, alle sechs stehen wir stramm. Sie lacht. »Entspannt euch, Mädels«, sagt sie, und Sarkasmus trieft aus jedem Wort. »Die Einheit heute Morgen ist gut gelaufen. Nach allem, was ich sehe, seid ihr körperlich ausgesprochen gut vorbereitet, daher gilt mein Fokus eurem geistigen und emotionalen Wohlergehen. Ich möchte, dass ihr den Rest des Tages zum Meditieren und Visualisieren eurer Übungen nutzt.«

»Wie bitte?«, fragen Sierra und ich gleichzeitig und schlagen schnell die Hände vor den Mund.

»Ihr habt ganz richtig gehört. Meditieren und Visualisieren, mindestens eine Stunde lang. Ihr könnt dabei Musik hören, wenn ihr möchtet, aber ich will, dass ihr euren Körper ausruht und an eurem Kopf arbeitet. Stellt euch die olympische Arena vor und macht euch mit ihr vertraut. Macht die Arena in Gedanken zu einem Ort, an dem ihr euch wohlfühlt, dann wird es, wenn ihr dort seid, auch so sein.«

»Aber Sie haben gesagt, Sie würden uns trainieren!« Ich sehe die anderen Mädchen hilfesuchend an, doch keine springt mir bei. Emma macht nur große Augen und schüttelt kurz den Kopf, um mich zum Schweigen zu bringen. »Das ist doch kein Training.«

Janet lächelt spöttisch. »Doch, ist es.«

Nein, ist es nicht. Es ist ein ganzer verschwendeter Nachmittag, an dem ich auf der Matte herumliegen soll und keine Sekunde turnen darf. Vermutlich hat Janet genau deswegen keine Spitzensportler in ihrem Zentrum. Sie ist Trainerin, aber in erster Linie ist sie offenbar Psychologin. Klar liegt mir meine psychische Gesundheit am Herzen, aber das hier ist einfach nur lächerlich.

Ich weiß selbst, dass Visualisieren wichtig ist. Ich habe meine

Übungen schon visualisiert, bevor ich Spitzensportlerin war, aber *zusätzlich* zum Training und nicht *stattdessen*.

Mein letztes echtes Training war in New York, bevor wir nach Kalifornien geflogen sind, also vor mehr als zwei Tagen. Ich kann mir doch nicht einfach kurz vor den Olympischen Spielen mehr als zwei Tage am Stück freinehmen. Und es ist nicht nur das. Mein Körper steht unter Strom und lechzt nach Bewegung. Am liebsten würde ich joggen gehen, aber wir haben die strenge Anweisung, nach dem Training keinen Sport mehr zu machen. Und so stark mein Bewegungsdrang auch ist, mein ausgeprägter Instinkt, mich jemandem mit dem Titel »Coach« zu beugen, ist stärker.

Wir haben gerade mal zwei Stunden trainiert. Zwei Stunden! Aufwärmen, zwei Geräte und dann eine Predigt, dass wir an unserer geistigen Stärke arbeiten müssen. Die perfekte Einstimmung auf einen Nachmittag voller Reflexion und Meditation.

Ich gehe meine Übungen Dutzende Male im Kopf durch, meine schallisolierenden Kopfhörer blenden alles um mich herum aus, aber irgendwann reicht es, sonst bekommt mein Gehirn noch einen Kurzschluss. Ich weiß, wie das alles aussehen muss. Ich muss es *tun*.

Jemand tippt mich mit dem Fuß an. Ich öffne die Augen. Es ist Emma. Wegen der lauten Musik in meinen Ohren kann ich nicht hören, was sie sagt, aber ich kann es ihr von den Lippen ablesen. »Gehen wir.«

Sie hat auch ihre Übungen visualisiert, und ihr Fuß zappelt nervös. Sie ist so rastlos wie ich. Ich setze mich auf und schaue mich mit zusammengekniffenen Augen in der leeren Halle um.

Ich nehme die Kopfhörer ab. »Wo sind denn alle?«

»Beim Essen. Janet hat gesehen, dass du total versunken warst, und wollte dich nicht stören. Sie hat gesagt, dass ich meinen Timer auf zwanzig Minuten stellen soll. Die Zeit ist jetzt um, und ich bin am Verhungern. Lass uns gehen.«

Ich springe auf und schaue mich um, um sicher zu sein, dass wir allein sind. Außer uns ist niemand in der Halle, also jogge ich über die Bodenfläche, mache ein Rondat, Flickflack, Doppelsalto rückwärts, der perfekt sitzt, und hebe die Arme zum Gruß. Eine dumme Art zu rebellieren, aber das musste jetzt sein.

»Gut, dass Janet dich nicht gesehen hat.«

»Stimmt, unsere Trainerin will ja nicht, dass wir trainieren.«

»Immerhin haben wir eine Trainerin.«

Anscheinend fällt es ihr leichter als mir, sich auf eine neue Autorität einzustellen, ohne alles zu hinterfragen. Sie hat sich immer an Paulines Anweisungen gehalten und ist olympia-Favoritin im Mehrkampf. Ich habe mich auch an Paulines Anweisungen gehalten und bin ... ja, was? Mitglied im olympischen Team? *Sei nicht undankbar, Audrey, auch wenn alles andere total vermurkst ist.*

»Sie trainiert nicht, sie psychologisiert!«

Emma lacht. »Na ja, wahrscheinlich können wir es gebrauchen. Los, lass uns endlich gehen.«

Janets Studio ist nur wenige Blocks von unserem Haus entfernt. Der Rückweg in der leichten Brise, die vom Ozean herüberweht, ist schön und erfrischend. Bestimmt wäre er noch schöner und erfrischender, wenn wir richtig durchgeschwitzt wären. Die Luft würde sich toll auf unserer heißen Haut und in den schweißnassen Haaren anfühlen.

Kaum kommen wir durch die Tür, läuft mir das Wasser im Mund zusammen. Irgendjemand grillt Steaks, oder vielleicht Fajitas? Ich glaube, ich rieche auch Paprika und Zwiebeln.

»Was ist?«, frage ich, als Chelsea grinsend die Treppe runterkommt.

»Riecht das nicht gut?«, sagt sie. »Leo hat Steaks mitgebracht. Das ist besser als Hühnchen und gegartes Gemüse, was?«

Augenblicklich geht mein innerer Kampf los. Das Essen riecht super, aber heute war kein guter Tag. Es war nicht mal ein mittelmäßiger Tag. Es war ein Scheißtag, und Steaks werden daran nichts ändern. Außerdem, wenn wir keine zwei Trainingseinheiten am Tag machen, muss ich total aufpassen, was ich esse. Das NGC hatte einen Ernährungsberater, der sich vor wichtigen Wettkämpfen um unseren Ernährungsplan gekümmert hat. Hühnchen und Fisch kamen regelmäßig auf den Tisch, Steak stand allerdings nie auf dem Speiseplan.

Emma und ich folgen Chelsea nach draußen auf die Terrasse, wo Dani den Tisch deckt. Leo steht mit dem Rücken zu mir mit Schürze am Grill.

»Wenn da jetzt ›Küss den Koch‹ draufsteht, nehme ich dich beim Wort«, sage ich.

Er dreht sich zu mir um und öffnet den Mund, um etwas zu erwidern, doch dann schüttelt er den Kopf und lächelt nervös.

Ich bleibe verblüfft stehen, aber er hat sich schon wieder dem Grill zugewandt. »Kann jemand Jaime und Sierra holen?«, fragt er über die Schulter. »Die Dinger sind perfekt.«

Einen Moment lang zögern wir alle.

Sierra war vorhin nicht die angenehmste Gesellschaft, und Jaime neigt dazu, ihre Stimmung zu spiegeln.

»Ich hole sie«, sagt Emma schließlich. Dani und Chelsea setzen sich ans Tischende und fangen an, sich leise zu unterhalten, sodass zwischen mir und Leo plötzlich ein unangenehmes Schweigen spürbar wird, das meine Haut zum Kribbeln bringt.

Der Drang, die Stille zu füllen, kämpft gegen meinen Impuls zu fliehen. Und zwar wortwörtlich. Am liebsten würde ich einfach lossprinten, um die überschüssige Energie loszuwerden und dieses seltsame Summen, das Leo in mir auslöst, der erste Typ, auf den ich mich je eingelassen habe.

Endlich schaut er von den Steaks auf, die er hochkonzentriert auf einen Teller gelegt hat, und sein Blick wandert zu mir und dann zum Haus. »Hör zu, Audrey ...«

»Ist schon in Ordnung«, unterbreche ich ihn und wende mich ab. Seine Worte und sein Ton sind eindeutig, und ich will mir die Enttäuschung nicht anmerken lassen.

Emma kommt mit Sierra und Jaime zurück und bewahrt mich vor seiner Antwort. Wir setzen uns an den Tisch, und Leo rutscht neben mich. Meine ganze Körperseite kribbelt, als er da nur wenige Zentimeter von mir entfernt sitzt, aber ich versuche, es zu ignorieren, während die Anspannung über uns hinauswächst und alle am Tisch erfasst. Die kurze Verschnaufpause, die wir beim Training bekommen haben, hat alles nur noch schlimmer gemacht.

Sierras steinernes Schweigen ist beinahe ebenso widerwärtig wie ihre gestrigen Schimpftiraden. Jaime schweigt ebenfalls, denn wenn Sierra nichts sagt, kann sie nicht ihr Echo spielen. Chelsea und Dani tuscheln noch immer miteinander, aber so leise, dass sonst niemand mitreden kann, und Leo, Emma und ich sitzen inmitten dieses Unbehagens, und keiner von uns hat etwas zu sagen.

»Wer möchte Zwiebeln und Paprika zum Steak?«, fragt Janet, die durch die Schiebetür tritt. Mir war gar nicht bewusst, dass sie hier ist. Sie durchbricht die Spannung, aber nur leicht.

»Ich, bitte«, sagt Leo und hält seiner Mutter seinen Teller hin.

»Danke, ich auch«, sage ich, und sie löffelt mir Gemüse auf den Teller. Alle nehmen höflich etwas an, aber es entwickelt sich noch immer keine Unterhaltung, abgesehen von Chelseas und Danis leisem Gemurmel.

Janet setzt sich neben ihren Sohn und blickt in die Runde. »Ihr wisst schon, dass ihr euch bei Mahlzeiten unterhalten dürft, ja? Das NGC hat im Trainingslager doch hoffentlich keine Gespräche verboten, oder?«

»Nein«, sagt Chelsea. »Ich ... äh ... Ich glaube, es ist nur ... Wir sind alle ein bisschen ...« Sie verstummt und macht eine hilflose Geste.

»Keine Sorge. Wir haben in den nächsten Wochen genug Zeit, um dafür zu sorgen, dass alle sich wohlfühlen. Ich weiß, die Situation ist anders, als ihr erwartet habt, und einige von euch haben gar nicht damit gerechnet, überhaupt hier zu sein, aber ich verspreche euch, dass wir das vor Olympia alles hinkriegen.«

Der Tisch schweigt.

Janet versucht es noch einmal: »Ich freue mich auf eure Bodenübungen morgen, Mädels. Audrey, was hat dich zu deiner Kür inspiriert? Leo liegt mir damit in den Ohren, seit wir von der Qualifikation zurück sind.«

Der ganze Tisch ist still, nicht mal das Klirren des Bestecks ist zu hören, als alle mich anschauen, dann Leo, und dann wieder mich.

»Pass bloß auf, Leo«, bemerkt Sierra gerade so laut, dass alle es hören können. »Sonst beschuldigt sie dich noch, du hättest sie vergewaltigt, und dann geht das Ganze wieder von vorne los.«

Alle am Tisch beginnen lautstark zu protestieren, nur Dani und ich nicht. Ich bin zu geschockt, um irgendetwas zu sagen, und Dani starrt nur vor sich hin, ihr Gesicht ist blass, aber ihr Mund ist fest. Dann steht sie auf und geht wortlos durch die Schiebetür ins Haus.

Chelsea unterbricht sich mitten im Satz und folgt ihr.

Das ist gut, denn ich kann mich kaum noch beherrschen. Mein ganzer Körper zittert, so groß ist mein Verlangen, Sierra eine reinzuhauen. Ich muss hier weg.

»Audrey«, ruft Emma leise, als ich mich zwischen ihr und Leo hindurchdränge, aber ich ignoriere sie, laufe los, jogge, sprinte über die Terrasse, quer durchs Wohnzimmer und vorne zur Tür hinaus, in die Abendluft von Coronado.

Zehntes Kapitel

Die Turnhalle ist nicht abgeschlossen.
Ups.
Emma und ich hätten vermutlich abschließen sollen, als wir gegangen sind. Ich schalte das Licht ein, und mit Knacken und Zischen erwachen die Neonröhren zum Leben. Die klare, salzige Luft in meinen Lungen weicht dem vertrauten Geruch von Magnesiastaub, Mattenreiniger und Schweiß.

Janet hat gesagt, wir sollen heute nicht mehr trainieren, aber Janet muss auch nicht in Tokio antreten. Und Janet hat keinen Rücken, der nur durch Kortison und Gebete zusammengehalten wird, deshalb ist mir Janets Meinung ziemlich egal.

Ich hebe die Arme und lasse sie kreisen, um mich aufzuwärmen. Mein Rücken fühlt sich ungewöhnlich gut an, aber das ist nur eine Illusion. Wenn ich mich ohne Kortison so fühlen würde, wäre das Leben echt schön.

Ich würde zu den Olympischen Spielen fahren und danach in einer Collegemannschaft turnen, wo das Training längst nicht dieselbe verheerende Wirkung auf meinen Körper hätte. Ich hätte vier Jahre lang Zeit, um mit meinem Team zu trainieren, die Nationalmeisterschaften zu gewinnen, Partys zu feiern und meinen Abschluss zu machen. Stattdessen tickt meine Uhr, nicht nur für Olympia, sondern fürs Turnen insgesamt – das, was ich am meisten auf der Welt liebe. Wenn diese letzten Momente abgelaufen sind, ist es vorbei – ob mit Medaille oder ohne. Und im Augenblick scheint es eher auf »ohne« hinauszulaufen.

Ich jogge auf und ab und schiebe kurze Sprints ein, bis meine Beine warm sind, dann steuere ich den Schwebebalken an.

Ich beginne mit einfachen Übungen, um reinzukommen. Ich stemme mich in den Handstand, schwinge nach unten und lande rittlings auf dem Balken, dann zurück in den Handstand, bevor ich die Beine zum Spagat spreize und halte. Ich stehe auf und mache einen Bogengang rückwärts, bevor ich den Schwung nutze, um in einen Flickflack überzugehen und sicher auf dem Balken zu landen. Hinter mir quietscht die Tür und schließt sich mit einem Klicken, aber ich achte nicht darauf. Vermutlich ist es Emma.

Ich bin noch nicht warm genug für meinen gewohnten Abgang, aber der Rondat mit anschließender Doppelschraube fühlt sich leicht und gut an.

»Nicht schlecht.«

Okay, doch nicht Emma.

Leo steht an der Seite der Halle, die Hände in den Taschen seiner Shorts, und schwingt von den Fersen auf die Zehenspitzen. Er mag cool und locker aussehen, aber seine Augen sagen etwas anderes, sie bohren sich über die Entfernung hinweg in meine. Die komische Befangenheit von vorhin ist wie weggeblasen. Das ist der Junge, an den ich mich vom Hotel erinnere und von gestern, als wir in Coronado angekommen sind.

Er kommt langsam näher, zu langsam. Ich mache einen Schritt auf ihn zu und dann noch einen.

»Du bist eine unglaubliche Turnerin, weißt du das?«

»Hmmmm.« Ich hoffe, er versteht, dass mir gerade nicht nach Komplimenten zumute ist, wenn er so nah vor mir steht, mein Herz in meiner Brust donnert und sein Atem ganz warm auf meiner Wange ist, als er sich zu mir herunterbeugt.

Er fährt mit den Lippen über meine Wange und zieht mich an sich. Er beugt sich vor, hält aber inne, und sein Atem flattert an meinen Mund. Er schließt die Lücke nicht. Ich will gerade den Kopf recken, um ihm entgegenzukommen, als er leise sagt: »Audrey, das … geht nicht.«

Mein Magen sinkt ein paar Zentimeter tiefer und dreht sich um sich selbst. Glühende Unsicherheit sprudelt an die Oberfläche. Vielleicht habe ich ihn falsch verstanden. Vielleicht hat er es ganz anders gemeint. Ich weiche einen Schritt zurück. »Aber ich dachte … Hast du dich deshalb vorhin so komisch verhalten? Du willst gar nicht …«

»Nein!« Er schreit fast, und seine Augen weiten sich entsetzt. »Ich meine, doch. Ich will! Das ist ja wohl offensichtlich. Du weißt vielleicht nicht, wie sehr ich will, aber als meine Mom eingewilligt hat, euch zu trainieren, hat sie mich gewarnt, dass es keine besonders gute Idee wäre, wenn wir … das hier machen.« Er zeigt auf den kleinen Abstand zwischen uns, auf das unsichtbare, aber spürbare Etwas, das meine Haut in Flammen setzt, wann immer er in meiner Nähe ist.

Mensch, Audrey. Natürlich geht es nicht! Das ist ein gewaltiger Interessenkonflikt. Du bist so eine Idiotin. Und dass Janet vor dir darauf gekommen ist, tja, das ist ganz schön peinlich.

»Mann, bin ich blöd. O Gott, und deine Mutter hat es auch noch extra gesagt, als ob … sie Bescheid wüsste.«

»Na ja, ich habe damit auch nicht gerade hinterm Berg gehalten«, gesteht er. »Was sie vorhin gesagt hat, stimmt. Ich habe wirklich die ganze Zeit von dir geredet, seit wir zurück sind.«

»Das macht es nicht besser.«

Leo lacht und reibt sich den Nacken. »Ich weiß, tut mir leid. Das … das ist echt blöd. Ich will mich nicht von dir fernhalten, aber ich fürchte, ich muss.«

»Du hast recht.«

Wir stehen schweigend da und lassen die Zeit vergehen, als könnte sie das Problem für uns lösen. Irgendwann wird sie das wohl auch tun, aber so nah mir die Olympischen Spiele eben noch vorkamen, auf einmal scheinen sie ganze Zeitalter weit weg zu sein.

»Sie mag dich, weißt du«, sagt er schließlich.

»Deine Mom?« Ich habe überhaupt kein Signal in die eine oder andere Richtung aufgefangen, aber ich bin ziemlich sicher, dass ich mich nicht gerade beliebt gemacht habe, indem ich ihr beim Training widersprochen habe und dann auch noch von dem Essen abgehauen bin, das sie extra für uns organisiert hat.

»Sie sagt, du bist noch von der alten Schule.«

»In Turnersprache heißt das, vor zwanzig Jahren wäre ich vielleicht gut gewesen, aber heute nicht mehr.«

»Nee«, sagt er, und seine Augen blitzen amüsiert. »Du kennst meine Mom nicht. Aus ihrem Mund ist das ein Kompliment. Sie mag dich.«

»Ach ja?« Ihre Trainingsmethoden gefallen mir zwar nicht besonders, aber dass eine Olympiasiegerin mich mag, ist trotzdem nett.

»Ähm, könntest du das bitte lassen?« Leo verzieht das Gesicht.

»Was lassen?«

»Von der Vorstellung angeturnt zu sein, dass meine Mom dich mag«, sagt er und zieht die Nase kraus.

»He, bist du etwa eifersüchtig?«, frage ich kichernd. Er verdreht die Augen, und ich muss noch mehr lachen.

»Eifersüchtig?«, wiederholt er. »Auf meine Mom nicht, aber auf deine Träume vielleicht ein bisschen. Im Augenblick sind sie dir wichtiger als ich, und ich würde es mir nie verzeihen, dir im Weg gestanden zu haben.«

Ich lasse mich nach vorn kippen und lege den Kopf an seine Schulter. Er riecht immer noch nach den Steaks, die er für uns gegrillt hat, aber daran will ich jetzt nicht denken. Das Chaos mit den anderen kann warten.

»Träume werden überbewertet. Du schuftest und schuftest und schuftest, und dann ist alles vorbei.«

»Wo ein Ende ist, ist auch ein Anfang.«

»Puh«, sage ich und hebe den Kopf. »Hast du das von einem dieser Poster mit Sinnsprüchen, auf denen einer über die Ziellinie läuft?«

»Nee, von einem Poster, auf dem einer einen Gipfel erklimmt. Komm schon, Rey«, fügt er neckend hinzu. »Rennen und Ziellinien sind doch viel zu *bodenständig*.«

Gegen meinen Willen muss ich lachen. »Mann, war der schlecht!« Ich versuche, als Strafe für den lausigen Witz meine Hand wegzuziehen, aber er lässt sie nicht los.

»Ich weiß gar nicht, was du hast. Berggipfel sind ja wohl der absolute *Höhepunkt* aller Sinnspruchposter.«

»Hör auf«, sage ich und muss noch mehr lachen.

»Du magst keine Wortwitze?«, fragt er mit gespielter Bestürzung. »Okay, es ist aus. Ich muss leider Schluss machen. Es war kurz und wunderbar, aber das Rennen ist gelaufen, der Gipfel ist erklommen, und es ist alles nichts wert, wenn du meine Wortwitze nicht ertragen kannst, Audrey Lee.«

»Ich finde Wortwitze schrecklich, und ich finde es schrecklich, dass wir im Moment nicht zusammen sein können, aber vielleicht können wir uns nach Olympia ernsthaft darüber unterhalten?«

»Ja?« Er grinst. »Das klingt gut.«

»Das will ich hoffen.« Ich trete einen Schritt zurück, während mein Gehirn sich widerstrebend dem Desaster zuwendet, das ich zurückgelassen habe. »Vielleicht sollten wir lieber zurückgehen.«

»Du hast recht. Meine Mom hat deine Mannschaftskameradinnen auf ihre Zimmer geschickt, und dann hat sie mich losgeschickt, um dich zu holen.«

»Und sie lässt uns so lange allein? Wahrscheinlich denkt sie jetzt, wir treiben es hier drin. O Gott, sie ist meine Trainerin. Sie darf doch nicht denken, dass ich ...«

»Zu spät«, sagt er und zuckt ungerührt mit den Schultern, sodass ich ihn ehrlich genervt anfunkle.

»Leo!«

»Na komm, dann lass uns gehen«, sagt er, und ich höre seinen Spott in jedem Wort, obwohl er lächelt.

»Ach, ihr Snowboarder seid so beschissen gechillt!« Ich löse meine Finger aus seinen, kehre ihm den Rücken zu und marschiere aus der Halle, damit er mein Grinsen nicht sehen kann.

»Ich wusste gar nicht, dass Turnerinnen fluchen«, ruft er mir lachend nach.

Ich erreiche die Tür, bleibe stehen und werfe ihm einen Blick über die Schulter zu. Er steht immer noch beim Schwebebalken. »Es gibt vieles, was du nicht über mich weißt.«

Mit wenigen Schritten hat er mich eingeholt und streckt den Arm aus, um mir die Tür aufzuhalten. »Ich kann kaum erwarten, es herauszufinden.«

Als wir uns dem Haus nähern, verändert sich die Stimmung zwischen uns erneut. Wir gehen nicht mehr so nah nebeneinander, dass sich unsere Hände wieder und wieder flüchtig berühren, sondern mit einem Schritt Abstand. Es fühlt sich falsch an, beinahe unvorsichtig, als hätten wir einen Tornado im Rücken und wüssten nicht, dass wir ihm nur gemeinsam trotzen können.

Am Ende der Auffahrt bleibt er stehen. »Das war es dann wohl.«

»Ja«, stimme ich zu, aber ich schaue ihm nicht in die Augen, weil ich ziemlich sicher bin, dass ich sonst sofort schwach werde, und das darf ich nicht riskieren. Ich darf nicht alles aufs Spiel setzen, wofür ich mein Leben lang gearbeitet habe, nicht für Leo und auch für sonst nichts.

Ich hole tief Luft, drehe mich um und gehe ins Haus, ohne noch einmal über die Schulter zu schauen.

»Willkommen zurück«, sagt Janet, als ich hereinkomme. Sie und Mrs. Jackson sitzen auf dem Sofa. »Du warst in der Turnhalle.«

»Das stimmt. Darf ich?« Ich deute nach oben.

»Noch nicht«, sagt Mrs. Jackson und zeigt auf einen der Sessel. Ich will mich lieber nicht auf das weiße Leinen setzen – ich habe immer noch Magnesia vom Training an mir –, deshalb setze ich mich vorsichtig auf die Kante und falte die Hände im Schoß.

»Audrey«, beginnt Janet und schaut kurz zu Mrs. Jackson und dann wieder zu mir. »Ich weiß, das ist jetzt etwas indiskret, aber ich muss mit dir über meinen Sohn reden.«

»Nein, ist schon in Ordnung.« Ich nehme meinen Mut zusammen. »Leo und ich haben gerade darüber gesprochen, und wir haben beschlossen, dass es … dass wir … Sie wissen schon, dass wir uns nicht mehr sehen werden, solange Sie meine Trainerin sind.« Das ist fast so peinlich wie das, was vorhin passiert ist, aber diesmal widerstehe ich dem Drang zu fliehen.

»Das halte ich für klug«, sagt Mrs. Jackson. »Wir wollen nicht den Anschein erwecken, dass es irgendeine Art der Unangemessenheit oder Ungleichbehandlung gibt. Nach allem, was passiert ist, können wir uns nicht den leisesten Hauch eines Skandals mehr leisten.«

Janet fährt fort. »Ich möchte dir noch einmal ans Herz legen, wie wichtig es ist, dass ihr euch voneinander fernhaltet, während du bei mir trainierst.«

»Das verstehe ich.«

»Da bin ich mir nicht so sicher«, meldet sich Mrs. Jackson wieder zu Wort. »Wir haben nicht mehr viel Zeit, und um ganz offen zu sein, uns gehen die Optionen aus, Audrey. Das ist natürlich nicht deine Schuld, trotzdem ist es wichtig, dass Coach Dorsey-Adams von der ganzen Welt als unparteiische Richterin deiner Fähigkeiten angesehen wird. Mit anderen Worten, wenn du dich nicht von Leo fernhältst, solange du hier bist, fürchte ich, dass das extreme Konsequenzen haben könnte.«

»Extrem?«, wiederhole ich.

»Sollten Vorwürfe der Befangenheit erhoben werden«, sagt Mrs. Jackson, »wären unsere Möglichkeiten begrenzt.«

»Sie würden mich rauswerfen?«, frage ich ungläubig und schaue zwischen den beiden hin und her. »Nur weil ich einen Jungen mag?«

»So einfach ist das nicht. Das Image des Teams ist bereits angeschlagen, und ich fürchte, dass jeder weitere Fehltritt das Fass zum Überlaufen bringen könnte. Wenn sich herausstellt, dass eine der Turnerinnen für schlechte Stimmung sorgt, wird sie unverzüglich aus dem Team genommen. Das habe ich deinen Mannschaftskameradinnen – besonders denjenigen, die ihr Missfallen über die Situation bereits mehrfach zum Ausdruck gebracht haben – auch schon klar und deutlich gesagt.«

Sie meint natürlich Sierra. Na, wenigstens etwas.

»Wenn es dir hilft, dann verrate ich dir, dass du nicht die Einzige bist, die ein Opfer fürs Team bringt. Ms. Olivero hat eingewilligt, auf ihre persönliche Trainerin zu verzichten. Sie hatte nichts mit den Aktivitäten zu tun, die zu Danis Suspendierung geführt haben, und trotzdem ist sie zurückgetreten, damit nicht der Eindruck einer Ungleichbehandlung entsteht.«

Autsch, das tut weh. Also, natürlich ist es fair, dass wir jetzt alle unter gleichen Bedingungen trainieren, aber dass Dani auf ihre Trainerin verzichtet, nur damit niemand behaupten kann, sie hätte eine Sonderbehandlung bekommen? Das ist echt stark und ein wesentlich größeres Opfer, als sich für ein paar Wochen von einem süßen Typen fernzuhalten.

»Audrey«, sagt Janet. »Ich habe schon mit Leo darüber gesprochen, aber ich möchte sicher sein, dass du es auch verstehst. Keine privaten Gespräche, keine heimlichen Spaziergänge nach dem Training und keine« – sie zögert – »keine Intimität.«

»Alles klar«, sage ich schnell. Dieses Gespräch muss unbedingt beendet werden. »Kann ich jetzt gehen?«

Sie nicken, und ich renne die Treppe hoch.

»Hey«, sagt Emma, als ich zur Tür hereinkomme. »Bitte sag mir, dass du mit Leo rumgemacht hast, damit dieser beschissene Abend wenigstens etwas Gutes hat.«

»Nichts passiert«, sage ich trübsinnig und hoffe, sie hakt nicht weiter nach. Ich bin jetzt nicht in der Stimmung, jedes peinliche Detail durchzukauen.

»Wow, Rey, da habt ihr die Zeit zu zweit ja so richtig gut genutzt!«

Ich ignoriere ihren Sarkasmus und suche mein Duschzeug zusammen. Ich will jetzt einfach nur unter einem heißen Wasserstrom stehen, bis der ganze Tag von mir abgespült ist.

»Sierra ist abgehauen, als du weg warst«, bestreitet Emma das Gespräch allein weiter. »Sie meint, Dani hätte den zweiten Test gefälscht und sollte nach wie vor suspendiert werden.«

»Wie bitte?«, frage ich und lasse meinen Kram aufs Bett fallen. »Die USOF hat Dani doch noch mal getestet! Was glaubt sie denn, wie sie die Ergebnisse manipuliert hat?«

»Keine Ahnung, aber unmöglich ist es nicht. Es gibt Substanzen, die nach einem bestimmten Zeitraum nicht mehr nachweisbar sind.«

»Also bitte!« Mein Ärger über alles, was vorhin unten los war, kocht wieder hoch. »Sierra ist total durchgedreht. Sie will ihren Platz zurück, das kann ich auch verstehen, aber sie ist regelrecht über Dani hergefallen. Das ist doch verrückt!«

»Es war etwas übertrieben«, stimmt Emma zu, die auf der Bettkante hockt, »aber ich finde nicht, dass sie ganz falschliegt.«

Ich schaue sie fassungslos an. »Du glaubst Dani nicht?«, fauche ich. Was soll das? Glaubt sie, das FBI nimmt die Leute nur zum Spaß fest, oder was?

»Das habe ich nicht gesagt.«

»Du hast gar nichts gesagt«, gebe ich zurück. »Aber das tust du ja nie. Du sitzt mitten im Shitstorm und tust so, als könntest du nichts dagegen tun. Dani wird suspendiert? Macht nichts, dann kommt eben die Ersatzturnerin ins Team. Gibby wird wegen sexuellem Missbrauch verhaftet? Kein Ding, Hauptsache, wir trainieren weiter. Pauline verrät uns? Egal, irgendwo kriegen wir schon eine neue Trainerin her. Sierra verbreitet Lügen und Verschwörungstheorien über Dani und mich, deine beste Freundin, und du findest, sie liegt *nicht ganz falsch*? Kümmert dich überhaupt irgendwas?«

Emmas blaue Augen blitzen mich an. »Was hätte ich vorhin denn sagen sollen? ›Sierra, sei nicht so fies zu Audrey?‹ Als ob das irgendwas gebracht hätte. Und was die andere Sache betrifft, Dani hat uns ihre Seite der Geschichte nicht erzählt, also wie soll ich sie verteidigen? Vielleicht hatte sie was mit Gibby. Vielleicht fand sie es ja sogar in Ordnung.«

»Das glaubst du nicht wirklich.«

»Tja, du behauptest doch, es wäre mir egal«, sagt sie und schüttelt den Kopf so heftig, dass sich ihre roten Haare aus dem Dutt lösen.

Ganz plötzlich fühlt es sich so an, als hätte sich eine Kluft mitten im Zimmer aufgetan und ich säße auf der einen Seite und Emma auf der anderen.

»Emma ...«

»Nein. Du kannst mich mal!«

Sie zischt aus dem Zimmer, bevor ich etwas erwidern kann, und knallt die Tür zu, aber ich weiß sowieso nicht, was ich hätte sagen sollen, und verstehe auch gar nicht, was gerade eigentlich passiert ist.

So haben wir uns noch nie im Leben gestritten.

Noch nie.

Es ist zumindest zum Teil meine Schuld. Das muss ich mir eingestehen. Ich habe meinen Frust wegen Leo und allem anderen an ihr ausgelassen. Trotzdem stimmt es, was ich gesagt habe, vor allem das über Dani.

Schritte auf dem Gang holen mich aus meinen Gedanken. Dani und Chelsea sind auf dem Weg in ihr Zimmer und unterhalten sich leise. Ich kann nicht verstehen, was sie sagen, sie stecken die Köpfe zusammen und lachen leise.

»Hey, Rey«, sagt Dani, und Chelsea lächelt.

»Hey«, antworte ich, während sie in ihrem Zimmer verschwinden.

Meine Wut auf Emma verraucht, als mir etwas klar wird. Das war das erste Wort, das ich *zu* Dani gesagt habe, seit sie wieder da ist. Obwohl so viel passiert ist, habe ich keinen Moment wirklich über den Abend nach der Qualifikation nachgedacht. Und noch etwas wird mir klar – Dani hat uns ihre Seite nicht erzählt, wie Emma gesagt hat, aber ich habe ihr auch mit keinem Wort zu verstehen gegeben, dass ich ihr glaube oder dass ich hinter ihr stehe oder etwas in der Art.

Das werde ich morgen nachholen.

Es ist das Mindeste, was ich tun kann.

Elftes Kapitel

Ich hasse den Sprungtisch. Ich hasse ihn von ganzem Herzen. Ich hasse es, dass eine einzige Sekunde ein Viertel von meiner Mehrkampfwertung bestimmt. Ich hasse es, dass mein Rücken nicht mehr als eine eineinhalbfache Schraube mitmacht. Ich hasse es, dass der schwierigste Sprung, den ich schaffe, eine blinde Landung mit sich bringt und damit viel schwerer zu stehen ist als die Doppelschrauben, die die anderen Mädchen mit Leichtigkeit raushauen.

Ganz besonders hasse ich, dass Emmas D-Note, die Wertung für die Schwierigkeit des Elements, mit ihrem Zweieinhalber so weit vor meiner liegt, dass ich nicht die geringste Chance habe.

»Ich hasse den Sprungtisch«, grummele ich. Chelsea, die nach ihrem perfekten Zweieinhalber neben mir verschnauft, lacht.

»Ich hasse den Barren«, sagt sie, aber das ist nicht das Gleiche. Vor vier Jahren war ihre Barrenübung gut genug, um sie ins Mehrkampffinale zu bringen. Und ein paar Jahre vorher hat sie es bei der WM sogar ins Barrenfinale geschafft.

Ihre Schwäche am Barren ist ein Stolpersteinchen.

Meine Schwäche am Sprungtisch ist eine gigantische Straßensperre.

Und Emmas Stärke am Sprungtisch ist einfach nur unerträglich.

Sie fliegt an uns vorbei in einem nahezu perfekten Zweieinhalber, landet kerzengerade und hebt die Arme, bevor sie an die Seite läuft und sich zu Sierra und Jaime gesellt.

»Auf geht's, Dani, zeig's uns!«, ruft Janet und klatscht in die Hände, während Dani sich am Ende der Anlaufbahn bereit macht.

»Auf geht's, Dani, verkack's nicht«, äfft Jaime sie halblaut nach. Sierra grinst, und Jaime blüht regelrecht auf.

Janet ist zu weit weg, um es zu hören, aber Dani hat es definitiv gehört. Sie läuft zögernd an und bricht ab. Dann schüttelt sie den Kopf, startet erneut und läuft los. Zwölf Schritte bis zum Sprungtisch, Rondat, Flickflack auf den Tisch, dann ein hoher, sauber gestreckter Salto mit zweieinhalbfacher Schraube, beinahe perfekt gestanden, nur ein winziger Ausfallschritt. Sie hebt die Arme, dann dreht sie sich zu Emma, Jaime und Sierra und grüßt auch in ihre Richtung. Wenn Janet bemerkt, dass nur Danis Mittelfinger gestreckt sind, lässt sie es sich nicht anmerken.

Meine Reue, sie nicht verteidigt zu haben, brennt noch etwas stärker.

»Toller Sprung.« Ich strecke die Faust aus, damit sie dagegen schlägt, als sie zu mir und Chelsea herüberläuft. Sie zögert und wirft Chelsea einen überraschten Blick zu, doch dann schlägt sie ihre staubige Faust gegen meine.

»Danke«, sagt sie, als wäre sie nicht sicher, ob ich es ernst meine. Ich kann es ihr nicht verdenken.

»Besonders gut hat mir der Gruß gefallen«, füge ich hinzu. Chelsea versteckt ihr Lachen schnell hinter einem Husten.

Dani grinst, doch dann wird sie wieder ernst. »Ich war mir nicht sicher, ob er dir gefallen würde.«

»Hat er aber«, sage ich. Ich bin eine miese Freundin gewesen und will nicht alles noch schlimmer machen, indem ich ihr den Eindruck vermittele, es sei ihre Schuld. »Hör zu, ich glaube dir, und es tut mir sehr leid, dass ich dir das nicht schon früher gesagt habe.«

Chelsea legt den Arm um Danis Schulter und drückt sie. »Siehst du? Du bist nicht allein.«

Dani schnieft und wendet den Blick ab, ihre Augen glänzen. Verdammt, ich wollte sie nicht zum Weinen bringen.

Emma, Jaime und Sierra stehen immer noch auf der anderen Seite des Sprungtischs und unterhalten sich zu leise, als dass wir sie hören könnten, aber mit einem Mal ist klar, dass eine Frontlinie gezogen ist. Ich habe mich gegen Emma verbündet.

Janet kommt zu uns und mustert Dani stirnrunzelnd. »Dani, mach doch eine kurze Pause und geh ins Bad«, flüstert sie ihr zu, damit die anderen sie nicht hören. Das hätte ich nicht erwartet. Am liebsten würde ich sie umarmen. Die Geste ist mitfühlend und hat nichts mit dem Training oder Olympia oder sonst was zu tun, sie will einfach nur, dass Dani sich wohlfühlt. Blitzschnell überlege ich, wann ich das letzte Mal erlebt habe, dass einer unserer Trainer sich so verhalten hat, und die einzige Antwort, auf die ich komme, lautet: nie. Nie. Nicht mal Pauline. Es kann vorkommen, dass man beim Training weint, die Enttäuschung ist zu groß, die Erschöpfung gewinnt die Oberhand, doch selbst Pauline ist in solchen Momenten einfach weggegangen und hat uns ignoriert, bis wir uns wieder unter Kontrolle hatten.

Dani nickt, wischt sich die Wangen und geht ins Bad. »Audrey, ich möchte von dir einen sauberen Salto mit eineinhalbfacher Schraube sehen, und Chelsea, zeig uns deine beiden Sprünge.« Janet wendet sich an die anderen Mädchen. »Ladys, wärmt euch auf.«

Sie kommen durch die Halle, Sierra vorneweg mit einem selbstgefälligen Lächeln und Jaime mit einem kleinen Grinsen. Es ist seltsam, Emma an ihrer Seite zu sehen. Wie kann sie sich mit ihnen zusammentun? Es fühlt sich schrecklich an, mit ihr zerstritten zu sein, und ich habe nicht die leiseste Ahnung, wie ich das wieder einrenken soll.

»Nicht grübeln«, sagt Chelsea und holt mich aus meinen Gedanken. »Du bist ganz nah dran, den Sprung zu stehen. Du musst die Hände nur ein bisschen früher auf den Tisch stützen, dann hast du es.«

Richtig. Der Sprung. *Komm schon, Audrey, konzentrier dich aufs Springen, nicht auf das Drama hier.* Ich atme tief ein und aus, dann schüttele ich den Kopf, und das Theater rückt in den Hintergrund.

Ha, vielleicht funktioniert Janets Trick ja wirklich.

»Auf geht's, Rey!«, ruft Janet vom Sprungtisch, wo sie das Sprungbrett für mich in Position gerückt hat. Sie klatscht fest in die Hände, und ich komme nicht umhin zu bemerken, dass das andere Trio mich aufmerksam beobachtet, obwohl es sich eigentlich aufwärmen sollte.

Janet folgt meinem Blick. »Mädels, wird's bald!«, ruft sie, und sie setzen sich endlich in Bewegung.

»Denk dran, früher auf den Tisch«, sagt Chelsea und bringt mich wieder auf Spur.

Ich renne los, Rondat, Flickflack, schnell die Hände auf den Tisch und wieder runter, einundeinhalbfache Schraube, öffnen, landen, stehen. Das war gut, und mein Rücken hat keinen Mucks gemacht.

»Ausgezeichnet!«, sagt Janet mit einem kurzen Nicken. »Geht was trinken und dann wärmt euch mit den anderen für den Boden auf.«

Ich danke Chelsea mit erhobenem Daumen für den Tipp. Das war der beste Sprung, den ich seit Langem gemacht habe.

»Audrey«, ruft Janet mir nach. »Schaust du nach Dani?«

Ich mache kehrt und laufe zum Bad, dabei streife ich meine Handgelenkschoner ab. Die brauche ich nur am Sprungtisch, aber nicht am Boden. Auf halber Strecke geht plötzlich jemand neben mir her, und mein Herz macht einen kleinen Hüpfer.

»Super Sprung«, sagt Leo. Seine Stimme ist leise und ein bisschen rau.

»Danke«, flüstere ich zurück.

Im Weitergehen lehnt er sich ganz leicht zu mir rüber und streicht mir sanft über die Hand, sodass ein Schauer durch meinen ganzen Körper geht, dann ist er auch schon weg, seine langen Schritte tragen ihn weiter zum Fahrrad-Ergometer in der Ecke.

Es war nur der Bruchteil einer Sekunde, trotzdem rast mein Herz, und ich schaue mich vorsichtig um, ob irgendjemand etwas mitbekommen hat. So schön sich das angefühlt hat, wir dürfen so was nicht machen, wenn ich weiter im Team bleiben will – und bei klarem Verstand.

Ich husche ins Bad und finde Dani vor dem Waschbecken vor. Sie stützt die Hände auf und starrt sich im Spiegel an, und meine Sorgen wegen Leo lösen sich in Luft auf. Das hier ist wichtiger. Dani laufen Tränen über die Wangen, und die Taschentücher vor ihr auf der Ablage tragen Spuren von schwarzer Wimperntusche und Make-up. Ihr Spiegelbild schenkt mir ein wässriges Lächeln.

»Janet will am Boden weitermachen, und es wäre echt super, wenn du Emma zeigen könntest, dass du ihr ganz dicht auf den Fersen bist.«

Dani schnaubt. »Klar, nichts leichter als das.«

»Warum nicht? Du warst in der Qualifikation nur 0,2 Punkte hinter ihr, und am zweiten Tag warst du sogar besser als sie. Es ist möglich.«

»Ach komm, die Kampfrichter haben an dem Abend die Punkte verteilt wie Bonbons, Rey. Unglaublich, dass ihr zwei euch gestritten habt. Das widerspricht allen Gesetzen des Universums.«

»Kann schon sein, aber sie ist ... Ich weiß auch nicht. Ich habe sie noch nie so erlebt. Vielleicht ist es der Druck.« Beim Sprechen scheint das Problem gleich viel kleiner zu werden. »Ich glaube, sie hat Angst vor dir.«

Der Gedanke kommt mir erst, als ich ihn ausspreche. Die ganze Welt erwartet von Emma, dass sie im Mehrkampf gewinnt, Emma selbst vielleicht am allermeisten. Eigentlich sollte ihre einzige Konkurrentin Irina Kareva sein, doch dann hat Dani im letzten Jahr einen meteoritenhaften Aufstieg hingelegt, der alle überrascht hat. Vielleicht hat Dani, trotz des Medienrummels bei der Qualifikation, noch nicht begriffen, wie knapp es zwischen ihnen ist.

»Egal, was der Grund ist, es ist ziemlich dumm, sich kurz vor Olympia mit seiner besten Freundin zu verkrachen.« Ihre Stimme klingt, als würde sie sich schuldig fühlen. »Tut mir leid, wenn ich ...«

»Auf keinen Fall«, unterbreche ich sie. »Ich glaube dir. Wenn Emma meint, dass es ihre Chance auf Gold erhöht, sich mit diesen Giftschlangen zu verbünden, ist das ihre Entscheidung, aber ich weiß, dass du die Wahrheit sagst.«

»Verdammt, Rey«, sagt Dani und lacht durch einen neuen Tränenschwall. »Du bist echt in Ordnung.«

Ich lächle und merke, dass mir selbst die Tränen kommen, aber ich schlucke sie hinunter. Wir müssen wieder in die Halle. »Du auch.«

»Na, komm, dein Freund kann es bestimmt kaum erwarten, deine Bodenübung noch mal aus allernächster Nähe zu sehen.« Sie zieht mich auf, aber das darf sie, besonders wegen der dunklen Halbmonde unter ihren Augen.

Ich habe in den letzten Tagen nicht besonders gut geschlafen, aber sie hat vermutlich seit der Qualifikation kaum ein Auge zu getan, und trotz allem zeigt sie hier eine Top-Leistung.

Wenn sie das kann, kann ich das auch.

»Er ist nicht mein Freund«, stelle ich klar, während ich ihr aus dem Bad folge. »Wir können im Augenblick nicht ... du weißt schon, zusammen sein.«

»Das ist echt fies«, sagt sie und schaut mich mitfühlend an, während wir zusammen zur Bodenfläche rübergehen. Die anderen Mädchen bereiten sich auf ihre Sprungkombinationen vor, und wir gesellen uns zu Chelsea, die in einer Ecke darauf wartet,

dass Sierra ihren Durchgang beendet. Ich wende dem Ergometer am anderen Ende der Halle ganz bewusst den Rücken zu.
»Ja, das ist es.«

Ich stelle mich auf die Zehenspitzen und laufe los, Rondat, Flickflack, zweieinhalbfache Schraube und weiter in die einfache Schraube. Es ist meine schwierigste Kombination, und ich springe sie gut genug, um als i-Tüpfelchen am Ende das Bein in einer Arabesque zu heben. Ich schließe mit erhobenen Armen und lächele zufrieden. Das war …
»Spitze!«, sagt Emma, als ich an ihr vorbeigehe. Vielleicht liegt ein Hauch Zerknirschung in ihrer Stimme, aber dafür bin ich gerade nicht sehr empfänglich, nachdem ich Dani so aufgelöst gesehen habe.
»Danke«, murmele ich, stelle mich hinter sie und wippe auf die Zehenspitzen, während sie auf die andere Ecke zuläuft und einen perfekten Rückwärtssalto mit Dreifachschraube hinlegt.
»So, Mädels«, ruft Janet und klatscht in die Hände. »Wir rotieren in der Reihenfolge, in der wir voraussichtlich in Tokio antreten, die Ersatzturnerinnen zuerst. Jaime?«
Ein Knopfdruck und Jaimes Musik dröhnt aus den Lautsprecherboxen. Es ist ein Sirtaki, ein Remix, der rasend schnell beginnt, damit sie gleich am Anfang im Crescendo der Musik mit ihrer schwierigsten Kombination starten kann, bevor es in der Mitte der Übung langsamere Tanzsequenzen gibt und eine Choreographie, die ein bisschen an den echten Sirtaki erinnert.
Ich fand die Wahl immer etwas komisch, weil Jaime eindeutig keine griechischen Wurzeln hat, aber irgendwie passt sie zu ihr, und sie kriegt die Übung ziemlich gut hin, trotz einiger Patzer bei den Landungen. Dann muss sie allerdings bei ihrer doppelten Drehung absetzen, was ihre Wertung für die Schwierigkeit verringern dürfte, ganz zu schweigen von ihrer E-Note für die Ausführung.

Sie schließt die Übung mit einem doppelten Rückwärtssalto ab und hebt die Hände. Es ist ziemlich ätzend, wie laut Sierra und Emma ihr für diese durch und durch mittelmäßige Übung applaudieren. Nicht, dass ich so viel besser wäre, vom Schwierigkeitsgrad her ist meine Kür ähnlich, trotzdem werfen Chelsea und ich uns einen Blick zu, bevor wir höflich in die Hände klatschen.

Janet winkt Jaime zu sich herüber. »Gut gemacht. Die Sprunghöhe war perfekt. Okay, Sierra, du bist dran.«

Ich ziehe die Augenbrauen hoch, weil sie gar nichts korrigiert. Jaimes Übung hatte eine Menge Fehler – die Landungen, die nicht vollständig ausgeführten Drehungen … Oh! Wahrscheinlich ist das noch einer von Janets Psycho-Tricks: positives Verstärken. Jaime weiß garantiert selbst, was sie falsch gemacht hat. Wir wissen immer, was wir falsch gemacht haben.

Sierras Musik setzt ein, eine Passage aus dem Film *Die glorreichen Sieben*. Ihre Familie hat eine Ranch, und ihre Musik war schon immer eine Art Tribut an den Wilden Westen. Sie ist unbestreitbar mitreißend, aber ich bin jetzt nicht in der Stimmung, wohlwollend zu sein. Als ihre Ferse bei ihrer doppelten Drehung mit horizontal gestrecktem Bein zu weit absinkt und sie nicht bei einem, sondern gleich bei zwei Sprüngen keinen ganzen Spagat schafft, kann ich mir ein Grinsen nicht verkneifen. Tänzerische Elemente sind nicht ihr Ding. Akrobatische Elemente dagegen schon, und sie steht eine vollgepackte Choreographie mit gestrecktem Doppelsalto, einer Dreifachschraube, einer eineinhalbfachen Schraube mit direkt angehängter Doppelschraube und zum Abschluss noch einen Tsukahara.

»Tolle Show, Sierra! Super!«, jubelt Jaime, als sie mit einem winzigen Rückwärtshopser landet.

»Gut gemacht, Sierra«, sagt Janet und klatscht ebenfalls. »An den Drehungen arbeiten wir morgen, aber die Übung ist schon sehr überzeugend. Deine emotionale Verbindung ist gut rübergekommen.«

Sierra nickt und läuft mit einem breiten Lächeln im Gesicht zu Emma und Jaime.

Als Nächste gehe ich auf die Bodenfläche und nicke Janet zu, um sie wissen zu lassen, dass ich bereit bin.

»Audrey«, sagt Janet, den Finger über der Play-Taste des CD-Players. »Ich möchte nur einen Tanzdurchlauf. Keine akrobatischen Elemente.«

»Aber Coach ...« Ich stocke bei dem Wort. Sie ist jetzt mein Coach, aber ich habe noch nie jemanden so genannt außer Pauline. Als sich mein Schweigen in die Länge zieht, kommt Janet zu mir herüber.

»Nur ein Tanzdurchlauf, Audrey, bitte«, wiederholt sie sanft, und ich nicke und schlucke meinen Widerspruch hinunter.

Sie schaltet *Moon River* ein, und ich tue mein Bestes, um mich auf meine Kür zu konzentrieren, ein Walzer mit einem imaginären Partner, der in ballettartige Drehungen führt, die nicht nur zur Schwierigkeit beitragen, sondern die Tanzsequenzen mit den akrobatischen Elementen verbinden. Während die meisten Turnerinnen die schwierigsten Sprünge zeigen, die sie stehen können, haben Pauline und ich hart daran gearbeitet, kreative und seltene Elemente zu finden, die meine tänzerische Stärke hervorheben und zur Schwierigkeitsnote beitragen. Nach ihrem Gesicht zu urteilen, scheint Janet das zu schätzen zu wissen.

Ich schiebe die Gedanken an meine Trainerinnen beiseite, die alte und die neue, und stelle mich zu einem angetäuschten Überschlag auf, jogge über die Bodenfläche, springe leicht in die Höhe, um die Landung zu simulieren, und mache mit der Choreographie weiter. Diesmal eine Sprungkombination, tänzerisch verbunden, und dann meine letzte Drehung, bevor ich mit erhobenen Armen und zurückgelegtem Kopf zum Ende komme.

Applaus bricht aus und steigt bis unter die Hallendecke. Es war ein guter Durchlauf, aber ohne die Salti bedeutungslos. Ich lächle Chelsea und Dani zu, die in unserer Ecke auf mich warten. Dani reicht mir meine Wasserflasche, und dann ist Chelsea an der Reihe. Sie turnt ihre Kür zu Otis Reddings *Down in the Valley*, nur ohne Otis' Stimme, dank der blöden Wettkampfregel, die nur Lieder ohne Gesang zulässt. Chelsea hat gesagt, es war das Lieblingslied ihres Großvaters, und es passt perfekt zu ihrem verspielten Stil. Unwillkürlich wandert mein Blick zu Leo auf seinem Fahrrad, und der Drang, ihn da runterzuholen und mit ihm zur Musik zu tanzen, ist so groß, dass ich schnell wieder wegschaue und mich auf Chelseas lebhafte – vielleicht ab und an etwas wilde – Sprünge konzentriere.

»Ganz ruhig, Chelsea«, sagt Janet, als sie etwas zu schwungvoll einen gestreckten Doppelsalto turnt und beinahe hinter der Matte landet. Sie sammelt sich und macht weiter.

Chelsea beendet ihre Übung mit wirbelnden Armen und einem frechen Hüftschwung zu den Klaviertönen. Wem diese Kür kein Lächeln entlockt, muss ein Roboter sein. Sie ist das totale Gegenteil aller traditionellen Turnweisheit, aber zu Chelsea passt sie perfekt, und wer will bitte schön die Musikauswahl der titelverteidigenden Olympiasiegerin anzweifeln?

Emma ist als Nächste dran. Ihre Kür zu Aaron Coplands *Hoedown* ist Sierras nicht unähnlich, aber Emma übertrifft sie um Längen. Ihre Salti sind hoch und sauber mit brillanten Landungen, und ihre tänzerischen Elemente sind tadellos. Ich kann geradezu das Olympiapublikum klatschen und sie zu Gold anspornen hören, während sie die Übung im Mehrkampffinale zeigt und ihren Tanz mit dem imaginären Spiel einer Fidel beendet, bevor sie in gespielter Erschöpfung am Boden zusammenbricht. Es ist eine wirklich sensationelle Kür. Ich habe mir noch nie gestattet, sie dafür zu hassen, aber als ich sie nun sehe, wie sie zu Sierra und Jaime läuft, die ihr High five geben und gratulieren, fällt es mir ganz schön schwer, dem Gefühl nicht nachzugeben.

»Dani, du bist dran«, erklärt Janet zum letzten Mal für heute. Ich mache mir keine Illusionen mehr. Wir hatten den Vormittag am Sprungtisch und am Boden, und ich gehe davon aus, dass wir den Rest des Tages visualisieren werden, sobald Dani mit ihrer Kür fertig ist.

Sie ist eine der besten Bodenturnerinnen der Welt, und das sieht man. Schon bevor sie zur Weltspitze im Mehrkampf aufgestiegen ist, war sie am Boden unglaublich. Ihr Charisma, ihre Sprünge und ihre Ballettausbildung sind jeder Bewegung anzusehen, und sie drückt jede Note der Musik aus, sogar in ihren Überschlägen. Ein Instrumental-Remix von Songs aus *The Greatest Showman* ist schon seit zwei Jahren die Musik zu ihrer Kür, aber selbst nach der Zeit ist sie spektakulär anzusehen.

Gerade als sie die Übung beendet, kommt Mrs. Jackson durch die Tür gestöckelt, eher für ein schickes Dinner als für die Turnhalle gekleidet, und stimmt nach der perfekt gestandenen Dreifachschraube in unseren Applaus ein.

Dani kommt zu Chelsea und mir, und ich umarme sie und halte ihr die Faust hin. Über Danis Schulter fange ich Emmas finsteren Blick auf, aber ich kann nur die Augen verdrehen. Sie behandelt Dani wie eine Aussätzige und tut sich mit Sierra und Jaime zusammen, und da soll ich ein schlechtes Gewissen haben? Da kann sie lange warten.

»Fantastisch, Dani!«, sagt Mrs. Jackson und kommt an den Rand der Bodenfläche. »Es tut mir sehr leid, dass ich das Training stören muss. Bitte kommt alle mal her, Mädels, ich habe eine Ankündigung.«

Mir liegt auf der Zunge, dass sie sich keine Sorgen machen muss, weil Janet das Training für heute ohnehin gleich beendet hätte, aber es ist wohl nicht die beste Idee, bei der Vorsitzenden der USOF über meine neue Trainerin zu lästern.

Wir bilden einen Halbkreis um sie, aber die Grenze ist klar ersichtlich, drei auf der einen Seite, drei auf der anderen. Sie verzieht bedauernd das Gesicht, schüttelt den Kopf und sagt: »Ich hatte wirklich gehofft, diese Situation vermeiden zu können, aber nach Gesprächen mit dem Vorstand der USOF wurde die Sorge laut, dass die Entscheidungen, die noch innerhalb des NGC getroffen wurden, angezweifelt werden könnten. Deshalb sind wir einstimmig zu dem Entschluss gekommen, einen weiteren Wettkampf auszurichten, um in einem transparenten Verfahren festzulegen, welche Turnerinnen die Vereinigten Staaten von Amerika in Tokio repräsentieren sollen.«

»Wir haben Monate für die Qualifikation trainiert«, wendet Chelsea mit respektvoller, aber fester Stimme ein. »Ich hätte mich auch für die Einzelqualifikation entscheiden können, wissen Sie? Ich hätte tun können, was Sarah und Brooke getan haben, aber ich wollte dieser Mannschaft helfen, Gold zu holen, und jetzt könnte ich meinen Platz wegen einer Sache verlieren, an der keine von uns Schuld hat?«

Mrs. Jackson hebt beschwichtigend die Hände. »Ich weiß, und ich kann Ihren Ärger nur zu gut verstehen, Ms. Cameron, aber die Entscheidung steht. Ich schlage vor, dass Sie Ihre Energie lieber auf den vor Ihnen liegenden Wettkampf konzentrieren.«

Chelsea nickt, aber sie verschränkt die Arme vor der Brust. Es ist eindeutig, was sie von der Sache hält.

Mrs. Jackson zieht eine Augenbraue hoch. »Das Team wird von einem unabhängigen Kampfgericht bestimmt, das wir extra einfliegen lassen, und seine Wertungen werden den Ausschlag geben. Die Mädchen, die in Kombination die beste Wertung erzielen, werden ausgewählt, nicht zwangsläufig die besten Mehrkämpferinnen. Selbstverständlich wissen wir, dass jede von euch, ungeachtet der Ergebnisse, die Vereinigten Staaten von Amerika würdevoll repräsentieren wird. Habt ihr verstanden, Ladys?«

»Ja, Ma'am!«, antworten wir einstimmig, ein Überbleibsel aus Gibbys Amtszeit.

Sie rauscht so schnell wieder ab, wie sie gekommen ist, und wir sehen erst uns und dann Janet an. Wir wissen alle, was passiert ist, auch wenn keine von uns es laut ausspricht.

»Wir schaffen das«, sage ich leise, und Chelsea und Dani nicken. Ein paar Meter weiter stehen die anderen Mädchen ebenso dicht zusammen und sagen vermutlich das Gleiche.

Janet räuspert sich, und wir blicken wieder zu ihr. »Also dann, Mädels. Ihr habt gut gearbeitet. Ich möchte, dass ihr euch mental auf das Training morgen vorbereitet, also nutzt den Rest der Zeit zum Visualisieren oder Meditieren. Geht eure Schwachstellen aus dem Training heute und gestern durch. Genau an diesen Punkten werden wir morgen ansetzen.«

Wir wollen uns gerade im Raum verteilen, als sie uns noch einmal zusammenruft. Was kommt jetzt? Eine neue Meditationstechnik? Eine Ankündigung, dass wir von jetzt an nur noch ein Gerät täglich trainieren?

»Eine Sache noch. Wenn ihr sechs es nicht schafft, den Arsch hochzukriegen und euch zusammenzuraufen, dann gebt mir bitte Bescheid, damit ich kündigen kann. Ich habe kein Interesse daran, die nächsten Wochen bei einem Bürgerkrieg zuzuschauen. Ihr werdet niemals Gold holen, solange ihr gegeneinanderarbeitet. Kriegt euren Kram geregelt, oder verschwindet aus meiner Halle!«

Zwölftes Kapitel

Seit fast einer Woche herrscht Frieden.

Das Training läuft wie geschmiert. Wir haben angefangen zusammenzuarbeiten, stellen jedes Gerät so auf, wie es die jeweilige Turnerin mag, wir kreiden Holme ein, ziehen Matten, schieben Sprungbretter und gehen unsere Übungen durch wie ein Uhrwerk. Genau so müssen wir es in Tokio machen, nur mit Janet anstelle des Kaders von Trainerinnen und Trainern, die wir früher bei internationalen Wettkämpfen hatten. Wenigstens ist die Logistik, wer wann was zu tun hat, eine willkommene Abwechslung.

Man sollte Janet Dorsey-Adams in Krisengebiete rund um den Globus entsenden, wo sie mit wenigen wohlgesetzten Worten und einer hochgezogenen Augenbraue reihenweise Waffenstillstände erwirken würde.

Als ich am Morgen unserer zweiten Olympia-Qualifikation aufwache, setze ich mich sofort auf den Boden und beginne mich zu dehnen, damit mein steifer Rücken nach der Nacht wieder locker wird.

Während mein Bewegungsradius größer wird, mein Spagat sich ausdehnt und meine Hände weit über meine Zehen hinauskommen, dreht Emma sich gähnend um, steht auf und steigt vorsichtig über meine Beine, um nicht zu stolpern, oder, schlimmer noch, Blickkontakt aufzunehmen und etwas zu mir sagen zu müssen.

Sie geht ins Bad und ist fertig geduscht, als ich mich fertig gedehnt habe.

Dann tauschen wir, damit sie sich dehnen und frühstücken gehen kann, bis ich fertig bin.

Dieser Ablauf lässt uns nicht viel Zeit, um etwas zu besprechen, aber er reduziert auch das unangenehme Schweigen auf ein Minimum. Es ist ganz schön traurig. Ich bezweifle, dass wir ein so perfekt aufeinander abgestimmtes Muster gefunden hätten, uns aus dem Weg zu gehen, wenn wir uns nicht so gut kennen würden.

Ich lasse mir ein bisschen mehr Zeit als sonst mit meinem Make-up. Unsere Turnanzüge sind metallisch rot, und meine Lippen sollen dazu passen, außerdem ziehe ich mir einen geschwungenen Lidstrich, um das Ganze schön dramatisch zu machen. Ich trage gerade den Lippenstift auf, als Dani den Kopf durch die Tür streckt.

»Fertig?«, fragt sie.

»Ist doch egal«, grummelt Chelsea hinter ihr. »Ich brauche jetzt sofort Koffein, ich kann nicht warten, bis Rey sich ihre Smoky Eyes gemalt hat.«

»Schon fertig, Stinkstiefel.« Ich schraube den Lippenstift zu und stecke ihn vorne in meinen Rucksack. »Habe ich euch jemals warten lassen?«

»Nein, das ist ja das Schlimme«, sagt Chelsea und legt mir einen Arm um die Schultern. »Deine Schminkkünste sind schwarze Magie.«

»In Tokio musst du unbedingt mein Make-up machen«, sagt Dani.

Ich bleibe stehen. »*Wenn* ich mitkomme.«

»Natürlich kommst du mit«, erwidert Chelsea bestimmt. »Ich habe die Zahlen aus der Nationalmeisterschaft und der Qualifikation eine Million Mal durchgerechnet. Gibby mag ein Arschloch sein, und ich wünschte, ein paar Hyänen würden ihm die Eier abfressen, aber ...«

»Krähen«, unterbricht Dani sie und zuckt mit den Schultern, als wir sie verwundert anschauen. »Das wäre noch qualvoller.«

»Meinetwegen Krähen«, sagt Chelsea. »Aber du, ich, Dani und Emma – unsere Punkte ergeben die beste Kombination für den Team-Wettkampf, und daran wird sich nichts ändern.«

Es sei denn, ich stürze, denke ich, aber ich sage es nicht laut. »Du hast recht. Ich weiß ja, dass du recht hast.«

»Schön, und jetzt bitte Koffein, bevor ich umkippe.«

Wir sind auf der Treppe, als mein Blick auf zwei dunkle Uniformen fällt. Agent Farley und Agent Kingston sind da und reden mit Mrs. Jackson.

Agent Kingston spricht mit ihrer sanften Stimme. »Mrs. Jackson, wir versuchen nur, die Wahrheit herauszufinden. Ich denke, das ist auch in Ihrem Sinne.«

»Natürlich ist es das, und wir waren die ganze Zeit sehr kooperativ, aber jetzt ist der völlig falsche Zeitpunkt. Sie müssen verstehen, dass ich die Mädchen vor dem wichtigsten Wettkampf ihres Lebens nicht dem Stress eines FBI-Verhörs aussetzen kann.«

»Was ist los?«, fragt Dani und nimmt die letzten Stufen auf einmal.

Agent Farley dreht sich zu ihr. »Dani, wie schön, dich zu sehen.«

»Danke«, sagt sie, aber sie lässt sich nicht abspeisen. »Was ist los?«

»Wir müssen noch einmal mit dir und deinen Teamkolleginnen sprechen«, sagt Agent Kingston.

Dani weicht einen Schritt zurück, sodass sie beinahe gegen Chelsea und mich auf der untersten Stufe prallt. »Aber ich habe doch schon alles gesagt. Ich habe Ihnen alles gesagt, und Sie haben gesagt, dass Sie mir glauben!«

Agent Kingston zuckt zusammen, als hätten Danis Worte sie wie eine Ohrfeige getroffen. »Wir glauben dir ja auch, Dani, aber ...«

Dani wartet nicht, bis sie ausgeredet hat. Ein Schluchzen dringt aus ihrem Hals, und sie rennt aus dem Haus. Sie stürmt an dem großen Fenster vorbei, das auf die Bucht geht, dann verschwindet sie außer Sichtweite.

Chelsea läuft ihr sofort nach und ruft: »Dani! Dani, warte!«

Ich folge ihr. Als ich meinen Rucksack an der Tür fallen lasse, höre ich Mrs. Jackson sagen: »Sie können mit ihnen reden, aber erst *nach* dem Wettkampf. Sie haben heute Morgen schon genug Schaden angerichtet.«

Ich laufe durch die Tür und folge Dani und Chelsea in die feuchte Morgenluft. Der Steg ist noch nass vom Tau, und die Luft ist frisch. Ich schaudere, trotz des Trainingsanzugs, den ich über mein Trikot gezogen habe. Dani und Chelsea sind am Ende des Stegs, rollen sich die Hosenbeine hoch und lassen die Füße ins Wasser baumeln.

Ich zögere kurz und wippe auf den Fersen. Gehöre ich hierher? Bis vor zwei Wochen habe ich Dani kaum gekannt, aber jetzt ...

»Steh nicht dumm rum, Rey, komm her«, befiehlt Chelsea über die Schulter und zeigt mit dem Kinn auf den freien Platz neben Dani.

Ich streife die Turnschuhe ab, rolle ebenfalls die Hosenbeine hoch und setze mich an die Kante des Stegs. Das kühle Wasser umspült meine Knöchel, aber Danis Hand ist warm, als ich sie in meine nehme, genau wie Chelsea es auf der anderen Seite tut.

»Anscheinend ist mein Wort ihnen nicht gut genug«, bringt sie heiser hervor. Sie drückt meine Hand fester. »Ich habe ihnen alles gesagt. Ich habe ihnen gesagt, was ... was er das ganze letzte Jahr mit mir gemacht hat. Er hat zu mir gesagt, dass er mehr von mir sehen will, dass ich ihm nicht genug gebe, aber dass er mir die Daumen drückt, dass ich es ganz nach oben schaffe. Er hat mir Nachrichten geschrieben, damit ich weiß, dass er mich im Auge hat. Und ich ... ich wollte es einfach unbedingt ins Team schaffen. Als er das erste Mal zu mir ins Zimmer gekommen ist ... da dachte ich, er wollte mit mir übers Training reden! Ich fand es gar nicht komisch. Wie dumm kann man sein?«

»Es war nicht dumm«, flüstert Chelsea. »Ich hätte dasselbe gedacht.«

»Das hätten wir alle«, füge ich hinzu. »Er war ... er war einfach für alles verantwortlich. Wann wir gegessen, trainiert, geschlafen haben. Alles.«

Dani lacht, ein hohles Geräusch, das mich mehr schaudern lässt als die kühle Luft. »Schlafen, ha! Wisst ihr, dass er mir letztes Jahr bei der WM ein Einzelzimmer gegeben hat? Ich wusste, warum, aber ich habe nichts gesagt. Habe niemanden gebeten, zu mir ins Zimmer zu kommen. Ich bin einfach dageblieben und habe gewartet wie eine verdammte Idiotin.«

»Du bist keine Idiotin«, sagen Chelsea und ich gleichzeitig, und als Dani uns auslacht, klingt es ein bisschen kräftiger als vorher.

»Wisst ihr, was bei der Qualifikation passiert ist? Ich war so naiv. Ich dachte: ›Jetzt bin ich im Team, jetzt kann er mir nichts mehr anhaben. Was will er machen, mich rauswerfen?‹ Und genau das hat er getan.« Sie unterbricht sich und holt zitternd Luft. »Wahrscheinlich sollte ich froh sein, dass er es so verbockt hat, dass er geschnappt wurde, aber jetzt glaubt die halbe Welt, ich hätte gedopt. Scheiße, das halbe *Team* glaubt, ich hätte gedopt, ganz egal, was die Tests sagen, und dass ich mir das mit Gibby nur ausgedacht hätte, um mich zu rächen.«

»Sie sind Idioten«, sage ich.

Dani lacht bitter.

Chelsea nickt. »Sie hat recht. Sie sind Idioten, und du bist eine Wahnsinnsturnerin. Du wirst nach Tokio fliegen und gewinnen.«

»Mädels?«, ruft Mrs. Jackson aus dem Haus. Das Klappern ihrer immerwährenden Pfennigabsätze klingt wie ein Countdown, während sie näher kommt. »Ich weiß, dass es schwer ist«, sagt sie und bleibt hinter uns stehen. »Aber die anderen sind schon zur Halle gegangen. Wir müssen uns an den Zeitplan halten.«

Dani schnieft, zieht die Hände aus unseren und wischt sich die Tränen ab, die ich gar nicht bemerkt hatte. »Wir sind so weit.«
»Bist du sicher?«, frage ich leise. Der glänzende Stoff meiner Trainingshose gleitet langsam über meine nassen Knöchel.
Dani strafft die Schultern, und ihre Augen blitzen entschlossen. »Ja.«

Janet ist schon in der Halle und spricht mit den Kampfrichtern, die uns bei dem Wettkampf heute bewerten sollen. Emma, Sierra und Jaime dehnen sich am Boden und albern herum, als hätten sie keine Sorgen, als hätte Dani nicht gerade einen herben Schlag einstecken müssen, als wäre das eine ganz normale Trainingseinheit und nicht der Wettkampf, der über den Rest unseres Lebens entscheidet. Eine Reise nach Tokio als Mitglied des besten Teams der Welt, die führenden Favoriten auf Mannschaftsgold, oder Ersatzturnerin, dazu verdammt, zuzuschauen, wie eine andere ihre Träume verwirklicht. Meine Wut auf Emma kocht wieder hoch. Wie schön muss es sein, sich über all das keine Gedanken machen zu müssen.

Vor jedem Gerät sind Kameras aufgestellt, Scheinwerfer hängen von der Decke und schwarz gekleidete Kameraleute wuseln überall herum. Alles muss durch und durch transparent sein, wie Mrs. Jackson in der letzten Woche wieder und wieder betont hat. Jede unserer Bewegungen muss für die ganze Welt sichtbar sein. Die vier Mädchen, die heute die beste Leistung zeigen, kommen ins Team. Nicht mehr und nicht weniger.

Chelsea, Dani und ich gehen zur Bodenfläche, joggen zügig drum herum und lassen die Arme kreisen. Als wir einige Schritte von den anderen Mädchen entfernt stehen bleiben, läuft Leo an uns vorbei und bückt sich, um seinen Schnürsenkel zu binden. Bei den vielen Kameras will er kein Risiko eingehen.

»Alles okay mit Dani?«, flüstert er, ohne aufzublicken.
»Ja.«

Sein Blick huscht zu Emma und den anderen, bevor er zu mir aufblickt. »Und bei dir?«

»Auch.«

»Gut.«

Er steht wieder auf und geht zur Sitzreihe an der Wand, und wir gehen als Team die Aufwärmübungen durch, die von Sierra und Chelsea angeleitet werden – wir haben noch keine Mannschaftskapitänin bestimmt, aber wenn wir heute eine wählen müssten, stünde es wohl drei zu drei.

Endlich klatscht Janet in die Hände, und wir joggen zu ihr. »Okay, Ladys, heute turnen wir in olympischer Reihenfolge, Sprung, Barren, Balken, Boden. Aber bevor wir anfangen, möchte ich euch sagen, dass ihr alle in den letzten Wochen wahnsinnig hart gearbeitet habt, unter den wohl ungünstigsten Bedingungen, die man sich vorstellen kann. Lasst euch von den Ergebnissen heute, ganz egal, wie sie ausfallen, nicht entmutigen. Ihr habt es verdient, hier zu sein. Ihr alle.«

In ihrer Stimme liegt eine Sanftheit, eine Wärme, die ich noch nie vor einem Wettkampf zu spüren bekommen habe, und es ist ... richtig toll. Doch dann strafft sie die Schultern, und der Moment ist vorbei.

»Okay, alle Hände in die Mitte. USA auf drei. Eins, zwei, drei ...«

»USA!«, schreien wir alle zusammen.

»Los geht's.« Janet nickt den Kampfrichtern zu, die ihre Plätze neben dem Sprungtisch einnehmen.

Ich kenne sie von Wettkämpfen in den letzten Jahren, aber keiner von ihnen war bei der Nationalmeisterschaft oder der Qualifikation dabei. Ein frischer Blick könnte was Gutes haben, aber wer weiß? Vielleicht gehören sie auch allesamt zum offiziellen Sierra-Montgomery-Fanclub. Ich muss ihnen beweisen, dass ich besser bin als sie.

Wir sprinten die Laufstrecke zum Sprungtisch hinunter und

wieder zurück, um warm zu werden. Es fühlt sich gut an, vertraut, auch wenn es der erste Wettkampf ist, den ich ohne Gibby mache, ohne Pauline als Trainerin und ohne Emma, die mich anfeuert.

Argh, Audrey, hör auf.

Ich schüttele den Kopf. So ungern ich es zugebe, Janet hatte recht. Negative Gedanken wegzuschütteln funktioniert ziemlich gut. Ich darf jetzt nicht daran denken, was alles schiefgelaufen ist. Ich darf nur an die vier Übungen denken, die über den Rest meiner Turnkarriere entscheiden – oder sie an Ort und Stelle beenden.

»Herzlich willkommen, meine Damen und Herren, zu einem Ereignis, das es so noch nie gegeben hat!«

Ich drehe abrupt den Kopf. In einer Ecke der Halle ist eine Sprecherkabine aufgebaut, die ich bis jetzt tatsächlich nicht gesehen habe. Vorne auf der Kabine prangt das Logo eines Fernsehsenders, und zwei Reporter, die ich von früheren Wettkämpfen kenne, sitzen mit Kopfhörern und Mikrofonen darin. Ansonsten ist die Halle quasi leer. Jedes Wort ist klar und deutlich zu verstehen, während wir unsere Aufwärmsprünge absolvieren.

Der Sprecher setzt seinen Einführungsmonolog fort. »Wir senden hier live aus dem olympischen Trainingslager, wohin sich die jungen Turnerinnen nach der Festnahme ihres Cheftrainers Christopher Gibson zurückgezogen haben, und wo sie heute ein zweites Mal um das Recht antreten werden, die Vereinigten Staaten von Amerika bei den Olympischen Spielen zu vertreten.«

Na, das kann ja heiter werden.

Eine laute Arena ist anstrengend, aber erträglich, alle Geräusche mischen sich zusammen und bilden eine Art Hintergrundrauschen. Aber ein konstanter Bericht über diesen kleinen, geschlossenen Wettkampf? Das ist etwas ganz anderes.

»Sie beginnen am Sprungtisch, dem Gerät, an dem Chelsea

Cameron, die Titelverteidigerin im Mehrkampf aus Rio, gleich zeigen wird, was sie kann, nicht wahr, Cindy?«

»Ganz bestimmt, Jim, aber diese Gruppe ist sehr ausgewogen. Ich sage es dir gleich, wir werden in diesem Wettkampf wieder und wieder sehen, wie sich die Namen auf der Tafel neu sortieren.«

Ein Timer schrillt durch die Halle, und ich nehme an, dass die Einturnphase hiermit beendet ist. Als schwächste Springerin fange ich an.

Die Halle ist ganz still, sodass das künstliche Flüstern aus der Sendekabine besonders deutlich zu hören ist. »Audrey Lee ist nicht die stärkste Springerin, daher wird sie jeden Punkt hinterm Komma maximieren müssen bei dem gestreckten Rückwärtssalto mit eineinhalbfacher Schraube, den sie gleich zeigen wird. Die anderen Mädchen werden alle einen Zweier oder Zweieinhalber zeigen – den Amanar.«

Ich schließe die Augen und stelle mir den perfekten Sprung vor, dann renne ich los, zwölf Schritte und Rondat, Flickflack auf den Tisch, hochschnellen in die eineinhalbfache Schraube und Landung mit einem winzigen Schritt zur Seite. Die Drehung war eine Spur zu schwungvoll.

»Eine winzige Überdrehung, aber alles in allem ein guter Sprung«, sagt Cindy, und ich verziehe das Gesicht, bevor ich mir das Tape vom Handgelenk nehme. Am Barren tape ich sie mir anders, weil ich dort mehr Unterstützung brauche.

Das Kampfgericht nutzt eine altmodische Anzeigetafel für die Wertung, und ich nicke mir selbst zu, als 14,2 angezeigt werden. Das fühlt sich ziemlich passend an. Da wollte Gibby meinen Sprung immer haben, seit ich keine Zweifachschraube mehr springen kann. Er hat immer so darüber gesprochen, als wäre es ein schlechter Charakterzug, dass mein Körper zusammenbricht, wenn ich dem Sprung eine weitere halbe Drehung hinzufüge. Meine Gedanken gehen zurück zur Qualifikation, und seine

Worte aus der Trainerkabine hallen in mir nach, dass er mehr von mir sehen wolle. Als hätte ich nicht hart genug gearbeitet.

Ich schüttele den Kopf. *Konzentrier dich, Audrey.* Ich werfe noch einen Blick auf die Anzeigetafel neben den Sprechern, und es fühlt sich gut an, meinen Namen ganz oben zu sehen.

»Ein guter Start für Audrey Lee, aber wenn alle anderen auch fehlerfrei springen, wird das wohl die niedrigste Wertung im Sprung bleiben«, blökt Jim.

Ach, wirklich? Das wollen wir doch mal sehen.

Leider behält er recht. Für eine kleine Weile steht mein Name neben der Nummer eins, bis Jaime und Sierra je 0,3 Punkte mehr für ihre Doppelschrauben bekommen, 14,5, und mich auf den dritten Platz schieben.

Und jetzt kommen die ganz schweren Geschütze. Unser Team hat drei Amanar-Springerinnen – einer der Gründe, warum wir das beste Team der Welt sind. Niemand kann so weit in Führung gehen wie wir, wenn wir beim ersten Durchlauf die drei Amanars stehen.

Zack, zack, zack. Drei Sprünge, drei fantastische Wertungen, und schon sieht die Tafel so aus, wie ich es nach dem ersten Durchlauf erwartet habe.

1. Chelsea Cameron   15,0
2. Emma Sadowsky   14,9
3. Dani Olivero   14,8
4. Sierra Montgomery 14,5
4. Jaime Pederson   14,5
6. Audrey Lee   14,2

Ich muss aufholen, aber als Nächstes kommt der Barren, und da sollte ich wenigstens Jaime und Sierra überholen. Das heißt, wenn alles klappt. Im Turnen gibt es keine Garantie, nicht einmal an meinem stärksten Gerät.

Die Stimme von Jim, dem Kommentator, dringt zu uns herüber, als wir an den Barren gehen. »Als erste Turnerin startet hier Chelsea Cameron, die an diesem Gerät deutlich nachgelassen hat seit ihrem Mehrkampf-Gold vor vier Jahren.«

»Der Barren war noch nie ihre Stärke«, wirft Cindy ein.

»Noch mal ein Schub fürs Ego, bevor ich da hochgehe«, knurrt Chelsea, als wir uns um die Magnesiaschale versammeln, während Janet den Barren für sie einstellt.

»Die Olympiasiegerin Chelsea Cameron lässt sich doch nicht von zwei blöden Reportern einschüchtern«, sagt Dani. Chelsea lächelt ihr zu, und dann stoßen sie die staubigen Fäuste aneinander.

Ich glaube nicht, dass sie sich hat einschüchtern lassen, aber am Barren ist sie wirklich nicht berauschend, und heute ist das nicht anders. Ein Sturz, eine riesige Pause beim Übergang vom oberen zum unteren Holm, und mindestens drei leere Schwünge, um wieder auf Spur zu kommen.

Dani drückt Chelsea fest an sich, als sie zu uns zurückkommt, und ich umarme sie ebenfalls. Es ist eine Sache, anzuerkennen, dass man nicht mehr die Turnerin ist, die man einmal war. Das weiß ich selbst nur zu gut. Aber es ist noch mal was ganz anderes, wenn die eigene Darbietung es zeigt.

Die Anzeigetafel klappt um. 12,5. Ich verziehe das Gesicht. Es ist nicht unfair, trotzdem ist es schrecklich.

»Auf dem Balken und am Boden holst du das wieder raus«, flüstert Dani ihr zu, bevor sie selbst an den Barren geht.

Ihre Übung ist sehr sicher. Einer der Hauptgründe, warum sie im letzten Jahr den Abstand zu Emma so weit verringern konnte. Sie ist unglaublich stark, blendet einfach alles aus, was vor dem Wettkampf passiert ist. Ich umarme sie, als sie zu uns zurückkommt.

»Super!«, sage ich.

»Mach's besser«, erwidert sie, bevor Chelsea sie ebenfalls umarmt.

»Das war toll!«, quietscht Chelsea ihrer Zimmergenossin zu, und die Kampfrichter geben eine 14,8.

Zimmergenossin. Das Wort löst etwas in meinem Kopf aus. Dani hat jetzt eine Zimmergenossin. Anders als letztes Jahr, als Gibby ihr ein Einzelzimmer zugewiesen hat. Ich will mir gar nicht vorstellen, wie es ist, allein im Zimmer zu sein und zu wissen, dass es nichts gibt, was ihn aufhalten kann, weil du weißt, wenn du irgendetwas sagst, könnte es dich deinen großen Traum kosten. Mein Magen dreht sich um, und ich spüre schon, wie mir allein bei dem Gedanken die Galle hochsteigt.

Nein, nicht jetzt, Audrey. Konzentrier dich.

»Eine großartige Barrenkür von Emma Sadowsky!« Jimmys Stimme holt mich aus meinen Gedanken, gerade noch rechtzeitig. Wenn Emma schon fertig ist, heißt das, dass ich Jaimes Übung verpasst habe. Ich habe keine Ahnung, wie sie sich geschlagen hat, aber jetzt muss ich mich auf meine eigene Übung konzentrieren. Wenn ich eine Chance haben will, muss ich am Barren alles geben und Jaime so weit hinter mir lassen, dass sie es am Balken und am Boden nicht mehr aufholen kann.

Ein schneller Blick auf die Tafel sagt mir, dass Jaimes Übung in Ordnung war, und dann erscheint Emmas 14,6 und befördert sie nach ganz oben.

Jetzt ist Sierra dran, meine Hauptkonkurrentin. Sie ist ein verdammtes Miststück, aber leider ein Miststück, das verdammt gut am Barren ist.

»Sehr schöner Übergang nach oben, die Beine kleben zusammen, die Zehen sind gestreckt, und jetzt der Abgang, ein Doppelsalto rückwärts mit ganzer Schraube, und nur ein winziger Schritt bei der Landung«, kommentiert Jim in seiner Kabine.

Eine gute Übung. Eine sehr gute Übung. Da muss ich mindestens rankommen. Ich muss mich hier von den anderen abheben.

Wenigstens muss ich nicht lange höflich klatschen, weil ich den Barren für mich vorbereiten muss, aber ich werfe einen Blick nach oben und sehe eine 15,0 an der Tafel. Verdammt, ich wollte die Einzige sein, die heute am Barren die 15er-Marke knackt. Dann muss ich mich wohl damit begnügen, die höchste Wertung zu holen.

Ich lächle, bevor ich mich zu den Kampfrichtern wende und grüße. Ich hoffe, sie gucken ganz genau hin, denn ich werde diese Übung jetzt so richtig rocken.

Dreißig Sekunden später, nachdem ich meine Dreifachschraube gestanden habe, muss ich mich verdammt zusammenreißen, um nicht laut loszujubeln, als ich die Arme in die Luft hebe.

So soll sich Turnen anfühlen, als wäre man unbesiegbar und durch nichts aufzuhalten. Deshalb liebe ich diesen Sport, das Gefühl meiner Zehen, die sich in die Matte bohren, und meiner Arme in der Luft, nachdem ich die Kampfrichter vor die Herausforderung gestellt habe, auch nur einen Fehler zu finden. Klar werden sie einen finden, aber ich habe es ihnen verdammt schwer gemacht.

Jim formuliert es besser, als ich es könnte, während ich an seiner Kabine vorbeigehe und meine Turnriemchen löse. »Das war eine der besten Barrenübungen, die Sie je zu sehen bekommen werden! Eine unglaubliche Form in der Luft, kerzengerade, gestreckte Zehen, Audrey Lee fliegt einfach in ihre Über- und Abgänge. Viele Leute hatten sie schon aufgegeben, als sie letztes Jahr nicht an der Weltmeisterschaft teilnehmen konnte, aber sie hat sich wieder hochgearbeitet, und nun schau dir diese Landung an, Cindy!«

»Audrey Lee bekommt eine 15,3 am Barren, Dani Olivero führt mit einem Zehntel, und damit haben wir einen dreifachen Gleichstand um den zweiten Platz in diesem Wettbewerb!«

»Wir wussten, dass es eng werden würde, aber jetzt sieht es so aus, als könnte wirklich jede es schaffen!«

1. Daniela Olivero   29,6
2. Audrey Lee   29,5
2. Sierra Montgomery   29,5
2. Emma Sadowsky   29,5
5. Jaime Pederson   29,0
6. Chelsea Cameron   27,5

»Wahnsinn!«, jubelt Chelsea. Wir schlagen die Fäuste aneinander, Magnesia staubt in die Luft. Dann streckt auch Dani die Faust aus.

»Das war einfach nur krass, Rey!«

»Gut gemacht«, sagt Emma und klopft mir unbeholfen auf die Schulter, während Jaime und Sierra angespannt lächeln. Langsam wird das Schauspielern schwieriger, da nur noch zwei Runden vor uns liegen. Ein Ausrutscher, und unser Traum könnte platzen.

Und jetzt geht es zum Schwebebalken, dem Gerät, an dem schon viele olympische Träume geplatzt sind.

Dreizehntes Kapitel

Ich springe vom Balken, damit Emma sich noch mit ein paar Elementen einturnen kann, bevor es Zeit für den nächsten Wettkampf ist.

»Ganz ruhig, Audrey«, sagt Janet, als ich an ihr vorbeigehe. »Lass die Elemente fließen. Erzwing sie nicht.«

Ich nicke und greife nach meiner Wasserflasche. Dank meiner Barrenkür habe ich einen kleinen Puffer, aber am Balken darf nichts schiefgehen.

Als wir mit dem Einturnen durch sind, beginnt Jim wieder zu kommentieren. »Jetzt werden wir sehen, liebe Zuschauer, wie Emma Sadowsky und Dani Olivero ganz an die Spitze ziehen und wie Jaime Pederson es vielleicht sogar unter die Top vier schafft.«

Ich bin etwas beleidigt, dass er mich nicht mal erwähnt, aber vielleicht ist es besser so. Es wäre herrlich, seine Stimme noch mal vor Überraschung zum Kieksen zu bringen wie beim Barren.

Die arme Chelsea muss anfangen. Es ist keine Schande, auf einzelne Geräte spezialisiert zu sein, schon gar nicht, wenn man Gold bei Olympia gewonnen hat. Eigentlich sollte sie niemandem mehr etwas beweisen müssen, und doch ist sie hier, oben auf dem Balken, und kämpft sich durch Kombinationen, um ihre Kür wettbewerbsfähig zu halten. Sie geht mit einem doppelten Rückwärtssalto ab und hebt die Arme, während sie bekümmert den Kopf schüttelt.

Jims und Cathys Stimmen summen in meinem Kopf, aber ich blende sie aus, als Dani ihre Übung beginnt. Ich schließe die Augen und visualisiere meine Kombinationen, wie ich es in der letzten Woche Dutzende Male getan habe. Ich bewege die Arme um mich herum und imitiere die Bewegungen, die ich machen werde, wenn ich dran bin, versuche, das Gedächtnis meiner Muskeln so gut wie möglich zu aktivieren. Je flüssiger es am Boden läuft, desto einfacher wird es auf dem zehn Zentimeter schmalen Balken da oben.

Ein kollektives Stöhnen entweicht dem kleinen Publikum, aber da ich keine Füße – und keinen Körper – auf die Matte klatschen höre, vermute ich, dass Dani nur einen Patzer gemacht hat, aber nicht gestürzt ist. Ich öffne die Augen gerade rechtzeitig, um zu sehen, wie sie die Kür mit einem Doppeltwist beendet. Sie steht ihn trotzig, sichtlich wütend über den Fehler, den sie gemacht hat.

14,3.

Keine schlechte Wertung, aber ganz sicher nicht ihre beste.

»Das holst du am Boden wieder raus«, ermuntert Chelsea sie und hält ihr wieder die Faust hin. Ich ihr meine auch, diese Geste ist uns schon zur Gewohnheit geworden.

»Du machst das, Sierra!«, ruft Jaime, als ihre beste Freundin das Kampfgericht grüßt. Ich mache die Augen wieder zu und gehe alles noch einmal durch, erst langsam und dann in dem Tempo, das das Kampfgericht von einer perfekten Übung erwartet. Verbindungen sind wichtig, Rhythmus aber auch. Als ich die Augen wieder öffne, ist Sierras Übung vorbei, und Emma ist auf dem Balken und turnt sich scheinbar mühelos durch ihre Kombinationen. Ich werfe einen Blick auf die Punktetafel. Sierra hat eine 14,6 bekommen. Nicht schlecht.

Ich bin die Nächste, deshalb gehe ich schon zum Balken. »Gib alles, Emma, du packst das!« Das sage ich mehr aus Gewohnheit denn aus irgendeinem anderen Grund, als sie ihren Abgang macht, zwei Flickflacks in einen Doppelsalto. Sie macht einen großen Hopser nach vorn, weil sie etwas zu viel Schwung hat, aber bei diesem Abgang gibt man besser zu viel als zu wenig.

»Die Bühne gehört dir, Rey«, sagt Emma, als wir aneinander vorbeigehen. Sie muss mich gehört haben, als sie da oben war, ein winziges Friedensangebot in all der Unbeholfenheit und Feindseligkeit der letzten Tage.

Janet stellt das Sprungbrett für mich auf, und ich teste die Entfernung zum Balken. Ich warte auf Emmas Wertung, während ich von den Ballen auf die Fersen schwinge und ruhig und gleichmäßig atme. Das Kampfgericht dreht die Tafel um, 14,7, etwa die Wertung, die sie schon das ganze Jahr über bekommen hat.

Okay. Jetzt bin ich dran.

Ich konzentriere mich auf das Sprungbrett vor mir, stelle mir vor, dass ich genau richtig abspringe, um leicht auf dem Balken zu landen, atme aus und laufe los.

Rondat aufs Brett, Handstützüberschlag auf den Balken. Meine Füße landen sicher, deshalb schließe ich den zweiten Überschlag und den Spreizsalto nahtlos an. Ich hebe die Arme, um meine Kontrolle zu zeigen, und gehe zum nächsten Teil der Choreographie über. Ohne zu zögern, beginne ich die dreifache Drehung – die in eine doppelte übergeht –, aber dann verliere ich das Gleichgewicht und muss mich vorbeugen, um nicht ganz aus der Balance zu geraten. Meine Hand geht instinktiv nach unten zum Balken, um den Schwung auszubremsen, und ich kann sie nur knapp wieder hochziehen. Ich finde meinen Mittelpunkt und stehe still, aber das war ein gravierender Fehler.

Immerhin bin ich nicht gestürzt.

Ich atme aus und hebe das Kinn nach diesem kleinen Sieg. Der Rest der Übung fliegt mit nur winzigen Unsicherheiten dahin, und schon mache ich mich für den Abgang bereit und zähle in meinem Kopf, bevor ich in den doppelten Flickflack gehe und die Arme an den Körper ziehe für die Dreifachschraube. Sie hat etwas zu wenig Schwung, und meine Füße kommen nicht ganz parallel auf, aber die Landung ist gut, beinahe perfekt gestanden.

Ich springe von der Matte und versuche, den Kopf freizukriegen, als ich es spüre.

Ein Flackern im Rücken.

Scheiße.

Gerade war es da, aber jetzt ist es weg. Die Kortisonspritze ist noch nicht lange her. Die Wirkung darf noch nicht nachlassen. Es war die Landung. Die Landung war ein bisschen kurz, deshalb hat es wehgetan, und ich bin einfach nicht mehr daran gewöhnt, nachdem mein Rücken sich nach der Spritze so gut angefühlt hat.

Das ist alles.

Mir geht's gut.

Es wird schon nichts sein.

»Super, wie du das gerettet hast«, sagt Dani und schließt die Arme um mich, während ich auf meine Wertung warte. Jaimes Übung fehlt noch, ich habe also noch ein bisschen Zeit, um mich zusammenzureißen, bevor wir zum Boden gehen, der letzten Station und den eineinhalb Minuten, die über mein Schicksal entscheiden. Ich muss den Kopf freikriegen. Keine Ablenkung, keine Schmerzen. Nur ich und meine Bodenkür.

»Scheiße, das wird eng«, sagt Chelsea, als meine Wertung angezeigt wird. 14,3.

Das passt. Es gab sicher einen halben Punkt Abzug für den Beinahe-Sturz. 14,8 hätten meinen Rang gefestigt. Aber jetzt? Ich habe keine Ahnung, wie es ausgehen wird.

Mein Rücken sticht, während ich in meinem Rucksack nach der Taperolle suche. Ich setze mich und wickle das Klebeband um meine Knöchel, vorsichtig, um die Haut nicht zu stramm zu ziehen, während Jaime ihre Übung turnt.

»Auf geht's, Jaime!«, ruft Sierra, und wir applaudieren ihr, während sie grüßt und beginnt. Ich sollte lieber nicht zuschauen, aber ich kann nicht anders.

Der Druck auf sie ist enorm. Sie muss die Übung fehlerfrei durchziehen.

Und das tut sie. Weitgehend. Hier und da wackelt sie ein bisschen, aber es sind nur Kleinigkeiten. Am Balken können mehrere Kleinigkeiten allerdings schnell zu einer miesen Wertung führen. Wir warten.

»Toll war das nicht«, murmelt Chelsea mit zusammengebissenen Zähnen. Sie hat sich neben mich gesetzt und umwickelt ebenfalls ihre Knöchel mit Tape.

»Ich weiß«, sage ich, stehe auf und teste das Klebeband, indem ich die Füße strecke und beuge und mich auf die Zehenspitzen stelle.

»Na, so was!«, ruft Jim, der Kommentator, erstaunt, und seine Stimme dringt bis zu uns herüber. »Nur 14,3 für Jaime Pederson auf dem Schwebebalken, für jede andere eine gute Wertung, aber das war sicher nicht das Ergebnis, das sie sich von ihrem stärksten Gerät versprochen hat.«

1. Emma Sadowsky	44,3
2. Sierra Montgomery	44,1
3. Daniela Olivero	43,9
4. Audrey Lee	43,8
5. Jaime Pederson	43,3
6. Chelsea Cameron	40,5

Es ist keine Zeit, um darüber nachzudenken. Ich bin Vierte vor dem letzten Durchlauf, aber am Boden sind alle anderen stärker als ich.

Ich starte als Erste, und schon tönt *Moon River* durch die schlechten Lautsprecher, aber in meinem Kopf spielen die Londoner Philharmoniker, und ich bin eine Tänzerin und fessele das Publikum, während ich im Walzerschritt durch meine Kür gleite. Nach Tagen, in denen ich die Übung nur tanzen durfte, lechzen meine Muskeln nach der Gelegenheit, endlich wieder zu springen. Jede meiner Akrobatikkombinationen ist kraftvoller als noch vor wenigen Wochen, sodass ich bei jeder Landung fast ein bisschen nach oben hüpfe. Das kostet mich wertvolle Punkte hinterm Komma, aber irgendwie ist mir das egal. Ich weiß, dass diese Kür wunderschön ist, und die Kampfrichter wissen es auch. Das wird helfen, wenn sie gleich den Stift aufs Papier setzen.

Ich bin bei meiner letzten Kombination und lande perfekt, Brust raus, federnde Knie, aber nicht zu tief, und hebe die Arme für die Endpose – zu schnell. Mein Rücken krampft.

Die Musik verklingt, und es gelingt mir, meine Schlussfigur zu halten, trotz des pochenden Schmerzes. Das Kortison lässt nach.

Ich atme mühsam ein, während die anderen Mädchen mich umringen und mir High fives oder Fistbumps geben und Sierra mich linkisch von der Seite umarmt und sofort den Kopf abwendet, als könnte sie nicht einmal meinen Anblick ertragen. Das beruht auf Gegenseitigkeit. Ich habe Sierra immer um ihre samtige Haut, ihre blauen Augen und ihre blonden Haare beneidet, die perfekt in eine Teenager-Soap passen würden, aber jetzt? Wenn ich ihr Gesicht sehe, würde ich ihr am liebsten eine reinhauen. Und zwar so richtig.

Die Wertung dauert länger als bei den anderen Geräten – bei einer Bodenkür gibt es mehr zu berücksichtigen –, aber nach einer Minute, als mein Atem endlich wieder normal geht, steht eine 14,0 auf der Tafel, gefolgt von meiner Gesamtwertung.

57,8.

Genau da, wo ich in der Qualifikation war.

Letztes Mal hat es gereicht, um ins Team zu kommen, aber diesmal? Wer weiß.

Ich lasse mich auf einen der Stühle fallen und verziehe das Gesicht, als ein stechender Schmerz durch meinen Rücken zuckt.

Vorsicht, Audrey, ermahne ich mich.

»Entschuldigung«, rufe ich einem Trainer der USOF zu. »Könnte ich etwas Eis haben?«

»Alles okay?«, fragt Dani und setzt sich neben mich. Sie hat noch Zeit. Am Boden startet sie als Letzte.

»Hm«, mache ich, mehr bringe ich nicht heraus.

Dani streckt die Hand nach meiner aus und drückt sie, als der Trainer zurückkommt und mir hilft, das Eis um meinen Torso zu wickeln, und plötzlich sitze ich wieder neben ihr auf dem Steg und halte ihre Hand, während sie erzählt, was Gibby mit ihr gemacht hat. Jetzt muss ich es nicht mehr wegschieben.

Chelsea zeigt eine gute Übung und bekommt eine 13,9, insgesamt macht das 54,4, fast vier Punkte weniger als ich. Ich atme scharf ein und aus, als sie sich an meine freie Seite setzt und mir hilft, den Eisbeutel zu halten, während der Trainer etwas zum Festbinden besorgt. Ich sitze zwischen den beiden, sie stehen mir bei, so wie wir heute Morgen Dani beigestanden haben, und das Durcheinander in meinem Kopf beruhigt sich endlich.

Ich habe das Gefühl, als würde mir etwas entgehen, als würde mein Gehirn versuchen, irgendwelche Fäden zu verknüpfen, aber ich kann mich nicht konzentrieren. Nicht, solange alles, worauf ich mein Leben lang hingearbeitet habe, auf der Kippe steht.

Im Augenblick zählt nur das. Egal, was sonst noch auf der Welt passiert, es kann warten.

Jaime geht auf die Bodenfläche und turnt eine 14,1, insgesamt ist sie bei 57,4. Nicht besonders nahe an meiner Wertung. Ich werde Vierte. Ich fange mit dem Kopfrechnen an, denn es bringt mir noch nichts, dass ich Vierte in der Gesamtwertung bin. Meine Punktzahl am Barren und am Balken muss so zu den anderen passen, dass wir die beste Gesamtwertung fürs Team rausholen.

»Du explodierst gleich«, sagt Chelsea zu mir, als Dani aufsteht, um sich warmzumachen. »Ich sehe schon den Rauch aus deinen Ohren steigen. Hör auf zu rechnen und schau zu.«

Ich nehme ihren Rat an. Immerhin ist sie Olympiasiegerin. Sie muss es wissen. Sierra geht auf die Bodenfläche und versetzt uns alle für neunzig Sekunden in den Wilden Westen. Ihre Landungen sind ein bisschen holprig, ihr Lächeln wirkt wie aufgeklebt, und die Verbindung zwischen Musik und Choreographie stimmt nicht ganz. Der Druck lässt auch sie nicht kalt.

Sehr schade. Na ja, nicht wirklich.

Wir machen alle dasselbe durch, und wenn sie den Druck hier nicht aushält, hält sie ihn auch in Tokio nicht aus. Die Kampfrichter kritzeln auf ihre Wertungsbögen, zählen die Abzüge zusammen, und als sie fertig sind, bekommt sie exakt die gleiche Wertung wie ich.

Mein Gehirn wird langsam so taub wie mein Rücken mit dem Rieseneisbeutel darauf. Emma und Dani turnen vor, und meine Augen folgen ihren Bewegungen, aber ich sehe ihre Übungen nicht wirklich. Ich nehme vage wahr, dass sie beide höhere Wertungen bekommen als ich, aber als ich den finalen Punktestand sehe, weiß ich nicht, was er bedeutet.

1. Daniela Olivero	58,5
1. Emma Sadowsky	58,5
3. Sierra Montgomery	58,3
4. Audrey Lee	57,8
5. Jaime Pederson	57,4
6. Chelsea Cameron	54,4

Dani und Chelsea umarmen mich gemeinsam, lassen mich aber schon bald wieder los. Sie haben heute beide getan, was sie tun mussten, ich dagegen habe es gerade genug verbockt, um keine Ahnung zu haben, ob das jetzt der beste oder der schlimmste Tag meines Lebens wird.

Emma kommt zu mir und umarmt mich fest. Vermutlich nur für die Kameras. Es ist klar, dass sie im Team ist, aber ich merke an ihrer Anspannung auch, dass sie nicht damit gerechnet hat, wie dicht Dani ihr auf die Pelle rücken würde. Da stehen sie alle beide an der Spitze mit exakt der gleichen Punktzahl.

Jaime und Sierra kommen nicht zu uns herüber. Jaime hat den Kopf zwischen den Händen vergraben und schluchzt, und Sierra starrt vor sich hin. Ich kann es nachvollziehen. Sie hat mich im Mehrkampf geschlagen, aber darauf kommt es nicht an.

Mrs. Jackson und Janet müssen immer noch rechnen, um die vier Turnerinnen zu finden, deren Kombination die beste Wertung für das Mannschaftsfinale verspricht, und das wird noch eine Weile dauern.

Die Wartezeit ist quälend, aber wahrscheinlich nicht so lang, wie sie sich anfühlt, und dann steht Mrs. Jackson endlich am Mikrofon.

»Dieser Wettbewerb war überaus kämpferisch und hat einmal mehr gezeigt, was diese talentierten jungen Frauen zu leisten imstande sind. Ich möchte jeder Einzelnen von ihnen für ihre Anstrengungen unter diesen schwierigen Umständen danken. Die Ergebnisse liegen sehr dicht beieinander. So dicht, dass drei verschiedene Kombinationen die gleiche Wertung ergeben würden. Deshalb haben das Kampfgericht, Coach Dorsey-Adams und ich gemeinsam eine Entscheidungshilfe festgelegt.«

Ein Raunen geht durch die Halle. Eine Entscheidungshilfe? Was soll das heißen? War es wirklich so knapp?

Mrs. Jackson spricht noch immer. »... beschlossen, den Turnerinnen den Vorzug zu geben, die am häufigsten in internationalen Wettkämpfen angetreten sind und die besten Aussichten auf Medaillen an verschiedenen Geräten haben. Aus diesem Grund sind die vier Turnerinnen, die die Vereinigten Staaten im Mannschaftswettkampf repräsentieren werden: Daniela Olivero, Emma Sadowsky, Audrey Lee und Chelsea Cameron. Jaime Pederson und Sierra Montgomery bleiben unsere Ersatzturnerinnen, bestens vorbereitet, um einzuspringen, falls sich die Notwendigkeit ergibt, und sie werden uns keine geringere Ehre machen, da bin ich mir sicher. Vielen Dank, Ladys, für einen inspirierenden und hervorragend ausgetragenen Wettkampf in Anbetracht vieler Widrigkeiten, und meinen herzlichen Glückwunsch!«

Ich habe es geschafft.

Ich fahre zu den Olympischen Spielen!

Vierzehntes Kapitel

Diesmal gibt es keinen Stehempfang, keine Eltern, Sponsoren und Trainer, die mit Champagner auf uns anstoßen, nur den Küchentisch in unserem Ferienhaus und zwei FBI-Agenten, die uns befragen, während Mrs. Jackson danebensteht und alles überwacht.

Ich sitze Agent Farley und Agent Kingston gegenüber.

»Herzlichen Glückwunsch«, sagt Agent Kingston mit ihrer sanften Stimme. »Es tut uns wirklich leid, dass wir dich noch einmal befragen müssen.«

»Schon in Ordnung«, versichere ich. »Ich möchte Ihnen gerne helfen. Ich ... ich habe nur schon alles gesagt.«

Agent Farley nickt. »Aber vielleicht haben wir beim letzten Mal nicht die richtigen Fragen gestellt, Audrey.«

»Am Abend der Qualifikation für Olympia hat Christopher Gibson dir diese Nachricht geschickt?«, fragt Agent Kingston und liest von einem Zettel ab: »*Heute Abend darfst du feiern, aber denk an meine Worte.*«

»Ja.«

»Bitte, versuch dich zu erinnern, Audrey, worauf er angespielt hat, was genau er gesagt hat.«

Ich gehe die Szene noch einmal in Gedanken durch. »Ich war in der Trainerkabine, und er kam zu mir rüber, hat mich aber nicht angesehen. Er hat in etwa gesagt, dass Emma und ich doch so gerne gemeinsam ins Team kommen würden, und dass ... sie sich an ihren Teil der Abmachung hält, aber dass er von mir mehr braucht, als ich bisher gegeben habe.«

»Und wie hast du das verstanden?«

»Dass er will, dass ich mich auf dem Schwebebalken verbessere.«

»Hat er das so formuliert?«

Ich zögere und versuche mich zu erinnern. »Nein, er ... ich glaube nicht.«

»Sonst noch etwas?«

»Nur dass er mir die Daumen drückt, dass ich es schaffe.«

»War das das letzte Mal, dass du mit ihm gesprochen hast?«

»Nein. Er ist am nächsten Tag noch mal zu mir und meinen Eltern an den Tisch gekommen und hat uns alles Gute gewünscht.«

Agent Kingston sieht ihren Kollegen scharf an und dreht sich dann wieder zu mir. »Deine Eltern waren bei dem Gespräch dabei?«

»Ja, er hat ihnen gratuliert, und dann hat er noch etwas über das Trainingslager gesagt, dass er es kaum erwarten kann, mit der Vorbereitung anzufangen ... aber warum ist das wichtig?«, frage ich, doch noch während ich spreche, geht mir die schreckliche Wahrheit auf, alles ist auf einmal glasklar, zugleich ist es aber auch das Verwirrendste, was ich jemals zu verstehen versucht habe.

Agent Farley sagt: »Wir versuchen, ein Muster zu erkennen, Audrey. Wie er mit seinen Opfern umgegangen ist, wie er sie psychisch manipuliert hat. Wir nennen das missbrauchsvorbereitendes Verhalten. Normalerweise versucht der Täter, das Vertrauen seiner Opfer zu gewinnen, oder, wie in Gibsons Fall, die Macht über seine Turnerinnen zu seinem Vorteil zu nutzen.«

Jahrelang ist Christopher Gibson für mich nur eins gewesen: ein Trainer. Ein Mann, der fraglos respektiert und gefürchtet wurde und dem wir blind gehorchten, weil die einzige Chance auf olympisches Gold, neben einer großen Portion Glück, von seinem Wohlwollen abhing. In den letzten Wochen habe ich verstanden, zumindest theoretisch, dass das alles eine Fassade war, eine Deckung für den perversen Missbrauch, den er mit meiner Mannschaftskameradin getrieben hat. Und jetzt kenne ich die ganze Wahrheit.

Er wollte auch mich zu seinem Opfer machen.

»Kannst du bestätigen, dass er dir ein Einzelzimmer zugewiesen hat, als ihr im Trainingslager in Los Angeles angekommen seid?«, unterbricht Agent Kingston sanft meine Gedanken.

»Ja. Ich fand das komisch, weil Emma und ich sonst immer ... Aber ... Dani hat gesagt, dass er ihr letztes Jahr bei der Weltmeisterschaft auch ein Einzelzimmer gegeben hat, damit er ... Heißt das ...?«

»Es könnte sein. Es passt zu früheren Vorgehensweisen, und wenn sich die Gelegenheit geboten hätte ... ja, ich fürchte, die Möglichkeit bestand. Es tut mir leid.«

Ich ziehe die Nase hoch und wische eine lächerliche Träne weg, die mir in den Augenwinkel getreten ist. »Nein, schon gut ... Es ist ja nichts passiert. Hat er es so noch mit anderen Mädchen gemacht?«

»Mehrere junge Frauen haben uns von diesen und anderen Verhaltensmustern berichtet, bevor sie missbraucht wurden.«

»*Mehrere*? Dann war es nicht nur Dani?«

Die Agenten antworten nicht, aber ihr Schweigen spricht Bände.

»Wie lange ging das schon so?«

»Soweit wir wissen, etwas mehr als zwei Jahrzehnte.«

Mein Herz wird mit einem Mal tonnenschwer, jeder Schlag stemmt sich gegen die Wahrheit an, was meiner Freundin passiert ist und wer weiß wie vielen anderen noch.

»Zwanzig Jahre? Machen Sie Witze?«

»Leider nicht«, sagt Agent Farley. »Wärst du bereit, das alles vor Gericht auszusagen, Audrey?«

»Ja, natürlich, alles, was Sie brauchen, damit er für immer im Gefängnis verrottet!«

Agent Kingston lächelt traurig. »Danke, Audrey, das war es fürs Erste.«

Die Stuhlbeine schaben quietschend über die Fliesen, als ich den Stuhl zurückschiebe, bevor ich aufstehe und mir noch einmal die Augen wische. Warum zum Teufel heule ich? Mir ist doch gar nichts passiert. *Himmel, Audrey, reiß dich zusammen.*

Das Wohnzimmer ist leer, als ich die Küche mit Mrs. Jackson verlasse. Sie streicht mir sanft über den Rücken. »Es tut mir leid«, flüstert sie, doch bevor ich etwas erwidern kann, ist sie schon an mir vorbeigehuscht und eilt die Treppe hoch, vermutlich um Emma zu holen, die als Nächste dran ist.

Chelsea und Dani sind auch oben, aber ich weiß nicht, ob ich Dani schon gegenübertreten kann, ohne loszuheulen. Sie weiß es nicht, aber sie hat mich davor bewahrt, dasselbe zu erleiden wie sie, und ich habe keine Ahnung, wie ich damit umgehen soll. Soll ich dankbar sein, dass sie missbraucht wurde, dass er sie zuerst ausgewählt hat?

Meine Füße bewegen sich wie von selbst, tragen mich aus dem Wohnzimmer nach draußen in die warme Meeresluft. Die Abende hier sind perfekt, eine salzige Brise, ein strahlender Mond, das sanfte Rauschen der Wellen. Aber im Augenblick nehme ich das alles gar nicht wahr. Wie kann das noch dieselbe Welt von vorhin sein? Alles fühlt sich anders an.

Mein Handy vibriert einmal, dann ein zweites Mal, Nachrichten von Sarah und Brooke in unserem brandneuen Gruppenchat:
GLÜCKWUNSCH!!!
WIR SEHEN UNS IN TOKIO!

Ich stecke das Handy wieder ein. Glückwünsche fühlen sich gerade völlig unpassend an. Alles fühlt sich unpassend an.

Meine Fingerspitzen beginnen zu kribbeln, mein Herzschlag beschleunigt sich, mein Atem geht stoßweise, und die Welt zieht sich um mich herum zusammen. So habe ich mich erst einmal in meinem Leben gefühlt, als Dr. Gupta diagnostiziert hat, dass die

Schmerzen in meinem Rücken chronisch sind und ich das Turnen früher oder später ganz aufgeben muss.

Alles stürmt auf einmal auf mich ein. Ich muss hier weg, ich kann nicht zurück in dieses Haus zu Dani und Emma und den anderen. Ich laufe los, durch den Vorgarten, auf den Bürgersteig, sprinte so schnell ich kann die Straße hinunter. Ich renne, als wäre jemand hinter mir her, ein Verfolger, dem ich nicht entkommen kann, ganz gleich, wie lang meine Schritte sind und wie schnell meine Füße.

Ich habe keine Ahnung, wo ich hinwill. Ich kenne nur den Weg zur Turnhalle und laufe ohne nachzudenken daran vorbei. In der Ferne höre ich das Rauschen der Wellen und schlage diese Richtung ein. Ich renne, bis das Hämmern in meinen Schläfen und das Brennen in meiner Brust unerträglich werden, und komme an der Strandpromenade keuchend zum Stehen, gerade als in der Ferne die Sonne auf den Horizont herabsinkt.

Ich beuge mich vornüber und versuche durchzuatmen, aber es geht nicht. Meine Kehle zieht sich zusammen, bittere Galle steigt aus meinem Magen hoch, mein Körper verkrampft sich, und ich kann nicht anders, ich muss mich übergeben.

Es ist kaum etwas in meinem Magen, deshalb geht es schnell vorbei, aber ich bleibe gebeugt stehen und konzentriere mich auf meinen Atem, wie Janet es mir beigebracht hat.

»Audrey?«, ruft eine Stimme, in der Sorge und eine Menge Fragen mitschwingen.

Leo.

Das Ganze ist mir entsetzlich peinlich, aber ich kann es nicht ändern. Ich hebe eine Hand, um ihn auf Abstand zu halten, während ich mir zitternd die Tränen wegwische und mit dem Unterarm über den Mund fahre. Vorsichtig stehe ich auf, atme langsam ein und fest wieder aus.

Als ich den Blick hebe, steht Leo in Surfshorts und T-Shirt vor mir, einen alten Rucksack über der Schulter und sein Surfbrett unterm Arm. Seine Haare sind noch nass, winzige Rinnsale laufen ihm über den Hals und tränken den Kragen seines T-Shirts.

»Hey«, sage ich schließlich, ohne auch nur zu versuchen, so zu tun, als wäre alles in Ordnung.

Er steckt die Hand in den Rucksack und zieht eine Wasserflasche heraus. Ich nehme sie wortlos, spüle mir den Mund und spucke aus. Noch ein Schluck, diesmal lasse ich das Wasser durch meine brennende Kehle rinnen.

»Geht's?«, fragt er, als ich ihm die Flasche zurückgebe.

»Ich ... nein, ich glaube nicht«, sage ich leise und spüre, wie mein Herz schon wieder anfängt zu rasen.

Er sieht mich aufmerksam an. »Komm«, sagt er und zeigt mit einem Nicken zum Strand.

Ich denke gar nicht nach. Ich folge ihm einfach. Als er die Hand ausstreckt, nehme ich sie und lehne mich an ihn, unsere Schultern berühren sich, und er legt die Handfläche an meine, die Schwielen seiner Hände auf meine Schwielen, bevor er seine Finger mit meinen verhakt und mich beim Gehen noch etwas dichter an sich zieht.

Ich habe ihn vermisst. Das ist natürlich Schwachsinn, weil ich überhaupt nie wirklich mit ihm zusammen war, trotzdem hat es sich so angefühlt, als hätte ich etwas verloren.

Vor uns ist ein weißer Zaun mit einem Tor. Als wir es erreichen, nickt Leo dem Pförtner zu, der es für uns öffnet. Sie klatschen sich schnell ab, wie Jungs es manchmal machen, dann schließt er das Tor hinter uns und dreht sich wieder zur Straße.

»Ich sehe, du kennst die richtigen Leute«, sage ich mit einem kleinen Lachen, und das fühlt sich normal an. Als hätte ich nicht gerade herausgefunden, dass ich um ein Haar Opfer eines Sexualstraftäters geworden wäre. Als würde ich einfach mit einem Typen am Strand abhängen. Als wäre alles gut.

Gut genug, um deinen Platz im Team zu riskieren, Audrey?

Ich schiebe den Gedanken weit weg. Niemand weiß, dass wir hier sind, ich habe die Haare offen und trage keinen Turnanzug. Ich bin quasi inkognito. Außerdem, was bringt mir mein Platz im Team, wenn ich ein emotionales Wrack bin? Ich muss mal auf andere Gedanken kommen, wenigstens eine Weile, und Leos Nähe hilft dabei ungemein.

»Das ist Del's Beach«, erklärt er und deutet auf das riesige weiße Gebäude, das Hotel Del Coronado, das neben uns in den Himmel ragt. Die roten Dachziegel verschmelzen mit dem Abendhimmel, und dahinter funkeln weiße Lichter in der Ferne.

Wir sind nicht die Einzigen hier, Pärchen schlendern am Wasser entlang, und eine Familie hat ein kleines Feuer gemacht und röstet Marshmallows, aber als Leo sein Surfbrett ablegt und das Handtuch, das er um die Schulter trägt, für uns auf dem Sand ausbreitet, fühlt es sich so an, als wären wir ganz allein am Strand.

Ich streife die Sandalen ab, setze mich auf das Handtuch und blicke aufs Wasser, auf die Wellen, die scheinbar aus dem Nirgendwo auf uns zurollen.

»Möchtest du darüber reden?«, fragt er und setzt sich neben mich.

»Sie haben gefragt, ob ich bereit bin, vor Gericht auszusagen. Also, wenn es so weit ist. Ich habe gesagt, dass ich es mache.«

»Okay«, sagt er, hörbar unsicher, was das zu bedeuten hat, aber er bohrt nicht nach. Dafür könnte ich ihn küssen.

»Sie glauben, dass er ... dass er mich vielleicht als sein nächstes Opfer vorbereitet hat. Sie haben gesagt, dass sein Verhalten zu früheren Fällen passt.«

Er schweigt, und schon sind die Tränen wieder da, trüben mir die Sicht und laufen mir über die Wangen. Ich versuche, sie wegzublinzeln, aber es kommen nur noch mehr.

Leo dreht sich zu mir und sieht mir in die Augen, hält den Kontakt eine Sekunde und dann noch eine. »Darf ich?«, fragt er und hebt den Arm, und ich nicke, falle geradezu an seine Schulter und lasse mich von seinem Arm umschlingen. Ich vergrabe das Gesicht in der Wärme seines Nackens, atme seinen Duft ein, Salz und Seife und Magnesia aus der Halle, und er zieht mich fest an sich.

Ich weine gar nicht mehr, aber ich will seine Arme nie wieder verlassen, und auch das ist ganz schön erschreckend. Aber auf gute Weise. Wie Fallschirmspringen oder Cliff Diving oder eine Dreifachschraube am Ende des Schwebebalkens, ein ungestümer, aufregender Rausch, nach dem ich mich mein Leben lang gesehnt habe. Und es ist gefährlich. Viel gefährlicher, als es sein sollte, neben einem Jungen zu sitzen, aber im Augenblick ist es genau das, was ich brauche.

Bei dem Gedanken zieht sich mein Magen zusammen, und ich winde mich aus seinen Armen. Er lässt mich los. Ich habe noch längst nicht alles verarbeitet. Ich bezweifle, dass ich es überhaupt vor Olympia schaffen werde, bevor ich weiß, wie alles endet. Und enden wird es. Eines Tages wird das alles nur noch eine Erinnerung sein.

Und woran willst du dich erinnern, Audrey? An Tränen und verstohlene Umarmungen und dass du dich zurückgezogen hast, obwohl du nicht wolltest?

»Versprichst du mir was?«, bittet er, als wir aufstehen und uns den Sand abklopfen. »Du darfst nicht zulassen, dass dieses Arschloch dir deinen Traum kaputtmacht. Du fährst zu den Olympischen Spielen, Rey! Dein großer Traum wird wahr, und das ist etwas, was die meisten Menschen nie erleben werden. Genieß es.«

Ich nicke, strecke die Hand aus und zupfe an seinem T-Shirt. »Vielleicht sollte ich jetzt gleich damit anfangen.«

Er zieht fragend die Augenbrauen hoch, aber ich lächle nur, drehe mich um und renne zum Wasser. Der Wind peitscht mir die Haare ins Gesicht, aber davon lasse ich mich nicht beirren. Ich ziehe mir das T-Shirt über den Kopf, werfe es in den Sand und bleibe kurz am Wasser stehen, bevor ich mir auch die Shorts ausziehe. Ich höre seine Füße über den Sand rennen, aber ich bin schon tief im eisigen Wasser, als er bei mir ankommt, die Arme um meine Taille legt und mit mir in die Wellen springt.

Lachend kommen wir wieder hoch. Meine Haare kleben mir vor Mund und Augen, und er lacht und streicht sie mir aus dem Gesicht. Sein Shirt liegt verlassen am Strand wie meine Sachen.

»Du bist toll, weißt du das?«, flüstert er.

»Du auch.«

Ich küsse ihn leicht auf die Wange, so hoch, wie ich ohne seine Hilfe komme. Ich spüre, dass er bei der Berührung zittert, und lächle, bevor ich den Kopf zurückziehe.

»Kalt?«, fragt er und fährt mir mit den Händen über die Arme, ganz kurz streifen seine Finger über die Träger meines BHs, aber das ist nur der halbe Grund, warum ich zu zittern anfange.

»Saukalt«, gebe ich zu, und meine Zähne beginnen zu klappern.

»Ihr Mädels von der Ostküste mit euren warmen Strömungen denkt, ihr könntet einfach mitten in der Nacht in den Pazifik springen.« Er lacht, bevor er meine Hand nimmt und mich aus dem Wasser zieht.

Als wir wieder auf dem Trockenen sind, schaue ich blinzelnd zu ihm hoch, Salzwasser läuft ihm über Brust und Schultern. Sein Lächeln ist warm und aufrichtig, vielleicht sogar ein bisschen schüchtern, als er das Handtuch ausschüttelt und es fest um mich wickelt.

Ich nehme mein T-Shirt und die Shorts in eine Hand, er nimmt die andere, und dann gehen wir gemeinsam zurück, der Realität entgegen, aber ich bin noch nicht ganz bereit.

»Warte.« Ich ziehe an seiner Hand. Er bleibt sofort stehen, und seine grünen Augen mustern mich besorgt. »Danke. Das war ... perfekt.«

Er sagt nichts, zumindest nicht mit Worten. Er sieht mich nur an, sein Blick hält meinen, und es liegt etwas darin, das genauso erschreckend ist wie das Gefühl von vorhin. Endlich wendet er den Blick ab und räuspert sich. »Komm, gehen wir nach Hause.«

Der Rückweg kommt mir kürzer vor als meine verzweifelte Flucht vorhin, schon bald ist unser Haus von weitem zu sehen. Als wir näher kommen, zögere ich. Ich bin so froh, dass ich Leo heute Abend getroffen habe, aber langsam setzt die Realität wieder ein, und die Vorsicht, die ich eben noch in den Wind geworfen habe, kommt umso stärker zurück. Ich muss ins Haus, ohne dass mich jemand sieht, und Leo muss verschwinden.

Ich lasse das Handtuch sinken und ziehe Shorts und T-Shirt über, dann drehe ich mich zu Leo um, der schnell den Blick hebt. Zu schnell. Ich muss grinsen, sage aber nichts dazu.

»Du solltest jetzt besser ...«

»Ja«, erwidert er und zögert kurz. Ich sehe, wie sein Blick an meinem Mund hängen bleibt, aber dann wendet er sich um und geht.

Ich schleiche mich an der Wand entlang hinters Haus, wo der Steg auf die felsige Küste führt.

Am Ende des Stegs sind zwei Schatten zu sehen. Im schwachen Licht der Wandleuchter auf der Terrasse sind sie kaum zu erkennen, doch dann weht schrilles Gelächter zu mir herüber, und das Geräusch würde ich überall erkennen. Sierra und Jaime.

Seufzend gehe ich weiter. Beim Näherkommen muss ich um mehrere leere Bierdosen und eine halbleere Wodkaflasche herumsteigen. Ich verdrehe die Augen, obwohl ich nicht weiß, ob ich an ihrer Stelle so viel anders reagiert hätte. Es ist schon übel, den Platz für Olympia nicht nur einmal, sondern gleich zweimal zu verfehlen. Ein geplatzter Traum und keine Ahnung, was als Nächstes kommt.

Ich sollte ihnen ins Haus helfen, bevor sie noch vom Steg fallen.

»Audrey?«, lallt Sierra. »Ist das Audrey Lee, die Olympionikin? O mein Gott, kannst du mir ein Autogramm geben?«

Jaime kichert nur, als ich ihren Arm nehme und ihn mir über die Schultern lege. Ich drehe mich zu Sierra, die sich ans Geländer lehnt und gerade so aufrecht hält. Ich stütze Jaime, und sie spuckt eine Strähne meiner Haare aus.

»Bäh, warum sind deine Haare nass?«, murmelt sie, aber ihr alkoholgetränktes Gehirn erwartet keine Antwort. Wir gehen durch die Schiebetür in das – glücklicherweise – dunkle Wohnzimmer und die Treppe hoch.

Sierra lallt immer noch vor sich hin. »Audrey Lee fährt zu 'lympia!«

»Schhh!«, macht Jaime, während ich sie mühsam die Treppe hochbefördere und Sierra uns hoffentlich folgt. »Ich will nicht erwischt werden.«

»Warum nicht?«, gibt Sierra zurück, und ihre Stimme wird laut. »Was sollen sie denn machen? Uns aus dem Team werfen? Haha, wir sind ja gar nicht im Team!«

Oben ist Licht an, aber von den anderen ist nichts zu hören. Sierra und Jaime haben das Zimmer am Ende des Flurs. Ich betrete es zum ersten Mal, es sieht ungefähr so aus wie Emmas und meins – luftig weiße Bettwäsche, nautische Deko, nur die Wände sind meergrün statt blau.

Vorsichtig nehme ich Jaimes Arm von meiner Schulter und setze sie aufs Bett.

Sierra stolpert ins Zimmer. »Siehst du, Audrey ist perfekt, deshalb wurde sie genommen. Sie hasst uns und hilft uns trotzdem.«

Ich will widersprechen und sagen, dass ich sie nicht hasse, aber zumindest im Moment wäre das gelogen.

Jaime kichert nur und lässt sich auf die Matratze fallen, während ich ihr die Turnschuhe aufschnüre.

»Das ist nicht witzig«, zischt Sierra sie an, doch sie rollt sich auf ihrem Bett zusammen. »Wir hätten letztes Jahr was sagen sollen. Dann wäre das alles nicht passiert.«

»Letztes Jahr?«, frage ich, während ich Sierra die Sandalen ausziehe.

»Ja, als wir Gibby und diese Schlampe bei der WM gesehen haben«, sagt Sierra. Trotz des Lallens sind ihre Worte klar zu verstehen.

»Gibby und Dani?«, frage ich scharf und senke die Stimme schnell wieder. »Ihr habt Gibby und Dani letztes Jahr bei der WM gesehen?«

»In der Trainerkabine. Sie war auf den Knien und hat dafür gesorgt, dass er niemandem sagt, dass sie dopt. Das weiß ich.«

Der letzte Satz ist Schwachsinn. Dani hat nicht gedopt, die USOF und das FBI haben das klar bewiesen. Gibby ist ja überhaupt erst festgenommen worden, weil er das Ergebnis manipuliert hat, aber mein Gehirn ist im Moment mit etwas anderem beschäftigt. Ich muss begreifen, was Sierra da gerade gesagt hat.

»Ihr habt Dani und Gibby bei der WM gesehen, und ihr habt nichts gesagt? Ihr habt es nicht dem FBI gesagt?«

Sierra rollt mit den Augen und stöhnt. Wahrscheinlich dreht sich in ihrem Kopf alles. »Kann dir doch egal sein. Fick dich, Audrey Lee«, bringt sie heraus, und ich würde sie am liebsten schütteln, sie wachhalten, ihr schwarzen Kaffee einflößen, bis sich nüchtern ist und mir alles sagt, was sie weiß, aber sie lässt sich auf ihr Kissen fallen und schließt die Augen.

Jaime schnarcht leise, und ich starre Sierra weiter an. Ihr Mund steht offen, und ihr Atem geht ruhig. Sie schläft ein.

Was zum Teufel soll ich tun?

Ich kann nicht schlafen. Ich liege in meinem Bett und gleite aus bewussten in bewusstlose Phasen, aber Schlaf würde ich das nicht nennen. Ich kann nur an Gibby und Dani denken und dass es zwei Zeuginnen gibt, die den Missbrauch gesehen haben. Gleich morgen früh werde ich es dem FBI und Mrs. Jackson und Janet sagen. Ich werde ihnen sagen, was Sierra mir erzählt hat, und dann werden sie das Richtige tun. Das müssen sie ...

Wumms!

Ich schlage die Augen auf und stütze mich auf die Ellbogen. Mein Herz hämmert gegen meine Rippen, während das Zimmer um mich herum langsam Gestalt annimmt. Sonnenlicht dringt durch die Vorhänge. Es ist Morgen.

Jemand hat die Tür zugeknallt, das war der Lärm.

Ich schaue zu Emmas Bett hinüber, das leer ist, bis auf einen Haufen Laken, und am Fußende meines Betts steht Sierra, blass und mit Augenringen, aber sichtlich nüchtern.

»Was habe ich dir gesagt?«, fragt sie, die Arme vorm Bauch verschränkt, als wäre sie kurz davor, sich zu übergeben.

Ich sehe sie mit zusammengekniffenen Augen an. »Alles.«

Sie erwidert meinen Blick, ihr Atem geht ganz ruhig. »Dann sage ich es ihnen«, erklärt sie schließlich.

Eine Welle der Erleichterung durchströmt mich. Sie wird das Richtige tun.

»Unter einer Bedingung.«

Oder auch nicht.

»Himmel, sag es ihnen einfach!«

»Halt die Klappe. Ich kann rechnen. Unsere Punktzahlen waren gleich. Du und ich, wir sind austauschbar, und wir wissen doch beide, dass sie dich nur genommen haben, weil du mit Leo fickst.«

»Ich ficke *nicht* mit Leo. Sie haben mich genommen, weil ich am Barren Gold holen werde«, entgegne ich mit zusammengebissenen Zähnen.

»Ist ja auch egal«, sagt sie. »Du willst, dass ich es tue, ja? Dass ich ihnen sage, was ich gesehen habe?«

»Ja.«

»Wenn du es so sehr willst, dann überlass mir deinen Platz.«

»Wie bitte?«, frage ich, obwohl ich schon weiß, dass ich

niemals darauf eingehen werde. Ich habe mein Leben lang auf Olympia hingearbeitet, warum sollte ich das aufgeben, nur weil Sierra eine verdammte Lügnerin ist?

Sierra zuckt die Schultern. »Denk drüber nach. Es ist ein einfacher Wechsel, du raus, ich rein. Du sagst einfach, dass es deinem Rücken zu schlecht geht und du die Schmerzen nicht mehr aushältst.«

»Ich sage ihnen, was du gesehen hast.«

»Dann sage ich, dass es nicht stimmt. Mit ihrer Aussage wird sie vor Gericht nicht durchkommen, aber mit einer Augenzeugin, die schon ein Jahr vor ihrer Anschuldigung etwas gesehen hat? Da geht er lange in den Knast. Du hast es in der Hand.«

Als ich das höre, als ich begreife, dass es stimmt, dass damit der Prozess gegen Gibby gewonnen werden kann, ist plötzlich alles ganz leicht.

Dani hat mich gerettet, und jetzt rette ich sie.

»Okay«, höre ich mich sagen. »Ich mach's.«

Sierras Miene hellt sich auf, ein Lächeln breitet sich auf ihrem Gesicht aus. »Das dachte ich mir. Das FBI ist noch da. Du gehst jetzt zu Mrs. Jackson und sagst ihr, dass du nicht weitermachen kannst, und wenn du das getan hast, sage ich ihnen, was ich schon die ganze Zeit sagen wollte, wenn ich nicht so schreckliche Angst gehabt hätte.«

Ich schlucke mühsam und nicke. Wenn ich das wirklich tun will, muss ich es jetzt tun, schnell, so wie man ein Pflaster abzieht, bevor ich meine Meinung ändern kann. Es ist die richtige Entscheidung. Ich werde das Richtige tun, und wenn es mich alles kostet.

Wie betäubt folge ich Sierra aus dem Zimmer und die Treppe hinunter.

Ich gehe direkt hinter ihr und starre auf meine Füße, damit ich nicht stolpere. Meine Hände zittern, deshalb halte ich mich am Geländer fest, trotzdem pralle ich fast gegen sie, als sie plötzlich stehen bleibt und kreischt: »Was hast du getan, du dumme Schlampe?«

Ich hebe verwirrt den Kopf, doch Sierra sieht gar nicht mich an, sondern hat den Blick nach vorne gerichtet, ins Wohnzimmer, wo Emma, Chelsea, Dani, Janet und Mrs. Jackson auf dem Sofa sitzen.

Jaime dagegen steht bei Agent Farley und Agent Kingston am Fuß der Treppe, ihre Haut wirkt nach der letzten Nacht fahl, und ihre Lider sind gerötet, doch ihre Augen funkeln wütend.

»Mir reicht's!«, faucht sie. »Du hältst dich wohl für superschlau mit deinem Deal mit Audrey, ihr Platz gegen deine Aussage. Und dann? Du fliegst nach Tokio, und ich schaue zu? Ich habe sie auch gesehen. Du hast gesagt, wir sollten es für uns behalten. Du hast gesagt, wir könnten nichts dagegen tun, wir würden nur Probleme kriegen oder er würde sich als Nächstes über uns hermachen. Das ist alles deine Schuld. Ich hätte nicht auf dich hören dürfen. Ich hätte ihnen schon damals die Wahrheit sagen sollen, und genau das habe ich jetzt getan. Pech gehabt, Sierra!«

»Genug!«, schaltet sich Agent Farley ein. »Mrs. Jackson, wir müssen Sierra und Jaime noch einmal vernehmen, und Sie kommen bitte auch mit.«

Sie verschwinden in der Küche, und da erst verstehe ich, was passiert ist.

Jaime hat Gibby belastet, und Sierra irgendwie auch. Sie hat den Agenten gesagt, was sie bei der WM gesehen hat. Das FBI hat die Informationen, die sie brauchen, um Danis Geschichte zu beweisen. Gibby kommt ins Gefängnis. Und ich? Ich werde bei den Olympischen Spielen antreten.

Irgendwie schaffe ich es die Treppe hinunter, setze mich zu den anderen und blicke in die Runde. Danis strahlendes Lächeln gibt mir den Rest. Ich fange unkontrolliert an zu schluchzen. Wahrscheinlich mache ich allen total Angst, aber ich kann nicht aufhören, meine Brust hebt und senkt sich keuchend, bis mein Körper mich zwingt, mal wieder richtig einzuatmen.

»Ganz ruhig, es ist alles in Ordnung. Atmen«, sagt Chelsea, die auf einmal ganz nah bei mir ist. Sie legt mir die Arme um die Schultern und drückt mich. Sie ist so viel kleiner als ich, aber ich klammere mich an sie, weil ich Angst habe, sonst zusammenzubrechen. »Alles ist gut.«

»Ich muss es nicht tun«, bringe ich zwischen zwei Schluchzern heraus.

»Es ist alles gut«, sagt sie wieder und drückt mich noch fester. Und das stimmt. Es ist gut. Endlich ist es gut.

Fünfzehntes Kapitel

»Wir sind so stolz auf dich, Schatz«, sagt Dad. Sein Gesicht auf dem Display ist verpixelt und wackelt, als Mom sich neben ihn quetscht.

Sie strahlt mich an, ihr Lächeln ist so breit, dass es fast ihr ganzes Gesicht einnimmt, und dann verschwindet es hinter einer Zeitschrift, die sie in die Webcam hält. Nachdem vor einer Woche das Team offiziell bestätigt wurde, hatten wir einen Pressetag und eine Menge Fotoshootings zu Werbezwecken. Die Krönung dieser langen Stunden vor der Kamera ist die Olympia-Sonderausgabe der *Sports Illustrated* mit uns auf der Titelseite, die vier Gesichter der amerikanischen Olympia-Turnerinnen, so vielfältig wie das Land, das wir repräsentieren – endlich. Als ich klein war, sahen die Turnerinnen noch nicht so aus wie wir. Aber hier sind wir, drei Women of Color mitten auf der Titelseite, und darauf bin ich echt stolz.

»Dein erstes Zeitschriftencover! Ich habe jede Ausgabe gekauft, die ich kriegen konnte, und meinen Studenten Extrapunkte gegeben, wenn sie noch welche gefunden haben.«

»Das fand der Dekan bestimmt super.« Ich stelle mir das Unbehagen ihrer Studenten lieber nicht vor, Zeitschriften aufkaufen zu müssen, um sich Extrapunkte auf ihre Englischaufsätze zu verdienen.

»Ganz genau«, sagt sie und taucht grinsend wieder hinter der Zeitschrift auf, »er hat mich sogar um eine signierte Ausgabe gebeten.«

»Du bist ein Star!«, sagt Dad. »Und apropos Star, Emmas

Agent hat gestern angerufen. Er hat eine ziemlich interessante Anfrage für dich bekommen.«

»Hm, aber nichts Blödes, oder? Ich will mein Gesicht nicht auf irgendwelchen ...«

»Ich weiß nicht«, unterbricht Dad mich. »Ist Adidas noch cool? Ich hatte den Eindruck, die Marke wäre noch cool ...«

»Machst du Witze?«, kreische ich. Aaron Judge ist bei Adidas. Ich könnte denselben Sponsor bekommen wie Aaron Judge und eine Menge anderer Superstars! Was geht denn hier ab?

»Oh, hallo, Emma!«, sagt Dad. Ich sehe sie in der Spiegelung meines Laptop-Bildschirms winken.

»Hi!«

»Hallo, Süße«, sagt Mom. »Wir haben gestern mit deinen Eltern zu Abend gegessen. Wir freuen uns schon so, euch beide in Tokio zu sehen.«

»Wir uns auch«, sagt Emma.

»Okay, wir lassen euch jetzt mal in Ruhe, Rey. Ihr solltet euch ausruhen. Ihr habt einen langen Flug vor euch.«

Zwölf Stunden. In einem Flugzeug. Neben Emma.

Jep, das wird definitiv ein langer Flug.

»Macht's gut. Ich hab euch lieb!«

Ihr Bild erstarrt, und ich klappe den Laptop zu.

»Unsere Eltern müssen uns ja echt vermissen, wenn sie sich schon ohne uns verabreden«, sagt Emma. Ihr Lachen ist hoch und gekünstelt.

»Hm.«

Wir haben nicht mehr miteinander gesprochen, seit Sierra und Jaime nach Oklahoma zurückgefahren sind, nachdem Mrs. Jackson die Mannschaft offiziell bestätigt hat. Als Ersatzturnerinnen begleiten sie das Team nicht, weil Brooke und Sarah in Tokio einspringen können, falls das nötig ist. »Emma, ich ...«

»Mrs. Jackson hat gesagt, wir sollen die Koffer schon runterbringen.« Sie schaut das Gepäck an, während sie spricht.

»Em ...«

»Bin gleich wieder da«, sagt sie und hievt die Taschen aus dem Raum, ohne sich umzudrehen.

Ich weiß selbst nicht, was ich zu ihr sagen wollte. Ich vermisse meine beste Freundin, und auch wenn wir die frühere Nähe nie wieder zurückkriegen, will ich wissen, warum sie sich mit Sierra und Jaime zusammengetan und warum sie Dani nicht geglaubt hat.

Ich blicke zum Bett, wo meine eigene Ausgabe der Zeitschrift mich anstarrt. Chelsea und ich stehen außen, Dani und Emma in der Mitte. Sie stehen Rücken an Rücken und sehen finster entschlossen aus. Kann es sein, dass es wirklich nur um Konkurrenz ging? Wollte Emma Dani deshalb nicht glauben?

»Audrey, komm runter!«, ruft Chelsea aus dem Wohnzimmer. »Wir brauchen dich!«

Ich stopfe die Zeitschrift in meinen Rucksack, dann ziehe ich meine beiden riesigen Koffer aus dem Zimmer und schleppe sie die Treppe hinunter.

Dani und Chelsea schauen mich erwartungsvoll an. Emma, die neben ihnen steht, weicht meinem Blick aus.

»Ladys, wir haben hier schon einiges erlebt, aber eins müssen wir noch machen, bevor es zum Flughafen geht«, sagt Mrs. Jackson, die mit Janet ins Zimmer kommt. Sie hat Zettel und Stifte in der Hand. »Wir brauchen eine Mannschaftskapitänin. Die Wahl ist geheim, ihr schreibt einen Namen auf, und die Zettel kommen ...« Sie schaut sich um und schnappt sich die Mütze, die Leo manchmal trägt und aus der seine Locken immer wie befreit herausspringen, sobald er sie absetzt. »... hier rein.«

Meine Augen springen zu Chelsea. Die Entscheidung ist leicht. Sie war schon mal bei der Olympiade und weiß genau, was uns bevorsteht.

Mrs. Jackson gibt uns die Zettel, und ich schreibe sorgfältig Chelseas Namen auf und lächle sie an, als ich das Papier in die

Mütze werfe. Beim Training ist sie sowieso schon unsere Chefin, da können wir es ebenso gut offiziell machen.

Mrs. Jackson greift in die Mütze, zieht die vier Zettel heraus und blickt in die Runde. »Die Entscheidung fällt drei zu eins aus. Herzlichen Glückwunsch, Audrey!«

Was, im Ernst?

Chelsea und Dani drücken mich von beiden Seiten, und ich erwidere ihre Umarmung verblüfft. Emma lächelt mir zu, dann sammelt sie betont konzentriert ihr Gepäck zusammen und bringt es nach draußen zur Auffahrt, damit es in den Van geladen werden kann.

Ich drehe mich um und sehe, dass Mrs. Jackson mich mit hochgezogenen Augenbrauen mustert, als wäre ich eine besonders interessante Spezies.

Die Mädchen lassen mich endlich los, und ich drehe mich zu Chelsea. »Du solltest unsere Kapitänin sein! Du hast das alles schon einmal gemacht. Du hast es verdient.«

Dani verdreht die Augen. »Chelsea hat für dich gestimmt.«

»Ja, weil man nicht für sich selbst stimmen kann.«

»Glaubst du im Ernst, sie hätte ein Problem damit, für sich selbst zu stimmen, wenn sie denken würde, sie wäre die Beste für den Job?«

Chelsea zuckt mit den Schultern und zupft an einer Strähne, die sich aus ihrem Dutt gelöst hat. »Eine gute Anführerin muss wissen, was für das Team am besten ist.«

»Ich habe nur getan, was jede getan hätte«, protestiere ich.

Dani schnaubt. »Nein, jede andere hätte einfach so getan, als hätte sie nichts gehört.«

»Das könnte ich nicht.«

»Ganz genau«, sagt Chelsea. »Darum geht es. *Du* könntest es nicht.«

Ich würde gerne widersprechen, aber dann müsste ich ihnen alles sagen. Ich müsste sagen, dass ich möglicherweise Gibbys nächstes Opfer geworden wäre und dass Dani mich mit ihrem mutigen Schritt vor ihm gerettet hat und dass dieser wilde Mix aus Schuldgefühlen, Angst, Dankbarkeit und Zuneigung mich dazu bewogen hat, meinen lebenslangen Traum für die Gewissheit aufzugeben, dass dieser Mann für den Rest seines Lebens hinter Gittern sitzt. Aber ich bin noch nicht bereit, es ihnen zu sagen. Leo weiß es, und das ist im Augenblick genug. Also zucke ich mit den Schultern und widerspreche nicht weiter.

Dani lacht. »Siehst du? Wir haben recht.«

»Komm, Captain«, sagt Chelsea über ihre Schulter hinweg, während sie ihr Gepäck nach draußen zieht. »Tokio ruft!«

Die Fahrt zum Flughafen ist bittersüß. In der Ferne geht die Sonne auf und taucht die Welt in goldenes Licht, während wir über die Brücke nach San Diego fahren. Als wir in Coronado angekommen sind, waren wir alle geschockt, traurig und verängstigt. Abgesehen von meinem Erstaunen über meine neue Rolle als Kapitänin ist der Schock weg – ich glaube, mich kann nur noch sehr wenig schocken. Die Trauer? Die ist noch da, aber anders, eher ein Hintergrundrauschen. Und die Angst? Die hat eine neue Gestalt angenommen. Von der Angst, dass mein Traum von Olympia platzen könnte, zu der Sorge, dass jetzt alles an mir hängt. Ich weiß nicht, was furchterregender ist.

Ich schlucke die Panik hinunter, die bei dem Gedanken in mir aufsteigt, so wie ich die Schmerzen in meinem Rücken weggeschoben habe. Das hier ist mein Traum. Dafür habe ich mein Leben lang gearbeitet, und ich werde mich jetzt nicht einschüchtern lassen.

Unser Van fährt vor der Abflughalle vor, und wir werden durch Menschenmassen zum Sicherheitscheck geführt.

»Ladys«, sagt Mrs. Jackson, als sie uns unsere Bordkarten überreicht. »Wir sehen uns in ein paar Tagen.« Sie bleibt stehen, und kurz sieht es so aus, als wolle sie noch etwas hinzufügen, doch sie sagt nichts mehr. Sie streckt den Arm aus und schüttelt Janet die Hand, dann tätschelt sie jeder von uns die Schulter und drückt uns ein Küsschen auf die Wange. Ich bin die Letzte, und als sie zurücktritt, lässt Leo gerade seine Mom los.

Janet schaut zwischen uns hin und her, ihr Mund bildet eine schmale Linie, und sie hat denselben Gesichtsausdruck, wie wenn ich am Schwebebalken bei der Verbindung vor meinem Abgang ein bisschen geschummelt habe.

»Nur ganz kurz, Mom«, sagt Leo und schaut sie bittend an. »Wir haben getan, was du verlangt hast, und ich finde, wir haben uns einen richtigen Abschied verdient.«

»Audrey, wir warten in der Schlange. Du kommst gleich nach«, sagt sie, bevor sie Leo einen bedeutungsvollen Blick zuwirft und mit Chelsea, Dani und Emma davongeht.

»Also«, sagt er und schwingt auf die Zehenspitzen und zurück. »Es ist so weit.«

»Ja.« Ich habe keine Ahnung, was ich sagen soll. Er war in einem der schlimmsten Momente meines Lebens für mich da, und ich weiß nicht, wie ich ihm dafür danken kann.

»Audrey«, sagt er, und in seiner Stimme liegt dieses unwiderstehliche Grollen wie immer, wenn er zur Abwechslung mal etwas Ernstes sagt. »Danke.«

»Wie bitte?«, bringe ich heraus. »Ich bin diejenige, die …«

»Nein«, sagt er. »Nachdem ich dich in den letzten Wochen gesehen habe, will ich es noch einmal mit dem Snowboarden versuchen. Ich habe gesehen, wie sehr du es willst, wie hart du trainierst. Du bist ein echtes Vorbild, Audrey Lee, mehr als jeder andere Mensch, den ich kenne.«

Ich habe immer noch keine Ahnung, was ich sagen soll, dafür weiß ich ziemlich genau, was ich tun will. Ich will mich auf die Zehenspitzen stellen und ihn an der Kapuze seines Pullis zu mir herunterziehen. Aber das geht nicht, also trete ich einen Schritt vor und umarme ihn ganz fest. Einige kostbare Sekunden lang lege ich den Kopf an seine Brust, und als er die Umarmung erwidert, drücken seine Arme mich sanft. Wenn ich ihn nicht sofort loslasse, wird das, was nach einem freundschaftlichen Abschied aussehen soll, gleich etwas ganz anderes, deshalb nehme ich die Arme schnell wieder weg und mache einen Schritt zurück.

Als ich aufblicke, sehe ich sein verständnisvolles Gesicht und lächle ihn entschuldigend an.

»Wenn ich aus Tokio zurück bin, führen wir unser Gespräch.«
»Das ernste?«
»Hmhm.«

Er schluckt, macht einen Schritt zurück und presst die Arme an den Körper, als müsste er sich daran hindern, sie noch einmal nach mir auszustrecken.

»Ich muss jetzt gehen.« Ich versuche, seinem Blick auszuweichen. Dieser Abschied ist viel schwerer, als ich erwartet hatte.

»Geh und sei toll«, sagt er.

Ich gehe und drehe mich nicht um. Die anderen finde ich schnell in der Schlange vor dem Sicherheitscheck.

»Na, du bist aber angespannt«, sagt Dani und stößt mich mit der Schulter an.

Chelsea sieht so aus, als läge ihr ein Kommentar auf der Zunge, aber ich schüttele den Kopf, bevor ich mich zu Janet drehe.

»Danke«, flüstere ich.

Sie nickt und wendet sich ihrem Gepäck zu. Emma steht vor uns und starrt auf ihr Handy, als wäre es das Faszinierendste, was sie je gesehen hat.

Jemand von der USOF – vermutlich Mrs. Jackson – muss die Gelegenheit gewittert haben, noch etwas Werbung zu machen, denn als wir am Gate ankommen, hängen überall USA-Fähnchen und ein Banner mit Fotos von uns und der Aufschrift »Viel Glück, Emma, Dani, Chelsea und Audrey!«.

Aus den Lautsprechern dröhnt patriotische Musik in Dauerschleife, während wir auf unseren Flug warten. Jeder Song, in dem unser Land vorkommt, von Miley Cyrus' *Party in the U.S.A.* bis zu Simon and Garfunkels *America*, läuft mindestens zweimal, bevor wir zum Boarding aufgerufen werden.

Auf Janets Bitte hin gehen wir ganz zum Schluss hinein. Je weniger Zeit wir im Flugzeug verbringen, desto besser, selbst wenn es nur fünfzehn oder zwanzig Minuten sind, besonders für mich und meinen Rücken. Den Flug zu überstehen ist fast schon ein Teil des Trainings – wenn wir es nicht richtig angehen, könnte es schwerwiegende Folgen für unsere Leistung haben.

Das Wichtigste ist der Schlaf. Wenn wir schlafen können, kommen wir mitten am Nachmittag an, und es ist so, als würden wir den Tag etwas später beginnen als sonst. Wir müssen unseren Körper austricksen, damit er einen zwölfstündigen Flug und einen siebzehnstündigen Zeitunterschied als völlig normal empfindet.

Die USOF hat keine Kosten gescheut. Wir werden ganz nach vorne geführt, zu Schlafsitzen, die sich vollständig zurücklehnen lassen. Ich bin schon öfter in der ersten Klasse geflogen, aber noch nie so komfortabel.

Emma sitzt auf dem Platz neben mir, und ich muss unwillkürlich lächeln. Wir sitzen auf Flügen zu großen internationalen Wettkämpfen immer nebeneinander, und es ist schön, dass es auch bei diesem letzten Mal so ist.

Vielleicht ist es die Wehmut, doch als wir uns setzen, drehe ich mich zu ihr und sage: »Danke, Em.«

Sie schaut mich verständnislos an. »Wofür?«

»Du hast für mich als Kapitänin gestimmt. Das war ... wirklich nett.«

»Du hast es verdient«, sagt sie schulterzuckend und streicht sich die roten Haare aus dem Gesicht. Dann grinst sie, ihr vertrautes schelmisches Grinsen, das ich viel zu lange nicht gesehen habe. »Außerdem brauchst du doch einen Trost, wenn du dich mit Silber am Barren begnügen musst.«

Ich lache laut auf und ernte augenblicklich einen strafenden Blick von einer Frau ein paar Reihen vor uns, die für zwölf Stunden im Flugzeug viel zu schick angezogen ist.

»Ladys«, mahnt Janet auf der anderen Seite des Gangs, »macht es euch bequem und seht zu, dass ihr ein paar Stunden Schlaf bekommt.«

Es gelingt mir tatsächlich, etwas zu schlafen, aber es ist einer dieser seltsamen Zwischenzustände zwischen Ruhe und Ruhelosigkeit und kein erholsamer Tiefschlaf.

Der Flug vergeht in einer Art Zeitlupe, in der Getränke serviert, Mahlzeiten gebracht und wieder abgeräumt werden und ich einige Gänge zur Toilette mache. Als ich zu dem Schluss komme, dass ich besser eine Schlaftablette hätte nehmen sollen, ist es schon zu spät. Ich bin erschöpft, mein Rücken ist steif, und Emmas sanftes Schnarchen macht mich wahnsinnig.

Zwölf Stunden im Flugzeug, eine Stunde am Zoll, dann noch fast eine Stunde im Stau auf dem Weg ins olympische Dorf, und ich spüre jede Sekunde. Die Schmerzen, die normalerweise etwa einen Tag nach einer Kortisonspritze auftauchen – besonders wenn man sich nicht genug bewegt –, machen sich rund um die Einstichstelle bemerkbar. Es fühlt sich an, als hätte jemand meine Lendenwirbelsäule mit einem Hammer bearbeitet, und mein Kopf will nicht verstehen, dass es Nachmittag ist und nicht mitten in der Nacht. Meine Lider sind so schwer, als könnten sie meinen ganzen Körper zu Boden ziehen. Und obwohl wir erst seit wenigen Stunden im Land sind, musste ich schon unvorstellbar oft erklären, dass ich keine Japanerin bin und nur Englisch spreche. Toller Start für die Olympischen Spiele.

»Stellt euer Gepäck ab. Ihr habt jetzt Zeit, um euch auszuruhen«, sagt Janet, als wir in eine offizielle olympische Suite geführt werden, gegenüber vom Turnteam der Männer, deren laute Musik schon durch die Wände wummert. »Aber denkt daran, dass wir in zwei Stunden trainieren.«

Ich folge Emma in unser Zimmer. Es ist nicht so luxuriös wie unser Zimmer in Coronado, aber immerhin ist es im olympischen Dorf, deshalb sehe ich gerne darüber hinweg. Es gibt zwei Einzelbetten mit den olympischen Ringen auf der Bettwäsche und zwei großen weichen Kissen. Oh, was würde ich für ein Nickerchen geben, aber dafür ist jetzt keine Zeit, und ich weiß, dass es meine innere Uhr nur noch weiter verstellen würde.

Unsere Suite befindet sich in einem Hochhaus am Wasser, und von unserem Zimmer aus können wir mehrere andere Gebäude und die Bucht von Tokio überblicken, die sich in der Ferne erstreckt. Heute Morgen haben wir uns von der Bucht von San Diego verabschiedet, von der uns jetzt etwa fünftausend Meilen trennen, aber der Blick erinnert mich noch mehr an New York, wo Queens und Brooklyn durch Brücken mit der City verbunden sind. Das Wasser ist trübe, und auch das erinnert mich an zu Hause.

Bei dem Gedanken fallen mir meine Eltern ein. Ich würde sie gerne anrufen, aber sie sitzen selbst gerade im Flieger hierher.

»Sieht aus wie zu Hause«, sagt Emma und stellt sich neben mich ans Fenster.

»Das habe ich auch gerade gedacht«, erwidere ich, und es fühlt sich gut an, endlich wieder mit ihr zu reden. »Hör zu, Em, es tut mir leid, dass ich ...«

Sie unterbricht mich. »Nein, mir tut es leid. Du hattest recht, ich hätte dich und Dani verteidigen sollen, und ich hätte nicht ...«

»Nein. Wir gehen alle mit solchen Situationen unterschiedlich um, und ich hätte dir kein schlechtes Gewissen machen sollen. Ich habe meinen Frust über ein paar andere Dinge an dir ausgelassen, und das war nicht fair.«

»Zum Beispiel, dass du dich von Leo fernhalten musstest?«

Ich schaue sie groß an. »Woher weißt du das?«

»Mann, Rey, wir haben uns vielleicht gestritten, trotzdem kenne ich dich immer noch besser als jeder andere Mensch auf der Welt.«

»Es war aber nicht nur das.«

»Ich weiß«, sagt sie. »Bei mir auch nicht.«

Ich weiß nicht, was sie meint, aber ich habe keine Chance, sie zu fragen.

»Wir sind da!«, johlen zwei Stimmen im Gemeinschaftsbereich. Wir laufen zur Tür und stoßen dabei fast zusammen. Gelächter ertönt. Sarah und Brooke sind da, die beiden letzten Mitglieder der olympischen Damen-Turnmannschaft der USA, und ziehen ihre Koffer hinter sich her. Sie umarmen Dani und Chelsea und wenden sich dann uns zu.

»Und, was haben wir verpasst?«, fragt Sarah und drückt mich.

Emma sieht mich an, und ich sehe Dani und Chelsea an. Dann fängt Dani an zu kichern, gefolgt von einem gewaltigen Lachanfall. Er ist ansteckend, und dann lachen wir vier uns kaputt, während die zwei Neuankömmlinge uns anstarren, als wären wir verrückt geworden.

Es ist so weit.

Endlich sind wir alle da. Olympia kann beginnen.

Sechzehntes Kapitel

Heute Abend ist die offizielle Eröffnungsfeier, aber wir können leider nicht dabei sein.

Statt mit den anderen Athletinnen und Athleten ins Olympiastadion einzuziehen, ziehen wir in das Ariake-Turnzentrum mit dem altmodischen Zederndach und den hölzernen Sitzreihen ein. Nach fast einer Woche in der Trainingshalle ist es Zeit für das echte Gefühl. Es ist nicht die größte Halle, in der ich je gewesen bin, aber definitiv die wichtigste, und mein Puls geht ein bisschen schneller, als wir unser Training beginnen. Die zwölftausend Plätze sind weitgehend leer, nur die Presse und ein paar andere Mannschaften sind da und beobachten unsere Übungen auf dem Podium.

Natürlich ist damit nicht das Siegerpodest gemeint, sondern die erhobenen Podien, auf denen sich der Sprungtisch, der Barren, der Balken und die Bodenfläche befinden, damit man sie vom Publikum aus besser sehen kann. Wir sind daran gewöhnt. Alle wichtigen Wettkämpfe in den USA und auch die Weltmeisterschaften finden auf Podien statt, aber es ist immer gut, vor dem Ernstfall in der Wettkampfarena zu trainieren und ein Gefühl für die Geräte zu bekommen, vor allem, weil auf dem Podium alles etwas stärker federt und entsprechend schwerer zu kontrollieren ist.

Aber ganz ehrlich, für das Training, das wir hatten, würde ich jede Eröffnungszeremonie sausen lassen. Es war einfach perfekt. Wir funktionieren wie eine gut geölte Maschine, und das haben wir Janet zu verdanken. Sosehr ich anfangs gegen ihre Eine-Trainingseinheit-am-Tag-Politik rebelliert habe – jetzt bin ich hier, bei Olympia. Ich bin fit – so fit ich sein kann –, und nur darauf kommt es an.

Wir werden von einem freiwilligen Helfer, der ein Schild mit der Aufschrift »USA« trägt, aus der Arena geführt und durch einen schlecht beleuchteten Tunnel zurück zur Übungshalle und den Umkleidekabinen geleitet.

»Ausgezeichnete Arbeit, Ladys!«, hallt eine Stimme durch den Tunnel. Dann löst sich eine Gestalt aus dem Schatten, und Mrs. Jackson lächelt uns an, in einem schicken weißen Trainingsanzug mit der Aufschrift »USA« am Revers und passenden Turnschuhen anstelle ihrer üblichen Stöckelschuhe. Dass sie jetzt hier ist, ist ein weiteres Zeichen dafür, dass die letzte Trainingswoche eben nur das war – Training. Jetzt wird es ernst.

»Darf ich kurz mit Dani und Audrey sprechen?«, fragt sie.

»Wir haben in zehn Minuten eine Pressekonferenz«, erinnert Janet sie.

»Sie sind gleich wieder da«, verspricht Mrs. Jackson.

»Was gibt's?«, frage ich und trete aus der Reihe, während die anderen Mädchen Janet zu unserem ersten Aufeinandertreffen mit den Medien seit unserer Ankunft in Tokio folgen.

»Ich wollte euch vorwarnen. Mir sind Gerüchte zu Ohren gekommen, dass unsere beiden Ersatzturnerinnen mit der Presse gesprochen haben. Dani, wir haben sie gebeten, behutsam mit deiner Situation umzugehen, aber mehr können wir leider nicht tun.«

»Ist schon okay«, sagt Dani, aber ihr Lächeln fällt etwas schwach aus. Ich nehme ihre Hand und drücke sie.

»Ich stehe voll hinter dir.«

»Danke, Captain.«

Mrs. Jackson zieht die Augenbrauen hoch und sieht mich an.

»Audrey, erinnerst du dich, dass wir dir gesagt haben, du solltest dich von Leo Adams fernhalten?«

Ich ziehe die Nase kraus und wappne mich für das, was jetzt kommt. »Ja.«

Mrs. Jackson seufzt und schüttelt den Kopf. »Fällt dir irgendein Grund ein, warum die Medien das Gegenteil berichten?«

Mein Griff um Danis Hand wird fester, und sie drückt zurück.

»Weil ich ihn am Flughafen umarmt habe?«, sage ich versuchsweise, obwohl ich weiß, dass sie das nicht meint.

Meine Gedanken wandern zu dem Abend am Strand zurück, als wir uns auf seinem Handtuch zusammengekuschelt haben und ich mich ausgezogen habe und ins Wasser gerannt bin. Ich bin so eine Idiotin.

»Sonst noch was?«, bohrt sie nach und schürzt die Lippen, als wollte sie mich warnen, es ja nicht zu leugnen.

Was ich gar nicht erst versuche.

»Es war nach der zweiten Qualifikation, nachdem ich noch mal mit dem FBI sprechen musste. Ich war total fertig und brauchte jemanden zum Reden ... und er war da.« Meine Stimme wird immer höher und schneller. »Und wissen Sie was? Ich finde es nicht in Ordnung, dass irgendjemand mir vorschreibt, mit wem ich meine Zeit verbringen darf, schon gar nicht nach allem, was mit den Leuten passiert ist, die zuletzt die Verantwortung hatten. Wir haben das Recht, eigene Entscheidungen zu treffen. *Ich* habe das Recht.«

Mrs. Jackson zieht wieder die Augenbrauen hoch, doch dann sagt sie: »Das stimmt. Ich war vielleicht etwas voreilig, als ich von dir verlangt habe, keinen Kontakt mit Leo mehr zu haben.«

»Äh, haben Sie mir etwa gerade Recht gegeben?«

Wenn ich es nicht besser wüsste, würde ich vermuten, dass sie zur Antwort missmutig grunzt, aber ich bin sicher, dass Tamara Jackson so etwas Würdeloses niemals tun würde.

»Gebt der Presse einfache, klare Antworten«, sagt sie und entlässt uns.

Chelsea und Emma drücken uns die Trainingsanzüge in die Hände, sobald wir in der Umkleide sind. Ich bin noch dabei, mir den Reißverschluss hochzuziehen, als wir eine Minute später in den Presseraum kommen.

Dort erwartet uns ein langes Podest mit reihenweise Reportern davor, und hinten im Raum blinken die roten Lichter der Videokameras, die bereit sind, alles aufzuzeichnen. Die Stühle auf dem Podest tragen unsere Namen, und außerdem stehen auf dem Tisch Namensschilder, damit auch jeder weiß, wer wir sind.

Die Fragerunde beginnt langsam, es geht hauptsächlich darum, wie wir uns beim Training auf dem Podium gefühlt haben, wie es uns im olympischen Dorf gefällt und wie wir dem nahenden Wettkampf entgegensehen. Dann kommt schließlich eine Frage, die sich wie ein schweres Gewicht auf unsere Brust legt.

»Wie fühlt es sich an, ohne eure langjährigen Trainer hier zu sein?«

Ich sehe Paulines Gesicht vor mir, ihren blonden Pferdeschwanz, ihre steinernen blauen Augen, wie ich sie das letzte Mal gesehen habe, als sich die Tür in Gibbys Trainingscenter hinter ihr schloss. Mein Blick begegnet Emmas. Sie ist etwas blasser als sonst. Sicher fragt sie sich dasselbe wie ich – was Pauline über Gibby wusste, über den Dopingtest, über das, was er Dani angetan hat.

Chelsea fasst sich als Erste. »Es war eine tolle Erfahrung, mit Janet Dorsey-Adams zu arbeiten. Wir sind ihr alle unglaublich dankbar, dass sie für uns da war, als wir sie brauchten.«

»Audrey, was gibt es zu dem Gerücht zu sagen, dass Coach Dorsey-Adams bei der Zusammenstellung des Teams einen Interessenkonflikt hatte, in Anbetracht deiner Beziehung zu ihrem Sohn?«

Ich setze mich aufrechter hin und tue mein Bestes, mich an geschickt ausweichende Antworten anderer Athleten zu erinnern, die ich in meinem Leben gehört habe. »Der Auswahlprozess war live im Fernsehen zu verfolgen. Mrs. Jackson und Coach Dorsey-Adams haben genau erklärt, wie sie ihr Team ausgewählt haben, und die Kriterien waren nicht anders als in der Vergangenheit: Leistung, Erfahrung, das Potential zu einer erfolgreichen Zusammenarbeit im Team und die individuelle Leistung. Darüber hinaus kann ich nichts dazu sagen.«

Ein unbefriedigtes Murren geht durch den Raum, und dann kommt die nächste Frage: »Dani« – wir zucken alle bei ihrem Namen zusammen – »was entgegnest du der Behauptung, dass die Anschuldigungen gegen Coach Gibson ein Versuch waren, den Gebrauch leistungssteigernder Substanzen zu vertuschen?«

Es ist unangenehm still, während Dani Luft holt, sich langsam vorbeugt und nach dem Mikrofon greift. Doch bevor sie etwas sagen kann, räuspert Emma sich.

»Die Frage übernehme ich«, sagt sie, und unsere Köpfe drehen sich überrascht zu ihr. Sie sitzt direkt neben mir, und als sie zu sprechen beginnt, greift sie unter dem Tisch nach meiner Hand, ohne dass die Menge vor uns es sieht. »Dani würde ...« Sie stockt, und ich drücke ihre Hand. »Dani würde niemals betrügen. Sie ist kein einziges Mal positiv getestet worden, sie ist von der USOF vom Verdacht auf Doping freigesprochen worden, genau wie wir anderen. Und wenn Ihnen das nicht reicht, kann ich als diejenige, die in diesem Wettkampf am meisten von ihr zu befürchten hat, Ihnen sagen, dass ich ihr glaube.«

Ich weiß nicht, ob sie es wirklich so meint oder ob es nur Show ist. Emma konnte schon immer super mit der Presse umgehen, sie weiß immer, was sie sagen muss, damit sie ihr aus der Hand fressen, aber es fühlt sich aufrichtig an, oder wenigstens will ich das glauben. Sie ist meine beste Freundin, und ich will sie wiederhaben.

»Ich auch«, sage ich.

»Ich auch«, fügt Sarah hinzu.

»Und ich auch«, stimmt Brooke ein.

Schließlich sagt Chelsea: »Wir glauben Dani. Und Sie?«, sie nickt dem Reporter zu. »Sie können uns mal!«

Ich stehe auf und ziehe Emma hinter mir her, und die anderen folgen uns am Podium entlang, während ich ein klares Zeichen gebe, dass unsere Pressekonferenz beendet ist. Die Reporter übertönen sich gegenseitig, aber ihre Rufe verstummen, als wir die Tür hinter uns zuschlagen.

»Musste das sein, Chelsea?«, sagt Janet und schüttelt missbilligend den Kopf. Als keine von uns auch nur ein bisschen schuldbewusst dreinblickt, lacht sie.

Chelsea zuckt mit den Schultern und macht eine wegwerfende Geste. »Der Scheißkerl hat es verdient.«

Janet blickt uns an, wie wir als Gruppe zusammenstehen.

»Das stimmt.«

Mein Wecker ist auf sieben Uhr gestellt, aber es überrascht mich nicht, dass ich schon vorher aufwache. Emma ist auch schon wach und starrt mich an. In all den Jahren, die wir bei Wettkämpfen in einem Zimmer geschlafen haben, ist sie kein einziges Mal nach mir aufgewacht.

Ich rümpfe die Nase. »Beobachtest du mich beim Schlafen, du Psychopathin?«

»Ich habe dich so lange angestarrt, bis dein Überlebensinstinkt dich geweckt hat«, erwidert sie lachend.

Wir schlagen im selben Moment unsere Decken zurück, und ich drehe mich zu ihr. »He, Em?«

»Ja?«

»Heute werden wir Olympioniken!«

Sie stößt einen spitzen Freudenschrei aus, schüttelt die Decke ab, springt aus dem Bett und hüpft auf und ab. So aufgeregt habe ich sie lange nicht mehr gesehen, und es ist ansteckend. Gänsehaut kribbelt über meine Arme, und ich werfe den Kopf zurück und lache.

Mein Handy summt unter meinem Kissen.

Mach sie alle platt!

Leos Nachricht ist kurz und bündig. Ich schicke ihm ein Herzchen zurück, für mehr reicht die Zeit heute nicht.

Heute ist die Qualifikation. Der Tag, an dem sich unser Schicksal entscheidet, so oder so.

Ein Extrahopser nach einem Sprung? Adieu, Bodenfinale.

Zu langsame Übergänge auf dem Balken? Sorry, versuch's in vier Jahren noch mal.

Ein Tausendstel hinter zwei deiner Teamkameradinnen an einem Gerät – auch wenn du besser bist als alle anderen? Ab auf die Bank, denn an jedem Finale dürfen maximal zwei Turnerinnen eines Landes teilnehmen.

Unsere Turnanzüge sind glänzend weiß mit Glitzersteinchen von der Schulter bis zum Handgelenk, und nach einer schnellen Dusche geben wir uns extraviel Mühe mit unseren Haaren und unserem Make-up. Heute muss alles perfekt sein.

»He«, sage ich und drehe mich zu Emma um, die sich die Haare zu einem glänzenden roten Vorhang föhnt. »Wollen wir nicht alle blaugrünen Lidschatten tragen?«

»Blaugrün?«, fragt sie und rümpft die Nase.

»Die Farbe steht für Solidarität mit den Opfern sexueller Gewalt. Ich könnte uns allen Katzenaugen schminken, sodass es richtig auffällt.«

Emma starrt mich an. Dann breitet sich ein Lächeln auf ihrem Gesicht aus. »Das ist eine ziemlich coole Idee.«

»Ich muss es nur erst mit Dani abklären.« Ich springe auf und will über den Flur laufen, doch da kommen mir Chelsea und Dani schon entgegen, gefolgt von Sarah und Brooke.

»Wir haben gehört, was du gesagt hast, die Idee ist super«, sagt Chelsea, und Dani nickt und wischt sich verdächtig die Augen.

»Hier«, sagt Emma und reicht ihr die Taschentücherbox von ihrem Nachttisch.

Alle erstarren. Es ist so ... Na ja, es ist nur eine Taschentücherbox, aber plötzlich scheint es viel mehr zu sein, eine Art

Friedensangebot. So viel mehr als das, was sie gestern bei der Pressenkonferenz gesagt hat, denn jetzt sind wir unter uns, keine Kameras, keine Reporter, nur wir, ihre Mannschaft.

Dani steht stocksteif da, dann streckt sie die Hand aus.

Emma zieht verlegen die Schultern hoch. »Sind leider nur die billigen, nicht die, die so gut riechen.«

Danis Lächeln ist einen Moment lang unsicher, doch dann nimmt sie ein Taschentuch und wischt sich über die Augen. »Danke, Em.«

Emma wendet den Blick ab und scheint sich sehr darauf konzentrieren zu müssen, die Box wieder auf den Nachttisch zu stellen.

»He, wenn ihr alle heulen wollt, dann bitte jetzt, bevor ich eure Gesichter in Meisterwerke verwandle!«

Ich wedle mit meinem liebsten Lidschattenset und dem schwarzen Eyeliner herum.

»Wovon sprichst du?«, fragt Chelsea würdevoll, setzt sich auf mein Bett und zeigt auf ihr eigenes Gesicht. »Das ist schon ein Meisterwerk!«

Wir lachen, und dann suche ich nach dem perfekten Blaugrün-Ton. So wie jetzt hätte es schon die ganze Zeit sein sollen.

»Die Vereinigten Staaten von Amerika!«, ruft der Ansager dröhnend durch die Arena, und die Menge jubelt. Meine Glieder überziehen sich mit Gänsehaut, als wir sechs gemeinsam den linken Arm heben und der Menge zuwinken.

Es ist noch früh am Morgen, aber das Stadion ist voll besetzt. Wir sind in der gleichen Gruppe wie das japanische Team, und die Menge ist in zwei nahezu gleich große Lager aufgeteilt. Ich bin sicher, dass meine Eltern irgendwo da oben sind, aber es wäre unmöglich, sie zu finden, selbst wenn ich es wollte. Sie jetzt zu sehen, nach allem, was passiert ist, nach so langer Zeit, könnte zu viel sein. Sie haben mir heute Morgen eine Nachricht geschrieben, und das muss reichen. Ich muss meine ganze Energie auf eine einzige Sache richten: meine Übungen perfekt zu turnen.

»Japan!«, verkündet der Ansager, und wieder explodieren die Fans und jubeln der Gastgebermannschaft zu.

Das wird gut.

Ein Kameramann folgt uns bis zum Podium, wo wir von einem Helfer die Treppe hochgeführt werden. Gemeinsam stellen wir uns dem Kampfgericht vor. Dem olympischen Kampfgericht. Ich balle die Fäuste und grabe die Fingernägel in die Turnriemchen, die ich schon für meine erste olympische Kür angezogen habe. Musik dröhnt aus den Lautsprechern, und die Zuschauer schlagen ihre aufblasbaren Thundersticks aneinander, deren Rhythmus zu meinem immer schneller werdenden Herzschlag passt.

Ich atme ein und langsam wieder aus.

Ein Gong ertönt über die Musik hinweg – unser Einturnzeichen. Wir begrüßen das Kampfgericht, dann drehen wir uns in einer Bewegung zum Barren, wo Janet und Brookes Trainerin die Fiberglasholme, an denen wir in wenigen Minuten schwingen werden, bereits mit Magnesia einreiben.

Wir gehen unsere Kür im Ganzen und in einzelnen Teilen durch, so wie wir es schon x-mal getan haben, bevor wir abspringen und das nächste Mädchen starten lassen, und als unsere Einturnzeit zu Ende ist, steht nur noch Brooke auf dem Podium und macht sich bereit, als Erste von uns ihre Barrenkür zu zeigen.

Sie ist Barrenspezialistin, deshalb ist es für heute ihre einzige Übung.

»Auf geht's, Brooke!«, rufe ich und klatsche in die Hände, wobei eine kleine Magnesiawolke in die Luft wirbelt, während sie vom Sprungbrett an den oberen Holm springt.

Es passiert ziemlich am Anfang ihrer Übung bei der halben Drehung zum Umgreifen vor ihrem ersten Umschwung, ihre Hand rutscht ab, und schon ist sie auf Knien auf der Matte unterm Holm und blinzelt ungläubig – sie kann es nicht fassen. Sie hat kaum angefangen, und schon ist es vorbei. Kein Finale. Keine Medaille. Olympia beendet.

Sie steht auf, geht zur Magnesiaschale und rückt ihre Turnriemchen zurecht.

Ich sehe die anderen Mädchen an, aber die starren stumm vor sich hin. Was gibt es da auch zu sagen? Sollen wir sie ermuntern, weiterzumachen? Ihre Übung stark zu Ende zu bringen? Sagen wir nichts?

Was sagt man zu jemandem, dessen großer Traum direkt vor unseren Augen geplatzt ist?

Brooke geht noch einmal an den Barren und beginnt ihre Kür von vorn. Der Griffwechsel gelingt spielend, bevor sie sich tadellos durch den Rest ihrer Übung turnt. Sie steht ihren Doppelsalto souverän, obwohl sie weiß, wie ihre Punktzahl aussehen wird, ein ganzer Punkt Abzug für den Sturz und weitere Zehntel für die Pause und den Kontrollverlust, nachdem ihr Körper auf der Matte aufgekommen ist.

Sie springt vom Podium und rennt zu ihrem Trainer, der zufällig auch ihr Dad ist. Er umarmt sie ganz fest, und keiner der beiden blickt auf, als die Wertung kurze Zeit später angezeigt wird, eine 14,0. Ohne den Sturz wäre es über 15 gewesen. Sie hätte es sicher ins Finale geschafft, vielleicht mich oder Emma geschlagen, aber dazu wird es jetzt nicht mehr kommen. Für den Rest der Olympiade ist sie Zuschauerin.

»Und jetzt am Barren für die Vereinigten Staaten von Amerika, Chelsea Cameron!«, verkündet der Ansager, und diesmal schweige ich, als Chelsea einen kleinen Sprung macht und sich auf den unteren Holm schwingt.

Chelsea ist ein echter Profi und kämpft sich durch die Übung. Sie bereitet sich auf den Abgang vor, ein kräftiger Umschwung, noch einer, aber dann prallen ihre Füße gegen den unteren Holm. Sie lässt los, schafft die Schraube in ihrem doppelten Rückwärtssalto und landet, die Brust an den Knien, aber die Füße fest auf der Matte. Wie sie es hingekriegt hat, das Ding rumzureißen, ist mir schleierhaft. Es ist ein schwerer Fehler, aber es ist ja nicht so, als würden unsere Medaillenhoffnungen auf Chelseas Barrenkür ruhen.

Sie hilft Janet, das Gerät für Dani vorzubereiten, dann springt sie vom Podium und schlägt die Faust gegen meine.

»Alles okay?«, frage ich sie, während sie das Gewicht vor und zurück verlagert und die Zehen beugt und dehnt.

»Alles bestens«, versichert sie. »Das war nur ein blöder Ausrutscher.«

Ihre Wertung erscheint auf der Tafel, eine 13,0, was ziemlich angemessen wirkt.

Janet hüpft neben uns vom Podium und sieht ebenfalls nach Chelsea. Sie wiederholt, dass alles in Ordnung ist, und dann richten wir die Augen auf Dani.

»Am Barren für die Vereinigten Staaten von Amerika, Daniela Olivero!«

Der Applaus, den die Menge hervorbringt, ist anders als alles, was ich je gehört habe, eine richtige anschwellende Wand. Danis Augen huschen zum Publikum, bevor sie sich auf das Kampfgericht konzentriert und auf ihr Startsignal wartet.

Das Licht wechselt von rot zu grün, und sie holt tief Luft und beginnt.

Beinahe augenblicklich verstummt die Menge ehrfürchtig, nur die Hintergrundmusik ist zu hören, und selbst die scheint leiser zu werden, bis nur noch das Quietschen des Barrens durch die Halle dringt.

Dani lässt den oberen Holm los und umschließt ihn wieder, Tkatschow-Grätsche, dann wechselt sie die Holme, doch als sie am unteren Holm landet, stoppt sie mitten im Schwung. Sie hat ihn zu fest umfasst. Es ist zwar kein Sturz, aber … nahe dran. Sie lockert sichtlich den Griff, holt Schwung, stemmt sich in den

Handstand auf den unteren Holm und schwingt drunter durch. Einen Augenblick später ist sie schon wieder auf dem oberen Holm und holt Schwung für den Abgang, einmal, zweimal, dreimal drehen und dann in einen perfekt gestreckten Doppelsalto. Gut gerettet, aber längst nicht ideal.

Sie meldet sich mit erhobenen Armen beim Kampfgericht ab und joggt vom Podium zu uns, wobei sie an ihren Turnriemchen zerrt. Ich möchte zu ihr, aber ich muss noch turnen. Chelsea setzt sich neben sie auf einen der Stühle am Rand, und ich verziehe unwillkürlich das Gesicht, als ich ihre Wertung sehe.

13,7.

Autsch.

Das ist ja wie verhext. Dumme Fehler können passieren, aber drei hintereinander, erst Brooke, dann Chelsea und jetzt Dani? Ich schlucke die Panik herunter, die in meiner Brust aufsteigt, und schaue zu Emma hoch, die jetzt am Barren ist.

Grünes Licht, Gruß, und sie schwingt zurück und vor, hoch und runter, um und über den Barren. Ein perfekt choreografierter Tanz, nicht ein Zeh an der falschen Stelle, keine zitternden Ellbogen oder Knie.

Sie steht ihren Doppelsalto mit Leichtigkeit und hebt die Arme zum Gruß. Dann dreht sie sich um und klatscht nach der gelungenen Kür, bevor sie vom Podium springt und zu mir kommt.

»Und jetzt du, Rey! Du rockst das!«, keucht sie, und wir geben uns High five, wobei eine kleine Magnesiawolke aufwirbelt.

Genau das habe ich gebraucht, einen Ruck in die richtige Richtung von unserer besten Turnerin. Und jetzt werde ich es sogar noch besser machen.

Ich hebe die Arme über den Kopf und lasse sie kreisen, einmal, zweimal, dreimal, dann schwinge ich sie vor und zurück und nähere mich dem Barren.

Janet und Emma reiben die Holme genauso ein, wie ich es mag, nur eine dünne Schicht.

»Zeig's uns, Audrey«, sagt Janet leise, während Emmas Wertung angezeigt wird, eine 15,1. Und dann bin ich allein.

»Am Barren für die Vereinigten Staaten von Amerika, Audrey Lee!«

Ich höre die Menge nicht. Ich höre gar nichts. Meine Augen sind nur auf eins gerichtet, auf das Licht in der Ecke vom Podium. Es wechselt von rot zu grün. Ich drehe mich zum Kampfgericht, grüße, einen Arm hoch, den anderen zur Seite, und beginne.

Jedes Element fließt ins nächste, vom unteren Holm nach oben, wieder zurück, meine Hände gleiten über das Fiberglas, greifen und lösen sich exakt, gute Balance im Handstand, Knie, Zehen und Ellbogen perfekt auf einer Linie. Ich strecke mich, löse und fange, schwinge nach oben und herum, eine Drehung, lande im Handstand, wieder nach unten, lasse los und fliege durch die Luft, ein, zwei, drei Schrauben und Landung, meine Knie geben nur ein winziges bisschen nach, und das war's. Ich hebe die Arme, und um mich herum bricht Lärm aus und holt mich zurück in die Realität.

Ich grüße das Kampfgericht und stürme vom Podium. Die Mädchen erwarten mich unten mit High fives und ausgestreckten Fäusten.

»Wir packen das!«, rufe ich und bekomme fünfmal zustimmendes Nicken, bevor jede sich ihre Tasche schnappt und zum Wechsel bereitmacht.

Jetzt ist der Balken dran, und wir werden ihn so richtig rocken.

Das Signal ertönt, und wir gehen zum Balken. Ich streife meine Turnriemchen ab und schaue dabei zur Anzeigetafel.

QUALIFIKATION MEHRKAMPF

1. Audrey Lee	15,3
2. Emma Sadowsky	15,1
3. Daniela Olivero	13,7

Am liebsten würde ich ein Foto machen. Ich bin die führende Mehrkämpferin bei den Olympischen Spielen – wenn auch nur für wenige Minuten. Es fühlt sich an, als sollte ich den Moment feiern.

Okay, Audrey, genug gefeiert. Zeit für den Balken.

Wir grüßen die Kampfrichter und turnen uns kurz ein. Der Balken ist wacklig wie immer auf einem Podium, aber das Training gestern hat uns darauf vorbereitet.

Der Gong ertönt und verkündet das Ende der Aufwärmphase, und Chelsea startet am Balken. Wie schon der Barren ist er nicht ihre Stärke, aber diesmal kommt sie sicher durch ihre Übung.

Darauf kann ich aufbauen.

Ich schlage die Faust gegen Chelseas, als sie herunterkommt und ich hochgehe. Janet rückt das Sprungbrett für mich zurecht, und als sie zur Seite getreten ist, teste ich kurz den Abstand zum Balken. Perfekt.

Ich wippe auf den Füßen vor und zurück, während die Sekunden vergehen und wir auf Chelseas Punktzahl warten. Auf der anderen Seite der Arena zeigt eine der japanischen Turnerinnen ihre Bodenkür, und die Menge klatscht dazu, aber ich reiße mich los. Chelseas Wertung wird angezeigt, eine 13,0, und das rote Licht wechselt zu grün.

»Hau rein, Rey!«, ruft Emma, und das ist das Letzte, was ich höre, bevor mein Blick sich wie ein Laser auf das Ende des Balkens richtet. Drei Schritte in einem Rondat auf das Sprungbrett und mit einem Handstützüberschlag rückwärts auf den Balken, gut im Gleichgewicht und mit ausreichend Schwung, um direkt in einen weiteren Überschlag zu gehen und den Spreizsalto anzuschließen. Aufrichten. Perfekt.

Von da an ist es wie Atmen, meine Bewegungen gehen fließend ineinander über, meine Arme bewegen sich zur Choreographie, verbinden jedes Element mit dem nächsten und münden in eine perfekte Dreifachschraube – okay, vielleicht ein bisschen kurz geraten, aber nicht schlecht.

Dafür bin ich hergekommen, um am Barren und am Balken mein Bestes zu geben, und genau das habe ich getan.

Ich recke meine Faust und rufe »Yes!«, bevor ich mich zum Kampfgericht drehe und grüße.

Als Nächste kommt Dani. Ihre Augen sind wie Stahl, und ihr Mund bildet eine schmale Linie.

»Zeig's ihnen, Dani!«, rufe ich, und wir klatschen uns kurz ab, als wir auf der Treppe aneinander vorbeigehen.

Meine Wertung wird angezeigt, eine 14,9, und einen Augenblick später ist das Licht grün, und Dani ist auf dem Balken. Sie geht ihre Kür an wie eine Besessene. Sie ist wütend, das ist unverkennbar, während sie jedes Element perfekt kontrolliert durchzieht, kein Wackeln, kein Schwanken. Sie ist immer noch sauer wegen des Patzers am Barren, und ich kann es nur zu gut nachvollziehen.

»Wow!«, flüstert Chelsea neben mir, nicht minder beeindruckt.

Schließlich kommt der Abgang. Sie turnt einen Flickflack und noch einen, bevor sie zum Doppeltwist in die Luft schnellt und landet wie eine Eins. Perfekt.

»Juchhu!«, brüllen Chelsea und ich gemeinsam, und ich umarme Dani fest, als sie mit einem breiten Grinsen neben mir vom Podium hüpft.

»Wahnsinn«, sage ich und drücke sie noch einmal.

Ihre Wertung kommt so schnell wie meine, eine 14,4. Wie bitte? Ich starre das Kampfgericht ungläubig an, und die gesamte Arena buht, sogar einige Protestpfiffe sind zu hören.

Dani zuckt die Schultern, aber das muss wehtun. Besser hätte man die Übung nicht machen können. »Gib's denen, Em!«, sagt sie, und wir richten alle unsere Aufmerksamkeit auf Emma, die auf den Balken steigt. Sie macht einen Handstand, trägt ihr ganzes Gewicht auf den Händen, bevor sie die Beine in den Spagat spreizt und dem Kampfgericht zeigt, wie gut ihre Kontrolle ist. Sie senkt die Füße auf den Balken, richtet sich auf und hebt die

Arme über den Kopf. Dann wirbelt sie rückwärts, Flickflack, Flickflack, Spreizsalto. Doch als ihre Füße den Balken berühren, rutscht sie ab, geradewegs auf die Matte, und landet sicher auf den Füßen, als wäre es Teil ihrer Übung.

Ist es aber nicht.

Es ist ein Sturz.

Emma ist vom Balken gestürzt.

Sie schüttelt den Kopf, reißt sich zusammen, steigt wieder auf, und von da an geht alles glatt, nicht mal eine Pause, um das Gleichgewicht wiederzubekommen, aber es lässt sich nicht auslöschen, was passiert ist.

Dani hat es am Barren vermasselt.

Emma am Balken.

Als Nächstes geht es zum Boden, aber vorher wandern meine Augen zur Gesamtwertung, und mein Name steht immer noch oben.

1. Audrey Lee   30,2
2. Daniela Olivero   28,1
3. Emma Sadowsky   27,8

Was zur Hölle ist hier los?

Siebzehntes Kapitel

Auch wenn es nett ist, die Rangliste im Mehrkampf anzuführen, der Plan war das nicht. Aber jetzt kommt die Bodenkür, bei der Dani und Emma an mir vorbeiziehen werden und das Universum wieder ins Gleichgewicht kommen wird.

Ich schaue zur Anzeige für die einzelnen Geräte, und da bin ich, ganz oben beim Barren und beim Balken. Darauf kommt es an. Ich habe alle Chancen auf die Medaillen, die ich vor einem Jahr in Angriff genommen habe, als die Ärzte mir sagten, ich könne *versuchen*, mich für Olympia zu qualifizieren, aber dass es keine Garantie gäbe und ich es vielleicht lieber lassen sollte. Als Pauline mich überredete, den Schwierigkeitsgrad am Schwebebalken runterzuschrauben und ich nicht mehr so springen konnte wie vorher.

»He, hast du das gesehen?«, holt Chelsea mich aus meinen Gedanken. Ein Glück. Jetzt ist nicht der Moment, um darüber zu brüten, was alles hätte anders sein können. Sie stellt sich vor mir auf, als das Signal uns mitteilt, dass es Zeit für die Bodenübungen ist. Sie zeigt mit dem Kinn auf die Mehrkampfanzeige.

»Ja. Nur schade, dass ich die Wertungen nicht einfach verdoppeln kann«, gebe ich zurück, während ein Kameramann auf uns zukommt, um zu filmen, wie wir zum nächsten Gerät übergehen.

Chelsea schnaubt, während Sarah und Brooke sich vor ihr aufstellen und Emma und Dani zu uns stoßen, eine hinter mir, eine vor mir. Bleiernes Schweigen legt sich über die Gruppe. Emma und Dani haben nur ein Zehntel Abstand und kämpfen um die

Qualifikation für das Mehrkampf-Finale. Es spielt eigentlich keine Rolle, welche von ihnen heute besser abschneidet, aber so, wie beide geradeaus starren, ihre Haltung noch aufrechter und unbeugsamer als sonst, bekomme ich das Gefühl, als würden sie hier, an Ort und Stelle, um die Goldmedaille kämpfen.

»Noch zwei«, sagt Dani vor mir, und etwas in meinem Kopf macht klick.

Noch zwei Geräte, Boden und Sprung.

Das letzte Mal, dass ich bei diesen beiden Disziplinen antrete.

Fällt dir das wirklich erst jetzt auf, Audrey?

Ich war tatsächlich so beschäftigt, zu trainieren, als wäre alles normal, als wäre es ein Wettkampf wie jeder andere auch, dass ich aus den Augen verloren habe, was es wirklich ist.

Ein Abschluss.

»Die letzte Bodenkür meines Lebens«, murmle ich, in erster Linie zu mir selbst, als wir unsere Taschen vor der Stuhlreihe abstellen und uns dem Kampfgericht vorstellen.

Chelsea dreht sich überrascht zu mir um und zieht die Augenbrauen hoch. Sie öffnet den Mund, um etwas zu sagen, dann schließt sie ihn wieder und schüttelt reumütig den Kopf. »Mach einfach dein Ding, Rey«, sagt sie nur.

»Du auch.«

Mehr Zeit zum Nachdenken bleibt mir nicht, denn als schwächste Bodenturnerin starte ich als Erste, und das zum letzten Mal.

Ich schließe die Augen und atme ein, aus, ein, aus. Das Signal ertönt, und dann setzt die Musik ein. *Moon River,* glockenhell, ich beginne zu tanzen, und es fühlt sich an wie Zauberei, während ich das Gefühl, in der olympischen Arena zu turnen, voll aufsauge. Es gibt keinen Druck, nichts lastet auf dieser Kür, außer dass es meine letzte ist und ich will, dass sie gut wird. Ich muss auf den Boden und meine Übung machen, wie hunderte Male zuvor, nur dass ich sie heute *fühle* – vielleicht zum ersten

Mal, seit die Welt um mich herum zusammengestürzt ist, um uns alle, und wir sie wieder zusammenflicken mussten.

Ich springe in die Luft, zweieinhalbfach geschraubter Vorwärtssalto, direkt übergehend in den einfach geschraubten. Ich stehe die Landung nicht tadellos, aber das macht nichts, weil ich den Ausfallschritt für eine Arabesque nutze und direkt weitertanze, so wie ich es gelernt habe, und die Übung verschwimmt wie der Rest des Wettkampfs bisher, aber sie ist perfekt. Die Menge ist ganz still; erst einen Moment, nachdem ich fertig bin, tobt sie los. Ich atme schwer, aber meine Augen sind geschlossen. Ich will sie noch nicht öffnen. Wenn es das letzte Mal war, dass ich für mein Publikum getanzt habe, will ich das Gefühl voll auskosten.

Endlich öffne ich die Augen und lasse die Arena auf mich wirken, die grellen Lichter, die jubelnde Menge, und mir kommen die Tränen. Wenn das das Ende ist, ist es das beste, das ich mir hätte wünschen können.

»Super gemacht, Rey«, sagt Emma, als ich keuchend die Treppe hinunterlaufe. Sie ist als Nächste dran. Ich drücke sie schnell, Worte bringe ich nicht heraus, ich muss erst mal durchatmen, und setze mich an den Rand.

Weil ich in der Tasche nach Tape suche, verpasse ich meine Wertung, aber ich höre das Signal, bevor Emmas Musik einsetzt.

»Gib alles, Em!«, rufe ich, als ich endlich wieder Luft in der Lunge habe.

Chelsea und Dani joggen vor mir auf und ab und lassen die Arme kreisen, um warm zu bleiben. Die Menge schwingt ihre Thundersticks zur Musik. Emma tanzt und springt und steht ihre Landungen einwandfrei, bevor sie mit einer schwungvollen Bewegung endet und die Musik verstummt.

Die Taperolle baumelt von meinem Handgelenk, während ich sie umarme, und sie setzt sich neben mich und ringt nach Atem.

Ihre Wertung wird angezeigt, unglaubliche 14,7, und sie nickt sich selbst zu, während ich die Arme ausstrecke und sie noch einmal von der Seite umarme. Das reicht definitiv fürs Finale.

»Jetzt brauchen wir nur noch einen starken Abschluss«, sagt Emma und löst das Tape von ihren Knöcheln, das sie bei der Bodenkür stabilisiert hat, beim Sprung aber nur stören würde.

Chelseas mondäne Übung zu *Down in the Valley* heizt der Menge wieder ein, und als sie fertig ist, folgt tosender Applaus.

Ihre Augen strahlen, als sie vom Podium kommt und dem Publikum zuwinkt, vor allem in die Richtung der Tribüne, wo eine Gruppe ganz in Rot, Weiß und Blau ist und jemand auf dem Sitz steht und eine amerikanische Flagge schwenkt.

»Deshalb wollte ich es noch einmal versuchen«, sagt sie und lässt sich auf den Sitz neben mir plumpsen. »Es ist unvergleichlich.«

Ich nicke, blicke durch die Arena und versuche, alles aufzunehmen. Ich bin eine Olympionikin, das bleibt für immer, aber ich will mich an so viel wie möglich davon erinnern.

Dani ist auf dem Boden, und die Menge tobt wie schon die ganze Zeit, seit wir die Arena betreten haben. Die Zuschauer klatschen zu ihrem Remix von *The Greatest Showman* und bleiben sogar im Takt, als sich der Rhythmus ändert. Ihre Sprünge sind so hoch und beeindruckend wie immer, allerdings macht sie bei ihrem letzten Salto einen gewaltigen Hopser rückwärts, mindestens zwanzig Zentimeter über den Rand. Die Flagge des Linienrichters geht hoch, um den Abzug zu signalisieren. Trotzdem ist es eine fantastische Kür, und als sie durch die Luft fliegt und mit erhobenen Händen im Spagat landet, springen wir mit ihren Fans auf und jubeln ihr zu.

Aber noch ist es nicht vorbei. Noch nicht.

Ein Gerät fehlt noch.

»Okay, Ladys. Gut gemacht. Und weiter geht's«, sagt Janet, nachdem wir Dani abgeklatscht haben, um ihre erste durch und durch gelungene Übung heute zu feiern. Das scheint auch Janet nicht entgangen zu sein, wenn ihre zusammengepressten Lippen etwas zu bedeuten haben. Aber besser heute als morgen.

Das Signal ertönt ein letztes Mal, der Durchlauf am vierten Gerät beginnt. Wir stellen uns auf und folgen unserem Freiwilligen einmal um die Arena, während die Thundersticks der Menge in unseren Ohren wummern und die Musik durch die Lautsprecher dröhnt.

»Die letzten zwei Sprünge meines Lebens«, sage ich, als wir vor dem Kampfgericht stehen und es vor dem Einturnen begrüßen. Klar hasse ich den Sprungtisch. Ich glaube, ich werde ihn mein Leben lang hassen, aber es ist das letzte Mal, dass ich springen werde, und das fühlt sich bedeutsam an, genau wie eben die Bodenkür.

»Mach was draus«, sagt Dani, während wir vom Rand des Podiums bis zum Ende der Anlaufbahn joggen.

Ich nicke, greife in die Schale und reibe mir Magnesia unter die Füße, an die Innenseiten meiner Oberschenkel und die Hände – gerade genug, um nicht vom Sprungtisch zu rutschen. Ich sprinte über die Anlaufbahn, mache einen Überschlag über den Tisch, lande auf den Füßen und springe wieder hoch, um den übrigen Schwung aufzufangen, der mich beim richtigen Sprung in eine eineinhalbfache Schraube bringen soll.

Als ich zurück ans Ende der Laufstrecke gehe, entdecke ich eine Gruppe in der Menge, in der rot-weiß-blauen Ecke, der Chelsea eben gewinkt hat. Da sitzen unsere Eltern, alle zusammen, und klatschen mit ihren Stäben so fest wie alle anderen. Meine Eltern stehen neben Emmas Eltern, und Emmas Agent ist auch dabei – tja, jetzt ist er wohl auch meiner, wenn es bei dem Deal mit Adidas bleibt. In der Reihe darunter sitzt Chelseas Freund Ben mit einem riesigen Hut auf dem Kopf. Er hält ein Ende einer Amerikaflagge in der Hand, und das andere Ende hält ... Leo! Mit passendem Hut.

Nur die Macht der Gewohnheit bringt mich ans Ende der Laufbahn und aufs Podium, wo ich mit den anderen Mädchen darauf warte, dass Sarah ihre Durchläufe beendet. Jetzt muss ich wirklich den Kopf schütteln, um mich wieder zu konzentrieren, was meinen Magen nicht davon abhält, einen Purzelbaum nach dem anderen zu schlagen, als ich erneut in Leos Richtung schiele.

»Na, hast du ihn entdeckt?«, sagt Chelsea grinsend, während sie darauf wartet, dass Emma landet und die Bahn frei macht.

»Hast du das gewusst?«, frage ich und sehe sie scharf an.

»Es wäre möglich, dass ich Janet gefragt habe, ob Leo bei Ben wohnen darf«, erwidert sie.

»Aber wie hat er das Ticket ...« Ich verstumme, als ich das Blitzen in ihren Augen sehe. »Du bist die Beste, weißt du das?«

»Ich weiß«, sagt sie, geht auf die Zehenspitzen und rennt auf den Sprungtisch zu.

Noch eine Runde, dann sind wir alle aufgewärmt und ich stehe als schwächste Springerin des Teams allein auf dem Podium.

»Am Sprung für die Vereinigten Staaten von Amerika, Audrey Lee!«, ruft der Ansager.

Das Licht am Ende der Laufstrecke wird grün, und ich grüße, wie ich es immer getan habe, ein Arm hoch, einer zur Seite, bevor ich in Position gehe.

Einatmen, ausatmen und los, so schnell ich kann, Rondat, Flickflack auf den Tisch und in die Luft, die Arme eng an die Brust, eine ganze und eine halbe Schraube, öffnen und wie eine Stecknadel auf der Matte landen.

»Yes!«, brülle ich und werfe die Arme über den Kopf, dann drehe ich mich zum Kampfgericht und hebe die Arme noch einmal. Ein schneller Faustschlag in die Luft und runter von der Matte, direkt zu Janet, die aufs Podium kommt. Zusammen schieben wir Matte und Sprungbrett für Dani zurecht, und dann bin ich unten bei den anderen, nur Dani ist oben, die als Nächste dran ist.

Emma umarmt mich, aber viel Zeit hat sie nicht, sie kommt nach Dani.

Danis Amanar ist hoch und groß wie alles bei ihr, und die zweieinhalbfache Schraube ist längst vollendet, bevor sie sich öffnet und landet. Vielleicht etwas zu schwungvoll, da sie einen kleinen Hopser machen muss. Sie zieht die Nase kraus und grüßt ab. Sie kann es besser, und das weiß sie.

Ich umarme sie fest, dann schlagen wir die Fäuste aneinander und drehen uns zur Anzeigetafel. Chelsea steht neben uns.

Eine 15,0, eine fantastische Wertung und ein ganzer Punkt mehr, als ich für meine absolut perfekte eineinhalbfache Schraube bekommen habe.

Chelsea drückt Dani die Schulter, doch dann muss sie selbst los – sie ist nach Emma dran.

Als Danis Wertung erlischt und die Gesamtwertung angezeigt wird, muss ich einmal blinzeln, zweimal und noch ein drittes Mal.

1. Audrey Lee	58,2
2. Daniela Olivero	57,6

Ich liege vorne.

Halt, was passiert da? Mein Blick huscht durch die Arena, während ich versuche, auf einer der vielen Tafeln die Wertungen der vorherigen Geräte zu sehen. Wie waren die noch mal? Aber da ist nichts, nur unsere Mannschaftswertung, ganz oben.

Emmas Füße hämmern über die Laufstrecke, schlagen auf das Sprungbrett, auf den Tisch, in die Luft, eine, zwei und eine halbe Schraube und Landung. Ein großer Hüpfer, aber es war ein guter Sprung, genauso gut wie Danis.

Emma kommt mit grimmiger Miene vom Podium.

Ich umarme sie, und sie lässt mich, aber nur kurz. Dann weicht sie zurück und zieht sich die Handgelenkschoner ab.

Wir warten nicht allzu lange.

Emmas Wertung wird angezeigt, eine 15,0.
So viel wie Dani, aber das sagt mir gar nichts.
Es dauert drei Sekunden, bis Emmas Wertung verschwindet, und ich spüre jede Millisekunde. Mein Herz hämmert und lässt alle Geräusche in der Arena in den Hintergrund treten, kein Klatschen, keine Musik, nur das Wummern meines Pulses, während mein Gehirn sich im Kreis dreht.
Die Wertungen leuchten auf, damit die ganze Welt sie sehen kann.

1. Audrey Lee   58,2
2. Daniela Olivero   57,6
3. Emma Sadowsky   57,5

Zwei Turnerinnen pro Land, nur zwei, und ich bin eine von ihnen.
Dieser Traum war seit langer Zeit gestorben, und jetzt ... und jetzt ...
Dani steht neben mir und breitet die Arme aus, und ich falle hinein und lasse mich stürmisch von ihr umarmen.
»Ich bin so stolz auf dich!«, murmelt sie, und ich mache mich los und schüttele ungläubig den Kopf.
Ich schaue zur Tafel, aber die Ergebnisse haben sich nicht geändert.
Dann wird mein Magen auf einmal ganz schwer.
Emma.
Ich drehe mich hastig um, und da ist sie, sie sitzt auf einem Stuhl und hat den Kopf zwischen den Händen. Brooke sitzt neben ihr und hat einen Arm um ihre bebenden Schultern gelegt. Brooke hat es auch nicht ins Finale geschafft, aber das hier ist anders, ganz anders. Es ist so viel schlimmer.
Emma sollte diesen ganzen verdammten Wettkampf gewinnen, und jetzt hat sie nicht mal die Chance anzutreten.

Sondern ich.

Dani und ich drehen uns zu Chelsea um, die gerade ihren zweiten von zwei Sprüngen beendet hat, beide gut gestanden und vielleicht einen Platz im Sprungfinale wert. Dann ist sie bei uns und durchschaut die Lage sofort.

»Gute Arbeit, Captain«, sagt sie und streckt die Faust aus.

Ich boxe zurück, aber das war's. Für einen Moment, den Bruchteil einer Sekunde, verabscheue ich das alles. Eigentlich sollte ich jetzt feiern, aber ich kann nicht, weil Emmas Traum sterben musste, damit meiner wieder lebendig werden konnte.

Janet kommt endlich vom Podium, wo sie gemeinsam mit Sarahs Trainerin das Sprungbrett und die Matten zurechtgerückt hat. Ihr Blick begegnet meinem, und ich sehe die Glückwünsche darin, auch wenn sie nichts sagt, sondern zu Emma rübergeht, Brooke neben ihr ablöst und leise etwas zu ihr sagt, das wir nicht hören können.

»Am Sprung für die Vereinigten Staaten von Amerika, Sarah Pecoraro!«

Sie fliegt über die Laufstrecke, springt vom Brett, Hände vor und hoch zur Schraube. Ihr Körper sollte ganz gerade sein, doch sie ist in der Hüfte gebeugt und landet gekrümmt. Sie stützt sich mit den Händen ab, um das Gleichgewicht zu halten, und obwohl sie nicht stürzt, wird der Abzug ähnlich schlecht ausfallen.

Ihr zweiter Sprung ist gut, ein sorgfältig ausgeführter zweifach geschraubter Yurchenko, aber das spielt keine Rolle mehr, Sarahs Traum von Olympia war in dem Moment vorbei, in dem ihre Hände die Matte berührt haben.

Wir umarmen sie fest, doch sie geht wortlos zu Emma und Brooke. Sie sitzen schweigend zusammen, während Janet aufsteht und zu uns herüberkommt.

»Lasst sie erst mal in Ruhe«, rät sie uns flüsternd, und wir nicken.

Ein letztes Mal ertönt der Gong und gibt das Ende der Gruppenphase bekannt, und wir reihen uns hinter dem Freiwilligen mit unserem Schild auf. So haben wir es während des gesamten Wettkampfs getan, trotzdem fühlt es sich jetzt ganz anders an.

Wir werden aus der Arena zu einer Reihe wartender Reporter geführt, bei denen Mrs. Jackson uns in Empfang nimmt und dem Mitarbeiter, der uns zu den Presseleuten winken will, ein Kopfschütteln zeigt.

»Nur Audrey, Chelsea und Dani«, erklärt sie energisch. Der Mitarbeiter protestiert zunächst auf Japanisch, dann auf Englisch, doch sie verschränkt nur die Arme vor der Brust und wendet sich ab.

»Ich kann das«, sagt Emma schniefend und wischt sich ungeduldig die Tränen weg.

Mrs. Jackson mustert sie skeptisch. »Bist du sicher?«

»Klar«, entgegnet Emma und strafft die Schultern. Ich würde gerne ihre Hand nehmen und sie umarmen, aber ich bin vermutlich die Letzte, von der sie jetzt getröstet werden möchte. Schließlich habe ich ihr gerade den Platz im Mehrkampf-Finale weggenommen.

»Audrey, wann ist dir klargeworden, dass du eine Chance im Mehrkampf hast?«, fragt die erste Reporterin. Ich erkenne sie von der Qualifikation wieder. Sie war diejenige, die meinen LL-Cool-J-Witz nicht verstanden hat.

»Erst als Danis Wertung kam und ich immer noch oben stand. Ich kann es immer noch nicht glauben«, antworte ich, ohne groß nachzudenken. Meine Ohren warten schon gespitzt auf Emma, die neben mir sitzt.

»Ich bin enttäuscht, das ist klar«, sagt sie. »Aber wir sind mit einem Ziel hier angetreten: Mannschaftsgold zu holen, und dafür haben wir heute alles gegeben. Ich freue mich, mich ganz darauf zu konzentrieren.«

»Was glaubst du, wie deine Chancen auf eine Medaille stehen?«, fragt ein anderer Reporter mich.

Ich sehe ihn groß an. »Wir werden sehen. Beim Turnen ist alles möglich. Im Augenblick konzentriere ich mich auf das Mannschaftsfinale.«

»Hat dir die Anwesenheit von Leo Adams bei deiner Leistung geholfen?«

»Ich habe ihn erst nach der Bodenübung entdeckt. Ich wusste gar nicht, dass er hier ist.«

»Welche deiner heutigen Leistungen erfüllt dich mit dem größten Stolz?«

»Oh, der Schwebebalken, ganz klar. Es war das erste Mal, dass ich die Kür richtig gut hinbekommen habe, seit wir sie letztes Jahr zusammengestellt haben.«

»Du hast sie mit deiner ehemaligen Trainerin Pauline Baker entwickelt, richtig?«

Als der Name unserer Trainerin fällt, schaue ich wieder zu Emma. Sie spricht noch mit einem anderen Reporter. »Ich bin so stolz auf Audrey und Dani. Sie waren fantastisch. Natürlich ist es nicht das Ergebnis, auf das ich gehofft habe, aber morgen ist das Mannschaftsfinale, darauf konzentrieren wir uns jetzt.«

»Audrey?«, hakt die Reporterin nach.

»Ja, Entschuldigung. Ich habe die Kür mit Pauline ausgearbeitet, aber Coach Dorsey-Adams hat mir in den letzten Wochen unglaublich dabei geholfen, sie zu perfektionieren.«

Die Reporterin zieht eine Augenbraue hoch, hakt aber nicht nach. »Hast du eine Botschaft für deine Fans zu Hause?«

Ich sehe direkt in die Kamera und strahle. »Vielen, vielen Dank für eure Unterstützung! Ihr seid toll, und wir sind so stolz, dass wir euch hier in Tokio repräsentieren dürfen!«

Einen Augenblick später ist Mrs. Jackson wieder da, beendet die Pressekonferenz mit einem zuckersüßen Lächeln und führt uns vom Pressebereich zu den Umkleidekabinen.

»Stehen Brooke und Sarah für Interviews zur Verfügung?«, wagt einer der Reporter ihr nachzurufen, und ich verziehe an seiner Stelle das Gesicht, als Mrs. Jackson sich auf dem Absatz umdreht und ihn finster ansieht, bevor sie ihn kurz und bündig abkanzelt.

»Nein.«

Achtzehntes Kapitel

»Seid ihr sicher?«, fragt Chelsea.

Brooke und Sarah haben ihre Sachen gepackt, Turnanzüge und Trainingssachen zusammengefaltet und verstaut, ihre Kosmetikartikel aus dem Regal im Badezimmer genommen, das wir uns alle teilen.

Brooke wischt sich ungeduldig die Wangen. »Was bringt es, wenn wir bleiben? Keine von uns hat sich qualifiziert.«

»Trotzdem, es ist Olympia«, wende ich ein, aber das Argument ist schwach. Sie sind ein Risiko eingegangen, als sie sich dafür entschieden haben, in der Einzelqualifikation zu starten, und dagegen, ihr Schicksal vom NGC entscheiden zu lassen, und es hat sich nicht ausgezahlt. Eine verpatzte Übung, und Ende. An ihrer Stelle würde ich vermutlich auch abreisen. Wer will schon bleiben, wenn der Traum vom Edelmetall nicht in Erfüllung geht? Wer will in der ersten Reihe sitzen und zuschauen, wie eine andere die Medaille holt, die man sich selbst erhofft hat?

Ich werfe einen Blick auf die geschlossene Tür ein paar Meter weiter. Dahinter ist Emma. Als wir zurückgekommen sind, hielt ich es für eine gute Idee, sie erst mal in Ruhe zu lassen. Jetzt, Stunden später, ist sie immer noch da drin, und ich mache mir Sorgen.

»Leute, ich weiß, ihr tut das, damit wir uns besser fühlen, aber könntet ihr ... es bitte einfach lassen?«, sagt Sarah, den Blick nach unten gerichtet, während sie den Reißverschluss ihres Koffers schließt.

»Okay«, sagt Chelsea und geht in den Gemeinschaftsbereich hinüber. Ich folge ihr. Kaum sind wir außer Sichtweite, hören wir die Tür zufallen.

»Mann, ist das blöd«, stöhne ich und lasse mich aufs Sofa fallen.

Dani kommt aus dem Zimmer, das sie sich mit Chelsea teilt, beendet ein Telefongespräch und setzt sich neben mich.

Chelsea schaltet den Fernseher ein, gerade rechtzeitig, damit wir sehen können, wie Irina Kareva vom Sprungtisch abhebt und eine dreifache Schraube steht. Sie ist die erste Frau, die je eine Dreifachschraube vom Sprungtisch erfolgreich beendet hat, und verdammt, es sah ziemlich gut aus.

»Himmel!«, sagt Dani.

»Wer zum Teufel tut seinen Knochen so was freiwillig an?«, fragt Chelsea.

Ich schüttele den Kopf. »Der Sprung heißt jetzt wohl offiziell der Kareva.«

Mein Handy summt, eine Nachricht von Leo. Er ist immer noch mit Ben in der Arena und schaut sich den Rest der Qualifikation an. Er hat nichts geschrieben, sondern das Video von Kareva geschickt, da er ziemlich nah am Sprungtisch sitzt. Hier sieht sie sogar noch besser aus als im Fernsehen.

Die Menge hört gar nicht mehr auf zu jubeln, und ganz ehrlich, am liebsten würde ich einstimmen. Das war ein Wahnsinnssprung, und Irina Kareva ist eine unglaubliche Turnerin.

Die Tür zur Suite öffnet sich, und Brooks Dad-Schrägstrich-Trainer und Sarahs Trainerin kommen herein und nicken uns zu.

»Ladys«, grüßt Brookes Dad uns, trotzdem gehen sie an uns vorbei. Das muss wehtun. Sie haben die Entscheidung getroffen, ihre Turnerinnen individuell zu qualifizieren und ihnen den zermürbenden NGC-Auswahlprozess zu ersparen. Aber auch wenn sie keine Medaillen bekommen haben, war es die richtige

Entscheidung. Sie haben Brooke und Sarah über ein Jahr von Gibby ferngehalten. Das ist mehr wert als eine olympische Medaille.

»Mädels, es ist Zeit«, sagt Sarahs Trainerin.

Wir stehen auf, als sie aus ihrem Zimmer kommen.

»Ich hole Emma«, sage ich und laufe zu unserer Tür.

Ich klopfe sachte an, bevor ich sie langsam öffne. In der Mitte des Betts ist ein Deckenhügel, der sich gleichmäßig hebt und senkt.

»Em?«, flüstere ich. »Em, Sarah und Brooke reisen ab. Komm zum Verabschieden.«

Nichts. Keine Regung, nicht das kleinste Zeichen, dass sie mich gehört hat.

Ich drehe mich zu den anderen um und dann wieder zu Emma. Es wird ihr leidtun, wenn sie sich nicht verabschiedet.

»Emma«, versuche ich es noch einmal und trete ganz ins Zimmer, diesmal lauter, um den Nebel des Schlafs oder ihres Willens, sich totzustellen, zu durchbrechen.

Immer noch nichts.

Das ist wohl auch eine Antwort.

Ich gehe aus dem Zimmer und zucke mit den Schultern, bevor ich Sarah und Brooke umarme. »Tut mir leid, sie ...«

»Ist schon okay«, sagt Sarah und nickt. »Ich verstehe sie.«

Und nachdem sie uns viel Glück und wir ihnen einen guten Flug gewünscht haben, sind sie weg.

Mit einem Mal ist in mir eine seltsame Leere. Ich kenne sie schon so lange, auch wenn wir uns nie sehr nahe waren, und jetzt ist es für sie aus und vorbei, und ich weiß nicht einmal, ob ich sie je wiedersehen werde. Wenn das hier zu Ende ist, werde ich nie wieder turnen, und ich weiß nicht, welche Pläne die beiden nach Olympia haben. Nicht, dass ich wüsste, welche Pläne *ich* nach Olympia habe.

»Captain, lass es«, befiehlt Chelsea mir vom Sofa.

»Was?«, frage ich und schaue wieder zum Fernseher, wo die Russinnen jetzt am Barren zu sehen sind.

»Lass das Grübeln. Wir müssen morgen ganz bei der Sache sein.«

»Wie machst du das?«, frage ich, verblüfft von ihrer Fähigkeit, meine Gedanken zu lesen.

Sie zuckt mit den Schultern. »Vielleicht erinnerst du mich an jemanden.«

»Verdammt, schaut euch das an«, unterbricht Dani uns und deutet mit dem Kinn zum Fernseher, wo Kareva am Barren turnt.

»Du kannst sie schlagen«, sage ich, und das meine ich ernst. Ich sehe Dani seit fast einem Monat aus nächster Nähe beim Training zu. Ich weiß, was sie kann. Der Fehler heute am Barren war einfach nur Pech. Dieser Kampf wird unglaublich, und ich bin ganz vorne mit dabei.

»Eins nach dem anderen«, sagt Chelsea. »Erst mal müssen wir sie alle schlagen.« Ihre Augen wandern zu Emmas und meiner geschlossenen Zimmertür. »Wird sie es schaffen, sich zusammenzureißen?«

»Ich weiß es nicht«, gestehe ich. »Ich glaube, ich bin nicht die Richtige, um mit ihr zu reden. Ich weiß nicht, ob …« Ich schaue zwischen den beiden hin und her. Emma ist sicher nicht Danis Lieblingsmensch, und Chelseas Gegenwart wird sie nur an die verpasste Goldmedaille im Mehrkampf erinnern. »Vielleicht könnten Janet oder Mrs. Jackson …«

Ich halte inne, als die Tür aufgeht.

»Hey, Leute«, sagt Emma. Ihr Wettkampf-Make-up ist abgewaschen, und ihre Augen sind noch immer gerötet, aber sie lächelt bemüht. Ich rutsche ein Stück zur Seite, um ihr auf dem Sofa Platz zu machen.

»Wie …«, setzt Chelsea an, doch Emma schüttelt den Kopf.

»Mir geht's gut«, sagt sie scharf, und ihre Mundwinkel verhärten sich ein bisschen.

»Okay«, sage ich, als sie sich endlich setzt. Ich werfe Dani und Chelsea einen Blick zu, und wir verständigen uns schweigend darauf, sie in Ruhe zu lassen.

»Und«, fragt Emma und deutet mit einem Nicken auf den Fernseher, »hat Kareva den Sprung gestanden?«

»Jep«, sagt Dani und schüttelt den Kopf, »und er sah ziemlich gut aus. Viel zu gut.«

»Ladys« – Mrs. Jackson platzt ins Zimmer – »ist Emma aus ihrem … oh.« Sie blickt auf und sieht Emma, die ihr verlegen zuwinkt.

»Emma, wie schön zu sehen, dass du wieder auf den Beinen bist«, sagt Janet, die hinter Mrs. Jackson steht und ihrer Kollegin einen strafenden Blick zuwirft.

»Wir sehen uns den Rest der Qualifikation an«, erkläre ich, um die Spannung zu lösen.

»Gut, gut.« Mrs. Jackson sieht Emma immer noch prüfend an. »Ich wollte nur sagen, dass ich euren Lidschatten heute eine hervorragende Idee fand, und die Medien lechzen nach einem Kommentar. Kann ich ihnen sagen, dass es euch um die Solidarität mit Opfern sexueller Gewalt geht und dass ihr als Team geschlossen hinter dieser Botschaft steht?«

»Natürlich«, sage ich und lächle Dani an.

»Ausgezeichnet«, erwidert sie und mustert uns lächelnd. »Ich habe leider noch eine schlechte Nachricht«, fügt sie dann hinzu.

»Was?«, frage ich, obwohl ich nicht sicher bin, ob ich es wirklich wissen will.

»Christopher Gibson hat heute ein Interview gegeben, und es ist …« Sie verstummt und schüttelt den Kopf. »Es ist gar nicht gut. Ich habe es auf dem Handy, falls ihr es sehen wollt.« Sie zieht ihr Telefon hervor.

»Moment.« Ich hebe die Hand. »Wollen wir das wirklich sehen?«

»Sollten wir nicht wissen, was er sagt?«, fragt Emma.

»Garantiert nur Mist«, sagt Chelsea.
»Manipulativen Mist«, ergänzt Dani.
»Das glaube ich auch«, stimme ich zu. »Manipulativen Mist, den wir vor dem Mannschaftsfinale nicht gebrauchen können.«
»Wir schauen es also nicht?«, fragt Emma und sieht mich an.
Chelseas und Danis Blicke folgen ihrem, und ich sehe Mrs. Jackson und Dani an und schüttele den Kopf. »Wir schauen es nicht, und wenn uns jemand danach fragt, dann sagen wir, dass wir es nicht gesehen haben und dass uns seine Meinung nicht interessiert. Und morgen machen wir wieder unser blaugrünes Make-up und ziehen die schwarzen Turnanzüge an.« Ich springe auf und laufe in unser Zimmer, wo ich den Anzug aus der Schublade ziehe. »Den hier.«
Ich halte den langärmligen schwarz glänzenden Turnanzug mit dem Umriss der amerikanischen Flagge in Glitzersteinchen auf dem linken Arm hoch. Er ist mit Abstand der unspektakulärste der Anzüge, die wir noch im Trainingscenter bekommen haben, aber wir brauchen keinen Glitzer, denn morgen werden wir die Welt erobern.

Als ich am nächsten Morgen aufwache, starrt Emma mich an.
»Hey.«
»Hey. Weißt du was?«, fragt sie und lächelt. Das Lächeln ist nicht echt, aber ich sage nichts dazu. Emma ist ein Profi, und wenn es ihr hilft, so zu tun, als wäre nichts passiert, werde ich mitspielen.
»Was?«, frage ich, obwohl ich die Antwort bereits kenne.
»Heute holen wir uns die Goldmedaille.«
»Verdammt, das machen wir!«
Wieder brauchen wir ein bisschen länger fürs Anziehen und Schminken als sonst, weil alles perfekt sein soll. Wir stecken uns die Haare zu einem festen Dutt auf, und als wir fertig sind, holt Dani Glitzerspray aus ihrer Tasche.
»Gold«, sagt sie und grinst.

»Perfekt«, erwidere ich und hebe die Hand. »Kann mir jemand eine Sonnenbrille geben? Ihr seht alle so blendend aus!«

»Wow«, sagt Chelsea mit Blick auf das Gruppenselfie, das wir gerade mit ihrem Handy geschossen haben. »Wir sehen so aus, als ob wir gleich jemandem so richtig in den Arsch treten.«

»Chelsea!«, mahnt Janet, die aus ihrem Zimmer kommt, doch dann mustert sie uns von oben bis unten und zuckt die Schultern. »Sie hat recht. Ihr seht toll aus.«

Und so fühle ich mich auch.

Unsere weißen Trainingsanzüge über den schwarzen Turnanzügen sind richtig schick, und es fühlt sich so an, als ob das ganze Team genauso zusammenpasst, wie es sein muss. Wir müssen da rausgehen und unsere Übungen rocken, nicht mehr und nicht weniger. Wir vier sind das beste Team der Welt, und daran kann niemand etwas ändern.

Ich knipse noch ein Selfie und schicke es Leo. Wenig später antwortet er mit einem poetischen Wortschwall, den ich einem Typen, der sich zum Spaß von schneebedeckten Gipfeln stürzt, gar nicht zugetraut hätte. Das zeige ich den anderen besser nicht. Ich weiß genau, was ich mir dann anhören müsste.

Wir steigen in einen der Busse zur Arena, setzen uns nach hinten und warten darauf, dass die anderen Teams dazustoßen. Die Tür öffnet sich, und die Mädchen vom kanadischen Team kommen rein.

»O mein Gott«, sagt Dani und schlägt die Hand vor den Mund.

Das ganze Team trägt ebenfalls blaugrünen Lidschatten. Sie haben sogar blaugrüne Haargummis und Haarspangen.

»Stopp!«, sagt Katie Daugherty, eins der kanadischen Mädchen, und hebt die Hand. »Nicht heulen, dann heulen wir alle und sehen schrecklich aus, wenn wir in die Arena kommen.«

»Wir haben das Interview von diesem Arschloch gesehen und wollten euch zeigen, dass wir hinter euch stehen«, sagt ein anderes Mädchen, Tricia. »Ich glaube, die Mädels aus den Niederlanden und England wollten es auch so machen. Das japanische Team hat sogar blaugrüne Turnanzüge. Rumänien und China haben Haarschleifen und Russland Armbänder.«

»Russland?«, frage ich verblüfft. Ich hatte schon immer einen gesunden Respekt vor dem russischen Team, immerhin sind sie unsere erbittertsten Rivalinnen. Dass sie sich mit uns solidarisieren, ist einfach unglaublich.

»Russland«, bestätigt sie lächelnd. »Alle.«

Und es stimmt. Alle in der Aufwärmhalle haben irgendwo etwas Blaugrünes, am Turnanzug oder in den Haaren, und als wir unsere Taschen an der Tür abstellen und unsere Aufwärmübungen beginnen, kommt fast jedes Mädchen und jede Trainerin zu uns herüber und sagt ein paar nette Worte oder bietet uns die Faust oder ein High five an. Sun Luli – eine der Spitzenmehrkämpferinnen aus China und eine meiner Hauptkonkurrentinnen für Gold am Barren – umarmt uns, weil die Sprachbarriere einfach zu groß ist.

Sogar Irina Kareva und ihre russischen Mannschaftskolleginnen heben die Hände und winken uns von der anderen Seite der Halle zu, zeigen auf ihre Armbänder und heben die Daumen.

»Nicht weinen«, mahnt Dani und erinnert uns wieder daran, dass wir mit verschmierten Augen keinen guten Eindruck auf der Wettkampfbühne hinterlassen werden.

»Wisst ihr was?«, sage ich und setze mich auf den Boden, um mich zu dehnen. »Das hier ist viel besser als die Eröffnungszeremonie.«

»Absolut«, stimmt Chelsea mir zu.

Nur Emma schweigt. »Em?«, frage ich und drehe mich zu ihr um. Ich will nicht, dass sie sich außen vor gelassen fühlt, vor allem nicht nach gestern.

»Auf jeden Fall«, sagt sie und nickt.

Unsere Einturnübungen laufen bestens. Die gut geölte Maschine aus Coronado ist wieder da und läuft besser denn je.

»Ausgezeichnet, Ladys«, sagt Janet und klatscht, als Chelsea am Boden fertig ist. »Lasst uns all das mit in die Arena nehmen. Trinkt was, kriegt den Kopf frei und schaut in euren Taschen nach, ob ihr alles habt. Und vor allem, bleibt warm. Wir starten in zehn Minuten.«

»Zehn Minuten!«, ruft in diesem Augenblick wie zum Echo ein offizieller Mitarbeiter erst auf Englisch und dann auf Japanisch. »Bitte bereitmachen.« Er kommt zu uns herüber und zeigt zum Ausgang, wo die japanische Mannschaft sich bereits aufgestellt hat.

»Okay«, sage ich und stelle mich an die Spitze der Reihe. »Los geht's!«

Die Arena ist rappelvoll. Wieder sind Thundersticks verteilt worden, und die Menge schlägt sie im Takt gegeneinander. Erst als wir näher am Publikum vorbeigehen, merke ich, dass auch sie blaugrün sind.

Anscheinend steht die ganze Welt hinter uns, und ich werde mir garantiert das Make-up ruinieren, noch bevor der Wettkampf beginnt.

»Siehst du das?«, fragt Chelsea hinter mir, und ich nicke und taste hinter meinem Rücken nach ihrer Hand. Sie ergreift meine, und ich merke, dass sie die andere Hand nach hinten zu Dani streckt, die wiederum nach Emmas Hand greift. Hand in Hand gehen wir zum Sprungtisch und heben gemeinsam die Arme, als wir angekündigt werden, um der Menge für ihre Unterstützung zu danken, als ein Jubel, so laut wie der für das japanische Team, durch die Arena hallt.

Dani ist die Erste, und die Menge spielt verrückt, als der Ansager ruft: »Jetzt am Sprung für die Vereinigten Staaten von Amerika, Dani Olivero!« Ihre Thundersticks schlagen zusammen und übertönen das Geräusch von Danis Füßen auf der Laufstrecke und dem Sprungbrett, aber das Ergebnis ist eindeutig. Sie landet ohne den kleinsten Hopser, und irgendwie wird die Arena sogar noch lauter. Das war ein großartiger Sprung.

Sie rennt die Treppe hoch und reckt die Faust, und ich umarme sie schnell. Eine 14,8 erscheint auf der Anzeigetafel, und die Menge pfeift zur Antwort. Ich hatte eine 15,0 erwartet, aber Dani beugt manchmal die Knie vor der Landung, vielleicht haben die Kampfrichter das gesehen.

Egal. Immer noch eine super Wertung.

Als Nächstes sind die Russinnen dran mit Galina Kuznetsova, ihrer schwächsten Springerin, aber immer noch eine Klasse für sich mit ihrem Amanar. Sie landet auf den Füßen, hat aber etwas zu wenig Schwung, sodass sie einen Satz zur Seite machen muss, damit es so aussieht, als hätte sie die zweieinhalb Schrauben vollendet.

Ich schaue zu den Kampfrichtern, die wild auf ihre Wertungsbögen kritzeln, und rümpfe die Nase, als Galinas Punktzahl angezeigt wird. 14,8, genau wie Dani, obwohl Danis Sprung deutlich besser war.

Aha, so ein Tag wird das also. Macht nichts. Wir werden einfach so gut sein, dass sie uns nichts anhaben können.

»Auf geht's, Em!«, rufe ich und klatsche fest in die Hände, um nicht rüber zu den Kampfrichtern zu gehen und ihnen eine Ohrfeige zu verpassen. »Du schaffst das!«

»Hau rein, Emma!«, ruft Dani.

Es ist ihre erste Wettkampfübung, seit sie sich damit abfinden musste, dass sie es nicht ins Mehrkampffinale geschafft hat, und ich weiß, wie sehr sie es allen zeigen will.

Das grüne Licht leuchtet auf, und Emma holt tief Luft, bevor sie zum Sprungtisch läuft, Rondat, Flickflack auf den Tisch, eine ... zwei ... und eine halbe Schraube mit einem ... puh, ziemlich großen Hopser nach vorn und noch einem Ausfallschritt. Viel zu viel Schwung, aber ich kann es nachempfinden. Nach Danis Sprung hat ihr Adrenalin gekocht. Nur leider waren das zwei wirklich große Schritte.

Ich umarme sie, doch sie zieht sich zurück und schüttelt den Kopf. »Verdammt«, murmelt sie.

»Das holen wir am Barren wieder raus.«

Sie nickt heftig, fast so, als wolle sie sich selbst davon überzeugen.

Eine 14,3 leuchtet auf der Anzeigetafel auf. Es hätte schlimmer kommen können, und es ist noch nicht so schlimm, wie wenn ich an ihrer Stelle gesprungen wäre.

Ich setze mich auf den Boden, nehme mein Tape und meine Turnriemchen und mache mich für den Barren fertig, gerade als Irina Kareva aufs Podium geht. Sie grüßt genau wie ich, ein Arm hoch, einer zur Seite. Sie startet als Zweite, also wird sie hier im Mannschaftsfinale wohl nicht ihre Dreifachschraube springen, wo es ihr Team die Medaille kosten könnte. Richtig. Sie dreht sich zweieinhalb Mal und landet mit einem kleinen Hopser nach vorn.

Sie kommt vom Podium, klatscht ihre Mannschaftskameradinnen ab und setzt sich auf einen Stuhl mit dem Rücken zu mir, wühlt in ihrer Tasche und holt ihre Turnriemchen heraus. Sie schaut auf, unsere Blicke begegnen sich, und der Moment ist etwas unbehaglich. Soll ich lächeln? Ihr zu dem tollen Sprung gratulieren? Sie ist unsere Gegnerin, aber ich trete schon seit Jahren gegen sie an. Wir kennen uns, ohne uns wirklich zu kennen.

Ich öffne den Mund, um zu sagen, gut gemacht, aber es ist zu spät, ihre Augen springen zur Anzeige über meiner Schulter.

14,9.

Chelsea ist schon auf dem Podium und wartet auf grünes Licht.

»Der finale Sprung für die Vereinigten Staaten von der Mehrkampfgewinnerin der Olympischen Spiele 2016, Chelsea Cameron!«

Wieder kommen die Thundersticks mit voller Kraft zum Einsatz, als ihr Name ausgerufen wird.

»Zeig's ihnen, Chels!«, feuert Dani sie an.

Und das tut sie. Eine nahezu perfekte zweieinhalbfache Schraube mit einer kerzengeraden Landung, sodass ich den Kampfrichtern am liebsten ihre Bewertungsbögen klauen würde, damit sie überhaupt nichts abziehen können. Mit bloßem Auge war es unmöglich, einen Fehler an Chelseas Sprung zu erkennen, so gut war er. Nur dass die Kampfrichter sie schon eine Million Mal haben springen sehen und wissen, dass sie dazu neigt, sich etwas zu früh zu drehen, und das gibt mindestens ein Zehntel Abzug, zuzüglich dem ganzen anderen Mist, den sie meinen gesehen zu haben, um auf die 15,1 zu kommen, die neben Chelseas Namen aufleuchtet.

Erika Sheludenko ist Russlands finale Springerin.

»Davai! Davai!«, rufen die russischen Mädchen, als sie über die Laufstrecke sprintet, Flickflack auf den Sprungtisch und dann zweieinhalbfache Schraube, höher und weiter als alle anderen und eine perfekte Landung. Die Menge atmet vor Ehrfurcht kollektiv ein, bevor sie explodiert.

Erika läuft die Treppe hinunter in ein Meer der Umarmungen von ihren Teamkameradinnen und Trainern. Beinahe möchte ich sie selbst umarmen. Das war unglaublich.

Das Kampfgericht findet das auch und gibt satte 15,3 Punkte. Mein Magen zieht sich zusammen.

Wir müssen zurückliegen.

Meine Augen fokussieren sich auf die Anzeige.

1. Russische Föderation	45,0
2. Volksrepublik China	45,0
3. Vereinigte Staaten von Amerika	44,2 (-0.8)
4. Japan	43,6 (-1.4)

Gar nicht so übel, trotz Emmas Patzer. Nur acht Zehntel. Das können wir aufholen. Ich ziehe meine Turnriemchen stramm und stehe auf, stelle mich in die Reihe, damit wir zum Barren gehen können. Es wird nicht leicht, aber wir können es schaffen, und ich kann es kaum erwarten. Ich werde am Barren und auf dem Balken alles geben und den Rückstand in einen Vorsprung verwandeln.

»Genau wie im Training«, sage ich beschwörend zu Dani und Emma, als wir im Halbkreis vorm Barren stehen. Lada Stepanova aus Russland ist halb durch ihre Übung, aber ich sehe sie kaum. »Eine ganz normale Barrenübung.«

»Ganz normal«, wiederholt Emma und nickt.

Stepanova springt mit einem Doppelsalto rückwärts mit ganzer Schraube ab und landet mit einem winzigen Hopser. Ich drehe mich zu Dani. »Verschaff uns einen guten Start.«

»Aye, aye, Captain«, sagt sie und salutiert, wobei sie sich etwas Magnesia auf die Stirn schmiert.

Als sie aufs Podium tritt, sind die Thundersticks wieder zu hören, lauter und lauter, während sie auf das Startsignal wartet.

Bin ich froh, dass wir Gibbys Interview nicht gesehen haben. Was er gesagt hat, muss so mies gewesen sein, dass alle – sogar unsere Konkurrentinnen und deren Fans – auf unserer Seite sind.

»So wie immer, Dani!«, ruft Chelsea, aber ich bin sicher, dass ihre Stimme nicht zu ihr durchdringt.

Der Lärm stört sie nicht, und der dumme Ausrutscher in der Qualifikation war genau das – nur ein Ausrutscher. Ihre Kür ist tadellos, und die Menge jubelt noch lauter, als sie zum Abgang ansetzt und ihren gestreckten Doppelsalto steht, mit erhobenen Händen winkt und vom Podium joggt.

Als Nächste kommt Erika Sheludenko für Russland. Ihre dunkelblonden Locken hat sie zum Dutt gebunden, und sie lächelt dem Kampfgericht zu, bevor sie aufs Sprungbrett zuläuft, an den oberen Holm springt und sich aggressiv durch ihre Übung arbeitet. Sie ist für eine Turnerin eher groß, so wie ich, und ihre Schwünge sehen beinahe wild aus, aber ihre Haltung ist einwandfrei, genau wie die ihrer Mannschaftskolleginnen bisher. Dreißig

Sekunden vom Allerfeinsten später geht sie mit einem Tsukahara ab – zwei Salti, der erste mit einer Schraube –, und fertig ist sie, nur ein winziger Ausfallschritt bei der Landung.

Noch eine Kür, noch ein Treffer für Russland.

»Okay, auf geht's, Emma«, sagt Janet, als sie zum Podium gehen, um die Holme vorzubereiten und auf Sheludenkos Wertung zu warten.

15,1.

»Die holst du auch, Em!«, ruft Dani, kurz bevor das grüne Licht angeht. Emma lächelt uns nervös zu, dann strafft sie die Schultern und grüßt die Kampfrichter.

Ich sehe sofort, dass etwas nicht stimmt. Als sie die Zehen auf den unteren Holm setzt, um sich auf den oberen zu schwingen, rutschen ihre Füße ab, und ihre Hände lösen sich viel zu früh. Sie fällt auf die Matte zwischen den Holmen.

»Scheiße!«, schimpft Chelsea so laut, dass die Kamera auf sie schwenkt, und Janet springt aufs Podium, um nach Emma zu sehen. Mein Herz hämmert, aber ich muss mich unbedingt beruhigen. Emma ist gestürzt, und das heißt, dass ich gleich eine Riesenwertung holen muss, um das wettzumachen. Ganz ruhig. Ein tiefer Atemzug hilft mir, mich zu fassen, und ich hoffe, Emma findet die gleiche Ruhe für die nächsten Sekunden, damit sie noch mal an den Barren gehen kann.

»Alles okay«, sagt sie, steht auf und schüttelt den Kopf. Sie sieht ein bisschen benommen aus, aber sie ist nicht verletzt. »Alles okay«, wiederholt sie, geht zur Magnesiaschale und bestäubt sich die Hände, um noch einmal von vorne anzufangen.

»Tief durchatmen«, sagt Janet.

Emma atmet ein und aus, dann nickt sie. Alles in Ordnung.

Janet verlässt das Podium, und Emma grüßt wieder und beginnt von vorne. Diesmal läuft alles besser, ihre Übergänge sind sicher, die Drehungen vielleicht einen Hauch zu spät, aber das ist schon pingelig. Sie bereitet sich auf den Abgang vor, ein großer

Schwung mit einer Drehung und loslassen zum Doppelsalto, aber ihr Timing ist nicht ideal, und sie stolpert bei der Landung auf die Knie.

Ein zweiter Sturz.

Zwei ganze Punkte.

»Fuck.« Ich sage es ganz leise, aber da die Kamera direkt neben uns ist, hat sie es garantiert aufgenommen.

Ich schüttele die Handgelenke aus und gehe die Treppe hoch. Emma ist schon unten, und ich sehe ihr Gesicht. Es ist kreidebleich unter den roten Haaren – nahezu durchscheinend vor Schreck. Ich kann nicht einmal etwas Aufmunterndes zu ihr sagen, weil ich ziemlich sicher bin, dass sie mich gar nicht wahrnimmt. Zwei Stürze. Zwei volle Punkte.

Es gelingt mir, keine Emotionen zu zeigen, als Emmas 12,0 auf der Anzeige aufleuchtet, bevor mein Name erscheint. Janet reibt den Barren für mich ein, und ich gehe zur Magnesiaschale, um sicherzustellen, dass meine Haftung perfekt ist. Ich muss dieses Ding reißen. Ich werde es reißen. Ich habe die Kür bei der Qualifikation perfekt hinbekommen. Gestern auch. Ich kann sie auch jetzt schaffen. Für das Team, denn wir brauchen sie.

Einmal tief einatmen, dann ein Sprung in die Luft, um am unteren Holm Schwung zu holen. Hoch in den Handstand und wieder nach unten, den Körper gebückt, die Beine gespreizt, Zehen lang, bevor ich loslasse und hoch an den oberen Holm fliege, halbe Drehung, fließender Übergang, noch ein Handstand, halbe Drehung, lösen, fangen, und zurück an den unteren Holm. Dann, als wäre es ganz einfach, gleich wieder an den oberen Holm, eine ganze Drehung, Landung exakt auf zwölf Uhr, den Handstand lang genug halten, damit die Kampfrichter ihn sehen und bewundern können, um keinen Abzug zu geben, bevor ich nach unten schwinge und abgehe, eine, zwei, drei Schrauben, landen und stehen!

»Wow!« Ich bin ziemlich sicher, dass ich es laut sage, bevor ich mich daran erinnere, die Arme zu heben, um mich beim Kampfgericht abzumelden.

Ich springe vom Podium, und die Mädels erwarten mich mit ausgestreckten Fäusten.

Emma lächelt und umarmt mich. »Danke, dass du es für mich rausgeholt hast«, sagt sie, als sie mich wieder loslässt.

»Wozu hat man beste Freundinnen?« Ich wackle mit dem Finger, wie wir es als kleine Mädchen immer gemacht haben, und sie wackelt zurück, gerade als meine Wertung angezeigt wird, eine 15,3, genau das, was wir brauchen.

»Superstar«, sagt Chelsea.

Ich lächle, setze mich und ziehe die Turnriemchen ab, während Irina Kareva grüßt und an den Barren geht. Es widerspricht allen Gesetzen der Physik und Biologie, dass sie genug Kraft hat, um eine Dreifachschraube am Sprungtisch hinzulegen, und gleichzeitig am Barren turnt, als wäre sie federleicht, aber genau das tut sie jetzt, und ich verziehe das Gesicht. Ihre Wertung erscheint, die gleiche wie meine, eine 15,3.

Die Reihenfolge sortiert sich neu, und ich schaue schnell weg.

1. Russische Föderation	90,3
2. Volksrepublik China	90,0 (-0.3)
3. Vereinigte Staaten von Amerika	87,6 (-2.7)
4. Japan	87,5 (-2.8)

Dani sitzt neben mir und starrt die Ergebnisse an, und ich drehe mich zu ihr. »Das heißt noch gar nichts. Wir sind noch im Rennen. Schwebebalken und Boden, wir können es schaffen. Kapiert?«

Sie nickt. »Kapiert, Captain.«

Und ich hoffe, es stimmt, denn jetzt kommt der Schwebebalken, das Gerät, an dem schon genug olympische Träume geplatzt sind.

Neunzehntes Kapitel

Ich war schon immer gut auf dem Balken, aber heute müssen wir es alle sein, um das Loch, das wir uns da geschaufelt haben, wieder einigermaßen zu füllen.

Ich öffne die Augen, nachdem ich meine Übung ein letztes Mal visualisiert habe, und drehe mich zu Emma um. Sie sieht nach der Aktion am Barren immer noch benommen aus.

»Hör zu, Em, du schaffst das. Auf dem Balken bist du Gold wert, du wirst eine perfekte Kür zeigen. Dani verschafft uns ein gutes Polster, ich tue, was ich kann, und du holst den Sieg nach Hause.«

Sie nickt zu jedem meiner Worte, und ihre Schultern entspannen sich. »Ich kann das.«

»Natürlich kannst du das.«

Wir haben ihre 12 Punkte am Barren, wo sie normalerweise eine hohe 14er- oder sogar 15er-Wertung bekommen hätte. Wir sind das beste Team der Welt, aber es ist nicht so, als hätten die anderen Mannschaften nichts drauf. Sie sind sehr wohl in der Lage, ihre Übungen überzeugend durchzuziehen, und bisher haben sie das auch getan.

Dani ist als Erste dran, und ihre Kür am Balken ist mit jedem Mal besser geworden, seit ich sie bei der Qualifikation gesehen habe.

Oben auf dem Podium hebt sie die Arme, und die Menge verstummt. In der Arena ist kaum ein Geräusch zu hören, bis auf die Bodenmusik einer kanadischen Turnerin am anderen Ende der Halle. Dani springt und turnt auf dem Balken, wie andere über den Boden gehen. Während ich mich durch meine Kür tanze, greift sie an, marschiert durch ihre Übung wie früher die rumänischen Turnerinnen, Element um Element, ohne zu zögern, alles so flüssig verbunden, dass man kaum merkt, wie wahnsinnig schwierig jede einzelne Pose ist. Schließlich springt sie aus dem Rondat in den Doppeltwist mit einem total vertretbaren Hopser bei der Landung.

»Super!«, erlaube ich mir zu jubeln, obwohl ich mich wohl besser auf meine eigene Übung konzentrieren sollte, statt ihr zuzuschauen. So gut habe ich mich bei einem Wettkampf schon lange nicht mehr gefühlt. Ich bin daran gewöhnt, meine ganze Kraft darauf zu verwenden, mich von den Schmerzen abzulenken, aber das Kortison wirkt Wunder, sodass ich, anstatt alles auszublenden, zum ersten Mal seit Langem wieder alles aufsaugen kann.

Ich stoße meine Faust gegen Danis, als ich die Treppe hochgehe, und sie wartet auf ihre Wertung. Jetzt ist die Menge nicht mehr leise, unermüdlich schallt es »Da-ni! Da-ni!« von der Zuschauertribüne, bis ihre Wertung aufleuchtet, eine 14,4. Ziemlich gut, wenn auch nicht ihr bestes Ergebnis. Trotzdem, eine Zahl, auf der ich gut aufbauen kann.

Ich höre, wie die Menge auf Stepanovas Kür reagiert, aber ich gebe mir Mühe, sie auszublenden, und gehe meine eigene Übung ein letztes Mal in Gedanken durch. Ich schwinge die Arme, imitiere die einzelnen Elemente. Hoch auf den Balken, dann die Drehungen, fließend und verbunden, freier Schrittüberschlag, Sprünge, immer im Rhythmus, sauberer Abgang.

Genau wie im Training, Audrey. Wie in Coronado, wie in der Quali. Die Menge jubelt Stepanova zu, und ich öffne die Augen und sehe Janet direkt vor mir.

»Alles gut?«, fragt sie, und ich nicke und folge ihr die Treppe hoch, wo sie mein Sprungbrett an die Matte rückt und ich den Balken mit mehreren Magnesiamarkierungen versehe, um meine

Elemente an der richtigen Stelle zu platzieren, ein Strich für den freien Schrittüberschlag, einer für die Position für den Abgang.

Das grüne Licht leuchtet auf, und ich trete an den Rand der Matte und fokussiere das Sprungbrett, das Janet vor den Balken gestellt hat. Nach einem kurzen Gruß laufe ich darauf zu, Rondat und Überschlag nach oben, dann ein weiterer und der Spreizsalto, fast über die gesamte Länge des Balkens. Ich hebe die Arme, um zu zeigen, dass ich die vollständige Kontrolle habe, und dann ist es, als würde irgendetwas in mir klick machen. Es ist ganz leicht. Fast fühle ich mich, als wäre ich von meinem Körper getrennt, als würde ich mir selbst zuschauen, statt mich durch meine Kür zu turnen. Meine Drehung ist perfekt, keine wackelnden Knie, dann sind es nur noch wenige Elemente bis zum Abgang, und ich kann meinen Herzschlag hören, als ich Luft hole und meinen Sprung mit meinem Puls abstimme, eins, zwei, eins, zwei, Hände, Füße, Hände, Füße, Dreifachschraube, Landung und stehen – okay, ein kleiner Schritt, aber trotzdem. Das war gut.

Ich melde mich mit erhobenen Armen beim Kampfgericht ab und atme aus. Genau dafür bin ich heute hergekommen. Ich habe am Barren alles gegeben und auf dem Balken auch. Jetzt kann ich nur noch zuschauen.

Meine Wertung kommt schnell, eine 15,0, und ich nicke zustimmend, was selten vorkommt. Diese Übung war spitze, und ich bin froh, dass die Richter das auch so sehen.

»Gut gemacht«, sagt Emma und drückt meine Schultern.

»Jetzt bist du dran«, sage ich und wackle mit den Fingern, und sie wackelt zurück.

Gut. Jetzt geht es los. Wenn Emma es packt, sind wir wieder im Rennen. Russland kommt auf dem Schwebebalken nicht an uns heran, wenn wir unser Bestes geben. Galina Kuznetsova ist jetzt auf dem Balken, und obwohl sie alles gibt, kann Emma sie um fast einen ganzen Punkt schlagen. Den holen wir uns jetzt.

Die Zuschauer applaudieren Galina, als sie abspringt, und

schlagen ihre Thundersticks aneinander, wenn vielleicht auch nicht ganz so euphorisch wie bei mir. Ein cleveres Publikum, das eine herausragende Übung von einer respektablen sehr wohl unterscheiden kann.

Na, Audrey, ganz schön eingebildet? Schon möglich, ist aber so.

»Du rockst das, Em!«, rufe ich ihr zu, bevor sie grüßt, und mit drei Schritten ist sie auch schon auf dem Balken, die Schultern gerade, die Füße ruhig, geht sie ein Element nach dem nächsten durch. Solide wie eh und je. So, wie sie bis gestern immer geturnt hat.

»Super!«, ruft Chelsea, nachdem sie einen tadellosen Spagatsprung mit Beinwechsel gezeigt hat und die Arme schwingt, um in einen gebückten Rückwärtssalto überzugehen, aber das Wort hat Chelseas Mund kaum verlassen, als Emmas Fuß nur halb auf dem Balken aufkommt und abgleitet, ihre Hüfte über die Kante rutscht und sie rückwärts auf der Matte landet.

Die Menge stöhnt entsetzt auf. Ich bin schon jenseits des Schocks. Wie kann das sein?

»Das ist ja ein Albtraum«, murmelt Chelsea.

»Ist sie …?«, flüstert Dani.

Sie ist gestürzt. Emma ist vom Balken gestürzt. Schon wieder.

Höflicher Applaus ertönt, als sie wieder aufsteigt, den Rest ihrer Übung durchzieht und abspringt, einen Doppeltwist, so wie Dani. Sie steht ihn perfekt, aber das wird den Sturz nicht ausgleichen. Nicht mal annähernd. Sie hat bisher allein durch ihre Stürze drei Punkte verschenkt, und als sie vom Podium springt, läuft sie geradewegs an mir vorbei.

Irina Kareva ist auf dem Balken und geht ruhig ihre Übung durch, ohne den kleinsten Wackler, und obwohl ich nie jemandem einen Sturz wünsche, wäre jetzt ein wirklich guter Zeitpunkt.

Mist. Sei nicht so, Audrey. Nur … eine verpatzte Übung können wir ausgleichen, aber zwei? Das ist gar nicht gut, vor allem, weil

Emmas Wertung beim Sprung längst nicht da war, wo sie sonst ist. *Hör auf, Audrey. Nicht denken. Einfach ... weitermachen.*

Kareva springt ab, und ich muss nicht erst zur Tafel schauen, um zu wissen, dass ihre Wertung fantastisch ist.

Mein Blick begegnet Chelseas, und ich mache mich schon darauf gefasst, dass sie mit mir schimpft, weil ich rechne, aber sie sagt nichts, presst nur den Mund zusammen. Dani kaut auf ihrer Lippe herum. Und Emma? Sitzt auf einem Stuhl und starrt vor sich hin, ohne etwas zu sehen. Wer weiß, was gerade in ihrem Kopf los ist.

Unsere Gesamtwertung erscheint auf der Tafel, und mein Herz schlägt mir bis zum Hals. Mist.

Wir sind nicht mal mehr nahe dran. Wir sind raus aus der Schlacht um Gold oder Silber. Es bräuchte schon ein Wunder, China oder Russland müssten richtig heftig abstürzen, und wir haben nur noch ein Gerät vor uns. Wir liegen fast einen Punkt hinter Japan, und auch wenn wir am Boden stärker sind als sie, ist ein Punkt eine ganze Menge, vor allem ... vor allem, wenn Emma ihre Übung nicht perfekt turnt. So, wie sie gerade aussieht, stocksteif an die Lehne ihres Stuhls gepresst, mit großen Augen und noch immer stoßweise atmend, wirkt sie nicht einmal so, als wäre sie überhaupt in der Lage zu stehen, ganz zu schweigen davon, vier Sprungkombinationen zu absolvieren.

1. Volksrepublik China — 134,2
2. Russische Föderation — 133,9 (-0.30)
3. Japan — 130,8 (-3.40)
4. Vereinigte Staaten von Amerika — 129,9 (-4.30)

»Emma«, beginne ich, aber sie schaut durch mich hindurch, als wäre ich gar nicht da. »Em?«

»Audrey!«, ruft Janet.

»Emma«, versuche ich es noch einmal, doch sie lässt den Kopf sinken und starrt zu Boden.

Ich gebe es auf und gehe zu Janet, die mir einen Arm um die Schultern legt. »Audrey, kannst du deine Bodenkür turnen?«, flüstert sie.

Ich drehe mich zu Emma um, dann zu Chelseas und Danis verzweifelten Gesichtern, schlucke die aufsteigende Panik hinunter und nicke. Ich kann das. Für mein Team, um irgendwie diesen Tag zu retten – diesen Tag, der eigentlich ein Festtag werden sollte, sich aber immer mehr zur Katastrophe entwickelt.

»Ich ... weiß nicht, ob es genug ist.«

Genug für Bronze. Genug für irgendeine Medaille. Eigentlich sollten wir Gold gewinnen, aber jetzt ...

»Ich nehme alles, was du geben kannst.«

»Ich werde mein Bestes tun.«

»Das weiß ich. Du gehst als Letzte, so hast du noch etwas Zeit, um dich vorzubereiten.«

»Okay.« Ich nicke, doch ich bereue es, kaum dass sie sich umdreht, um dem Kampfgericht mitzuteilen, dass ich an Emmas Stelle starte.

Mir wäre es lieber, wenn ich anfangen könnte, dann hätte ich es hinter mir, aber jetzt ist es zu spät. Auf meinen Handflächen ist Schweiß, der immer wiederkommt, egal wie viel Magnesia ich draufschmiere, und ich muss in Bewegung bleiben, mein ganzer Körper vibriert unter der Anspannung.

Ich laufe auf dem schmalen Gang zwischen der Zuschauertribüne und dem Podium auf und ab, auf und ab, die Hände auf der Hüfte, den Kopf gesenkt und die Augen auf den neongrünen Teppich gerichtet, der die gesamte Arena bedeckt.

Noch fünf ganze Bodenübungen, bis ich dran bin.

Nicht hinschauen, Audrey, nur visualisieren, jeden Schritt, jeden Sprung, jede Drehung. Du kannst nicht kontrollieren, was da oben passiert, du kannst dich nur konzentrieren und loslegen, wenn es so weit ist.

Dabei sollte ich gar nicht hier sein. Ich sollte gar nicht im

Mannschaftsfinale im Bodenturnen antreten. Chelsea und Dani und Emma sollten hier Gold holen, und ich sollte sie anfeuern und längst mit meinem Teil fertig sein. Ich jogge auf der Stelle, um mich aufzuwärmen.

Ich werfe Emma, die immer noch auf ihrem Stuhl sitzt, immer noch nicht auf die Welt um sie herum reagiert, einen letzten Blick zu, bevor ich mich auf den Weg aufs Podium mache. Die letzte Bodenkür im olympischen Mannschaftsfinale.

»Du packst das, Rey«, sagt Dani, als wir auf der Treppe aneinander vorbeigehen.

»Zieh dein Ding durch, Rey!«, ruft Chelsea von unten.

»Und jetzt am Boden für die Vereinigten Staaten von Amerika, Audrey Lee!«, ruft der Ansager, und ein verwirrtes Raunen geht durch die Menge.

Ich schüttle den Kopf, schüttle die Selbstzweifel ab, die Anspannung, alles. Die Welt zieht sich zusammen, es gibt nur noch mich und den Boden. Ich weiß nicht, ob es in der Arena wirklich still ist oder nicht, aber ich höre mich selbst ein- und ausatmen, bevor das Signal ertönt und meine Musik einsetzt.

Ich tanze, turne, tue mein Bestes, um sicherzugehen, dass jede Drehung meiner Finger, jede Streckung meiner Zehen vom Kampfgericht gesehen wird. Ich kann Dani und Chelsea nicht überbieten. Ich weiß nicht einmal, welche Wertung ich brauche. Ich muss alles stehen, jede Kombination, jeden Salto, jeden Sprung. Ich muss perfekt sein, aber wenn ich eins in meinem Leben gelernt habe, dann dass nichts – egal wie sehr man sich bemüht und wie sehr man es verdient hat – je perfekt ist.

Ich lande nach meinem letzten Sprung, und meine Füße rutschen ein winziges Stück über die Bodenfläche, einen Zentimeter, vielleicht zwei. Ich hebe die Hände, grüße ab und winke der Menge, weil irgendwo da oben meine Eltern und Leo sind.

Ich gehe die Stufen hinunter und schnaufe immer noch, ich habe keine Ahnung, ob es genug war, keine Ahnung, wo wir stehen.

Dani und Chelsea nehmen mich in Empfang. Emma sitzt auf ihrem Stuhl, den Kopf zwischen den Händen.

»Kommt«, sage ich und schiebe die beiden zu Emma. Ich nehme ihre Hand und ziehe sie hoch, dann lege ich ihr den Arm um die Schultern. Ihre Augen sind rot und tränen, und ihr Körper zittert.

Ich beuge mich vor, und die anderen tun es mir gleich, wir bilden einen kleinen Kreis, die Arme umeinander gelegt. »Mädels, ganz egal, was passiert, es war mir eine Ehre«, sage ich in unseren Zirkel hinein. »Ich liebe euch alle. Ihr seid meine Schwestern, und ich bin unglaublich stolz auf euch.«

Wir lösen den Kreis auf, aber ich halte Emmas Hand weiter fest. Janet steht auf ihrer anderen Seite und hat einen Arm um ihre Schultern gelegt. Dani nimmt meine freie Hand und tastet mit der anderen Hand nach Chelsea. Ich hebe den Blick wieder zur Anzeigetafel.

Meine Wertung ist zu sehen, eine 14,0. Für mich ist das ziemlich gut. Dann wechselt die Tafel zur Gesamtwertung des Teams.

1. Russische Föderation   177,1
2. Volksrepublik China   177,0 (-0.10)
3. Japan   173,0 (-4.10)
4. Vereinigte Staaten von Amerika 172,9 (-4.20)

Wir liegen ein Zehntel zurück. Ein Zehntel.

Vierter Platz.

Es geht nicht aufs Siegertreppchen. Die Medaille, von der ich heute Morgen noch überzeugt war, dass sie uns gehört, ist weg, und ich werde niemals eine zweite Chance bekommen.

Wir sind das beste Team der Welt. Das weiß ich mit jeder Faser meines Körpers.

Aber wir sind Vierte. Kein Gold, kein Silber, kein Bronze.

Wir sind nichts.

Wir werden aus der Arena zum Pressebereich geführt.

»Was ist da draußen passiert?«, fragt ein Reporter, als ich an ihm vorbeigehe.

Ich bleibe stehen, sehe ihm direkt in die Augen und beuge mich zu dem ausgestreckten Mikrofon.

»Wir haben verloren.«

Wir sind erst wenige Minuten zurück im olympischen Dorf, als ich einen Lagerkoller bekomme. Ich will nicht auf mein Handy oder den Laptop oder den Fernseher schauen. Ich kann mir vorstellen, was die ganze Welt zu unserer Leistung zu sagen hat, und ich brauche keine Millionen selbsternannte Experten, die sich darüber auslassen, wie mies wir sind, wenn ich sehr gut allein zu diesem Schluss kommen kann.

Emma kauert in dem Sessel mir gegenüber, und Dani und Chelsea sitzen schweigend auf dem Sofa. Ich bin nicht sicher, ob ich sie je so lange nicht habe reden hören, aber mir ist auch nicht nach Sprechen. Durchzukauen, was alles schiefgegangen ist, ist das Letzte, wozu ich Lust habe. Wenn ich diesen Tag für den Rest meines Lebens ausblenden könnte, würde ich es tun. Vierter Platz. Ich kann es nicht glauben.

Der ganze Wettkampf ist eine verschwommene Erinnerung, bis auf den Zehntelpunkt Abzug auf meinen letzten Sprung. Ich bin mir ziemlich sicher, dass ich mir den für den Rest meines Lebens vorwerfen werde.

Aber haben wir deshalb die Medaille verfehlt?

Natürlich nicht.

Der Zehntelpunkt hat uns nicht von der Siegertreppe geschubst, trotzdem fühlt es sich verdammt danach an.

Ich verstehe immer noch nicht, was mit Emma los war. Was ist mit der besten Turnerin der Welt passiert? Lag es daran, dass sie es gestern nicht ins Mehrkampf-Finale geschafft hat? War es einfach Pech? Hatte Emma den schlechtesten Tag ihrer gesamten

Karriere zum schlechtesten Zeitpunkt? Das ist schon anderen Leuten passiert. War es der Druck? Vielleicht waren die Übungen einfach zu schwer. Wir lassen es einfach aussehen, aber es ist der härteste Sport der Welt. Oder vielleicht ...

»Es ist meine Schuld«, sagt Emma in die Stille.

»Emma, es ist nicht deine Schuld. So ist das beim Turnen. So was passiert«, sage ich, stehe auf und knie mich neben ihren Sessel.

Emma schüttelt heftig den Kopf.

»Was dann?«

Sie holt tief Luft, und die Worte sprudeln nur so aus ihr heraus. »Ihr werdet mich alle dafür hassen, völlig zu Recht, aber ihr müsst wissen, dass ... warum passiert ist, was heute passiert ist. Alle waren so ... alle haben sich hinter dich gestellt, Dani. Sogar die Russinnen haben diese Armbänder getragen, und ich ... ich habe nicht zu dir gehalten, obwohl ich es besser wusste. Ich *wusste*, dass du nicht gelogen hast, und ich habe nichts gesagt. Audrey hätte fast ihren Platz im Team aufgegeben, um dir zu helfen. Mrs. Jackson hat das gesamte NGC suspendiert. Janet hat ihr ganzes Leben auf den Kopf gestellt, und ich hatte nicht mal den Mut ... die Wahrheit zu sagen.«

Ich starre sie fassungslos an. Sie hat das so lange in sich aufgestaut, vielleicht tut es ihr gut, es endlich rauszulassen. Ich wünschte bloß, sie hätte es früher getan. Dann hätten wir heute vielleicht gewonnen.

»Ich hatte einfach so eine unglaubliche Angst, als ich gesehen habe, wie du aus dem Team geworfen wurdest und wie Sierra und Jaime dich behandelt haben. Ich hatte so eine Panik und habe es für dich nur noch schlimmer gemacht, und ich wusste einfach nicht, wie ich es wiedergutmachen sollte. Es hat sich so angefühlt, als wäre es zu spät. Aber als ich gesehen habe, wie viel Unterstützung du von diesen Fremden bekommen hast, von Menschen, die dich nicht kennen, die nicht mit dir aufgewachsen sind und die nicht wissen konnten, dass du die Wahrheit sagst, da ... konnte ich einfach nicht mehr. Ich wusste, dass du nicht gelogen hast, Dani. Ich wusste es, weil er letztes Jahr dasselbe mit mir gemacht hat.«

Alle Luft entweicht mit einem Schlag meiner Lunge, als wäre ich auf dem Schwebebalken ausgerutscht und aufs Brustbein geknallt.

»Em?«, krächze ich, und meine Stimme scheint etwas in ihr auszulösen.

Sie springt auf und schlingt die Arme um die Taille. Ihr ganzer Körper zittert, während sie unkontrolliert schluchzt, dann stürmt sie durch die Tür und ist weg.

»Emma!«, rufe ich und springe auf, doch Mrs. Jackson versperrt mir den Weg.

»Ich gehe«, sagt sie leise. »Wir wollen keine öffentliche Szene.«

Ich sehe sie groß an. Was glaubt sie denn, was ich mache? Meine beste Freundin beschimpfe, weil sie ein Opfer sexuellen Missbrauchs geworden ist? Hat Emma das von mir erwartet? Dachte sie wirklich, ich würde ihr Vorwürfe machen?

Mrs. Jackson eilt Emma nach, und Janet folgt ihr.

»Ich dachte, ich wäre die Einzige«, sagt Dani leise. »Wenn ich schon früher etwas gesagt hätte, hätte sie vielleicht ...«

»Nein«, unterbricht Chelsea sie. »Du gibst dir jetzt nicht die Schuld an dem, was er getan hat.«

»Wie konnte ich das nicht bemerken?«, flüstere ich, aber sie hören mich trotzdem. »Sie ist meine beste Freundin, und ich habe nichts mitgekriegt.«

»Du hattest deine eigenen Probleme, Rey«, sagt Chelsea sanft. »Du warst verletzt.«

Ich war verletzt, und ich war nicht da. Deshalb hatte Emma ein Einzelzimmer, genau wie Gibby es im Trainingslager für mich vorgesehen hatte und für Dani bei der Weltmeisterschaft. Es war nicht meine Schuld, aber ich hätte es doch merken sollen.

Ich hätte wissen müssen, dass etwas nicht stimmt. Ich hätte für sie da sein müssen.

Ich kann nicht mehr stillsitzen. Ich muss hier raus.

»Ich mache einen Spaziergang.« Ich hänge mir meinen Athletenausweis um den Hals und gehe nach draußen, ohne auf eine Antwort zu warten.

Das olympische Dorf liegt an einem Zufluss in die Bucht von Tokio, und die klebrige Feuchtigkeit in der Luft, der Schiffsverkehr auf dem Wasser und die Flugzeuge über meinem Kopf erinnern mich wirklich sehr an zu Hause. Ich würde meinen Eltern gerne eine Nachricht schreiben, aber dazu müsste ich auf mein Handy schauen, und das will ich auf keinen Fall. Ich kann im Moment nichts Negatives mehr gebrauchen, und da würde ich in den sozialen Netzwerken nicht dran vorbeikommen. Wildfremde, die zufällig meinen Kontakt haben, halten nicht damit hinterm Berg, was sie zu unserem Absturz heute zu sagen haben.

Eine Nachricht muss aber doch sein.

Kannst du herkommen?

Ich sende meinen Standort, schalte das Handy schnell wieder aus und stecke es in die Tasche.

Da, wo das Dorf ans Wasser stößt, setze ich mich auf eine Bank.

Der Horizont sieht verlockend aus. Coronado ist fünftausend Meilen weit weg. New York über achttausend. Ich bin bei den Olympischen Spielen, wie ich es mir mein Leben lang gewünscht habe, und kann nur daran denken, wie gerne ich zu Hause in Queens in mein Bett krabbeln würde, um von dem Lärm der Autos und Krankenwagen und Flugzeuge, der Menschen draußen auf ihren Balkons und der Kinder, die in der Gasse hinter unserem Haus spielen, alles übertönen zu lassen. Ich will den Duft des Weichspülers einatmen, den meine Mutter immer für die Bettwäsche nimmt, und den Hauch Aftershave meines Dads aus dem Badezimmer.

Ich will nach Hause.

Die Tränen kommen langsam, kein heftiger Schwall, sondern eine nach der anderen. Ich will nach Hause. Ich will, dass das alles hier vorbei ist.

Ich bin die Kapitänin dieser Mannschaft, ein Titel, den ich nicht verdient habe, das Team bricht auseinander, ich habe keine Ahnung, wie ich es zusammenhalten soll, und mir fällt nichts anderes ein, als davonzulaufen. *Super Führungsqualitäten, Audrey, wirklich. Spitzenmäßig.*

»Hey, da bist du ja«, sagt Leo.

Ich drehe mich schnell um und wische mir die Tränen von der Wange, aber er hat sie gesehen.

»Darf ich?«, fragt er und zeigt auf den freien Platz neben mir auf der Bank.

Ich nicke. Zu mehr bin ich gerade nicht in der Lage.

»Ich muss die ganze Zeit daran denken, dass es dasselbe Wasser ist wie zu Hause«, sagt er und deutet mit einem Nicken auf die Bucht.

»Ja, der Ozean ist weit«, sage ich und verziehe das Gesicht, weil meine Worte so zynisch klingen. Das hat er nicht verdient. Ich habe ihn gebeten zu kommen, und das hat er getan. Er ist immer für mich da gewesen, obwohl er mich genau genommen kaum kennt. »Wie bist du ins Dorf gekommen?«

»Ich habe den Wachmann bestochen.«

Endlich schaue ich ihn richtig an. »Im Ernst?«

»Nee, ich habe meine Mom gebeten, mich als Gast anzumelden«, sagt er seufzend und rutscht ein bisschen näher. Er streckt nicht die Hand nach mir aus, deshalb tue ich es und lehne den Kopf an seine Schulter. Er verschränkt die Finger mit meinen, hält meine Hand und küsst mich auf die Stirn.

»Danke, dass du so schnell gekommen bist. Es tut mir leid, ich ... ich kann dir nicht sagen, was passiert ist. Es betrifft nicht mich. Aber ich ... ich weiß einfach nicht, wie ich das alles schaffen soll.«

»Egal, was es ist, ich weiß, dass du es kannst«, sagt er, ohne zu zögern, und diese Sicherheit, dieses Vertrauen, das er in mich hat, macht mich plötzlich wütend.

»Kann ich nicht!«, fauche ich, springe von der Bank und drehe mich zu ihm um. »Seit der Qualifikation dreht sich mein Gehirn im Kreis. Ich hatte keine Zeit, das alles zu verarbeiten, und jetzt sind wir hier, und plötzlich gibt es viel zu viel Zeit zum Nachdenken, ich gehe es tausendmal im Kopf durch und habe noch nicht mal wirklich begriffen, was mir mit Gibby alles hätte passieren können, wenn Dani ihn nicht gestoppt hätte. Und jetzt hat Emma ...« Ich unterbreche mich. »Sie brauchen mich. Ich soll ihre Kapitänin sein, aber ich ... ich kann nicht klar denken.«

»Dann lass es doch einfach.«

»Als ob das so leicht wäre«, gebe ich zurück und werfe frustriert die Hände in die Luft. »Ist es aber nicht. Der einzige Moment, in dem ich *nicht* denke, ist, wenn ich turne, aber jetzt funktioniert nicht mal mehr das, denn turnen heißt seit heute verlieren.« Meine Stimme bricht, und ich bin den Tränen nahe, aber ich will nicht weinen. Ich will eine Lösung finden.

»Es tut mir leid, was heute passiert ist. Du hast es verdient, zu gewinnen. Du hast alles Gute dieser Welt verdient.«

Das ist der Moment, in dem in mir ein Damm bricht. Vielleicht war es heute so für Emma beim Wettkampf. Es ist alles zu viel, und ich breche in Tränen aus.

Er lässt mich weinen. Ich weiß nicht, wie lange, eine ganze Weile, bis mein Atem wieder ruhiger geht und keine Tränen mehr kommen.

»Ich bin so ein Jammerlappen, immer heule ich mich bei dir aus. Es tut mir leid. Ich brauche ... ich weiß selbst nicht, was ich brauche. Vielleicht eine Ablenkung.«

Leo zieht die Augenbrauen hoch, steht auf und reicht mir die Hand. »Alles klar, dann lenke ich dich jetzt ab. Tanz mit mir.«

Sein absolut unvorhersehbarer Vorschlag bringt mich tatsächlich dazu, die Grübelspirale zu verlassen. Das war das Letzte, was ich aus seinem Mund erwartet habe. »Das ist jetzt aber kein Euphemismus für …«

Er prustet, und seine Augen blitzen. »Nein. Ich bitte dich nur, mit mir zu tanzen.«

»Du kannst tanzen?«, frage ich lachend. »Das ist nicht dein Ernst.«

Er nickt grinsend. »Mein voller Ernst. Mein Trainer hat mich überredet, Unterricht zu nehmen. Er wollte, dass ich ein besseres Körpergefühl bekomme. Ich habe einen Monat Ballett gemacht und ihn dann angefleht, irgendwas anderes machen zu dürfen, also hat er mich zum Gesellschaftstanz angemeldet.«

»Und Gesellschaftstanz gefällt dir besser?«

»O ja«, sagt er, und sein Grinsen wird breiter. »Die Mädels waren deutlich entspannter als die Ballerinas.«

Ich werfe den Kopf zurück und lache. Mann, fühlt sich das gut an. »Die müssen ja die reinsten Sonnenscheinchen gewesen sein im Vergleich zu mir.«

»Komm schon, Rey, sei nicht so hart mit dir. Du bist ein echter Wonneproppen.«

»Ein verkrampfter Wonneproppen«, korrigiere ich ihn, ich weiß selbst, wie aufgelöst ich gerade noch war, trotzdem muss ich lächeln.

»Zugegeben, ein bisschen verkrampft, aber auch schlau und begabt und unglaublich ehrgeizig und selbstlos – reicht das jetzt, damit du aufhörst? Ich könnte noch endlos weitermachen, aber tanzt du jetzt mit mir oder nicht?«

»Ich kann immer noch nicht glauben, dass du tanzen kannst.«

Leo legt herausfordernd den Kopf zur Seite und tritt auf mich zu. Eine Hand gleitet um meine Taille und legt sich auf meinen unteren Rücken, und mit der sanftesten Bewegung zieht er mich an sich. Seine andere Hand greift nach meiner und legt sie auf seine Schulter, bevor er meine freie Hand in seine nimmt.

»Wir haben keine Musik.«

Er lächelt wieder und fängt an zu singen, leise und etwas schief, aber das ist mir egal. »*Moon River, wider than a smile, I'm crossing you in style someday* ...« Ich habe gar nicht gemerkt, wann er angefangen hat zu tanzen, aber ich folge ihm instinktiv. Es dauert noch einen Moment, bis mir klar wird, dass er an irgendeinem Punkt die Walzerchoreographie aus meiner Übung aufgenommen hat, denn genau durch diese Folge führt er mich jetzt, seine Schritte sind sicher und perfekt im Takt. Entweder ist er ein extrem begabter Tänzer, oder er hat mir wirklich ziemlich genau zugeschaut. Oder beides. Ich zittere, als er mich unter seinem Arm hindurch dreht und meine Hand wieder nimmt, bevor er zur nächsten Strophe übergeht.

Seine Stimme kämpft ein bisschen mit den höheren Noten, und seine Wangen röten sich, doch dann verfällt er in eine angenehmere Tonlage, und ich drücke seine Hand, ich will unbedingt, dass er weitermacht.

Er zieht mich näher an sich, unsere Oberkörper berühren sich leicht, und seine Finger streichen über meinen Rücken. Sein Atem streift warm über meine Schläfe, als er sich näher zu mir beugt und leise weitersingt. Er dreht mich von sich weg und hebt die Hand, während ich drunter durch in die Doppeldrehung aus meiner Kür wirbele, ein Bein graziös gestreckt, wie ich es im Wettkampf machen würde. Als ich fertig bin, zieht er mich wieder zurück, und wir tanzen gemeinsam weiter. Er lehnt seine Stirn gegen meine, während ich die Schlussworte mit ihm singe: »*Moon River and me.*«

Wir hören auf zu tanzen und stehen nur da, atmen einander an. Der Tanz war langsam, aber mein Herz rast, hämmert schneller als der Walzertakt. Leo drückt mich immer noch an sich, aber er bewegt sich nicht. Unsere Blicke treffen sich. Er wartet auf mich. Er will, dass ich weiß, dass ich ihm vertrauen kann, auch wenn ich nicht mehr weiß, ob ich überhaupt irgendjemandem vertrauen kann, nicht mal mir selbst. Das ist stark. Richtig stark.

Ich stelle mich auf die Zehenspitzen und drücke sanft meine Lippen auf seine. Seine Hände liegen fest um meine Taille, aber er bleibt passiv. Er erwidert meinen Kuss, aber er überlässt mir die Führung. Ich knabbere an seiner Unterlippe. Er stöhnt ganz leise tief in der Kehle, und es vibriert wie ein Echo durch mich hindurch. Meine Haut kribbelt, als seine Hände unter den Saum meines T-Shirts gleiten und über meinen unteren Rücken streichen. Ich ziehe keuchend den Kopf zurück. Schon diese zarte Berührung setzt meinen ganzen Körper in Brand. Ich schließe die Augen wieder und versuche, das Gleichgewicht zu halten, während sich in meinem Kopf alles dreht. Sein Atem geht so stoßweise wie meiner.

Ein perfekter erster Kuss.

»Audrey«, sagt er mit rauer Stimme.

»Du hast dir den Songtext gemerkt«, flüstere ich benommen.

»Ich habe ihn im Internet rausgesucht, als ich deine Kür am ersten Abend der Qualifikation gesehen habe. Ich habe das Lied im Bett in Dauerschleife gehört«, gesteht er und reibt sich verlegen den Nacken. »Du warst so wunderbar, und dann haben wir miteinander gesprochen, und jetzt … fühlt es sich irgendwie so an, als wäre das Lied über uns, weißt du? Als wäre es Schicksal.«

»Ich glaube nicht ans Schicksal«, murmele ich. »Nicht mehr.«

»Woran glaubst du dann?«, fragt er heiser.

Seine Frage bringt mich wieder auf die Zehenspitzen, er kommt mir entgegen, und diesmal übernimmt er die Führung, wie beim Tanzen. Seine Hand gleitet hinten unter mein Shirt und drückt mich an sich, diesmal eher wild als sanft. Ich strecke die Arme aus und schlinge sie um seinen Hals, und seine Hände bewegen sich, eine wühlt sich in meine Haare, die andere hält meine Hüfte, zieht mich an ihn und erzeugt eine unglaubliche Spannung zwischen uns. Wenn er so weitermacht, explodiere ich gleich in eine Million Teile.

Der Gedanke bringt mich dazu, einen Schritt zurückzutreten. Wir stehen hier wie auf dem Silbertablett, jeder kann uns sehen. Er scheint zu verstehen, denn sein Griff lockert sich, und unsere Lippen berühren sich ein letztes Mal.

»Wenn das alles hier vorbei ist, Audrey Lee, dann werden du und ich ... dann werden wir ein sehr ernstes Gespräch führen müssen«, sagt er und schaut schwer atmend über meinen Kopf hinweg. Ich spüre, wie sein Herz hämmert und die Wärme seiner Haut durch sein T-Shirt bis in meine Hand sickert. »Wenn du dann noch willst.«

Ich nicke, aber das kann er nicht sehen. »Ja, ich will«, ich halte inne, um Mut zu sammeln, »dieses ernste Gespräch mit dir führen.« Ich strecke die Hände aus und lege sie um sein Gesicht, bis er mich ansieht. »Mit dir. Sehr ernst. So ernst, wie es nur geht.«

»Gut«, sagt er und grinst. »Na, bist du jetzt abgelenkt?«

Ich lache wieder. Es tut so gut, zu lachen, und er bringt mich so oft dazu, dass es sich wie eine Droge anfühlt. »Du bist schlimm, weißt du das?«

»Ja«, sagt er und legt mir den Arm um die Schultern, bevor wir langsam zurückgehen. »Ich weiß.«

Er hat mich abgelenkt, wenigstens für eine Weile, aber selbst seine Fingerspitzen, die über meine nackte Schulter gleiten, lösen nicht alles. Alles, was ich gesagt habe, ist wahr, auch wenn er in seiner charmanten Arroganz vielleicht denkt, eine Ablenkung wäre genug.

Aber das stimmt nicht.

Unser Team ist am Boden, aber ich werde es wieder aufrichten. Das muss ich, sonst werde ich es mein Leben lang bereuen.

Zwanzigstes Kapitel

Ich habe mich von Leo verabschiedet – etwas länger als beabsichtigt – und bin schnurstracks zurückgegangen. Ich habe einen Plan, na ja, eher eine Idee, aber eine gute, und ich will keine Zeit verlieren, bevor ich sie den anderen Mädchen vorstelle. Als ich in unsere Suite komme, ist der Gemeinschaftsraum leer, aber die Tür zu meinem Zimmer steht auf.

»Da bist du ja«, sage ich zu Emma, die im Zimmer herumwurschtelt. Die Schubladen ihrer Kommode sind geöffnet, und ihre Klamotten sind auf dem Bett verstreut, daneben liegen die geöffneten Koffer. »Was machst du?«

»Packen«, sagt sie und wirft die Turnanzüge, die sie nach unserer Ankunft sorgfältig gefaltet in einer Schublade verstaut hat, in einen der Koffer.

»Warte.« Ich quetsche mich in den schmalen Spalt zwischen ihr und dem Koffer. »Bitte hör mir eine Sekunde zu.«

»Es ist in Ordnung«, sagt sie. »Ich weiß, dass du dich schlecht fühlst, Rey, aber du hättest es nicht wissen können. Du musst dich nicht schuldig fühlen.«

»Das wollte ich gar nicht ...«, beginne ich, aber ich unterbreche mich. Sie hat recht. Ich fühle mich schuldig. Sehr schuldig. »Okay, du hast recht, aber darum geht es jetzt gar nicht.«

»Sondern?«

»Es geht nicht um mich. Es geht um dich.«

»Rey, ich denke ...«

»Laut Leo ist es manchmal besser, gar nicht zu denken.«

»Ach, diese scheißentspannten Snowboarder.«

»Schrecklich, oder?«

»Audrey, ich ...«

»Nein, bitte hör mir zu. Wenn du abreisen willst, weil es zu wehtut oder weil du es nicht mehr versuchen willst, in Ordnung. Das ist total legitim. Aber wenn du abreist, weil du ... das Gefühl hast, du hättest es nicht verdient, hier zu sein, oder weil du wirklich glaubst, was du vorhin gesagt hast, dass du irgendwie verantwortlich für das alles hier bist, dann flehe ich dich an, bitte geh nicht.«

»Audrey ...«

»Du bist eine der besten Turnerinnen der Welt. Du hast dein Leben lang für diesen Wettkampf trainiert, und du hast jedes Recht, hier zu sein. Du hast es verdient, dir selbst eine Chance zu geben.«

»Aber ...«

»Dani gibt dir nicht die Schuld. Ich auch nicht. Niemand gibt dir die Schuld. Der einzige Schuldige ist Gibby. Ich will dir gar nicht mit dem Scheiß kommen, wenn du jetzt aufgibst, hat er gewonnen ...«

»Genau das hat Mrs. Jackson gesagt.«

»Mrs. J ist super, aber sie liegt falsch. Was du jetzt tust, hat rein gar nichts mit ihm zu tun. Was willst *du*?«

»Ich will turnen«, sagt sie wie aus der Pistole geschossen.

»Tja, zufällig sind wir bei den Olympischen Spielen, und genau das macht man hier.«

Emma schnaubt, ich aber sehe ein Lächeln – ein echtes –, das sich mühsam seinen Weg auf ihr Gesicht kämpft.

»Ich weiß nicht, ob ich noch mal da raus kann. Ich weiß nicht, ob ich ... allen vor die Augen treten kann. Ich hab es vor der ganzen Welt verbockt, und ich will nicht, dass jeder weiß, warum.« Sie redet sich in Rage, aber ich lasse sie. Vielleicht muss das alles mal raus. »Ich bin nicht wie Dani. Ich glaube nicht, dass ich das aushalten würde. Andererseits will ich aber auch, dass alle wissen, dass es einen Grund für meine Fehler gab, dass ich nicht einfach gepatzt habe. Aber ... genau das denken alle, und vielleicht stimmt es ja auch. Das bedrückt mich so, und ich weiß nicht, was ich machen soll.«

Ich sehe sie schweigend an. Ich kann sie so gut verstehen, aber ich weiß nicht, was ich ihr antworten soll.

»Hey«, sagt Dani an der Tür, den Blick auf den Koffer gerichtet, ohne ihn zu kommentieren. »Darf ich reinkommen?«

»Okay«, sagt Emma und zuckt die Schultern.

»Du bist ... genauso stark wie ich.«

»Bin ich nicht«, widerspricht Emma.

Dani kommt ganz ins Zimmer und schaut mich an. »Audrey, würdest du uns kurz allein lassen?«

»Klar«, sage ich und umarme Emma, bevor ich das Zimmer verlasse. »Du bist stark, und du bist meine beste Freundin, und ich liebe dich. Ganz egal, wie du dich entscheidest.«

Dani macht die Tür hinter mir zu, und ich versuche, es nicht zu schwerzunehmen, dass ich genau in dem Moment, in dem meine beste Freundin mich am meisten braucht, nicht weiß, wie ich ihr helfen soll.

Chelsea sitzt auf dem Sofa und stellt mehrere Styroporbehälter auf den Sofatisch, während Mrs. Jackson und Janet bereits mit Stäbchen in weiße Boxen piksen. Sie müssen etwas zu essen besorgt haben, bevor Emma zu packen angefangen hat.

»Hier«, sagt Chelsea und reicht mir eine Box. »Frisches Sushi, vor unseren Augen zubereitet.«

»Der Höhepunkt der Olympischen Spiele in Tokio«, erwidere ich. Wir haben nicht viel von der Stadt gesehen und werden vermutlich auch nicht mehr viel zu sehen bekommen, bis der Wettkampf vorbei ist – wenn überhaupt –, aber wenigstens kommen wir in den Genuss des Essens.

Die Minuten vergehen. Wir versuchen, uns mit dem Schwimmwettkampf abzulenken, aber abgesehen davon, dass ich die gutgebauten Schwimmer bewundere, die pfeilschnell durchs Wasser schießen, kreisen meine Gedanken um das, was hinter der geschlossenen Tür vorgeht.

»Ich nehme an, dass mein Sohn dich gefunden hat?«, holt Janet mich aus meinen Gedanken.

»Ja. Danke, dass ... Sie wissen schon.« Unter ihrem bohrenden Blick rutsche ich verlegen auf der Sitzfläche herum. Dass was? Dass ich zur Ablenkung mit ihrem Sohn knutschen durfte? Nein, es ist mehr als das. »Danke, dass Sie die ganze Zeit für uns da waren. Ich weiß, dass ich mich in manchen Dingen gegen Sie aufgelehnt habe, aber Sie haben mir echt viel beigebracht. Vor allem, dass das, was ich mein Leben lang für gutes Coaching gehalten habe ... keins war.«

»Gern geschehen. Aber ich fürchte, ich werde ein ernstes Wörtchen mit Leo reden müssen, er scheint sich nicht ganz so von dir ferngehalten zu haben, wie er es mir versprochen hat«, entgegnet Janet und schiebt mit einem Grinsen meine Verlegenheit beiseite. »Er hat mir von seinen Trainingsplänen erzählt. Du hast meinem Sohn geholfen, seine Träume wiederzufinden. Es tut mir leid, dass wir versucht haben, euch in eure Beziehung reinzureden.«

Ich weiß nicht, ob ich wirklich so viel dafür getan habe, ihm zu dieser Entscheidung zu verhelfen, wie er behauptet. Es ist sein Traum von Olympia, nicht meiner. Und was ich auf Janets Entschuldigung erwidern soll, weiß ich noch weniger.

Mrs. Jackson erspart mir die Antwort. »Leo will für 2022 trainieren?«, schaltet sie sich ein und wirft mir einen kurzen Blick zu. »Das ist ja interessant.«

»Tamara ...«, setzt Janet an, doch in dem Augenblick geht die Tür hinter ihr auf.

Dani kommt zuerst heraus, Emma dicht hinter ihr. Ihre Augen sind gerötet und ein bisschen geschwollen, aber sonst sehen sie gut aus.

»Ich habe beschlossen zu bleiben«, bricht Emma das Schweigen.

Meine hochgezogenen Schultern lockern sich augenblicklich, und ich springe auf, um sie zu umarmen. Wir stehen da, wiegen uns vor und zurück und halten uns ganz fest. Niemand sagt etwas, aber die Spannung, die eben noch in der Luft lag, ist weg.

»Ist das Sushi?«, fragt Emma, das Kinn auf meine Schulter gestützt. »Kann ich auch was haben?«

»Natürlich«, sage ich, lasse sie los und stolpere fast in meinem Eifer, ihr eine Box und Stäbchen zu bringen.

»Danke«, sagt sie und setzt sich aufs Sofa.

Janet und Mrs. Jackson mustern uns mit zusammengekniffenen Augen. Ich räuspere mich. »Wäre es in Ordnung für Sie, mal kurz rauszugehen? Ich muss mit meinem Team reden.«

Mrs. Jackson zieht eine Augenbraue hoch. »Aber sicher«, sagt sie, und Janet nickt. Sie nehmen ihre Sushi-Boxen mit nach draußen, und dann sind wir unter uns.

»Ich ...«, beginne ich stockend und sehe sie an. »Ich muss euch was sagen.«

Alle erstarren, Stäbchen bleiben auf halber Strecke zum Mund in der Luft hängen, und Chelsea fällt ein Klümpchen Reis auf den Schoß.

»Nein«, sage ich schnell und schüttele den Kopf. »Nicht das. Also, zumindest nicht ganz. Es geht darum, was passiert ist, als Sierra versucht hat ...«

»Dich zu erpressen?«, beendet Chelsea den Satz für mich und steckt sich das Reisklümpchen in den Mund.

Ich nicke und hole tief Luft. Das hier ist wichtig. »Ich wollte meinen Platz aufgeben, weil ich wahrscheinlich Gibbys nächstes Opfer geworden wäre, zumindest hat das FBI das vermutet, und ich hatte das Gefühl ...« Ich zögere und versuche, ruhig zu sprechen, atme ein und aus und straffe die Schultern. Stark bleiben, nicht zusammenbrechen. Nicht schon wieder. »Ich habe es nicht nur getan, weil es richtig war. Ich habe es getan, weil ich das Gefühl hatte, dass ich es Dani schuldig bin, weil sie die Sache öffentlich gemacht hat. Ich habe mich schlecht gefühlt, weil es dir passiert ist und nicht mir.« Ich nicke ihr zu. »Und ich war so dankbar, dass du es gesagt hast. Du hast mich gerettet.«

»Rey, das ist doch nicht ...« Dani verstummt und schüttelt den Kopf.

»Natürlich nicht, aber so hat es sich angefühlt. Und jetzt, wo ich weiß, dass es auch meiner besten Freundin passiert ist«, ich sehe Emma an, deren Augen ein bisschen glasig sind, »finde ich, dass ihr wissen müsst, warum ich mich so verhalten habe.«

Sie antworten nicht, aber ihr Schweigen ist nicht wütend oder vorwurfsvoll. Sie hören mir einfach zu, weil ich irgendwie, nach allem, was in den letzten Wochen passiert ist, ihre Anführerin geworden bin und mein Team von mir erwartet, dass ich eine Ansage mache.

Und genau das tue ich jetzt.

»Ich glaube immer noch, dass wir das beste Team der Welt sind, ganz egal, was heute auf der Anzeige stand.«

»Das ... mag sein«, sagt Dani langsam.

»Logisch«, sagt Chelsea.

Emma nickt.

»Okay«, sage ich, »dann haben wir jetzt noch eine Woche, um es allen zu beweisen. Es gibt noch fünf Einzelwettkämpfe, und wir sind in allen dabei, in den meisten sogar zu zweit. Wir können es immer noch allen zeigen, wir vier. Zusammen, nur eben ... na ja, jede für sich.«

Chelsea grinst. »Hört sich gut an.«

»Finde ich auch«, sagt Dani.

Emmas Augen blitzen mich an, und sie sagt: »Ich auch.«

»Okay.« Ich nicke feierlich. »Morgen geht es los.« Ich zögere und sehe Emma an, obwohl ich das gar nicht beabsichtigt habe.

»Im Mehrkampf-Finale«, führt sie für mich aus und muss

dabei den Blick abwenden. Nach alldem muss es so hart für sie sein, dass sie morgen nicht antreten kann. »Du und Dani werdet ihnen die Hölle heißmachen!«

Wir sind sechs in der oberen Riege im Mehrkampffinale. Sechs Turnerinnen mit einer realistischen Aussicht auf Gold. Wir haben in der Qualifikation alle innerhalb eines Punkts Abstand zueinander gelegen. Das heißt, dass jede von uns eine Chance hat, den Tag ganz oben auf dem Siegertreppchen zu beenden, und mehr als eine Chance brauchen wir nicht.

In der Arena ist alles wie gestern. Dieselbe eisige Luft, dieselbe lärmende Menge, derselbe Sprecher, der alles auf Englisch und Japanisch ansagt. Es kommt mir so vor, als müsste sich seit gestern irgendetwas verändert haben. Als müsste der Ort ein anderer sein, den wir als absolute Favoritinnen auf Gold betreten und ohne eine Medaille wieder verlassen haben.

Dani und ich stellen uns mit den anderen auf, und da ich größer bin als die drei Mädchen vor mir, kann ich durch den Tunnel die Bodenfläche sehen, wo meine Träume gestern gestorben sind.

Aber heute, heute bekommt ein Traum, den ich vor über einem Jahr begraben habe, eine neue Chance. Ich habe nie geglaubt, dass ich einen Platz in diesem Finale bekommen könnte, nicht mal, als wir klein waren. Und doch habe ich jetzt die Chance, eine Medaille nach Hause zu bringen, *offiziell* eine der besten Turnerinnen der Welt zu werden. Ich weiß gar nicht, wie ich das finde. Ich hatte noch nicht genug Zeit, das richtig zu verarbeiten.

Ich springe auf die Zehen, um mich aufzuwärmen, als Janet und Chelsea zu uns kommen und uns unsere Taschen abnehmen. Offiziell ist Janet für mich hier und Chelsea als Danis »Trainerin«, aber da wir in derselben Gruppe antreten, werden wir die ganze Zeit zusammen sein.

»Schau mal, wer da ist«, sagt Chelsea, während sie sich Danis Rucksack über die Schulter wirft, und deutet mit dem Kinn zur

Zuschauertribüne, die direkt am Tunnel liegt. Leo lehnt sich an das mannshohe Geländer. Auf die eine Wange hat er sich eine Amerikaflagge gemalt ... und auf die andere eine blaugrüne Awareness-Schleife.

»Du siehst gut aus.«

»Du auch«, sagt er, und die Schminke kräuselt sich unter seinem Lächeln.

»Ich weiß«, sage ich und versuche, frivol zu wirken, womit ich garantiert scheitere.

»Zeig, was du kannst!«, sagt er und greift durch die Metallstäbe zwischen uns. Ich schlage die Faust gegen seine, dann stelle ich mich auf die Zehenspitzen und hole ihn mit dem Blick näher heran. Er beugt sich vor, und ich will ihn schnell küssen, aber er ist nun mal Leo, deshalb zieht er den Kopf nicht zurück, sondern beugt sich weiter vor und lässt den Kuss viel länger dauern, als er sollte, wahrscheinlich lange genug, dass die Kameras ihn aufschnappen. Natürlich sollten wir das nicht tun. Wir haben schon gestern Nachmittag im olympischen Dorf den Bogen überspannt, und hier in der Öffentlichkeit vor den ganzen Kameras ist es noch viel offizieller. Aber irgendwie ist mir das egal.

Die Mädchen hinter mir kichern. Ich mache einen Schritt zurück, und Leo schwankt ein bisschen, bevor er mit einem koketten Augenaufschlag zurück an seinen Platz geht.

Als ich mich umdrehe, lächeln Irina Kareva und ihre Mannschaftskameradin Erika Sheludenko mir zu.

»Er ist süß«, sagt Irina.

»Die zwei sind total eklig«, sagt Dani und stößt mich mit dem Ellbogen an, bevor sie mich zu sich winkt. »Du hast Farbe an der Wange.«

Mit gespielt beleidigter Miene lasse ich mir von Dani die Schminke wegwischen und kann kaum glauben, dass *das* unser Gesprächsthema vor dem olympischen Mehrkampffinale ist.

»Also bitte, wir sind total hinreißend!«

Roxana Popescu, die hinter mir steht, schaltet sich ein. »Er ist wirklich süß. Ich hatte noch nie einen Freund.«

Sun Luli, die kein Wort Englisch versteht, grinst mich breit an und macht Kussgeräusche, und wir müssen alle lachen.

Die Anspannung ist gebrochen, und als der Olympia-Funktionär aus dem Tunnel tritt, um den Wettkampf zu beginnen, stellen wir uns wieder in einer Reihe auf und konzentrieren uns.

Wir setzen uns in Bewegung und folgen dem freiwilligen Helfer mit dem Schild »Gruppe 1«.

Das sind wir.

Sechs der besten Turnerinnen der Welt.

Vier Geräte.

Drei Medaillen.

»Auf geht's!«

Wir laufen zum Sprungtisch, und das Gefühl des Déjà-vu ist beinahe überwältigend. Ich blicke an meinem langärmligen Turnanzug hinab. Er ist nicht schwarz wie gestern. Er ist metallisch blau mit Glitzersteinchen auf den Ärmeln. Ein neuer Tag, eine neue Chance.

Mein Blick huscht zur Zuschauertribüne, als wir zum Podium gehen und unsere Namen aufgerufen werden. Emma ist auf der anderen Seite der Arena hinterm Barren, eine Amerikaflagge um die Schultern gewickelt, und nickt mit dem Kopf zu der pulsierenden Musik, die aus den Lautsprechern dröhnt. Mrs. Jackson steht neben ihr, ein perfekt einstudiertes zuversichtliches Lächeln im Gesicht. Leo und Ben sind je an einem Ende der Reihe und halten wie zwei Türsteher mit ihren ernsten Mienen und vor der Brust verschränkten Armen neugierige Schaulustige fern. Ich habe keine Ahnung, wo meine Eltern sitzen, aber es reicht mir zu wissen, dass sie in der Arena sind.

Der Ansager geht unsere Namen durch, und wie gestern bekommt Dani einen Riesenapplaus, genau wie Irina, aber auch ich. Vielleicht sind wir durch den vierten Platz jetzt die Underdogs?

Als hätte uns die Niederlage, zusätzlich zu allem, was wir durchgemacht haben, noch liebenswerter gemacht. Vielleicht sind sie aber auch einfach nur froh, dass wir Japan die Bronzemedaille überlassen haben. Egal, ich nehme jede Unterstützung, die ich kriegen kann.

Als das Kampfgericht Platz genommen hat, joggen wir die Laufstrecke zum Sprungtisch hoch und runter, um warm zu werden. Die Klimaanlage in der Arena ist unerbittlich, und wir müssen die ganze Zeit in Bewegung bleiben. Ich springe eine ganze Schraube in meiner letzten Aufwärmübung, dann hüpfe ich vom Podium und warte, bis ich dran bin. Ich bin als Dritte eingeteilt, Dani als Fünfte, aber wenn nicht irgendetwas Unvorhergesehenes eintritt, werde ich in der Wertung das Schlusslicht bilden, wenn wir zum Barren weitergehen. Jedes Mädchen in meiner Gruppe springt einen Amanar – mindestens –, und mittendrin komme ich mit meinem Babysprung. Trotzdem bin ich hier, und das heißt, dass ich eine Chance habe.

Erika Sheludenko ist die Erste. Als sie lossprintet, ruft Irina ihr nach: »Davai! Davai!«

Sie macht nicht die allerbeste Figur, trotzdem ist es ein Amanar, und als sie landet, ruft ihr Irina »Stoi!« zu, sie soll den Sprung stehen, und das tut sie. Beeindruckend. So beeindruckend, dass ich nicht anders kann und ihr die Faust entgegenhalte, als sie an mir vorbeigeht. Sie legt verwirrt den Kopf schief, doch dann zuckt sie die Schultern und schlägt die Fingerknöchel gegen meine. Dani tut es mir gleich, und Erika lächelt und schlägt schon etwas beherzter ein.

Und warum zum Teufel auch nicht? Diese Mädchen haben uns mit ihrem Make-up und ihren Armbändern und Haargummis gezeigt, dass sie hinter uns stehen. Wenn sie den Wettkampf beiseiteschieben können, um für etwas einzustehen, woran wir alle glauben, dann können wir uns vielleicht auch hier und jetzt unterstützen, während wir das tun, was wir alle am meisten lieben.

Als Nächste kommt Sun Luli. Sie ist winzig, ihr Amanar ist sauber, und sie steht ihn auch! Er ist nicht so hoch und weit wie die meisten anderen, durch ihren zarten Körperbau hat sie den Nachteil, dass sie nicht genug Schwung entwickeln kann, um richtig zu fliegen. Aber die Wertung, die aufleuchtet – eine 14,7 –, ist gut, vor allem, da der Sprung nicht ihre stärkste Disziplin ist. Wieder kann ich nicht anders. Ich stehe direkt an der Treppe und halte ihr die Faust hin, und sie schlägt grinsend dagegen. Als ich den Kopf zum Ende der Laufstrecke drehe, gratulieren Erika und Irina ihr auch.

Ich bin die Nächste, und nach mir kommt Roxana Popescu.

Ich bekomme grünes Licht vom Kampfgericht, hebe den Arm zum Gruß, und dann nehme ich Anlauf für den letzten Sprung, den ich jemals absolvieren werde – diesmal wirklich.

Rondat, Flickflack, und schon bin ich auf dem Sprungtisch. Eineinhalb Schrauben später öffne ich mich, lande und wanke keinen Zentimeter.

Lächelnd hebe ich die Arme, um mich beim Kampfgericht abzumelden, klatsche in die Hände und springe vom Podium. Chelsea umarmt mich, und Janet nickt anerkennend.

Dann kommen Erika und Sun mit ausgestreckten Fäusten auf mich zu und lächeln mich an. Ich gebe beiden die Faust, bevor ich meine Turnriemchen überstreife, um mich für den Barren fertig zu machen.

Meine Wertung leuchtet auf, eine 14,3. »Yes!« Ich recke die Faust, und dann konzentriere ich mich darauf, meine Handgelenke zu tapen.

Es ist schon komisch. Als Emma im Mannschaftsfinale eine 14,3 bekommen hat, war das ein schlechter Sprung und der Anfang vom Kollaps, der uns die Medaille gekostet hat. Und jetzt bin ich hier und freue mich über dasselbe Ergebnis, das mich zu der Medaille führen könnte, die eigentlich sie gewinnen sollte. Sport ist echt seltsam.

Roxana springt als Nächste, einen Amanar, vielleicht der nachlässigste bis jetzt, aber als sie landet, rühren sich ihre Füße kein Stück. Schon wieder gestanden! Die Vierte in der Reihe. Die Menge summt vor Aufregung, aber man merkt, dass die Zuschauer nicht so recht wissen, was sie davon halten sollen. Heutzutage ist es selten, dass ein Sprung perfekt gestanden wird, weil die Sprünge immer anspruchsvoller geworden sind. Bis jetzt läuft es also ziemlich gut.

»Los geht's, Dani, zeig's ihnen!«, rufe ich von meinem Platz aus, wo ich mir immer noch die Handgelenke tape, strecke aber die Hand aus, als Roxana zu ihrem Team geht. Sie nickt mir zu, bevor wir die Knöchel aneinanderschlagen.

Danis Sprung ist hoch und sauber und kraftvoll. Der beste bis jetzt, und sie steht ihn auch! Wahnsinn. Die Menge explodiert, und ich auch, ich stehe auf und klatsche, während mir die Taperolle vom Handgelenk baumelt. Ich laufe zur Treppe, wo Dani von den anderen Mädchen unter Beifall empfangen wird, und drücke sie fest.

»Das war der Hammer!«

Sie strahlt vor Freude. »Das war der beste, den ich je gesprungen bin.«

Das Kampfgericht scheint ihrer Meinung zu sein, denn es ist auch die beste Wertung, die sie je bekommen hat. Ich drehe sie an der Schulter zur Tafel, wo eine 15,4 neben ihrem Namen aufleuchtet.

»Wow!«

Ich nicke. »Aber echt. Wow.«

Jetzt ist nur noch Irina Kareva mit ihrem dreifach geschraubten Yurchenko übrig. Der Kareva. Der Sprung, von dem alle erwarten, dass er sie zur Goldmedaille bringt, vor Emma und Dani und dem Rest der Welt.

Aber als sie zum Tisch sprintet und springt, macht sie wieder nur zweieinhalb Schrauben und steht, woraufhin die Menge wie erstarrt ist. Sechs von sechs Sprüngen gestanden in einem Durchgang.

Aber mich interessiert nur die fehlende halbe Schraube.

Vielleicht hatte sie beim Training kein gutes Gefühl? Vielleicht denkt sie, ohne Emma wäre ihr die Goldmedaille ohnehin schon sicher? Was es auch ist, sie hat den Schwierigkeitsgrad ihres stärksten Geräts in diesem Wettkampf herabgestuft, und als ich sie anlächle und ihr die Faust hinhalte, ist meine Freude vielleicht ein klein bisschen eigennützig.

Ihre Wertung leuchtet schnell auf. Es gab kaum etwas abzuziehen, und wieder tobt die Menge. 15,4 für Irina, genau wie für Dani. Gleichstand, und jetzt geht es an den Barren.

1. Dani Olivero (USA)   15,4
1. Irina Kareva (RUS)   15,4
3. Roxana Popescu (ROU)   14,8
4. Sun Luli (CHN)   14,7
5. Erika Sheludenko (RUS)   14,6
6. Audrey Lee (USA)   14,3

Beim Gehen halte ich den Blick auf den neongrünen Teppich gerichtet und versuche, alles um mich herum auszublenden, vor allem die Kameraleute, die uns ständig auf den Fersen sind und Bilder von uns in die ganze Welt senden. Die Menge ist immer noch in Aufruhr nach den gestandenen Sprüngen, aber das darf mir nicht zu Kopf steigen. *Konzentrier dich einfach darauf, die Barrenübung wie im Training durchzuziehen, Audrey, das ist alles.*

Irina ist als Letzte gesprungen, deshalb ist sie die Erste am Barren. Ich ziehe meine Turnriemchen zurecht, während der russische Superstar grüßt und aufs Podium geht. Die Russinnen machen aus dem Barrenturnen mehr eine Kunstform als einen Sport, aber ihre Übungen haben manchmal seltsame Aufbaufehler. Wie die halbe Drehung, die nicht einmal ansatzweise für einen Handstand reicht und einen Riesenabzug bringt, bevor sie zu einem großen zweifach geschraubten Doppelsalto rückwärts ansetzt. Sie steht ihn, und die Menge tobt. Der siebte gestandene Sprung in Folge, die Zuschauer sind völlig aus dem Häuschen.

Kareva wollte sich mit ihrer Barrenwertung ganz an die Spitze setzen, aber jetzt tut sich ein Spalt auf, schon der zweite. Sie bekommt eine 14,7, was in Anbetracht des Fehlers nur fair ist.

Als sie an mir vorbeigeht, halte ich ihr meine staubige Faust hin, und sie zögert kurz – natürlich weiß sie, dass sie die Tür für ihre Verfolgerinnen noch ein bisschen weiter geöffnet hat –, bevor sie sacht ihre Knöchel an meine stößt und weitergeht.

Ihre Mannschaftskameradin ist die Nächste, und da, wo Irina die Tür geöffnet hat, versucht Erika, sie zu schließen. Sie ist eine großartige Barrenturnerin, das zeigt sich an jedem perfekten Handstand und ihren fließenden, beinahe ätherischen Übergängen. Sie landet ihren gestreckten Doppelsalto so leichtfüßig, als wäre sie von einer Treppenstufe gehüpft, und die Menge brüllt vor Begeisterung. Sie bleibt eindeutig im Rennen.

Sun Luli ist die Nächste, und die Erste, die patzt. Eine großartige Kür voll fantastischer Drehungen und Wechselkombinationen, bei denen die Menge den Atem anhält, endet mit einem zu kurz geratenen Doppelsalto, ihre Knie und Schienbeine rutschen über die Matte, und sie fängt sich mit den Händen ab. Sie ist in Tränen aufgelöst, noch bevor sie das Podium verlassen hat und sich in die Arme ihres Trainers wirft. Ich kann sie nicht trösten, auch wenn ich gerne würde. Das Kampfgericht zeigt keine Gnade. Im Mannschaftsfinale hatte sie auf die Übung eine 15,3 bekommen, und als jetzt eine 14,2 neben ihrem Namen aufleuchtet, ist es vorbei.

Einen ganzen Punkt an zwei Geräten aufzuholen ist so gut wie unmöglich. Das hätte mir eigentlich gestern schon klar sein müssen, als Emma vom Barren gestürzt ist. Vielleicht hätte sie gar nicht erst auf den Balken gehen sollen. Vielleicht ist es da schon falsch gelaufen.

Aber darüber kann ich jetzt nicht nachdenken, denn ich bin dran. Janet springt aufs Podium und bereitet den Barren für mich vor, während ich kontrolliere, ob meine Turnriemchen stramm genug sitzen und ich genug Magnesia an den Händen habe, um leicht zu schwingen.

»Zeig's ihnen, Rey!«, brüllt Chelsea mir zu, und ich nehme es lächelnd zur Kenntnis, bevor ich alles andere ausblende.

Die vorsitzende Kampfrichterin nickt mir zu und schaltet das Licht auf grün. Ich trete unter den Barren, grüße und beginne. Der Holm gleitet genau richtig durch meine Hände, während ich schwinge und umgreife und an den oberen Holm fliege, meine Drehungen zeige, auf der einen Hand, dann der anderen, bevor ich loslasse und perfekt fange. Ein letzter Handstand nach der letzten Drehung, und ich schwinge nach unten, lasse los, schraube mich ein-, zwei-, dreimal und stehe.

»Yes!«, schreie ich und recke die Faust. Ich werde den Mädels an der Spitze auf die Pelle rücken und diejenigen überholen, die beim Sprung noch vor mir waren. Ich klatsche in die Hände, und Magnesia wirbelt auf, bevor ich abgrüße und das Podium verlasse.

Sofort kommt Sun Luli auf mich zu, mit geröteten Augen, aber ausgestreckter Faust.

Ich breite die Arme aus, und sie lässt sich dankbar umarmen. Sie ist noch nicht einmal sechzehn, ihr Geburtstag ist erst im Dezember. Das ist ziemlich jung, um sich von seinem Traum zu verabschieden.

Und ich muss es wissen. Aber das stimmt gar nicht mehr, oder? Denn ich bin hier, trotz der Verletzung und der Sache mit Gibby und dem Verlust meiner Trainerin, hier bin ich, mit den Mädchen, die zu mir gehalten haben, einem Typen, mit dem sich alles genau richtig anfühlt, und einer Trainerin, die mich niemals belügen würde. Das würde ich Sun am liebsten alles sagen, aber es geht nicht. Selbst wenn wir dieselbe Sprache sprechen würden, wäre nicht genug Zeit, um es ihr wirklich zu erklären. Ich hoffe, das Leben erklärt es ihr selbst.

Sie lässt mich los, als meine Wertung aufleuchtet, eine 15,1, die ich lächelnd abnicke. Genau das habe ich gebraucht.

Ein Schrei ertönt von der Tribüne, wo Emma und Mrs. Jackson sitzen, und ich lächle ihnen zu und winke, ohne sie richtig zu sehen.

Roxana Popescu ist die Nächste, und es ist hart, ihr zuzuschauen. Rumänien ist nicht gerade berühmt für seine Barrenturnerinnen, und das ist sicher ihre schwächste Kür. Aber sie kämpft sich durch, bringt alle Kraft auf und rackert sich ab, um in ihrer kurzen, relativ einfachen Übung den Schwung nicht zu verlieren. Sie muss nur noch ihren Abgang stehen, einen Doppelsalto mit ganzer Schraube, und ihre Wertung wird ausreichend sein, damit eine Medaille noch nicht außer Sichtweite rückt. Der Abgang glückt, sie steht ihn sogar, und die Menge rastet schon wieder aus, trotz der mittelmäßigen Übung.

Jetzt ist nur noch Dani übrig, und ich atme tief durch, bevor ich endlich die Turnriemchen abnehme. »Auf geht's, Dani!«

Als wir jünger waren, war Dani eher mittelmäßig am Barren, aber mittlerweile ist sie weit überm Durchschnitt. Sie schwingt vielleicht etwas kräftiger, als es an diesem Gerät üblich ist, aber der Handstand gelingt ihr immer, ihre Rückschwünge sind hoch und sicher ausbalanciert, und sie steht ihre Landungen.

Wieder singt die Menge ihren Namen, als sie vom Podium springt. Ich stehe schon bereit, um sie zu umarmen, und die anderen Mädchen klatschen sie ab, während wir auf ihre Wertung warten.

Wow. Eine 14,7 für Dani, sie bleibt weiter an der Spitze.

1. Dani Olivero (USA) 30,1
1. Irina Kareva (RUS) 30,1
3. Erika Sheludenko (RUS) 29,6
4. Audrey Lee (USA) 29,4
5. Sun Luli (CHN) 28,9
6. Roxana Popescu (ROU) 28,4

Das wird knapp. Richtig knapp.

Einundzwanzigstes Kapitel

Ich muss meine Verbindungen perfekt hinkriegen. Nur so bleibe ich im Rennen. Wenn bei meinen Verbindungen alles klappt, habe ich eine Chance, obwohl meine Bodenkür superschwach ist. Ich schließe die Augen und visualisiere meine Übung, wie ich es gefühlte Millionen Mal in Coronado getan habe. Es sind noch vier Mädchen vor mir dran, genug Zeit also, um sie noch ein paarmal im Kopf durchzugehen.

Dani fängt an, und ich öffne die Augen, um ihr zuzuschauen. Vor meiner Verletzung bin ich in einer Art laserscharfen Trance durch Wettkämpfe geschwebt, nach der Verletzung musste ich mich mit allen Mitteln von den Schmerzen ablenken. Und jetzt? Tja, irgendetwas Gutes ist bei dem ganzen Chaos herausgekommen, denn ich kann zuschauen, wie Dani sich professionell durch ihre Balkenübung turnt, kein Zittern, kein Zögern, ein Element nach dem anderen mit perfekter Leichtigkeit. Sie macht sich bereit für den Abgang, schnellt hoch in den Doppeltwist und schließt ihre Übung mit der kerzengeraden Landung wie mit einen Ausrufezeichen ab.

»Da-ni! Da-ni!«, intoniert die Menge und schlägt die Thundersticks aneinander, während sie auf die Wertung warten. Sie ist ihr Liebling, und sie gibt ihnen genau das, was sie wollen. Ich bin noch nicht raus, aber ganz ehrlich, irgendwie will ich auch, dass sie gewinnt.

Ihre Wertung wird angezeigt, eine 14,6. Ich hebe die Faust, als sie an mir vorbeiläuft, und ohne langsamer zu werden, boxt sie dagegen. Sie weiß, dass ich meine Übung so oft wie möglich durchgehen muss. Ich visualisierte sie wieder, imitiere die Bewegungen jede Pose, lasse sie fließend ineinander übergehen, während meine Füße am Boden bleiben.

Das aufgebrachte Raunen der Menge dringt zu mir durch. Irgendetwas muss auf dem Balken passiert sein. Ich öffne die Augen und sehe Kareva, die sich für ihren Abgang bereitmacht, aber sie sieht nervös aus. Ich habe keinen Aufprall auf der Matte gehört, ein Sturz war es also nicht, aber trotzdem …

»Ein Riesenschnitzer, und sie hätte sich fast mit der Hand abgestützt«, informiert Janet, die hinter mir steht, mich so leise, dass es niemand hört, außer vielleicht der Kameramann, der schon die ganze Zeit an uns klebt.

Ich nicke und stelle mir meinen Abgang vor, die Arme an die Brust gepresst und so schnell herumwirbelnd, wie ich kann, bevor ich lande.

Genau so. Das ist die Kür, die ich zeigen will.

Ich blicke auf und sehe eine 14,3 neben Karevas Namen.

Puh. Das ist niedrig … so niedrig wie meine Sprungwertung.

Kareva kommt vom Podium und geht schnurstracks zu ihrem Stuhl, ohne auf ihren Trainer zu reagieren, während ihre Mannschaftskameradin an den Balken geht.

Der Balken ist nicht Sheludenkos Paradegerät. Sie stürzt fast nie, aber es kommt auch selten vor, dass sie eine Übung durchzieht, ohne zumindest beinahe zu stürzen, und so ist es auch heute, als sie mit schiefen Schultern in ihren zweiten Überschlag geht und sich bei der Landung kaum auf dem Balken halten kann. Sie rudert mit den Armen, um wieder ins Gleichgewicht zu kommen, aber das wird sie einiges kosten. Sie turnt ihren Abgang und grüßt ab, aber ihre Mundwinkel und ihre hängenden Schultern verraten der Menge, dass sie nicht erreicht hat, was sie erreichen musste.

Ich weiß, was ich tun muss. Ich muss meine Verbindungen schaffen. Meine Kür schaffen, dann kann ich Bronze holen. Eine

Bronzemedaille im Mehrkampf. Nein, Schluss damit, dafür ist es viel zu früh. Daran darf ich jetzt nicht denken.

Erst mal gehst du auf den Balken, Audrey, und turnst deine Verbindungen.

Die Menge applaudiert, Sun Luli muss eine gute Übung gezeigt haben. Wie schön für sie nach dem Sturz am Barren. Ich hoffe, sie schließt stark ab, aber, na ja ... bitte nicht zu stark.

Ich bin die Nächste und gebe ihr die Faust, als sie mir auf der Treppe entgegenkommt. Verdammt, sie haben ihr 15 Punkte gegeben. Das ist stark.

Aber so stark kann ich auch sein.

Chelsea stellt mein Sprungbrett auf, kommt zu mir herüber und starrt mir in die Augen. »Zeig's ihnen, Captain.«

»Klar doch.«

Dann ist sie weg, runter vom Podium, als mir das Kampfgericht grünes Licht gibt.

Ich grüße mit einem Lächeln auf den Lippen und lege los.

Nach dem Angang schließe ich direkt den zweiten Überschlag und den Spreizsalto an. Gut. Jetzt die Drehung. Die dreifache Drehung geht in eine doppelte über, meine Schultern sind nicht ganz parallel, aber meine Arme wanken nicht, und ich kann das Spielbein in die Horizontale heben, weiterdrehen, dann runter und hoch durch die volle Taucherdrehung. Gut.

Ich hebe das Kinn und beginne die zweite Hälfte meiner Kür, verbundene Sprünge, ein freier Schrittüberschlag und ein Auerbachsalto quer auf dem Balken. Die Wende auf dem Rücken bringt die Menge zum Jubeln, ein leichtes Brausen in meinem Hinterkopf.

Und schließlich der Abgang, ich zähle runter, Hände, Füße, Hände, Füße und eng in die Dreifachschraube mit einem winzigen Hopser zur Seite, fertig. Perfekt. Ich melde mich mit erhobenen Armen beim Kampfgericht ab und lächle strahlend.

Ich habe den Balken gerockt, und als ich wieder unten bin und zur Anzeige hochschaue, beweist es die 15,0, passend zu Suns Wertung.

Noch eine Turnerin. Roxana Popescu. Wie ich muss sie, wenn sie Bronze haben will, die Übung am Balken perfekt hinkriegen. Das kann sie. Rumänische Turnerinnen kommen quasi mit Superkräften auf dem Schwebebalken zur Welt, und Roxana ist fabelhaft.

Rondat, gestreckter Rückwärtssalto mit ganzer Schraube, den sie ohne Wackler landet. Ein Rückwärtssalto mit halber Schraube, der so aussieht, als hätte sie Sprungfedern unter den Füßen und der Balken wäre einen Meter breit. Das wird ein nettes Balken-Finale, wenn sie noch mal so turnt. Sie macht den gleichen Abgang wie ich, zwei Flickflacks, Dreifachschraube, und steht perfekt.

Eine großartige Übung, und das Kampfgericht belohnt sie mit einer 15,3. Eine Wahnsinnswertung, die sie wieder ins Rennen holt, bevor wir zum Boden übergehen, was ihre Stärke ist, meine nicht wirklich.

Die Anzeigetafel wird aktualisiert, und da bin ich, Gleichstand mit Irina Kareva, und Dani nur drei Zehntel vor uns. Es hängt also alles von der Bodenkür ab. Eine Minute und dreißig Sekunden für jede von uns, um alles zu geben und zu sehen, wo wir landen.

1. Dani Olivero (USA)	44,7
2. Irina Kareva (RUS)	44,4
2. Audrey Lee (USA)	44,4
4. Erika Sheludenko (RUS)	43,9
4. Sun Luli (CHN)	43,9
6. Roxana Popescu (ROU)	43,7

Ich bin als Letzte dran. Letzte am Boden. Nicht letzter Platz, Gott sei Dank, aber Letzte in der Reihe, als wir uns für den

Marsch zum letzten Gerät aufstellen. Dani greift hinter ihrem Rücken nach meiner Hand, und ich drücke sie. Wir ziehen das gemeinsam durch, komme, was wolle.

Ich bin tatsächlich in der Gesamtwertung Zweite. Zweite, und jetzt geht es auf den Boden. Wenn ich alles raushole, keine gravierenden Fehler mache, ist vielleicht wirklich eine Medaille drin. Die Medaille, die ich beinahe Dani und Emma, und kurz sogar Sierra abtreten wollte. Die Medaille, die ich für unerreichbar gehalten habe.

Dani und ich turnen uns in derselben Ecke der Bodenfläche ein. Sie dreht sich zu mir und streckt die Faust aus. »Wir schaffen das. Du und ich. Ein letztes Mal.«

Ich schlage die Knöchel gegen ihre. »Ein letztes Mal.«

Meine Bodenübung mag wunderschön sein, aber sie ist nicht ansatzweise so schwierig wie die der anderen Mädchen, die vor mir dran sind. Aber darauf habe ich keinen Einfluss. Ich kann nur beeinflussen, was ich selbst da draußen zeige.

Roxana Popescu ist auf dem Podium, und die Menge klatscht zu ihrer Musik, ein schwungvolles klassisches Stück, das ich nicht kenne. Es klingt nach Karneval oder Zirkus, und sie bringt das Publikum mit ihren tänzerischen Elementen und ihren fantastischen Sprüngen zum Kochen. Allerdings landet sie zweimal unsauber, das kostet sie wertvolle Punkte hinterm Komma, und sie braucht jedes Zehntel, das sie kriegen kann.

Ich applaudiere mit den anderen, aber meine Aufmerksamkeit wechselt sofort zu Dani, die in ihrer Ecke steht und auf Roxanas Wertung wartet, damit sie anfangen kann. Sie sieht cool und gefasst aus, aber ihr Herz schlägt sicher hundert Meilen pro Sekunde. Sie kann sich mit dieser Kür die Goldmedaille im Mehrkampf holen, wenn sie zeigt, was sie drauf hat.

Nach allem, was sie durchgemacht hat, läuft es auf diese eine Übung für sie hinaus, und irgendwie passt das ziemlich gut. Sie hat den Missbrauch durch Gibby allein durchgestanden. Auch da oben auf dem Podium, wo sie auf ihren Einsatz wartet, ist sie allein. Das liegt in der Natur unseres Sports. Sosehr wir das Mannschaftsprinzip hochhalten und die Unterstützung unserer Trainer schätzen, wenn es drauf ankommt, sind wir dennoch allein. Aber Dani ist stark. Ich glaube, dass sie es schaffen kann. Ich *weiß*, dass sie es kann.

The Greatest Showman dringt aus den Lautsprechern, und die Menge ist sofort voll dabei. Sie wissen, was auf dem Spiel steht, und wenn sie könnten, würden sie sie durch ihren Jubel ganz nach oben aufs Siegertreppchen heben. Aber vielleicht ist der Moment zu überwältigend, denn Dani macht bei ihrem ersten Salto einen Riesensatz rückwärts, fast über die Seitenlinie. Ihr nächster Salto glückt besser, nur ein winziger Hopser bei der Landung, und jetzt ist sie zur Hälfte durch und wickelt die Menge mit ihrem breiten Lächeln und den ausladenden Gesten um den Finger. Sie ist sichtlich in ihrer Kür angekommen, tanzt sich durch die Sprünge und dreht sich vollkommen kontrolliert, kein Finger, kein Zeh am falschen Platz, kein Taumeln, kein Zögern, während sie sich über den Boden bewegt. Es ist bezaubernd.

»Super, Dani, weiter so!«, rufe ich, werde aber vermutlich vom wilden Jubel übertönt, als sie zu ihrer letzten Sprungfolge kommt, den letzten Salto perfekt steht und triumphierend die Arme hebt. Sie hat es geschafft. Sie ist fertig, und wenn sie dafür nicht Gold bekommt, wird ganz Tokio auf die Barrikaden gehen.

Ich laufe zu ihr und umarme sie von hinten. Sie zuckt zusammen, doch dann dreht sie sich um und erwidert die Umarmung. Ihr Körper zittert, und ich spüre die Erleichterung, die von ihrer Haut auf meine übergeht.

Aber ich kann nicht richtig mit ihr feiern. Ich muss noch turnen.

Sie bekommt eine 14,3, nicht ihre beste Wertung, aber es müsste definitiv reichen. Sie ist mit einem ordentlichen Vorsprung vor mir und Kareva in die Runde gestartet.

Irina geht auf die Bodenfläche, und ihre wild entschlossene Miene lässt keinen Zweifel daran, dass sie das Kampfgericht zwingen wird, ihr eine Chance auf Gold zu geben. Ich bin sicher, dass es eine großartige Kür ist, aber ich will sie nicht sehen.

Ich muss mich auf meine eigene Bodenkür konzentrieren, ein allerletztes Mal. Eine allerletzte Chance, die Menge in ehrfürchtiges Schweigen zu versetzen oder ihnen sogar eine Träne abzuringen. Ich schließe die Augen und konzentriere mich auf meinen Atem. Ein, aus, ein, aus, bis die Welt um mich herum verschwindet, und ich zu schweben beginne, schwerelos in einem Meer aus Schwarz, der meditative Zustand, den ich in den verrückten Wochen in Coronado zu perfektionieren gelernt habe.

Karevas Musik endet, und der tosende Applaus der Menge ist das Einzige, das meinen beinahe tranceartigen Zustand durchbricht und mich zurück in eine Welt voller Farbe und Lärm reißt.

Ich gehe in eine ruhigere Ecke und schließe die Augen. Erika Sheludenkos bewegende Ballettmusik will sich in mein Gehirn winden, aber ich schiebe sie weg und ersetze sie durch meine eigene. Ich halte mich warm, schwinge die Arme vor und zurück, strecke das eine Bein vor, dann das andere. Ich werde für diese Bodenübung jedes Quäntchen Energie brauchen, das ich noch habe.

Als Nächstes kommt Sun Lulis *Ritt der Walküren,* bei dem sie sich durch schiere Willenskraft von einer zerbrechlichen Teenagerin in eine grimmige Kriegerin verwandelt, doch auch das blende ich aus. Weiteratmen, weiter umhergehen, meine Übung im Kopf, die Salti, die Tanzsequenzen, die Sprünge, fließend ineinander übergehend in ein Kunstwerk für die Kampfrichter.

Suns Musik kommt schmetternd zum Ende, und ich öffne die Augen. Sie meldet sich ab und winkt der jubelnden Menge.

Noch eine Bodenkür. Meine letzte Bodenkür.

Ich gehe aufs Podium, bevor Suns Wertung angezeigt wird. Ich will sie nicht sehen, und von dort, wo ich bin, neben der teppichbedeckten Federkonstruktion, auf der sich gleich mein Schicksal entscheiden wird, kann ich das auch nicht.

Die Menge bejubelt die Wertung, wie auch immer sie sein mag, aber ich blicke geradeaus, bis das rote Licht grün wird.

Ich breite die Arme aus, gehe auf die Bodenfläche und nehme meine Startposition ein. Ein leises Signal warnt mich, dass meine Musik gleich losgeht, bevor mich die gezupften Saiten eines Cellos in ein anderes Universum hinübertragen, in dem ich nichts sagen muss. Ich kann die Musik und meinen Körper sprechen lassen, um genau das auszudrücken, was ich fühle. So tanzen wie gestern mit Leo, als die Welt um uns herum sich aufgelöst hat und wir uns unser eigenes Universum erschaffen haben, in dem nur wir wichtig waren.

Meine Schraubenkombination zweieinhalb-eineinhalb ist perfekt, und ich schließe eine hohe Arabesque an, um dem Kampfgericht zu zeigen, wie gut ich meinen Körper beherrsche, bevor ich mich mit einem Doppelsalto vorwärts in die gegenüberliegende Ecke bewege, direkt an die Landung anschließe und weitertanze. Vielleicht ist da ein kleines Zwicken in meinem Rücken, als ich nach meinem dritten Salto lande, aber was macht das schon? Ich tue das hier zum letzten Mal, und irgendwie wird meine Kür dadurch noch besser, durch die leise Erinnerung, dass die Wirkung des Kortisons schon bald nachlassen und das alles hier nur noch eine Erinnerung sein wird, aber eine verdammt schöne.

Die Musik nähert sich dem Ende, das Crescendo baut sich auf, während ich mich zu meinem letzten akrobatischen Element bereit mache, einem Doppelsalto rückwärts. Einatmen, noch mal, und loslaufen, Rondat, Flickflack, in die Luft, Rückwärtssalti, die Hüfte gebeugt, die Beine angezogen, und ich lande mit einem winzigen Rutscher, fast genauso, wie ich die Übung gestern beendet habe. Schon komisch, wie das Schicksal manchmal spielt.

Die Musik verklingt, und ich komme mit einer schwungvollen Geste in meine Schlusspose. Meine Brust bebt vor Anstrengung, aber ich nehme es kaum wahr. Das war das Beste, was ich je geleistet habe. Das Beste, was ich je leisten werde. Es war perfekt, nicht weil ich keine Fehler gemacht habe – ich habe bestimmt welche gemacht –, sondern wegen dem, was es mich gekostet hat, dorthin zu kommen, die Schmerzen, die Qual, die Angst, die Nervosität, jeder Tropfen Blut und Schweiß und Tränen der letzten vierzehn Jahre haben mich hierhergeführt, und genau deshalb ist es perfekt.

Ich hebe die Arme für das Kampfgericht, aber auch für die Menge, die mich durch diesen Wettkampf getragen hat, und schmecke die Tränen, die über meine Wangen auf meine Lippen laufen. Dani ist da, und ich werfe mich in ihre Arme.

»Das war wunderschön«, flüstert sie an meiner Schulter. Sie weint auch. So viel Geweine. Niemand hat mir gesagt, dass es so sein würde, so perfekt. Perfekter, als ich mir je hätte träumen lassen.

Und jetzt warten wir unter der Anzeigetafel und drücken einander die Hände, während mein Atem langsam ruhiger wird. Gleich werden sich die Punktzahlen in Medaillenfolge sortieren, kurz nachdem meine Wertung angezeigt wird. Gleich werden wir es erfahren. Ich halte den Atem an. Es ist so weit.

Zweiundzwanzigstes Kapitel

1. Dani Olivero (USA)   59,0
2. Audrey Lee (USA)   58,9
3. Irina Kareva (RUS)   58,3
4. Roxana Popescu (ROU)   58,2
5. Sun Luli (CHN)   58,1
6. Erika Sheludenko (RUS)   57,9

Ein Zehntel.

Der Unterschied beträgt ein Zehntel, wie im Mannschaftsfinale, aber Silber zu gewinnen fühlt sich sehr viel besser an, als Bronze zu verlieren. Außerdem ist es die höchste Mehrkampf-Wertung, die ich je bekommen habe, die Zeit vor meiner Verletzung eingerechnet. Es ist das Beste, was ich je erreicht habe, und das im wichtigsten Wettkampf meines Lebens.

Mehr kannst du wirklich nicht verlangen, Audrey, als dein Allerbestes zu geben, genau an dem Tag, an dem es darauf ankommt.

Ich hätte mir nie träumen lassen, dass ich es so weit bringen würde, und vielleicht werde ich mir eines Tages wünschen, ich hätte hier oder da keinen Abzug bekommen, aber im Augenblick bin ich einfach nur glücklich.

Ich habe Silber gewonnen. *Silber.* Ich bin eine Olympiasiegerin, und das kann mir niemand mehr nehmen.

Chelsea steht neben mir und umarmt mich.

»Super gemacht, Captain«, sagt sie und drückt mich fest.

Ein paar Schritte weiter bricht Kareva am Boden zusammen, während ihre Mannschaftskameradinnen sie tröstend umringen, und Dani schluchzt an Janets Schulter. So viel es mir auch bedeutet – eine Menge –, kann ich mir nicht vorstellen, was gerade in ihrem Kopf los ist. Ich kann nicht mal das kleinste bisschen Neid aufbringen, dass Dani gewonnen hat. Es ist einfach rundum gut, als würde das Universum versuchen, ein bisschen was wiedergutzumachen.

»Ich hab's geschafft!«, bringt sie schnaufend hervor. »Wir haben es geschafft.« Sie dreht sich zu mir und umarmt mich fest.

»Du warst glänzend. Wie Gold eben.«

»O Mann, ist das kitschig«, prustet sie und drückt mir die Schulter. »Ich bin so stolz auf dich. Du warst der Hammer, du hast mich so gepusht, Rey. Und deine Bodenübung war einfach nur wunderschön.«

Die Arena bebt um uns herum, alle sind auf den Beinen und jubeln und klatschen und singen mit, als Queens *We are the Champions* aus den Boxen dröhnt. Dani steht oben auf dem Siegerpodest und winkt der Menge, die es irgendwie schafft, noch lauter zu werden, um ihre Anerkennung auszudrücken. Dann winkt sie mich zu sich, und ein Fotograf wirft uns eine Amerikaflagge zu. Wir legen sie uns um die Schultern und halten die Ecken hoch, sodass jeder sie sehen kann. Wir sind die beiden besten Mehrkampfturnerinnen der Welt, und bald bekommen wir unsere Medaillen, die das beweisen.

Lange können wir nicht feiern. Ein Wettkampffunktionär geleitet uns aus der Arena, und ein freiwilliger Helfer führt uns durch den Tunnel. Irina geht vorneweg, noch immer in Tränen aufgelöst, Dani geht hinter ihr, zwischen Irina und mir, genau wie es auf dem Medaillenpodest sein wird. Wir winken der Menge, während wir den Wettkampfbereich verlassen.

Mrs. Jackson erwartet uns schon und überreicht uns das offizielle Outfit für die Medaillenzeremonie. »Ich wollte euch die Anzüge nicht schon vorher geben, das bringt Unglück«, erklärt sie, als sie mir eine dunkelblaue Jacke mit der weißen Aufschrift

»USA« auf dem Rücken, eine passende Hose und weiße Sneaker in die Hand drückt.

Anscheinend ist Mrs. Jackson nicht nur kein Roboter, sondern auch noch abergläubisch. Wer hätte das gedacht?

Schnell ziehen wir die Anzüge über, und sie mustert uns lächelnd. »Ladys, ihr seht fantastisch aus! Ich ...« Sie zögert, wendet kurz den Blick ab und holt tief Luft – wow, nicht nur abergläubisch, sondern auch noch emotional? »Ich bin so stolz auf euch. Ihr habt eine Menge hinter euch und steht trotzdem ganz oben. Bemerkenswert.«

Sie umarmt Dani, und ich presse die Lippen zusammen und gebe mir alle Mühe, meine eigenen Gefühle zurückzuhalten. Mein Make-up ist vermutlich ohnehin schon ruiniert, aber ich will es nicht noch schlimmer machen. Mrs. Jackson lässt Dani los und umarmt auch mich, bevor sie zurücktritt und uns zunickt.

»Ich dachte, das hier könntet ihr vielleicht brauchen«, sagt sie, greift in ihre Tasche und reicht uns zwei kleine Schminktäschchen.

Ich grinse. »Sie sind die Beste, Mrs. J! Einfach die Beste.«

Wir setzen uns im Schneidersitz auf den Boden, und ich schminke zuerst Dani. »Kannst du das glauben?«, flüstert sie, während ich ihr Kinn festhalte und zwei perfekte Lidstriche ziehe.

»Klar kann ich.« Beinahe ist es wahr. »Also, ich kann sehr gut glauben, dass du gewonnen hast. Aber ich? Ich weiß nicht, ob ich das jemals glauben werde.«

Dani lacht ein bisschen, aber dann wird sie ernst. »Meinst du, er hat es gesehen?«, fragt sie. »Ich hoffe, er hat es gesehen«, fährt sie fort, bevor ich antworten kann. »Ich hoffe, dieses kranke Arschloch hat gesehen, wie ich ohne ihn gewonnen habe. Und ich hoffe, er weiß, dass er mich nicht kleingekriegt hat.«

»Das weiß er.« Ich sehe ihr in die Augen. »Er wird für den Rest seines Lebens im Knast sitzen, aber du bist und bleibst Olympiasiegerin.«

Dani zieht die Nase hoch und drückt meine Hand. »Ich bin so froh, dass wir heute zusammen waren. Es war so gut, dass du da draußen bei mir warst.«

Mein Herz wird ganz warm. So etwas habe ich außer für Emma noch für niemanden empfunden. Echte Freundschaft, Schwesterlichkeit, eine Bindung, die niemals brechen wird.

Wir nicken beide und verfallen in angenehmes Schweigen, während ich sie fertig schminke. Es gibt nichts mehr zu sagen. Beinahe fühlt es sich wie ein Abschluss an, den die wenigsten Opfer je bekommen, ein vollkommener und totaler Triumph über ihren Peiniger. Sie hat gewonnen. Er hat verloren. Ende.

Ich bin fast mit meinem eigenen Make-up fertig, als ich Irina bei ihren Trainern warten sehe. Ich fange ihren Blick auf, zeige auf meinen Eyeliner und ziehe fragend eine Schulter hoch. Sie braucht einen Moment, bevor sie nickt, und ich kann ihr Zögern verstehen. Aber dann sagt sie etwas zu ihrer Trainerin, die sie verblüfft anschaut, und kommt zu mir herüber. Ich gebe ihr ein Reinigungstuch und beende mein Make-up, bevor ich mich zu ihr drehe.

»So wie du«, sagt sie und schließt die Augen.

»Kein Problem.«

Fünfzehn Minuten später stellen wir uns auf und marschieren wieder in die Arena ein, mit Gesichtern ohne Tränenspuren und perfekten blaugrünen Katzenaugen, die ich zu unserem Markenzeichen gemacht habe. Die drei besten Turnerinnen der Welt, eine Russin und zwei Amerikanerinnen, die weniger als ein Punkt auf der Wertungstafel trennt, haben viel mehr, was sie eint, als was sie unterscheidet.

Der Weg durch die Arena ist kurz. Schon stellt der Ansager die olympischen Funktionäre vor, die uns die Medaillen überreichen. Ich vergesse ihre Namen, kaum dass sie genannt worden sind, denn jetzt werden unsere Namen ausgerufen, und das ist einfach nur surreal.

»Gewinnerin der Bronzemedaille, für die Russische Föderation, Irina Kareva!«

»Gewinnerin der Silbermedaille, für die Vereinigten Staaten von Amerika, Audrey Lee!«

»Gewinnerin der Goldmedaille und Olympiasiegerin, für die Vereinigten Staaten von Amerika, Dani Olivero!«

Es ist ein einziges Durcheinander aus Wangenküsschen und Glückwünschen, und über allem hängt der süße Duft japanischer Apfelblüten aus den Sträußen, die uns überreicht werden, bevor das befriedigende Gewicht der Silbermedaille um meinen Hals hängt. Stolz hebe ich sie hoch, die silberne Scheibe, die mich als olympische Medaillengewinnerin auszeichnet. Etwas Schöneres habe ich nie gesehen.

»Meine Damen und Herren, bitte erheben Sie sich für die Nationalhymne der Vereinigten Staaten von Amerika!«

Ich drehe mich zum Rand der Arena, wo unsere Flaggen befestigt werden, und lege die Hand aufs Herz. Ich bin nie ein besonders patriotischer Mensch gewesen, aber jetzt kribbelt mein ganzer Körper, und ich bekomme Gänsehaut, als die orchestrale Version von *A Star-Spangled Banner* einsetzt. Ich kämpfe mit den Tränen – und gegen die Zerstörung meines kunstvollen Make-ups –, als Dani die Hand auf meine Schulter legt und sie drückt.

Wir sind zusammen hier. Wir sind zusammen hier, und das ist für die Ewigkeit.

Das olympische Tempo ist unerbittlich. Weniger als zwölf Stunden nach dem Mehrkampffinale sind wir wieder in der Einturnhalle. Es ist der erste Tag der Einzelfinale – Sprung und Barren. Dani absolviert nur ein paar Konditionsübungen, weil sie heute nicht im Wettkampf antritt. Nachher geht sie auf die Zuschauertribüne und schaut uns zu, so wie Emma gestern.

Und morgen ist schon der letzte Tag des Damenwettkampfs: Balken und Boden.

Ich bin heute am Barren dran, morgen am Balken, und das war's. Dann sind meine Olympischen Spiele vorbei, und ich werde … tja, irgendetwas anderes mit meinem Leben anfangen müssen. Ich weiß nicht, ob ich dafür schon bereit bin. Besser gesagt, ich weiß, dass ich *nicht* bereit bin.

Aber diese Gedanken verdränge ich, während ich anfange, mich zu dehnen. Das Barrenfinale ist erst nach dem Sprung, aber die anderen sieben Finalistinnen sind auch schon da. Wenn man sich die Wertungen aus der Qualifikation anschaut, sieht man, dass wir uns alle innerhalb eines Abstands von wenigen Punkten hinterm Komma bewegen. Das wird ein extrem harter – und extrem spannender – Wettkampf.

Mein Handy, das neben mir auf der Matte liegt, erwacht mit einem *Bing* zum Leben, aber ich verziehe nur das Gesicht und lasse es liegen.

»Besser nicht lesen«, sagt Emma, die sich neben mich setzt, die Beine ausstreckt und die Zehen vor- und zurückbiegt.

»Hatte ich auch nicht vor«, versichere ich ihr. Ich ignoriere meine Nachrichten schon seit einer Weile. Anscheinend gibt es Leute, die meinen, Danis Gold- und meine Silbermedaille seien unverdient, weil Emma nicht im Finale war. Klar, die Maximal-zwei-Athleten-pro-Land-Regel ist fies, aber den Trollen, die uns im Netz beschimpfen, geht es so ziemlich um alles andere als unsere sportliche Leistung, von einer Verschwörungstheorie politischer Korrektheit, die Emmas Hautfarbe gegen meine und Danis ausspielt, bis hin zu der Behauptung, die Russen hätten das Kampfgericht bestochen, Emma auszuschalten, um Kareva freie Bahn auf Gold zu geben, was im Wettkampf nach hinten losgegangen ist. »Und du?«

»Ja. Alles Bullshit«, sagt sie. »Und das habe ich auch gesagt.«

»Was?«

Wir haben bis jetzt nicht wirklich darüber gesprochen, dass ich zum Kampf um die Medaille angetreten bin, die eigentlich sie hätte bekommen sollen.

»Ich habe gepostet, dass ich mich nicht fürs Mehrkampffinale qualifiziert habe, und dass sie aufhören sollen, euch fertigzumachen. Ich hab's verbockt, als es drauf ankam, zweimal sogar, und fertig.«

»Du hast es nicht verbockt, Emma. Du hast mit einem Trauma gekämpft.«

»Ich werde mit dem FBI reden«, sagt sie, ohne auf meine Worte einzugehen. »Nach dem Gespräch mit Dani habe ich viel darüber nachgedacht. Ich werde ihnen sagen, was passiert ist. Mrs. Jackson organisiert das Gespräch, wenn wir wieder zu Hause sind.«

»Wenn du dich dazu bereit fühlst.«

»Ich bin bereit«, erwidert sie einfach.

Das ist die Emma, die ich kenne, kühl und berechnend, die sich durch nichts verunsichern lässt. Die mentale Stärke, die sie aufgebracht hat, um bis hierher zu kommen, übersteigt mein Fassungsvermögen.

»Em?«

»Ja?«, sagt sie und hebt den Kopf, während sie sich über die Knie beugt und die Füße zu sich heranzieht.

Ich möchte irgendetwas Bedeutungsvolles sagen, damit sie weiß, wie froh ich bin, dass sie meine beste Freundin ist und dass wir das alles zusammen durchgestanden haben, aber dann fangen wir vielleicht beide an zu heulen, und dafür ist jetzt keine Zeit. Wir müssen bald antreten und dem Rest der Welt am Barren in den Hintern treten.

»Ich bin echt froh, dass du dabei bist, wenn ich gleich Gold am Barren hole.«

Sie schnaubt, dann lacht sie, aber sie sagt nichts, schüttelt nur den Kopf und dehnt sich weiter.

Das ist gut. Besser als gut. Es ist normal.

Emma steht auf, schüttelt die Glieder aus und joggt los. Gleich werde ich ihr folgen. Ich brauche ein bisschen länger zum Dehnen.

»Sieht gut aus, Chels!«, ruft Janet drüben beim Sprungtisch, wo Chelsea und die anderen Mädchen, die in wenigen Minuten starten werden, sich einturnen.

Mrs. Jackson scheint voll in der Sportmode aufzugehen. Seit sie hier ist, trägt sie jeden Tag einen anderen Trainingsanzug und dazu passende Sneaker.

»Audrey«, sagt sie. »Viel Glück! Ich weiß, du wirst uns alle Ehre machen.«

»Danke, Mrs. J.«

»Was ich dich schon länger fragen wollte, hast du schon darüber nachgedacht, wie es für dich weitergeht? Janet hat mich über die unglückliche Situation mit deiner Verletzung informiert und dass du nicht in der College-Liga turnen kannst …« Sie verstummt.

»Es gab ein paar Anfragen von Sponsoren, aber ehrlich gesagt hatte ich noch keine Zeit, um die Einzelheiten mit meinen Eltern zu besprechen.«

»Schätzchen, seit der Qualifikation bist du quasi ein Weltstar. Sponsoren sind was Tolles, aber das habe ich nicht gemeint.«

Ich lege verwirrt den Kopf zur Seite. »Sondern?«

»Ich habe dich in den letzten Wochen beobachtet. Du bist die geborene Anführerin, schnell, fleißig …«

»Mrs. J …«, unterbreche ich sie.

»Bescheiden«, witzelt sie mit einem wissenden Grinsen. »Du bist die erste Amerikanerin mit koreanischen Wurzeln, die in der Geschichte der Olympischen Spiele eine Mehrkampfmedaille gewonnen hat.«

»Wirklich? Das habe ich nicht gewusst.«

»Natürlich hast du es nicht gewusst, aber es ist eine große Sache. *Du* bist eine große Sache, Audrey Lee. Vergiss das nicht. Egal, was in den nächsten Tagen passiert, du hast hier Geschichte geschrieben. Im nächsten halben Jahr wird es in deinem Leben drunter und drüber gehen, aber wenn der Rummel sich gelegt hat ... Also, wenn du Lust hättest, für die USOF zu arbeiten, dann lass es mich wissen.«

»Aber Emma und Dani ...«

»... planen beide, die nächsten vier Jahre weiterzutrainieren«, beendet sie den Satz für mich.

Weitere Ausreden fallen mir nicht ein.

»Ich werde darüber nachdenken.«

Sie zieht eine ihrer perfekt geschwungenen Augenbrauen hoch. »Wunderbar.«

Leider können wir Chelsea nicht am Sprungtisch zuschauen, weil wir direkt im Anschluss am Barren starten. Aber ich höre die Menge und den Ansager, der die Namen der Finalistinnen ausruft.

Chelsea hat sich als Beste qualifiziert, deshalb startet sie als Letzte.

Die Minuten verstreichen, während ich meine Barrenkür erst Stück für Stück durchgehe, dann die erste und die zweite Hälfte, immer abwechselnd mit Emma. Die Menge hat gestöhnt oder gejubelt, je nach Leistung der Turnerinnen, und endlich ...

»Jetzt am Sprung für die Vereinigten Staaten von Amerika, Chelsea Cameron!«

Die Arena wird still, und wir hören Füße über die Laufstrecke donnern. Ich schließe die Augen und stelle mir vor, wie sie aufs Sprungbrett springt, dann auf den Sprungtisch, die Arme eng an den Körper presst, durch die Luft wirbelt und – zack – steht!

Die Menge explodiert, und der Lärm hallt in der Arena wider.

Einer ist geschafft, einer kommt noch.

Ihre Wertung muss gut sein, denn die Thundersticks donnern mit dem Jubel der Menge um die Wette, bevor der Ansager ruft: »Und nun der zweite Sprung von Chelsea Cameron.«

Ihr Rudi ist fast so gut wie ihr Amanar, und wieder schließe ich die Augen, lausche auf den zweiten Sprung und die Reaktion der Menge.

Sie läuft los, und ich kann sie vor mir sehen, links, rechts, links, rechts, bis zum Sprungtisch, mit vollem Tempo aufs Brett, die Hände voran auf den Tisch, eineinhalb Schrauben, der Schwung versucht, ihren Körper aus der Streckung zu bringen, aber sie bleibt gerade und landet mit einem leisen Aufprall auf der Matte.

Der Donner der Thundersticks braust auf, und die Menge jubelt.

Der Sprung muss gut gewesen sein.

Aber wie gut genau?

Es sind quälende Minuten der Unsicherheit.

»Der Endstand im Sprungfinale«, sagt der Sprecher endlich. »Auf dem dritten Platz, Luo Ting aus der Volksrepublik China. Auf dem zweiten Platz, für die Russische Föderation, Erika Sheludenko ...«

»Sie hat gewonnen«, sage ich, und Emma nickt.

»Und auf dem ersten Platz, für die Vereinigten Staaten von Amerika, Chelsea Cameron! Meine Damen und Herren, Applaus für unsere Olympiasiegerinnen!«

Wir bereiten uns weiter vor, versuchen warm zu bleiben in der eiskalten Luft, die durch die Halle gepumpt wird, wie schon die ganze letzte Woche. Viertel-, halbe, dann ganze Kür, wieder und wieder. Wir geben uns gegenseitig Feedback, wie wir es getan haben, seit wir klein waren.

Emma beendet ihre letzte Einturnübung und schaut mich in Erwartung einer Korrektur an, aber ich schüttele den Kopf. »Ich bin wirklich froh, dass du noch hier bist, Em.«

Sie grinst. »Ja, ich auch, und jetzt bist du dran.«

Der Klang der Medaillenverleihung dringt in die Einturnhalle, und ich schwinge mich ein letztes Mal durch meine Barrenübung, die Melodie von *A Star-Spangled Banner* in den Ohren.

Vielleicht dauert es nicht mehr lange, bis sie für mich gespielt wird.

»Okay, Mädels«, sagt Janet und kommt aus der Arena, wo die Zeremonie zu Ende geht. »Ich nehme an, ihr seid bereit?«

Emma schaut mich an, und wir nicken.

Als wir uns aufstellen, um in die Halle zu marschieren, kommt Chelsea an uns vorbei, die Goldmedaille um den Hals, einen Strauß japanischer Apfelblüten in der Hand und mit Tränenspuren auf den Wangen.

Es ist keine Zeit für Glückwünsche, aber sie dreht sich zu uns und sagt: »Ihr rockt das, Mädels!«

»Und nun die Finalistinnen am Barren!«, ruft der Ansager in die Arena, und die Thundersticks tosen auf, während die Lichter gedimmt werden und ein Scheinwerfer uns bis zum Wettkampfbereich folgt.

Wir steuern direkt auf das Barrenpodium zu. Als mein Name angesagt wird, ist das Brausen der Menge sehr viel lauter, als ich erwartet habe. Ich habe hier wohl Eindruck hinterlassen.

Der Gong ertönt, und wir gehen die Treppe hinunter und lassen Michiko Nakamura, Achtplatzierte in der Qualifikation, allein auf dem Podium zurück.

Ich bin als Letzte dran und weiß ganz genau, was ich tun muss, um zu gewinnen, aber ich habe schon eine Medaille, noch dazu eine, die ich nie für möglich gehalten hätte. Alles darüber hinaus ist der reinste Luxus.

Oh, wem zur Hölle will ich was vormachen?

Ich will diese Goldmedaille. Wegen dieser Medaille habe ich für Olympia trainiert, als ich noch glaubte, ich würde es gar nicht ins Team schaffen, als ich noch glaubte, eine Medaille im Mehrkampf wäre ein lächerliches, verrücktes Hirngespinst. Wegen dieser Goldmedaille am Barren bin ich nach Tokio gekommen, und ich will sie haben. Ich will sie mehr als alles andere, was ich je in meiner Turnkarriere wollte. Ich bin die beste Barrenturnerin der Welt, und es ist an der Zeit, dass ich es beweise.

Emma und ich setzen uns auf die Stühle am Rand des Wettkampfbereichs. Janet steht vor uns und beobachtet die anderen Turnerinnen. Ich lasse den Blick über die Menge schweifen und entdecke Dani, die relativ weit unten auf der Zuschauertribüne neben uns sitzt. Sie zeigt mir zwei erhobene Daumen.

Ich lächle sie an, dann atme ich tief durch und versuche, mich so gut es geht zu entspannen, halte die Augen auf den Barren gerichtet, aber ohne die Übungen wirklich zu verfolgen.

Nur bei Emma mache ich eine Ausnahme. Es ist das erste Mal, dass sie nach ihren Stürzen im Mehrkampffinale wieder im Wettkampf turnt.

»Auf geht's, Em!«, rufe ich, als sie die Arme zum Gruß hebt und den Barren anstarrt. Dann holt sie tief Luft und beginnt.

Ich halte die ganzen vierundvierzig Sekunden ihrer Übung den Atem an, und sie ist makellos, genau wie im Training. Sie setzt zu einem gestreckten Doppelsalto an, der Körper gerade, die Arme lang, die Füße reglos. Das war's. Die letzte Kür für sie bei Olympia, und sie war verdammt gut.

Als sie vom Podium kommt, hat sie bereits Tränen in den Augen, und ich wünschte, ich hätte Zeit, um mehr zu tun, als sie nur kurz und fest in den Arm zu nehmen, aber ich habe keine.

Denn jetzt bin ich dran. Ich habe keinen Blick auf die Wertungen geworfen. Wen interessiert, was die anderen bekommen haben? Wenn ich mein Bestes gebe, wenn ich meine Übung fehlerfrei zeige, ist mir die Goldmedaille sicher.

Das Kampfgericht gibt mir grünes Licht, und ich grüße und beginne. Ein Schwung am unteren Holm, hoch in den Handstand, den Körper in der Mitte falten, abwärts und mit gestreckten Beinen um den Holm, lang bis in die Zehen, und gleich wieder auf den oberen Holm mit einer halben Drehung. Noch ein Handstand, lange genug halten, bevor ich nach unten schwinge und loslasse, mich drehe und wieder fange. Hoch in den Handstand, ganze Drehung, wieder nach unten, loslassen, eine, zwei, drei Schrauben und stehen.

Fertig.
Perfekt.
Ich grüße ab und stelle ein einstudiertes Lächeln zur Schau, bevor ich vom Podium hüpfe und auf meine Wertung warte. Mein Name wird ganz nach oben rutschen, wie Danis gestern und Chelseas vor einer Stunde.
Nein, doch nicht.

1. Emma Sadowsky (USA)	15,4
2. Audrey Lee (USA)	15,3
3. Irina Kareva (RUS)	15,1
4. Erika Sheludenko (RUS)	15,0
5. Zhang Yan (CHN)	14,9
6. Katie Daugherty (CAN)	14,8
7. Michiko Nakamura (JPN)	14,6
8. Lou Ting (CHN)	13,1

Ein Zehntel. Wieder ein verdammtes Zehntel.

Irgendwo in der Übung, ich weiß nicht mal, wo. Vielleicht war ein Zeh nicht gestreckt, oder meine Beine haben sich ganz kurz voneinander gelöst, vielleicht war es auch der Handstand vor dem Absprung, aber als meine Wertung auf der Tafel aufleuchtet, steht mein Name auf dem zweiten Platz hinter Emma, die auf ihrem Stuhl hyperventiliert. Ich muss mich mit Silber begnügen.

Es fühlt sich rundum falsch an. Gestern wusste ich ohne den Hauch eines Zweifels, dass ich meine Silbermedaille gewonnen und nicht die Goldmedaille verloren hatte. Aber jetzt? Jetzt fühlt es sich wie eine Niederlage an, vielleicht sogar noch mehr als im Mannschaftsfinale.

Und es tut verdammt weh.

Aber es darf nicht wehtun. Ich muss meine beste Freundin umarmen. Ich freue mich für sie, aufrichtig, sogar als sich die unglaubliche Wahrheit auf mich herabsenkt, dass sie eine olympische Goldgewinnerin ist und ich nicht.

Ich umarme Emma und halte sie ganz fest, während sie an meiner Schulter schluchzt, die glücklichsten Tränen ihres Lebens. »Ich bin so stolz auf dich.« Sie macht einen Schritt zurück, lächelt und lässt sich von Janet umarmen.

Ich kann mich nur mit Mühe beherrschen, als wir die Arena verlassen. Chelsea steht bei den anderen Sprungsiegerinnen und umarmt mich sofort.

»Du warst toll«, sagt sie, aber das hilft nicht.

Alles fühlt sich falsch daran an, wieder auf dem zweiten Platz zu stehen, die Amerikaflagge zu sehen, die in der Position der Goldmedaille gehisst wird, zu wissen, dass sie nicht mir gilt, und die Nationalhymne zu hören, während Emma leise mitsingt.

Morgen habe ich eine letzte Chance. Einen letzten Versuch, meinen Traum von Gold wahrzumachen, ausgerechnet am Schwebebalken, an dem schon so viele olympische Träume geplatzt sind.

Dreiundzwanzigstes Kapitel

Leo ist zu Besuch im olympischen Dorf. Wir hängen auf dem Sofa im Gemeinschaftsraum rum, dicht zusammengerollt, die Beine verschlungen, und seine schwieligen Fingerspitzen streichen sanft über meine Hüfte. Zum ersten Mal seit viel zu langer Zeit bin ich entspannt, und ohne darüber nachzudenken, werfe ich einen Blick auf mein Handy.
Großer Fehler.
Gigantischer Fehler.
#SilverGirl
Verdammtes Silber.
Argh.
Ich klicke mich durch meine Social-Media-Accounts, und es ist überall. Es gibt sogar ein virales Video, in dem der letzte Teil meiner Bodenkür mit Idina Menzels Cover von *Bridge Over Troubled Water* hinterlegt ist und mit den Worten »sail on, silver girl« endet. Keine Ahnung, wer darauf gekommen ist, aber das Video ist überall. Das bin ich: Audrey »Silver Girl« Lee. Die ewige Zweite.
Sarah und Brooke haben mir Glückwünsche geschickt, und jetzt fühle ich mich noch schlechter, weil die beiden zu Hause sitzen, nicht mal im Finale antreten konnten und bestimmt überglücklich mit Silber wären.
Sierras Nachricht macht es auch nicht besser.
Glückwunsch, Silver Girl! Du hast es verdient.
Natürlich weiß dieses verdammte Miststück genau, wie weh mir dieser neue Spitzname tut. Ich frage mich, ob Jaime schon

eine identische Nachricht geschickt hat, aber ich habe keine Lust, es herauszufinden.

»Ist doch gut«, versucht Leo mich aufzumuntern, als ich das Handy auf den Sofatisch knalle. »Nimm es einfach wörtlich. Sie finden es toll, dass du zweimal Silber geholt hast.« Als ich den Kopf schief lege und ihn ungläubig ansehe, seufzt er. »Ich weiß, dass *du* es nicht toll findest, Rey.«

»Es ist toll. Es ist nur ...« Ich lehne mich an seine Schulter und seufze ebenfalls. »Ich wusste nicht, wie sehr ich diese Goldmedaille wollte, bis ich sie verloren habe.«

Er korrigiert mich nicht. Er sagt nicht, dass ich Silber gewonnen und nicht Gold verloren habe, und verdammt, dafür kann ich ihn nur lieben.

Äh ...

Liebe?

Ich verspanne mich in seinen Armen, und er scheint es zu merken, denn er zieht mich sanft an sich. Ich will mich nicht beschweren, aber trotzdem ... heilige Scheiße!

Liebe.

Welches verrückte Gehirn hat sich dieses Wort eigentlich ausgedacht? Der Schrecken scheint mir deutlich ins Gesicht geschrieben, und obwohl er keine Ahnung hat, was in meinem Kopf vorgeht, nimmt er meine Hand und drückt einen Kuss auf meinen Handrücken und dann auf die Innenseite meines Handgelenks.

»Morgen hast du noch eine Chance«, sagt er leise. »Und ich weiß, dass du großartig sein wirst. Du bist immer großartig, Audrey, sogar, wenn du nicht perfekt bist. Gerade dann.«

Mein Herz macht einen Hüpfer. Okay, vielleicht ist Liebe tatsächlich das richtige Wort. Das richtige Wort, trotzdem wahnsinnig beängstigend und unerwartet und nichts, was ich laut aussprechen kann. Jedenfalls noch nicht. Trotzdem, das Gefühl ist da und ziemlich fantastisch.

Ich stütze das Kinn auf seine Brust und sehe ihm in die Augen. »Ich kann nicht glauben, dass morgen alles vorbei ist. Wir haben so viel erlebt, und dann ist es einfach zu Ende.«

»Nicht alles ist zu Ende«, flüstert er.

»Nein, nicht alles. Wir können endlich unser sehr ernstes Gespräch führen.«

»Tut mir leid, dir die Augen öffnen zu müssen, Audrey Lee, aber ich glaube, wir führen es schon seit einer ganzen Weile«, sagt er und lächelt mich an.

Ich kuschele mich an ihn. »Natürlich tun wir das.«

Die Tür zu unserer Suite öffnet sich einen Spalt, und Chelsea ruft hindurch: »Alle bekleidet?«

Ich verdrehe die Augen und stehe auf, um ihr die Zunge rauszustrecken. Aber im Ernst, sie waren gestern und heute wirklich toll und haben mir meinen Freiraum gelassen. Sie haben jetzt alle ihre Goldmedaille, nur ich nicht. Es ist kein feiner Zug, Freundinnen um ihren Erfolg zu beneiden, trotzdem verstehen sie es. Sie verstehen mich.

»Was gibt's Neues, Chels?«, frage ich und binde mir einen Pferdeschwanz, während Leo sich hinter mich stellt.

»Zu Hause gab es eine Pressekonferenz«, verkündet sie und kommt mit Dani in den Raum. Emma, Mrs. Jackson und Janet folgen ihnen. Janet stellt den Fernseher an und lässt ein Video von ihrem Handy über den großen Bildschirm laufen.

Ein Reporter steht vor einem großen Gerichtsgebäude und spricht in sein Mikrofon. »Der ehemalige Cheftrainer der US-Spitzenturnerinnen, Christopher Gibson, der nach seiner Festnahme und in einem Live-Interview zu Beginn der Olympischen Spiele in Tokio noch seine Unschuld beteuert hat, hat sich heute sowohl der Manipulation des Dopingtests einer Turnerin für schuldig bekannt als auch des sexuellen Missbrauchs in mehreren Fällen.«

Augenblicklich schnellt mein Blick zu Dani und Emma, die schweigend auf den Bildschirm starren, und mein alberner Spitzname und die Farbe meiner Medaillen sind plötzlich überhaupt nicht mehr wichtig. Dieses Monster geht in den Knast, aber wir sind hier, ungebrochen, vielleicht strahlen wir sogar noch etwas heller.

Dani atmet tief ein und stößt die Luft aus. »Gut«, sagt sie und sieht uns an.

»Verdammt gut«, stimmt Emma ihr zu.

Keine der beiden scheint darüber sprechen zu wollen. Ich fange Chelseas Blick auf, und sie schüttelt kurz den Kopf. Wir sind uns einig und haken nicht weiter nach. Wenn sie bereit sind, darüber zu sprechen, werden sie es tun. Oder auch nicht. Beides ist in Ordnung.

»Okay, Ladys«, sagt Mrs. Jackson und schaltet den Fernseher aus. »Zeit zu gehen.«

Unser letzter Wettkampftag. Finale am Balken und Boden, die letzte Chance für jede von uns, eine Medaille zu holen.

Noch eine Kür, dann bin ich fertig.

Okay, Audrey, Zeit für deinen letzten starken Auftritt.

Die Arena ist tröstlich in ihrer konstant Tundra-artigen Kälte und dem leicht schalen Geruch der klimatisierten Luft. Es ist der sechste Tag in Folge, den ich in diesem riesigen Gebäude verbringe, und irgendwie habe ich es ein bisschen ins Herz geschlossen. Es ist der Ort, an dem ich in meinem allerletzten Turnwettkampf antrete. Heute liebe ich sogar diese blöde kalte Luft, denn sie bedeutet, dass ich turnen darf.

In der Einturnhalle sind nicht mehr viele Mädchen übrig. In diesem Finale gibt es kaum Überschneidungen. Schwebebalken und Boden verhalten sich eher komplementär. Der Balken ist zuerst dran, deshalb gehen alle, die nicht in beiden Finalen sind, wie Chelsea und Dani, an die Seite, um sich zu dehnen und warm zu halten, während sie warten. Wir anderen gehen an die Übungsbalken.

Dieses Finale wird brutal. Die Balkenturnerinnen bei diesen Olympischen Spielen sind wahnsinnig gut, und obwohl ich weiß, dass ich mit ihnen mithalten kann, hängt wieder mal alles von meinen Verbindungen ab. Ich habe nicht die fulminanten Salti drauf wie Roxana Popescu oder die Sicherheit, die den Balken einen Meter breit wirken lässt, wie Sun Luli. Ich muss meine Figuren perfekt fließen lassen, kein Zögern, ein einziger Tanz, damit die Kampfrichterinnen ihre Bleistifte gar nicht erst aufs Papier setzen.

Das gemeinsame Einturnen hat mittlerweile eine Normalität angenommen, als würden wir alle zusammen in einer riesigen Turnkommune trainieren. Fast so, als wären die Mädchen, mit denen wir uns seit einer Woche die härtesten Wettkämpfe liefern, irgendwie zu unseren Mannschaftskameradinnen geworden. Wir turnen der Reihe nach, genau wie ein Team sich auf einen Wettkampf vorbereitet, eine löst die andere mit Einzelabschnitten ab, bevor wir alles zusammensetzen, gerade als das Zehn-Minuten-Signal ertönt.

Ich trinke einen Schluck Wasser und sprühe ein letztes Mal meine Haare mit Haarspray ein, bevor ich mich mit den sieben anderen Mädchen aufstelle, die heute mit mir um jedes Tausendstel kämpfen werden. Als wir in die Arena einmarschieren, spüre ich es wieder in mir aufsteigen – das Verlangen. Ich *will* diese Goldmedaille. Ich will ganz an der Spitze stehen. Aber das wollte ich am Barren auch, und man sieht ja, was daraus geworden ist. Ich versuche, den Gedanken wegzuschieben, aber es ist zu spät. Dann muss ich das Verlangen eben zulassen, loswerden kann ich es sowieso nicht.

Unsere Namen werden ausgerufen. Die Zuschauer wirken etwas gedrückter als in den letzten Tagen. Vielleicht haben sie auch begriffen, dass das alles hier bald vorbei ist.

Ich bin als Sechste dran. Als der Gong am Ende der Aufwärmphase ertönt, verlasse ich mit sieben anderen Mädchen das

Podium und setze mich, während Erika Sheludenko aus Russland grünes Licht vom Kampfgericht bekommt.

Manche Leute glauben, dass sich der Verlauf eines Durchgangs daran ablesen lässt, wie die Kür der ersten Turnerin verläuft. Aus diesem Grund stellen Mannschaften oft ihre zuverlässigste Turnerin als Erste auf, diejenige, die am wahrscheinlichsten gut durchkommt, damit der Tag sich nicht in ein Desaster verwandelt.

Als die Menge aufstöhnt, weil Erikas Fuß bei ihrem Handstützüberschlag rückwärts und anschließendem Spreizsalto abrutscht und sie auf die Matte fällt, könnte ich deshalb mitstöhnen. Das ist kein gutes Zeichen.

Dann geht Elisabetta Nunziata aus Italien auf den Balken, und es passiert das Gleiche, Sturz beim Spagatsprung mit Beinwechsel. Die Nervosität in der Arena ist förmlich greifbar.

Meine Beine beginnen unwillkürlich, auf und ab zu wippen. Ich will mir das nicht anschauen. Ich kann keine zwei – ich zucke zusammen, als Han Ji-a aus Südkorea bei ihrem Angang mit gehocktem Vorwärtssalto abrutscht –, drei Stürze im Kopf gebrauchen, bevor ich zu meiner letzten Chance auf olympisches Gold da hochgehe.

»Atmen, Audrey«, sagt Janet und atmet mit mir.

Ich folge ihr, atme ein und aus, und langsam weicht die Anspannung aus meinen Knochen.

Drei Turnerinnen. Drei Stürze.

Drei niedrige Wertungen, die ich leicht überbieten kann.

Ich will ja auf niemandes Grab tanzen, aber ihr Pech könnte mein Glück sein.

Aber das Universum rückt sich wieder gerade, als Natalia Cristea, eine der besten rumänischen Balkenturnerinnen überhaupt, aufspringt und eine durch und durch saubere Kür turnt.

Es fühlt sich so an, als wäre endlich wieder Luft in der Arena, und wir atmen alle auf, als ihre Wertung, eine saftige 15,0, auf der Tafel erscheint.

Okay, das ist eine Ansage.

Ich stehe auf und dehne meinen Hals erst zur einen Seite, dann zur anderen. Es ist Zeit.

Sun Luli ist jetzt auf dem Podium, und nach ihr bin ich dran. Ich hebe die Arme über den Kopf, damit das Blut in Bewegung bleibt.

Sun hat keine berauschende Olympiade hinter sich. Sie ist mit superhohen Erwartungen angereist, ist aber nur Fünfte im Mehrkampf und Vierte im Sprung geworden. Vielleicht sollte ich mich doch nicht so über mein Doppelsilber ärgern. Ich weiß, wie es sich anfühlt, Vierte zu werden, und Fünfte dürfte kaum besser sein.

Ich will, dass ihre Kür sitzt. Ich will, dass sie eine Medaille bekommt. Ich schaue zu meiner Linken. Irina Kareva bereitet sich auf ihre Kür vor – sie kommt als Letzte. Rechts neben mir wartet Roxana Popescu. Sie kommt direkt nach mir, und ich wünschte, sie würde auch eine Medaille bekommen. Wir haben alle so hart gearbeitet. Wir haben es alle verdient. Jedes Mädchen hier hat das nötige Talent und unglaublich viel Zeit und Disziplin investiert.

Aber das heißt nicht, dass ich die Medaille nicht auch selbst haben will.

Ich will sie unbedingt.

Als Sun ihre Kür beendet, applaudiere ich und reiche ihr die Faust, während ich auf der Treppe an ihr vorbeigehe.

So. Und da ist sie.

Meine letzte Chance.

Wie es auch läuft, danach ist es vorbei.

Also sollte ich wohl lieber das Beste draus machen.

Janet stellt das Sprungbrett für mich auf, während wir auf Suns Wertung warten.

»Du kannst das, Audrey«, sagt sie.

»Ich weiß.«

Mein Blick fällt auf die Anzeigetafel, als Suns Wertung erscheint. 15,2. Das ist nicht nur gut. Das ist fantastisch.

Ich atme ein und aus und warte auf das grüne Licht des Kampfgerichts.

Auch ich kann fantastisch sein.

Als das grüne Licht aufleuchtet, grüße ich, bevor ich mich ein letztes Mal dem Balken zuwende.

Dann fange ich an, Rondat, Handstützüberschlag rückwärts auf den Balken, ein weiterer direkt im Anschluss, dann der Spreizsalto, Aufrichten, ich stehe kerzengerade und hebe das Kinn, um zu zeigen, wie leicht mir diese Kombination fällt.

Ich vollführe mehrere Pflichtelemente, verbinde ein Sprungelement mit einem weiteren, und dann kommt der wahre Test – meine Drehkombination. Ich atme aus und drehe mich, einmal, zweimal, dreimal, dann eine weitere Drehung mit hochgestrecktem Bein und direkt weiter in eine ganze Taucherdrehung, mein Bein geht in einer großen Bewegung nach oben und im Kreis, während sich mein Kopf zum Balken senkt. Hochkommen, Kinn anheben und sogar lächeln, das war perfekt.

Ich trete leichtfüßig ans Ende des Balkens. Halb geschafft. Ich bin so nah dran, aber ich schiebe den Gedanken weit weg, strecke die Zehen in die Luft und beginne die letzte große Kombination meiner allerletzten Kür.

Freier Schrittüberschlag – ohne Hände – direkt in den Spagatsprung, ich fliege durch die Luft und lande sanft, bevor ich ein Bein ausstrecke, rückwärts in den Auerbachsalto gehe und rittlings auf dem Balken aufsetze. Wieder hebe ich das Kinn, und mein Lächeln wird breiter, bevor ich mich zurücklehne und drehe, die Beine gestreckt, und die Menge jubeln höre. Ich presse die Hände auf den Balken und stemme mich in den Handstand, bevor ich wieder aufrecht stehe und mich zum Abgang bereit mache.

Mein letzter Abgang.

Der letzte, den ich je machen werde.

Nein, Audrey, nicht dran denken. Nur atmen und los.

Mein Blick richtet sich laserscharf auf das Ende des Balkens, wo meine Füße aneinandergepresst stehen. Ich hebe die Arme über den Kopf und nehme mein gesamtes Training, jeden Schweißtropfen der letzten vierzehn Jahre, mit in den Sprung, Hände, Füße, Hände, Füße und hoch, Schraube, Körper kerzengerade, Beine lang und geschlossen, Zehen gestreckt – eine, zwei, drei Schrauben und landen. Keine Regung. Ich stehe da und lasse die Wand aus Lärm um mich herum auf mich zukommen, Thundersticks und Stimmen vereinigen sich zu dem elektrisierendsten Getöse, das ich je gehört habe.

Es war der letzte Sprung meiner Karriere, und ich habe ihn gestanden wie eine Eins.

Endlich atme ich aus – ein zittriges Rasseln in der Brust – und drehe mich zum Kampfgericht, um abzugrüßen. Die Menge jubelt immer noch, und ich winke ihnen zu, bevor ich vom Podium springe.

Ich muss mich hinsetzen und verschnaufen. Ich muss meine Mannschaftskameradinnen umarmen. Ich muss meinen Eltern danken. Ich muss Leo küssen. Ich muss Janet und Mrs. Jackson sagen, wie sehr ich sie schätze.

Aber erst mal muss ich meine Wertung erfahren.

War es genug? Es war gut. Es war sogar großartig. Glaube ich. Ich weiß es nicht. Sun war großartig, und Roxana und Irina kommen noch, und auch sie sind großartig.

Die Menge muss meine Wertung vor mir gesehen haben, denn die Reaktion ist schnell und heftig.

»Die Wertung für Audrey Lee aus den Vereinigten Staaten, 15,4!«, ruft der Ansager.

Das ist sogar noch besser als fantastisch.

Janet klatscht, zieht mich an sich und drückt meine Schultern. Aber jubeln können wir noch nicht, zwei Turnerinnen fehlen noch. Irina und Roxana haben ihre Kür noch vor sich.

Bei dem Gedanken kommen mir die Tränen. Sie haben ihre Kür noch vor sich. Und ich werde nie wieder turnen.

Egal was passiert, und egal welche Farbe die Medaille hat, die am Ende dieses Wettkampfs um meinen Hals hängt – und eine Medaille wird es, soviel ist sicher – es ist vorbei.

Das Turnen ist vorbei.

Aber vielleicht fängt das Leben gerade erst an.

Roxana ist auf dem Balken, und sie ist fabelhaft. Ihr Salto ist auch nach einer Woche, in der sie ihn wieder und wieder perfekt geturnt hat, noch beeindruckend, und ihre Dreifachschraube ist so gut wie meine.

Janets Arm um meine Schultern drückt mich ein bisschen fester, als Roxana das Kampfgericht grüßt und die Treppe hinunterkommt. Ich mache mich los, und als Roxana ihren Trainer umarmt hat, halte ich ihr die Faust hin, und sie schlägt feierlich ein.

Die Menge applaudiert und jubelt, ich weiß auch nicht, warum sie die Wertungen immer schon vor uns sehen, und dann ruft der Ansager: »Die Wertung für Roxana Popescu aus Rumänien, 15,3!«

Sie ist Zweite.

Ich bin immer noch vorne.

Nur noch eine Kür. Irina Kareva. Wer sonst. War ja klar, dass es auf uns beide hinauslaufen musste.

Ich habe sie die ganze Woche ausgestochen, Silber vor ihrer Bronzemedaille im Mehrkampf und dann am Barren.

Ich will nicht zuschauen, aber ich muss.

Noch eine Kür.

Mein Schicksal ist für den Rest meines Lebens an ein anderes geknüpft.

Silber oder Gold?

Vierundzwanzigstes Kapitel

Ich hole tief Luft, als Irina auf den Balken steigt, und muss mich daran erinnern, wieder auszuatmen. Sie ist brillant, eine Turnerin ohne echte Schwäche. Aber Turnen ist hart, und selbst die besten von uns können Fehler machen.

Und als sie ihren Abgang springt, Rondat in einen Doppelsalto mit ganzer Schraube, und einen großen Schritt nach hinten macht und dann noch einen kleinen, um das Gleichgewicht zu halten, weiß ich es.

Ich weiß ohne den leisesten Zweifel, dass ich besser war. Meine Kür war ebenso schwierig. Ich habe auf dem zehn Zentimeter breiten Balken keinen Fehler gemacht, und sie auch nicht, aber ich habe meinen Absprung perfekt gestanden und sie ihren nicht. Allerdings war ich mir am Barren auch sicher, aber das Kampfgericht hat es anders gesehen. Und darum, obwohl ich weiß, dass sie mir gehört, dass alles, wofür ich mein Leben lang gearbeitet habe, in dieser Goldmedaille gipfelt – auch wenn es nicht die ist, mit der ich gerechnet habe –, warte ich und warte und warte.

Die Menge ist rastlos. Die Thundersticks setzen wieder ein und hämmern einen Rhythmus, der die Kampfrichter zur Entscheidung drängen soll.

Dann reagiert die Menge, aber ich habe keine Ahnung, was ihre Freudenschreie zu bedeuten haben. Feiern sie Irinas Sieg? Oder die letzte Kür meiner Laufbahn, mit der ich Gold geholt habe?

»Die Wertung für Irina Kareva aus der Russischen Föderation, 14,9!«

Ich breche zusammen, sacke einfach auf den Boden. Meine Beine geben unter mir nach, wie ich es immer befürchtet habe für den Fall, dass mein größter Traum wahr wird, aber mit diesem Zusammenbruch kann ich leben, denn jetzt ist es vorbei. Es ist vorbei, und ich habe gewonnen.

Ich bin olympische Goldmedaillen-Gewinnerin.

Janet hockt neben mir auf dem Boden, einen Arm um meine bebenden Schultern gelegt. Ich weine nicht, ich zittere nur. Es fühlt sich nicht echt an.

Drei Medaillen.

Zweimal Silber.

Einmal Gold.

Ich kann es nicht glauben.

»Du hast es geschafft«, murmelt Janet wieder und wieder. Beine versammeln sich um uns, vermutlich Kameraleute, mit denen ich mich gerade gar nicht befassen will, aber es geht wohl nicht anders.

Die Kameraleute lassen eine winzige Lücke, durch die eine offizielle Mitarbeiterin mich hinter sich herzuziehen versucht. Ihr Gesicht ist genervt, während sie sich bemüht, mich zu Sun und Roxana hinüberzuführen, damit wir die Arena gemeinsam verlassen und uns auf die Medaillenverleihung vorbereiten können.

Ich löse mich aus Janets Arm und sehe über ihre Schulter hinweg Leo, der sich von der Zuschauertribüne beugt. Er lächelt, und mehr brauche ich nicht, um zu ihm zu stürzen. Er steht auf, reicht mir die Hände und zieht mich hoch. Ich stütze mich aufs Geländer und gebe ihm einen schnellen Kuss. Aber natürlich lässt Leo es nicht damit bewenden, und eine der Kameras scheint uns direkt auf die große Leinwand zu übertragen, die von der Decke der Arena hängt, denn die Menge fängt wild an zu johlen.

Endlich hebe ich den Kopf, und, peinlich, peinlich, meine Eltern kommen direkt auf uns zu. Leo lässt sie durch, und Mom ist als Erste bei mir und umarmt mich fest, bevor Dad hinterherkommt und den Kreis vollständig macht. Ich kann nicht hören, was sie sagen, aber es spielt auch keine Rolle, ich umarme sie einfach noch fester.

Schließlich bekomme ich Mitleid mit der armen Freiwilligen, die von unten an meinem Knöchel zupft, damit ich ihr endlich zu den anderen folge und mich aufstelle. Ich lasse meine Eltern los, springe nach unten und laufe hinter dem Mädchen her, das nicht viel älter ist als ich und sehr erleichtert wirkt, dass sie mich nicht eigenhändig von der Tribüne zerren musste.

Ich marschiere zwischen Roxana vor mir und Sun hinter mir und winke der Menge mit beiden Händen.

Mrs. Jackson wartet am Eingang des Tunnels mit der Kleidung für die Zeremonie, wie beim Mehrkampf. »Ich habe mir schon gedacht, dass du die heute brauchen würdest. Und ich«, sie zögert, »ich freue mich so, dass es Gold ist, Audrey!«

Ihre Augen sind ein bisschen glasig, und ihre Lippen zittern.

Ich habe keine Zeit, um ihr zu antworten, ich werde weitergeführt, wieder hinaus in die Arena zum Bodenturnbereich, wo Chelsea und Dani schon bald um die letzten drei Medaillen kämpfen werden.

Die Arena ist dunkel, einzelne Schweinwerfer huschen umher, dann wird es endlich hell, und die Menge jubelt, als sie uns aus der Dunkelheit kommen sieht.

»Meine Damen und Herren«, sagt der Sprecher. »Hier sind die olympischen Medaillengewinnerinnen am Schwebebalken!«

Wir werden zum Siegerpodest geführt, und mein Herz macht einen Satz, als ich hinter dem höchsten stehe.

»Gewinnerin der Bronzemedaille aus der Volksrepublik China, Sun Luli!«

Sun steigt aufs Podium und winkt der Menge.

»Gewinnerin der Silbermedaille aus Rumänien, Roxana Popescu!«

Tamara Jackson und Janet Dorsey-Adams werden es nicht zulassen. Dani Olivero, meine Heldin, die mutigste Person, die ich kenne, und Chelsea Cameron, zu der ich schon mein Leben lang aufgeblickt habe, aber nie mehr als in diesen letzten Wochen, und Emma Sadowsky, die beste Freundin, die ich je hatte, und meine Schwester in allem, was zählt, werden es nicht zulassen. Sarah Pecoraro und Brooke Orenstein, Olympionikinnen für immer, werden es nicht zulassen. Und Jaime Pederson und Sierra Montgomery, die glaubten, sie müssten sich zwischen ihrem großen Traum und ihrer Freundin entscheiden, werden es nicht zulassen. Es wird nicht wieder passieren. Wer dieses Bild sieht, sieht, was wir gemeinsam erreicht haben. Wer wagt da noch zu behaupten, dass wir nicht das großartigste Team der Welt sind?

Diese Botschaft schicke ich hinaus ins Universum, und dann schalte ich mein Handy aus.

Die anderen Mädchen sind auch fertig mit ihren Posts, und wir stehen einen Moment schweigend da und betrachten unsere Medaillen, den Inbegriff von allem, was wir durchgemacht und erreicht haben, metallene Erinnerungen an die Tage, die wir gemeinsam in Tokio verbracht haben, wo unsere Reise nun plötzlich zu Ende ist.

»Und was kommt jetzt?«, fragt Dani.

Chelsea grinst, und ihre Augen blitzen. »Nur der Rest unseres Lebens.«

»Sonst nichts?«, fragt Emma lachend.

Ich sehe sie an, diese Mädchen, meine Konkurrentinnen, die mir erst Freundinnen geworden sind und dann Schwestern.

»Ich kann es kaum erwarten.«

Roxana stellt sich vor das Podium und küsst Sun auf beide Wangen, bevor sie auf das zweithöchste Podest steigt.

»Und die Gewinnerin der Goldmedaille und Olympiasiegerin« – mir stockt der Atem, das bin ich! – »für die Vereinigten Staaten von Amerika, Audrey Lee!«

Ein Schauder geht mir durch den ganzen Körper, als ich Sun umarme und Roxana erst Wangenküsschen gebe und sie spontan auch noch umarme. Immerhin sollte sie diese Medaille gewinnen, und ich weiß besser als jede andere, wie Silbermedaillenkummer sich anfühlt.

Endlich trete ich aufs Podium und atme durch. Ich versuche, alles aufzusaugen. Ich glaube, es gelingt mir sogar, meine Eltern in der Menge auszumachen, Dad, der wie ein Verrückter seine Amerikaflagge schwenkt, und Mom, die ungeniert schluchzt. Dieser Sieg ist auch für sie.

Der Olympia-Funktionär gratuliert mir in gebrochenem Englisch und überreicht mir den unvermeidlichen Apfelblütenstrauß. Dann hängt endlich eine Bronzemedaille um Suns Hals, eine silberne um Roxanas, und als ich mich vorbeuge, um die Goldmedaille in Empfang zu nehmen, fügt sich alles zusammen.

Genau so sollte es enden, aus der tiefsten Verzweiflung zum höchsten Gipfel, und das alles in nur einer Woche, ich kann nicht glauben, dass ich das geschafft habe.

Wir drehen uns zu den Flaggen, als die Nationalhymne ertönt. Es ist sicher nur eine digitale Aufnahme – dieselbe wie gestern, als ich eine Stufe unter Emma stand –, aber heute klingt sie in meinen Ohren wie ein ganzes Orchester, das jede Note des *Star-Spangled Banner* nur für mich spielt.

Ich singe mit, und Tränen sammeln sich in meinen Augenwinkeln. Ich wische sie nicht weg, sondern singe weiter, denn dieser Moment wird nicht ewig dauern. Jetzt und hier ist mein Traum wahrgeworden, und das will ich mit jeder Faser meines Wesens spüren.

»… and the home of the brave«, singe ich die Schlussworte, und meine Stimme kiekst bei der letzten Note.

Die Menge jubelt, und wir winken, heben unsere Apfelblütensträuße und die Arme zum Gruß. Dann werden Gruppenfotos und Einzelfotos gemacht, bevor wir aus der Arena durch den Tunnel zum Pressebereich geführt werden, wo die Reporter uns schon erwarten. Ich kann niemanden richtig erkennen, alles verschwimmt vor meinen Augen.

»Audrey, wie fühlst du dich?«

»Benommen, würde ich sagen.«

»Wusstest du, dass du gewonnen hast, als du deinen Abgang gestanden hast?«

»Nein. Ich wusste es erst, als ich wirklich gewonnen hatte.«

»Du bist die erste Amerikanerin mit koreanischen Wurzeln, die eine Goldmedaille im Turnen gewonnen hat. Wie fühlt sich das an?«

»Unglaublich. Ich bin stolz, dass ich so viele Menschen repräsentieren kann, die Träume haben wie ich, und ich hoffe, ich kann ihnen Mut machen, sie zu verfolgen! Ich bin vielleicht die Erste, aber bestimmt nicht die Letzte!«

»Audrey, was hast du zu Christopher Gibsons Geständnis zu sagen?«

Ich schaue den Reporter groß an. Es ist der Trottel von unserer Pressekonferenz vor Olympia. Bevor mir eine Antwort einfällt, für die Chelsea mir anerkennend zunicken würde, werde ich von Mrs. Jackson weitergezogen, die wie aus dem Nichts neben mir aufgetaucht ist.

»Danke«, sage ich, als sie mich aus der Höhle der Löwen rettet und zurück in die Einturnhalle führt. Die Mädchen, die am Boden antreten, sind schon in der Arena, und es läuft bereits die Musik der ersten Kür.

»Hier«, sagt sie und reicht mir eine Sporttasche. Darin sind ein Poloshirt und ein Trainingsanzug mit der Aufschrift »Team USA«. »Das kannst du anziehen.«

Emma ist auch da, sie trägt dasselbe Outfit, und ich verstehe sofort, was sie vorhaben. Ich ziehe die Sachen aus, die ich bei der Medaillenverleihung anhatte. Darunter trage ich immer noch den Turnanzug, den ich bei meiner Balkenkür getragen habe. Wir werden diese Olympischen Spiele zusammen in der Arena beenden, gemeinsam, als Team.

Ich zögere kurz, bevor ich meine Medaille abnehme. Mrs. Jackson hat eine kleine Holzschachtel mitgebracht.

»Ich werde sie nicht aus den Augen lassen«, verspricht sie.

Ich nicke, und dann laufen Emma und ich durch den Tunnel. Janet erwartet uns am Eingang, irgendwie scheint sie gewusst zu haben, dass wir alle in diesen letzten Momenten zusammen sein müssen. Wir zeigen den Sicherheitsleuten unsere Ausweise und gehen zu den Stühlen neben dem Bodenpodium, wo Chelsea und Dani auf ihren Einsatz warten.

Es ist schon wieder ein völlig anderer Ort als gerade eben, als ich meine Medaille bekommen habe.

»Da seid ihr ja«, sagt Dani und drückt mir die Hand. »Du warst toll!«

»Echt unglaublich«, fügt Chelsea hinzu, während sie sich Tape um die Handgelenke wickelt. Ich blicke zur Anzeigetafel. Vier Mädchen waren schon dran, vier kommen noch.

Die Wertungen sind respektabel, aber es ist nichts dabei, was Dani und Chelsea nicht ebenso erreichen oder überbieten könnten. Ich atme erleichtert auf. Ich will, dass sie bekommen, was ich habe, einen letzten Moment des Ruhms.

Chelsea ist als Nächste dran, und als ihre Musik einsetzt, geht sie mit dem unerschütterlichen Selbstvertrauen einer Turnerin ans Werk, die in ihrem Sport alles erreicht hat.

Das ist ihre Siegerrunde.

Sie hält die Abzüge niedrig und tanzt mit einer kühnen Unbekümmertheit, die den Kampfrichtern nicht entgehen kann. Die Menge schlägt ihre Thundersticks im Rhythmus der Musik.

Sie fressen ihr aus der Hand, und als sie ihren letzten Sprung steht – den letzten ihrer Karriere –, ändert sie ihre übliche Choreographie am Ende ihrer Kür zu einer schlichten Verneigung vor der Menge, bevor sie ihnen eine Kusshand zuwirft, ein Lebewohl für die Fans und für den Sport.

Ich schreie mit allen anderen, die aufstehen und applaudieren. Chelsea meldet sich mit erhobenen Armen beim Kampfgericht ab und fliegt die Treppe hinunter. Dani umarmt sie schnell – sie muss noch ein letztes Mal nach oben –, und ich halte sie ganz fest.

»Fühlt sich gut an, fertig zu sein, was?«, frage ich.

»Fantastisch«, erwidert sie.

Ich nicke mir selbst zu, denn das habe ich nicht sofort gemerkt, als ich fertig war. Freude und Trauer, klar, ein bisschen Angst, aber auch eine Riesenerleichterung. Unser ganzes Leben hat sich seit so langer Zeit ums Turnen gedreht, es tut auch gut zu wissen, dass es vorbei ist. So unheimlich das Unbekannte auch sein mag, es ist Zeit, etwas Neues zu wagen.

Chelseas Wertung leuchtet auf, eine 14,3, womit sie vorerst auf dem ersten Platz liegt, und zwei Turnerinnen kommen noch. Eine Medaille ist ihr sicher. Die Frage ist nur noch, welche Farbe.

Sun Luli ist die Nächste, und dieses Mädchen hat etwas, eine angeborene Herzlichkeit, die einen dazu zwingt, ihr die Daumen zu drücken, wenn sie jeden einzelnen ihrer 144 Zentimeter Körpergröße dazu nutzt, alle in der Arena glauben zu machen, sie sei eine grimmige nordische Göttin, die über Leben und Tod gebietet, während sie zum *Ritt der Walküren* tanzt und springt. Sie beendet ihre Kür mit einer schwungvollen Geste, und obwohl ich nicht sicher bin, ob ich will, dass sie Chelsea überholt – nein, ich will es nicht –, muss ich doch lächeln, als ihre Wertung kommt.

Chels ist großzügig und umarmt die jüngere Turnerin fest, als die 14,4 angezeigt wird und Suns Name ihren eigenen an der Spitze der Tafel ablöst.

Jetzt ist nur noch Dani übrig, und sobald die ersten Töne von *The Greatest Showman* aus den Lautsprechern dringen, ist die Menge auf den Beinen und tanzt mit, während sie jeden in ihren Bann zieht mit den unglaublichen Sprüngen, für die sie bekannt ist, und ihrer beeindruckenden Beherrschung, mit der sie vor zwei Tagen Gold im Mehrkampf geholt hat. Ihre Kür geht wie in einem Wimpernschlag vorbei, dann landet sie ihren letzten Sprung und steht perfekt, sodass es ganz einfach aussieht.

Sie wird Chelsea und Sun überflügeln und wieder ganz oben auf dem Podium stehen. Nicht, weil sie es nach allem, was sie durchmachen musste, verdient hat. Nein, Dani Olivero wird gewinnen, weil sie die beste Turnerin der Welt ist.

Die Suite ist ganz still. Janet ist draußen und besorgt uns etwas zu essen, und Mrs. Jackson ist unterwegs, um für morgen Pressetermine zu organisieren. Leo und Ben machen irgendwo eine Reservierung in einem Restaurant, damit wir heute Abend alle zusammen feiern können. Im Augenblick sind wir vier allein, vielleicht zum allerletzten Mal.

Es ist gerade mal ein Uhr mittags, dabei ist heute schon so viel passiert, dass es sich anfühlt, als müsste bald die Sonne untergehen. Die meisten Athleten sind noch unterwegs und trainieren oder befinden sich mitten im Wettkampf, und wir sitzen hier und sind fertig. Die Flamme, die wir bei der Eröffnungsfeier nicht zu sehen bekommen haben, wird noch eine Woche weiterbrennen, aber für uns ist es vorbei. Morgen wird unsere Arena für den Wettkampf der Herren umgebaut und kaum noch als der Ort wiederzuerkennen sein, an dem wir die intensivsten Momente unserer Laufbahn erlebt haben.

Vielleicht ist das gut so. Schließlich werden auch wir uns anderen Dingen zuwenden.

Packen müssen wir noch nicht. Wir fliegen frühestens in zwei Tagen nach Hause. Morgen können wir ausschlafen, und den

Rest des Tages haben wir Zeit für die Presse und vielleicht für den einen oder anderen Wettkampf. Wir werden lächeln und erzählen, wie stolz wir sind, aufeinander und darauf, unser Land zu repräsentieren, und vielleicht kann ich ein paar gute Sponsoren gewinnen. Ich werde vermutlich eine Million Fragen über Leo beantworten und Fragen über Gibby ausweichen müssen, und am Ende des Tages können wir alle noch einmal in dieser Suite schlafen, bevor das alles nicht mehr als eine Erinnerung sein wird.

Bei dem Gedanken keimt eine Idee in meinem Kopf.

Ich lasse die Mädels einen Moment allein, laufe in mein Zimmer und hole meine Medaillen aus ihren Kästchen.

Vorsichtig nehme ich die beiden Silbermedaillen und lege sie auf den Tisch im Gemeinschaftsraum und die Goldmedaille dazwischen. Die anderen verstehen sofort und holen ebenfalls ihre Medaillen, Danis zwei Goldmedaillen, Bronze und Gold für Chelsea und einmal Gold für Emma. Wir legen sie auf den Tisch, sodass sie sich alle berühren, die Bänder ineinander verschlungen, als würden sie sich umarmen. Perfekt.

Wir sind nur vier und haben sieben Medaillen gewonnen. Das ist fast die Hälfte aller Einzelmedaillen, die man als Turnerin bei Olympia gewinnen kann. Wir haben das Gold in den Einzelwettkämpfen nur so abgeräumt, genau wie ich es vorhergesagt habe. Wir haben der ganzen Welt gezeigt, woraus wir gemacht sind.

Ich schieße ein Foto und poste es, aber dann setze ich mich hin und überlege, was ich wirklich sagen will, bevor ich der Welt eine Nachricht schicke.

Die Worte kommen langsam, aber sie kommen.

Was unser Team durchgemacht hat, war unglaublich. Trotzdem sind wir hier. Wir haben es geschafft. So fantastisch der Weg hierher trotz allem auch war, hoffe ich, dass so etwas nie wieder passiert. Dass niemand erleben muss, was wir in den letzten Wochen erlebt haben. Es ist mehr als eine Hoffnung. Ich weiß, dass es nicht wieder passieren wird, weil wir es nicht zulassen werden.